FOREVER

Céline Langlois Bécoulet

Du même auteur

Les larmes du passé

Plus qu'une bague au doigt

Invasion intime

Merci à toutes les personnes qui me soutiennent, me rassurent, m'aident et me supportent.

Sans vous, mes romans n'auraient jamais vu le jour.

Forever

Céline Langlois Bécoulet – Tous droits réservés-2016

ISBN : 978-1535580830

Note de l'auteur

Bien qu'inspirés de certains événement réels, les personnages et les situations de ce récit sont purement fictifs. Toute ressemblance avec des personnes existantes ou ayant existé ne saurait être que fortuite et indépendante de ma volonté.

De même que les opinions, politiques ou autres, exprimées dans le roman ne reflètent pas nécessairement mes opinions personnelles. Cette histoire reste avant tout une fiction, sortie tout droit de mon imagination.

Bonne lecture !

Céline Langlois Bécoulet

CHAPITRE PREMIER

Je poussai la porte avec précaution. Comme je m'y attendais, la maison était plongée dans le silence. A pas de velours, j'empruntai le grand escalier en marbre pour atteindre le premier étage. Toujours avec une discrétion absolue, je longeai le couloir avant de m'arrêter devant la porte où travaillait l'objet de tous mes désirs. C'était pour lui, uniquement pour lui, que je faisais l'école buissonnière et que je me trouvais là, tremblante de peur et d'espoir, dans une tenue affriolante.

Le matin même, je m'étais préparée avec soin, maquillage léger mais subtil, parfum capiteux, chevelure flottant dans le dos, courte robe moulante à bretelles faisant ressortir exagérément ma poitrine. J'avais tout planifié pour que Tyler tombe sous mon charme.

Je n'avais pas choisi cette journée au hasard. Mon père était parti de bonne heure pour un voyage d'affaires à Washington, ma sœur se trouvait au Canada avec des amis et ma mère, profitant de l'absence de son mari, avait quitté la maison pour se ressourcer avec son dernier amant en date.

J'inspirai profondément, maîtrisai le tremblement de mes mains et toquai contre la porte.

Aujourd'hui, je m'apprêtais à faire la chose la plus audacieuse de toute ma vie : déclarer ma flamme à Tyler Braxton, l'homme que j'aimais en secret depuis trois ans. Trois longues années d'attente... Aujourd'hui, à dix-huit ans, j'en avais assez de patienter. Il devait me remarquer, coûte que coûte ! Cela faisait plus de deux mois que je tentais d'attirer son regard en me baladant dans des mini-jupes à la limite de la décence, en lui décochant des sourires enjôleurs, en lui apportant des rafraîchissements régulièrement... Pourtant, malgré tous mes efforts, j'avais la désagréable sensation d'être transparente. Certaines se seraient découragées de son attitude distante, mais pas moi. J'étais d'une nature tenace. Sans doute avais-je hérité ce trait de caractère de mon père, ce serait bien le seul d'ailleurs, les autres qualificatifs concernant Jerry McBride étaient des plus détestables, austère, hypocrite, manipulateur, impitoyable... Ce n'était pas pour rien que ma mère allait prendre son pied ailleurs.

Rien, personne ne m'invita à entrer. Pourtant, je savais qu'il était là. Je l'avais vu arriver depuis la fenêtre du salon.

Finalement, je comptai jusqu'à cinq avant d'ouvrir la porte pour me faufiler silencieusement dans la pièce. Tyler était assis derrière l'imposant bureau en noyer, penché sur un dossier apparemment captivant si j'en jugeais son air concentré. Je m'avançai lentement tout en le dévisageant. Cet homme était vraiment irrésistible. Sa chemise blanche entrouverte révélait une peau bronzée et ses cheveux bruns étaient ébouriffés, à cause de sa fâcheuse manie à y passer la main assidument, notamment quand il planchait sur une affaire épineuse.

Je m'arrêtai devant lui en m'efforçant de calmer les battements précipités de mon cœur.

— Salut, dis-je, quelque peu perturbée par son mutisme.

— Que fais-tu ici Callie ? Tu ne devrais pas être au lycée ? s'enquit-il sans même relever les yeux.

— J'avais besoin de te parler.

Il leva enfin la tête pour braquer son regard vert au fond du mien.

— Est-ce donc si important que cela justifie que tu sèches les cours ? Ton père serait furieux de ton comportement irresponsable. Jerry estime que l'instruction est primordiale pour réussir sa vie professionnelle, et il a entièrement raison.

Voilà, il recommençait. A chaque fois qu'il m'adressait plus qu'un bonjour ou un merci, c'était pour me sermonner.

— Je ne suis plus une gamine ! me défendis-je.

— Permets-moi d'en douter, rétorqua-t-il en me détaillant avec une moue sceptique.

Mon sang ne fit qu'un tour mais je me maîtrisai à la perfection puis décidai de changer mon fusil d'épaule. Il avait beau me réprimander ou m'observer avec son air moralisateur, au fond de moi, j'avais l'intime conviction que nous étions faits l'un pour l'autre. Et le temps pressait car, d'après des sources fiables, Tyler avait été vu plusieurs fois en compagnie d'une jeune femme filiforme à la chevelure platine. Il fallait donc que je passe à l'attaque sans perdre un instant.

Je me hissai sur un coin du bureau et croisai les jambes en un geste sensuel. Tyler jeta son stylo d'un air agacé en reculant son siège.

— Dépêche-toi de me dire ce que tu veux et file au lycée !

Mon cœur s'affola davantage et je perdis de ma superbe. Tout à coup, je n'étais plus si sûre de vouloir lui avouer mes sentiments. Je choisis donc d'aborder le sujet d'une manière détournée.

— Je… je voudrais t'inviter à dîner ce soir, déclarai-je d'un ton le plus détaché possible.

Tyler me regarda comme si j'étais devenue folle avant d'éclater d'un rire moqueur.

— Tu m'invites à dîner ! s'exclama-t-il, hilare.

— Je ne vois pas ce qu'il y a de risible, ripostai-je, vexée par sa réaction.

Le visage de Tyler redevint grave.

— Eh bien, je vais te dire ce qu'il y a de risible. Je n'irai pas dîner avec toi ce soir, ni un autre soir d'ailleurs. J'ai remarqué ton petit manège, tes poses provocantes, tes œillades langoureuses, ta façon de te trémousser devant moi. Je vais donc mettre les points sur les i une bonne fois pour toutes. Tu n'es qu'une enfant Callie, la fille de mon employeur qui plus est. Entre nous, il n'y a rien, pas même une amitié quelconque. De plus, je ne supporte pas les gamines délurées qui usent et abusent de leur corps comme d'une arme de séduction.

Je faillis m'étouffer avec ma salive.

— Tu me traites de pute ! m'écriai-je en sautant du bureau.

— Ce n'est qu'un constat. Combien de mecs as-tu amenés dans ton lit en l'espace de quelques mois ? J'en ai vu défiler au moins une demi-douzaine, sans compter ceux que je n'ai pas croisés.

Les mots qu'ils venaient de prononcer me transpercèrent le cœur aussi sûrement qu'une lame bien aiguisée. Pourtant, je savais que je pouvais immédiatement lui rabattre son caquet en lui révélant que j'étais toujours vierge, mais d'une part, cela ne le regardait pas et, d'autre part, j'étais tellement blessée que les larmes que je retenais vaillamment n'allaient pas tarder à se manifester.

J'étouffais de chagrin, de rage, de haine. Il fallait que je sorte d'ici tout de suite parce que j'hésitais entre m'effondrer en larme sur le beau tapis persan ou lui balancer en pleine figure la statuette en bronze qui me faisait de l'œil.

— Va te faire foutre ! criai-je en m'enfuyant de la pièce sans un regard en arrière.

Je dévalai l'escalier à toute vitesse, manquant de trébucher plus d'une fois. Dès que je fus à l'extérieur, je me mis à courir en direction du parc où je pourrais enfin laisser libre cours à ma souffrance. Les larmes m'aveuglaient et je courais, je courais, je courais… toujours plus vite, toujours plus loin.

D'un seul coup, je me redressai, le cœur battant. Assise sur mon lit, je ramenai mes jambes contre ma poitrine, soulagée de constater que je me trouvais dans ma chambre à Londres. Cela faisait plus de quatre ans que cet épisode humiliant m'avait ôté toutes mes illusions. Désormais, j'avais parfaitement intégré le fait que Tyler et moi ne formerions jamais un couple. Je n'avais même plus fait ce rêve stupide depuis plusieurs années mais le retour au pays me perturbait sans doute plus que je ne l'imaginais.

Il fallait avouer que je n'avais pas revu mes parents depuis que j'étais venue étudier à Londres. Les vacances d'été, je les passais en Bretagne, dans la famille de mon amie, Solen Kerhoas. Quant aux fêtes de Noël, je les célébrais en Ecosse, chez ma grand-mère paternelle, une vieille dame adorable. D'ailleurs, je me demandais souvent comment elle avait pu mettre au monde un être aussi insensible et vaniteux que mon père.

Malheureusement, Donella McBride était morte il y a sept mois, à l'âge de quatre-vingt-deux ans. Un arrêt cardiaque l'avait emportée durant son sommeil. Je m'étais rendue toute une semaine à Drummore afin d'aider ma tante dans les différentes démarches.

Bien sûr, mon cher papa n'avait pas daigné assister à l'enterrement de sa propre mère. Pour s'excuser, il avait prétexté un engagement politique et expédié un énorme chèque afin de couvrir les frais d'obsèques.

Lors de l'inhumation, dans le petit cimetière du village, Amy, ma sœur, qui avait fait le déplacement depuis le New Jersey, et moi étions honteuses et mal à l'aise face aux questions récurrentes concernant l'absence de notre père. Il m'avait été extrêmement difficile de lui trouver une excuse d'un ton neutre parce qu'au fond de moi, je bouillonnais de colère. Rien, non absolument rien, ne pouvait justifier une telle attitude, même si l'on était gouverneur du New Jersey.

D'ailleurs, s'il en était là aujourd'hui, c'était grâce à ses parents qui s'étaient saignés pour lui offrir des études dans l'une des plus prestigieuses universités américaines, Yale. Mais ça, il l'avait déjà oublié, comme il avait oublié son fils, décédé à dix-neuf ans d'une rupture d'anévrisme.

Au lieu de le pleurer puis de l'honorer comme tout père aimant, il l'avait tout simplement effacé de son existence, choisissant de le remplacer par Tyler Braxton, le fils de son meilleur ami de lycée, décédé d'un cancer quelques mois après Darrell. Il avait alors reporté toutes les ambitions qu'il nourrissait pour Darrell sur Tyler, allant même jusqu'à financer ses études dans la très réputée université de Princeton, d'où il était ressorti diplômé en sciences politiques.

Cet évènement tragique, survenu quand j'avais huit ans, avait changé irrémédiablement la relation entre mes parents. En public, ils paraissaient toujours unis et heureux mais en privé, c'était une toute autre histoire. Les cris, les portes qui claquent, les pleurs, les insultes étaient devenus monnaie courante puis, au fil du temps, l'indifférence et l'ignorance avaient pris le pas.

Un coup d'œil sur le réveil m'incita à me lever. Il était cinq heures du matin et je ne me rendormirais plus. Dans un peu plus de seize heures, je serais de retour au bercail. J'étais remplie d'appréhension à l'idée de revoir Tyler. J'espérais réellement qu'il ne travaille plus pour mon père. Jerry McBride était devenu gouverneur du New Jersey au moment où j'avais décidé de partir faire mes études en Angleterre. J'avais suivi, par le biais d'Internet, les différentes actions politiques de mon père. Jamais, le nom de Tyler Braxton n'était apparu dans les articles de presse, pas plus que son visage sur les photographies officielles. Pourtant, j'avais cette impression bizarre que Tyler et Jerry étaient toujours liés.

Une seule fois, lors de nos nombreux échanges téléphoniques, Amy avait prononcé le prénom interdit. J'avais rapidement mis un terme à cette conversation. Tyler Braxton n'existait plus pour moi, et c'était mieux ainsi…

Après ce mémorable entretien au cours duquel il m'avait traitée plus bas que terre, j'avais mis un point d'honneur à l'éviter comme la peste. Lorsque je rentrais du lycée et que sa voiture était garée dans la cour, je pénétrais dans la maison par la porte de derrière, rasant les murs pour me réfugier dans ma chambre. Je n'en ressortais que lorsqu'il était parti. Quand il restait dîner, ce qui se produisait régulièrement, je descendais à la cuisine où Antonia me préparait un sandwich que je retournais manger, seule, dans ma chambre. Pourtant, à mon grand désarroi, je ne parvenais pas à l'oublier, aussi avais-je pris le taureau par les cornes et choisi de poursuivre mes études loin du New Jersey.

Je soupirai d'agacement en enfilant un gilet par-dessus mon tee-shirt. Je ne comprenais pas pourquoi ce type me hantait encore… J'avais tourné la page.

Je me dirigeai vers la cuisine pour me servir un grand verre de jus d'orange que je bus à petites gorgées devant la fenêtre.

Il était encore tôt, la rue était déserte et silencieuse, mais dans deux heures, ce serait l'effervescence. Je louais ce superbe appartement de deux chambres au cœur du très chic quartier de Knightsbridge depuis mon arrivée à Londres. Il se situait au sixième étage d'un immeuble moderne, non loin du célèbre magasin Harrods où j'allais régulièrement faire du shopping.

Vu que je n'appréciais que moyennement la solitude, j'avais rapidement proposé à une étudiante, qui suivait les mêmes cours au Chelsea College of Art, de le partager avec moi. Lorsque Solen était venue visiter l'appartement, sa réaction première avait été de refuser car elle ne possédait pas les moyens financiers suffisants pour régler la moitié du loyer. Elle venait d'une famille modeste de marin pêcheur à Roscoff, dans le Finistère, et avait obtenu une bourse pour étudier en Angleterre.

A force de persévérance, j'avais fini par la convaincre de s'installer ici sans qu'elle n'ait besoin de participer à quoi que ce soit. Devant mon obstination, elle avait capitulé mais avait insisté pour payer une partie de la nourriture et faire la cuisine, ce qui tombait plutôt bien car j'étais nulle dans ce domaine là…

— Tu es déjà réveillée ? demanda une voix féminine ensommeillée.

Je me retournai pour découvrir Solen, dans un long tee-shirt en coton blanc, les yeux encore gonflés et les cheveux emmêlés.

— Tu devrais retourner te coucher. Il est encore tôt.

— Je te connais depuis longtemps Callie, quelque chose te tracasse, répondit-elle en se postant à mes côtés.

— Je n'ai pas envie de rentrer chez moi, soupirai-je en appuyant mon front contre la vitre froide.

— Alors, ne rentre pas. Viens avec moi en Bretagne où nous peaufinerons ensemble notre projet puis nous nous rendrons aux Etats-Unis toutes les deux dès que nous le souhaiterons.

Ô combien cette proposition était alléchante !! Malheureusement, si je n'étais pas à l'aéroport de Philadelphie à seize heures quinze cet après-midi, mon père serait capable d'envoyer l'un de ses fidèles toutous me chercher pour me ramener par la peau du cou.

Jerry briguait un deuxième mandat de gouverneur. Sa campagne électorale venait tout juste de commencer et il avait expressément ordonné que je sois présente afin d'offrir une image édulcorée de la famille parfaite, surtout depuis que j'avais obtenu mon diplôme. Enfin, à ce sujet, je lui réservais une surprise de taille…

Il m'avait envoyée étudier la communication et l'administration des affaires et je m'étais inscrite au Bachelor of Arts intérieur et design d'espace, suivi du Master of Arts, que j'avais brillamment obtenus, pour exercer le métier dont j'avais toujours rêvé, décoratrice d'intérieur. Cela augurait une discussion particulièrement désagréable. Déjà quand Amy avait choisi la voie du théâtre, il était entré dans une rage terrible.

— Ton idée ne manque pas d'attrait mais il vaut mieux s'en tenir à notre plan initial sinon je ne suis pas certaine d'être encore en vie pour créer notre entreprise.

— A ce point là ! s'exclama Solen. Ton père n'est quand même pas un ogre !

Je souris tristement. Mon père ne se souciait de sa famille uniquement en période d'élections. Le restant du temps, il s'en désintéressait totalement, sauf si nos choix pouvaient avoir un impact négatif sur sa carrière.

— C'est lui qui va t'attendre à l'aéroport ? reprit-elle.

Je ricanai amèrement.

— Jerry, attendre sa fille à l'aéroport ! Un gouverneur a beaucoup d'autres choses plus importantes à faire. Il va déléguer cette tâche fastidieuse à son chauffeur. Remarque, pour le coup, je ne m'en plains pas. Passer une heure enfermée dans une voiture avec lui est une épreuve à laquelle je ne résisterais pas après un long voyage en avion.

— Oh la la... je n'aime guère ce ton tristounet et cette mine abattue. Tu vas aller te détendre dans un grand bain chaud. Pendant ce temps là, je nous préparerai un petit déjeuner digne d'un cinq étoiles.

Alors que je m'apprêtais à protester, Solen leva l'index en guise d'avertissement.

— C'est un ordre.

Je l'embrassai sur la joue avant de m'enfermer dans la salle de bain. Je fis couler l'eau, me déshabillai et m'examinai dans le miroir. Ma chevelure d'ébène, parsemée de quelques mèches violine, descendait jusqu'aux creux de mes reins et mes longs cils noirs rehaussaient le gris clair de mes yeux. Je savais que j'étais jolie. De nombreux regards masculins me le confirmaient très souvent. Pourtant, je n'avais pas réussi à séduire le seul homme qui ait jamais compté à mes yeux. Pire que ça ! Non seulement, je ne l'avais pas séduit mais je l'avais carrément rebuté. Il m'avait accusée de me servir de mon corps pour attirer un tas de mecs dans mon lit.

En réalité, à vingt-deux ans, je n'avais que deux amants à mon actif.

Je détournai tristement le regard. Les deux étudiants avec lesquels j'étais sortie étaient très bien mais il leur manquait l'essentiel. Ils n'avaient pas de sublimes yeux verts, des cheveux bruns indisciplinés, un sourire renversant, une allure sexy… En un mot, ils n'étaient pas lui.

Je lâchai une flopée de jurons en me glissant dans la baignoire. Fermant les yeux, j'appuyai ma nuque contre le rebord, aspirant à une détente rapide, mais le visage de Tyler refusait de me laisser en paix. Soudain, une pensée atroce me traversa l'esprit. A trente-deux ans, il était peut-être marié ! Je rouvris les paupières, horrifiée, avant de me traiter de tous les noms. Qu'est-ce que cela pouvait bien me faire ?

Dans l'avion qui m'emmenait vers Philadelphie, je me rongeais fébrilement les ongles. Le stress et l'angoisse me minaient. Sans compter que j'avais tapé dans l'œil de mon voisin qui lorgnait sans vergogne dans le décolleté de mon pull-over en V.

Je pressentais qu'il mourrait d'envie d'entamer la conversation, aussi je m'efforçai de l'ignorer pour reporter mon attention sur les nuages cotonneux qui se succédaient derrière le hublot.

Mes pensées se tournèrent alors vers Solen qui avait la chance d'être encore dans notre appartement londonien. Elle remettrait les clés au propriétaire dans deux jours avant de regagner la Bretagne. Nous avions convenu de nous contacter régulièrement par mail et téléphone afin de mettre sur pied les détails de notre association. Puis, elle me rejoindrait à Princeton dans quatre mois, après les fêtes de fin d'année. D'ici là, je me mettrais en quête d'un local pour notre agence de décoration d'intérieur. Je fourmillais déjà d'idées pour le design de notre boutique ainsi que pour le site internet.

— Nerveuse ? lança soudain mon voisin en me décochant un sourire de prédateur.

Voilà, je l'aurais parié ! D'un geste vif, je retirai mon doigt de ma bouche.

— Pas du tout. C'est une sale manie dont je n'arrive pas à me débarrasser, indiquai-je avec fatalité.

Il se fendit d'un regard compréhensif.

— Je m'appelle Jonas.

— Callie, répondis-je du bout des lèvres.

— Enchanté Callie.

Je consultai ma montre. Dans une heure environ, l'avion se poserait à Philadelphie. N'ayant aucune intention de subir le papotage de Jonas, je m'emparai de ma liseuse dans mon sac pour me plonger dans le roman que je dévorais avidement, « Fifty Shades ». Je me demandais si moi aussi, je ressentirais un jour toutes les émotions qu'Anastasia Steele éprouvait pour le charismatique Christian Gray. Pour ma part, le peu de relations sexuelles que j'avais eues jusque là ne m'avaient pas franchement comblée.

— Voulez-vous boire quelque chose ? demanda Jonas qui passait commande d'un café auprès de l'hôtesse.

Je lui jetai un bref regard.

— Non, je vous remercie.

Je retournai aussitôt à ma lecture. Jonas avait dû comprendre mon besoin de silence car il ne m'adressa plus la parole du voyage. Je pus lire tranquillement jusqu'à notre arrivée.

A ma descente d'avion, je filai directement vers le tapis roulant des bagages afin de récupérer ma valise. Dix minutes plus tard, je commençais à trépigner d'impatience quand une voix que je reconnus parfaitement résonna à mes oreilles :

— Callie, je suis content de vous retrouver. Je tenais à vous laisser ma carte, un banquier, ça peut toujours servir. Je me suis permis d'inscrire mes coordonnées personnelles au dos, juste au cas où…

Pour me montrer polie, je m'arrachai un sourire forcé en prenant la carte qu'il me tendait.

— Merci, dis-je en apercevant enfin ma valise.

Dès qu'elle fut devant moi, je m'en saisis rapidement avant de saluer Jonas.

— Au revoir.

— A très bientôt, j'espère, répondit-il d'un ton où perçait une pointe d'espoir.

Je fis volte-face et manquai de m'étrangler en croisant un regard vert intense que je n'avais jamais oublié. Tyler, l'épaule nonchalamment appuyée contre un poteau, m'attendait. Déstabilisée par cette rencontre inattendue, je restai figée plusieurs secondes avant de marcher dans sa direction tout en maudissant intérieurement mon père. Pourquoi avait-il envoyé Tyler me chercher ? Edgar, son chauffeur, aurait largement fait l'affaire !

Plus je m'approchais de lui, plus mon cœur cognait fort. Quatre ans que je ne lui avais pas décroché un seul mot, quatre ans que je ne m'étais pas retrouvée face à lui. Quelle attitude adopter ? Que dire ?

— Bonjour, articulai-je faiblement.

Il me regarda, toujours avec ce même air impassible qui me tapait sur les nerfs.

— Salut Callie.

Son ton apathique me fit bondir. « *Cache ta joie !* », eus-je envie de crier mais je gardai ma langue dans ma bouche, ne voulant pas déclencher les hostilités séance tenante.

— Laisse-moi prendre ta valise.

— Inutile, je ne suis pas impotente, répliquai-je sèchement.

— Comme tu veux, lâcha-t-il avec un léger haussement d'épaules.

Sans m'accorder un regard, il se dirigea à grandes enjambées vers la sortie. Je lui emboîtai le pas en pestant mentalement contre mon incapacité à rester de marbre devant ce type qui, somme toute, n'était qu'un homme.

Nous nous arrêtâmes devant une superbe Chevrolet Equinox gris métallisé. D'un geste autoritaire, il prit ma valise pour la placer dans le coffre avant de m'ouvrir la portière passager.

— Tu as changé de voiture, constatai-je en grimpant dans le véhicule.

— Ma vieille Ford a rendu l'âme, expliqua-t-il.

Il ferma la portière puis s'installa derrière le volant. Après avoir quitté le parking de l'aéroport, il entama la conversation.

— Félicitations pour ton Master. Ton père a été agréablement surpris.

— Il va bientôt l'être encore plus, marmonnai-je en examinant la carte de Jonas que je tenais toujours dans les mains.

Jonas Wagner
Conseiller Financier
TD Bank
1900 Market Street
Philadelphia, PA 19103
215-971-5909

Je regardai alors le verso où ses coordonnées personnelles étaient écrites au stylo.

— Pardon ?

— Non, rien, ripostai-je vivement, n'ayant aucune envie de me confier à lui.

Tyler tourna la tête vers moi mais je gardai les yeux rivés sur la petite carte.

— C'est qui le type qui t'a filé cette carte ?

— Un conseiller financier de Philadelphie. Il était assis à côté de moi dans l'avion. Au fait, pourquoi ce n'est pas Edgar qui est venu me chercher ?

— Il est en retraite depuis deux ans maintenant. Jerry a embauché un nouveau chauffeur mais il avait besoin de lui pour le conduire à un rendez-vous important à Manhattan. Si ton père avait été disponible, il serait venu t'accueillir en personne.

— Quand il s'agit de sa famille, mon père n'est jamais disponible, grinçai-je avec amertume.

Tyler ne répondit rien, choisissant de se concentrer sur la route. Je me retranchai alors dans un mutisme total, contemplant d'un œil distrait le paysage défilant à travers la vitre. Une fois de plus, ce fut Tyler qui rompit le silence.

— Eh bien, tu n'es guère bavarde.

Je secouai la tête d'agacement. Il se fichait de ma gueule ou quoi ? Lors de notre dernière discussion, chacune de ses paroles était restée gravée dans ma mémoire. Je me souvenais qu'il avait clairement stipulé que nous n'étions pas des amis, alors que pouvais-je bien lui raconter ?

— C'est parce que je n'ai rien à te dire, répondis-je d'un ton glacial.

Tyler tressaillit de surprise face à ma remarque déplaisante.

— Voilà qui ne souffre pas d'ambiguïté. Sans indiscrétion, pourrais-je savoir ce que je t'ai fait exactement ?

— Tu le sais aussi bien que moi.

— Désolé mais tout ça m'échappe. Tu devrais peut-être me rafraîchir la mémoire ?

Je lâchai un rire bref.

— Laisse tomber Tyler. Je préfère ne rien rafraîchir du tout.

Cette conversation commençant à m'énerver prodigieusement, je décidai d'y mettre un point final. Je rangeai la carte de Jonas dans mon sac et pris mes écouteurs que je plaçai dans mes oreilles. Après avoir choisi ma liste de lecture sur mon iPod, je calai ma nuque contre le dossier en cuir et fermai les paupières.

Je fus réveillée par une main qui me pressait doucement l'épaule. J'ouvris difficilement les yeux et ôtai mes oreillettes.

— On est arrivé, dit Tyler.

Je tournai la tête vers la belle demeure de style colonial.

— Me voici de retour en enfer, grognai-je en ouvrant la portière.

A peine avais-je mis le pied par terre que la porte s'ouvrit sur Amy qui descendit les marches en courant. Elle me serra dans ses bras tellement fort que je fus obligée de me dégager rapidement sous peine de suffoquer.

— Quel accueil ! m'exclamai-je, amusée. Ca fait plaisir !

Le temps de nos retrouvailles, Tyler avait sorti ma valise du coffre. Il la déposa à mes côtés.

— Je suis super contente que tu sois revenue ! lança Amy d'un ton enthousiaste. Je joue un remake de Mary Poppins au Passage Théâtre Compagnie à Trenton tous les soirs, tu viendras me voir ?

— Evidemment !

— A tout à l'heure Tyler, dit Amy avant de s'adresser à nouveau à moi, papa a organisé un dîner pour fêter l'obtention de ton diplôme.

Je grimaçai tandis que la Chevrolet s'éloignait.

— Super ! On va se marrer, soufflai-je en empoignant ma valise.

Chapitre 2

Je sortis de la douche en bougonnant. Je n'avais franchement aucune envie d'assister à une réunion de famille dès mon retour. Epuisée par ma courte nuit de la veille, mon voyage en avion, le décalage horaire ainsi que ma rencontre avec Tyler, je ne pensais qu'à me rouler en boule au fond de mon lit, et dormir. Malheureusement, mon père en avait décidé autrement, la confrontation commencerait donc dès ce soir…

Je m'essuyai rapidement puis défis ma queue-de-cheval pour me brosser les cheveux. Je pénétrai dans le dressing afin de choisir une tenue pour ma première rencontre avec mes parents, sachant d'ores et déjà que j'allais leur annoncer une nouvelle qui n'allait pas les réjouir. Le but professionnel que je m'étais fixé ne me rapporterait que des remarques désobligeantes et des regards réprobateurs.

J'optai pour un pantalon en satin noir brillant, un pull cache-cœur marron dont le décolleté en pointe laissait entrevoir légèrement la naissance de mes seins et des bottines plates. Après un maquillage ultra discret, j'accrochai les boucles d'oreilles en marcassite que Solen m'avait offertes pour mon vingt et unième anniversaire.

Dans ma valise, je pris le sac contenant les cadeaux que j'avais ramenés d'Europe pour mes parents et ma sœur. Malgré le climat familial sous tension, je n'avais pu me résoudre à rentrer chez moi, les mains vides.

Je me dirigeais vers la porte quand on frappa. Amy passa la tête par l'entrebâillement.

— Tout le monde est au salon. Tyler est même déjà arrivé.

Je sortis dans le couloir et refermai la porte.

— Pourquoi est-il là ? Il n'a pas autre chose à faire que de se taper l'incruste ? m'enquis-je avec animosité.

J'étais consciente que cette soirée allait tourner au désastre. Que Tyler en soit témoin me contrariait fortement. De plus, en sa présence, je n'étais pas en pleine possession de mes moyens.

— Tu sais bien que papa le considère comme son fils.

— Mais ce n'est pas son fils ! m'écriai-je. Son fils s'appelait Darrell !

Amy blêmit, comme à chaque évocation de ce frère disparu. J'avais la sensation que personne dans cette famille n'avait envie de se souvenir de lui ! Cela me mettait dans une rage folle ! A cause de nos onze années de différence, je ne l'avais pas beaucoup connu et j'aurais apprécié que quelqu'un me parle de lui, de ses goûts, de son caractère, de ses passions. Mais là, à l'évidence, j'en demandais trop.

Nous restâmes silencieuses jusqu'à notre arrivée devant la porte du salon. La pression fut soudain trop forte et mes jambes se mirent à vaciller. Je me cramponnai au bras d'Amy.

— Ca va ? demanda ma sœur, inquiète.

J'affichai un sourire faussement serein.

— Tout va bien. Je suis juste fatiguée et je n'ai rien avalé depuis ce matin.

— Prête à affronter le grand méchant loup, murmura Amy en ouvrant la porte.

En même temps, ce n'est comme si j'avais le choix. J'entrai donc dans la pièce la tête haute.

Mon regard se posa immédiatement sur mon père, adossé à la porte-fenêtre, un verre de brandy à la main. En quatre ans, il avait très peu changé, mis à part ses cheveux noirs devenus légèrement grisonnants sur les tempes et un visage un peu plus austère que dans mes souvenirs. Ses yeux marron n'avaient pas perdu cet éclat de dureté que je leur connaissais bien. Son expression fermée ainsi que sa mâchoire carrée et son nez aquilin accentuaient encore la sévérité de ses traits. Comme d'habitude, il était tiré à quatre épingles, chemise blanche, sans un seul faux pli, costume noir sur mesure, cravate lie de vin, chaussures vernies.

Alors que je m'avançais au centre de la pièce, il attaqua d'emblée.

— C'est à Londres que l'on s'habille aussi mal ! lança-t-il en me détaillant de la tête au pied avec une moue dédaigneuse.

Je savais qu'il n'appréciait que moyennement mon style vestimentaire qui était celui de n'importe quelle jeune fille croisée dans la rue. J'aimais la mode, la mode jeune, simple, sexy. Mon père, lui, aurait préféré que je m'habille comme il convenait à une femme de mon rang social mais les robes sages et austères, de même que les tailleurs bon chic bon genre, ne feraient jamais partie de ma garde-robe.

Ignorant sa remarque désagréable, je m'approchai de lui.

— Bonjour papa, déclarai-je en l'embrassant sur la joue. Moi aussi je suis ravie de te revoir. Ton accueil chaleureux me va droit au cœur, ironisai-je.

Jerry se contenta d'un soupir dépité. Je me dirigeai ensuite vers ma mère, installée dans un fauteuil.

— Bonjour Callie, dit-elle en se levant pour m'effleurer la joue du bout des lèvres.

Son haleine alcoolisée me fit constater qu'elle avait déjà bu plus d'un verre. Comment l'en blâmer quand on vivait au côté d'un mari aussi narcissique et glacial ? Il fallait bien qu'elle se réchauffe et se console comme elle pouvait…

Debout sur ses talons, je la sentis chancelante, aussi je l'aidai à se rasseoir. Piochant dans mon sac, j'en sortis deux boules à neige, l'une abritant la miniature du Tower Bridge et l'autre la grande roue de Londres. Ma mère en faisait la collection depuis plus de trente ans, pour le plus grand dam de son époux qui, bien entendu, ne comprenait pas cette passion ridicule. Touchée, elle balbutia un timide merci.

Ce fut au tour de ma sœur de recevoir son cadeau, trois boîtes en métal décoratives représentants des images londoniennes remplies des sachets de thé « *Earl Grey* » dont elle raffolait. Amy me serra avec effusion dans ses bras.

Je me tournai alors vers mon père en inspirant profondément. Je pris le dernier objet dans le sac et le lui tendit. Jerry déchira le plastique transparent puis déplia le vêtement. Tandis qu'il demeurait bouche-bée devant la jupe plissée, ma mère ouvrait des yeux ronds comme des soucoupes et Amy pouffait. Seul, Tyler restait stoïque.

— Un kilt ! s'exclama Jerry.

— Un kilt écossais ! claironnai-je fièrement, satisfaite de mon petit effet. Tu as une fâcheuse tendance à oublier tes origines. Je tenais à te les rappeler.

— Tu es un peu trop impertinente, ma fille. Cela te jouera des tours.

— Si tu le dis. Au fait, grand-mère te remercie pour son enterrement haut de gamme mais elle aurait aimé que son fils vienne lui dire adieu en personne plutôt que de se décomposer dans un cercueil de luxe.

— Callie, tu vas trop loin !

— Je crois que c'est toi qui vas trop loin ! Ne pas assister aux funérailles de sa propre mère qui a donné tout ce qu'elle avait pour faire de toi ce que tu es aujourd'hui ! C'est pathétique, pathétique et écœurant.

— Ce ne sont pas tes affaires ! s'emporta Jerry.

A mon tour, je montai sur mes grands chevaux devant tant de mauvaise foi.

— Ca devient mes affaires quand c'est à moi que l'on demande les raisons pour lesquelles mon père n'est pas là et qu'il faut que je me débrouille pour trouver des excuses plausibles là où il n'y en a aucune ! Les gens de Drummore se rappellent d'un petit garçon serviable, gentil et souriant. Ils vantent tes mérites à qui veut les entendre et ils éprouvent tellement de fierté à ton égard que je n'ai pas eu le cœur à les détromper. J'ai menti et j'en ai honte.

— Personne ne t'a demandé de mentir ! rugit Jerry.

— Je ne l'ai pas fait pour toi, mais pour eux ! Pour ne pas les décevoir, pour ne pas les attrister encore plus qu'ils ne l'étaient en ce jour funeste, pour ne pas leur ôter toutes leurs illusions sur *l'enfant du pays qui a réussi.*

— Veux-tu que je te décerne la médaille du mérite ? demanda-t-il, sarcastique.

Je secouai la tête en soupirant. Avec l'âge, il ne s'arrangeait guère, devenant encore plus aigri et irascible.

— Bon, si on trinquait ! clama Amy d'un ton joyeux pour détendre l'atmosphère. Nous avons un évènement important à célébrer.

Tyler s'empara de la bouteille de champagne qui reposait dans le seau à glace et l'ouvrit d'un geste habile avant de déverser le liquide ambré dans des flûtes. Chacun prit un verre et le leva pour trinquer.

— Au Master de ma petite sœur ! déclara solennellement Amy.

— A Callie, renchérit Jerry, et à son nouvel emploi auprès de Tanya Caldwell.

Tandis qu'ils portaient leurs flûtes à la bouche, je restai sans voix devant l'annonce inattendue de mon père. Il s'était permis de me trouver un travail, sans me consulter en plus... du Jerry McBride tout craché !

— Tu pourrais me remercier au lieu de faire cette tête d'enterrement, dit Jerry. Je te fais un sacré cadeau en t'offrant ce poste. Tanya est Commissaire de la Direction de l'Enfance et de la Famille au sein de mon

Cabinet. Elle a grandement besoin d'une personne compétente pour la seconder sur ses différents projets en partenariat avec la communauté.

Je déglutis péniblement plusieurs fois de suite. C'était l'heure d'avouer à mon père que j'avais bel et bien un Master of Arts, mais pas celui qu'il croyait.

— Malheureusement, je ne pense pas avoir les compétences requises pour occuper cet emploi, répondis-je prudemment.

— Arrête un peu tes enfantillages ! Tu as obtenu ton diplôme et tu es loin d'être idiote, tu y arriveras. Aie confiance en toi !

— Effectivement, je suis diplômée mais… j'ai préféré choisir mon centre d'intérêt plutôt que le tien.

Mon père tiqua.

— Pourrais-tu être plus claire ?

— Tu as devant toi une jeune diplômée du Chelsea College of Art and Design. J'ai réussi brillamment le BA et le MA intérieur et design d'espace. Je vais travailler dans la décoration.

Ma mère poussa un petit cri horrifié tandis que le visage de Jerry virait à l'écarlate.

— Non mais je rêve ! Je te paye des études en Administration des Affaires et mademoiselle en profite pour se lancer dans un métier absurde ! Tu te fiches de moi Callie ! Tu mériterais que je te coupe les vivres ! explosa-t-il.

Je commençais à en avoir assez de son autoritarisme, aussi je le regardai droit dans les yeux. Autour de nous, un silence absolu régnait, les regards allant de l'un à l'autre.

— Vraiment ? Il me semble que tu es en pleine période électorale. Que diraient les médias et les électeurs s'ils apprenaient que le gouverneur du New Jersey renie sa fille parce qu'elle n'a pas eu le diplôme qu'il souhaitait ? m'enquis-je d'un ton mielleux.

Mon père pinça les lèvres. Sous l'effet de la colère, ses narines se dilatèrent.

— Est-ce une menace ? gronda-t-il d'une voix sourde.

— Peut-être bien… peut-être pas…

— Je ne te savais pas si calculatrice ! cracha-t-il.

Je lui adressai un sourire angélique.

— J'ai été à bonne école, et j'apprends vite.

— Finalement, tu étais mieux en Angleterre ! lança Jerry, agressif.

— Entièrement d'accord. Permets-moi néanmoins de te rappeler que c'est toi qui as insisté pour que je rentre. Toutefois, je te rassure, je ne compte pas m'éterniser ici. Je vais me mettre à la recherche d'un appartement rapidement.

— Avec quel argent ?

Aïe ! Il me coinçait. L'approvisionnement de mon compte bancaire dépendait totalement de lui. Il le savait, je le savais, tout le monde dans cette pièce le savait.

— Je me débrouillerai, rétorquai-je avec assurance, refusant de lui laisser le dernier mot.

Jerry soupira avant d'avaler une longue gorgée de champagne.

— Tête de mule ! Alors, explique-moi quels sont tes projets professionnels avec ce pseudo diplôme ? questionna-t-il d'un ton méprisant mais radouci.

Je haussai un sourcil surpris. L'orage était déjà passé ? Incroyable ! Finalement, ce n'étais pas si terrible.

— Je vais m'associer avec une amie française, qui a effectué ses études avec moi, et nous allons créer notre société de décoration d'intérieur.

Mon père m'observa avec un air suspicieux.

— Qui est cette amie ? Est-elle fiable ? Es-tu certaine qu'elle n'en veut pas qu'à notre argent ?

Bon sang ! Ce qu'il pouvait être paranoïaque !

— Papa, Solen est une personne en qui j'ai toute confiance. Je la connais depuis quatre ans et elle n'est nullement intéressée par notre argent.

— On n'est jamais trop prudent. Avant de t'associer avec elle, tu devrais te renseigner sur sa famille.

Je levai les yeux au ciel.

— Je connais bien sa famille. C'est chez eux que j'ai passé toutes mes vacances estivales. Ce sont des gens biens, sans aucune intention malveillante.

A ce moment là, Antonia, la cuisinière, entra dans le salon.

— Le dîner est prêt.

Nous nous dirigeâmes vers la salle à manger.

— Nous vous rejoignons dans cinq minutes, dit Jerry. Auparavant, je dois m'entretenir avec Tyler.

Je saluai Antonia.

— Je suis contente de vous revoir.

— Moi aussi Callie. Sans vous, cette demeure manquait d'animation.

Je lui souris chaleureusement. J'aimais beaucoup Antonia, une petite dame souriante, douce et bienveillante.

— Je vous ai ramené un livre de cuisine.

— Seigneur ! Des recettes anglaises !

Je ris face à sa moue dégoûtée.

— Non, françaises.

Un immense soulagement apparut sur les traits d'Antonia.

— Je vous le donnerai demain, ajoutai-je avant de m'asseoir.

— Merci Callie.

Nous commençâmes à manger notre salade en discutant à bâtons rompus. Mon père et Tyler ne tardèrent pas à nous rejoindre et la conversation s'orienta vers la campagne électorale. Je n'y participai pas jusqu'au moment où j'entendis le nom de Roy Clifford, le candidat démocrate qui se présentait contre mon père.

Durant mes années de lycée, ma meilleure amie s'appelait Bethany Clifford, sa fille.

— Le père de Bethany se présente aux élections ? demandai-je pendant qu'Antonia débarrassait la table.

— Oui, Roy a pris du galon en quelques années, répondit Jerry d'un ton indifférent.

Ma curiosité étant satisfaite, je les laissai à leur discussion politique qui ne m'intéressait nullement.

Antonia servit son velouté de pomme de terre que j'aimais tant et je le dégustai avec un plaisir indicible.

— Comment ça se passe avec Sydney ? demanda mon père à Tyler.

— Très bien. Nous fêtons nos fiançailles dans un mois et vous êtes tous conviés à cette grande soirée.

Je m'étranglai avec mon potage. Je bus un grand verre d'eau pour apaiser ma quinte de toux. J'avais conscience que tous les regards étaient braqués sur moi. Je gardai donc les yeux baissés. J'étais catastrophée. Tyler, fiancé ! Mon Tyler allait s'unir avec une autre femme ! Comme un automate, je repris ma cuillère et me remis à manger mais le velouté n'avait plus la même saveur.

— Je suis content pour toi. Avez-vous fixé la date du mariage ?

— Pas encore, mais ce sera au printemps, au mois de mai je pense.

Le nez plongé dans mon assiette, je feignais de ne pas m'intéresser à leurs échanges mais je n'en perdais pas une miette. Décidément, ce mec avait dû prendre un abonnement pour me faire souffrir. Je n'irais pas à sa soirée de fiançailles. Voir cette Sydney pendue à son cou me donnait des envies de meurtres ! Sans même la connaître, je la haïssais déjà !

Antonia apporta ensuite le plat de résistance mais je n'avais plus goût à rien. Ayant trop peur que ma douleur se lise sur mon visage, je n'osais plus relever les yeux. Même la délicieuse odeur de champignons me donnait envie de vomir. Je n'avais qu'une hâte, m'enfuir au plus vite, quitter cette table pour me réfugier dans ma chambre.

Les minutes s'égrenaient lentement sans que je ne puisse plus avaler quoi que ce soit. Ce fut Amy qui me tira de cette situation critique.

— Tu n'as pas faim ?

Je plaquai un sourire factice sur mon visage avant de redresser la tête.

— Non, je suis totalement lessivée. Je crois que je vais monter me coucher. Au revoir tout le monde.

Je repoussai la chaise et quittai la pièce à toutes jambes. Je grimpai l'escalier comme si j'avais une meute de loups à mes trousses puis me jetai sur mon lit pour boxer mon oreiller avec une rage désespérée avant de finir par m'effondrer en larmes.

Lorsque je m'éveillai le lendemain matin, je me rendis compte que je m'étais endormie toute habillée. Après ma crise de larmes torrentielle, le sommeil m'avait engloutie, apaisant ma douleur pour quelques heures mais maintenant que j'étais réveillée, elle refaisait surface, aussi vive que la veille. Deux prénoms tournaient en rond dans ma tête, Tyler ; Sydney. Qui était cette femme ? Comment était-elle ? Où l'avait-il rencontrée ? Je me posais un tas de questions à son sujet, pourtant les réponses ne m'apporteraient rien, si ce n'était une souffrance supplémentaire.

Avec un soupir, je me traînai jusqu'à la salle de bain. Après une toilette rapide, j'enfilai un jean et un tee-shirt. Le livre de recettes sous le bras, je descendis à la cuisine où Antonia me prépara des toasts.

Ayant trop peur de croiser Tyler, je pris mon petit déjeuner dans la cuisine en bavardant avec Antonia pendant qu'elle feuilletait l'ouvrage culinaire. J'appris que le nouveau chauffeur, Stanley, n'était autre que son neveu. Je lui parlai ensuite des nombreux endroits que j'avais visités, Paris, Edinburgh, Brest, Copenhague et Bergen en Norvège. Intéressée, elle m'écouta attentivement.

Au bout d'une heure, je quittai la cuisine. Au vu du soleil radieux, je pris mon PC portable pour m'installer sur le patio. Tout d'abord, j'envoyai un mail à Solen puis j'entrepris de me renseigner sur les différentes agences de décoration d'intérieur se trouvant dans les environs. J'en découvris trois, une à Hamilton, une à Lawrenceville et une à Trenton. Alors que je visitais leurs sites web afin d'en apprendre davantage sur leurs services, Amy fit irruption, une tasse de thé à la main.

— Bien dormi ? demanda-t-elle en s'asseyant dans un fauteuil.

— Comme un loir.

— Tant mieux, tu vas pouvoir venir me voir jouer au théâtre alors, déclara-t-elle tout en jetant de brefs coups d'œil du côté de l'allée.

— Oui, mais pas avant quelques jours, le temps que j'aie entièrement récupéré.

Elle continuait à examiner les lieux avec attention.

— Tu attends quelqu'un ? demandai-je, intriguée par son comportement.

Elle me décocha un sourire amusé.

— Stanley, susurra-t-elle d'une voix suave.

— Le chauffeur ! Le neveu d'Antonia !

— Oh Callie, si tu le voyais ! s'exclama Amy avec un enthousiasme débordant. A côté de lui, les Chippendales peuvent aller se rhabiller ! Quand il est en jean, torse nu et qu'il lave la voiture, je me liquéfie. Je crois que je pourrais jouir rien qu'en le regardant.

J'éclatai de rire.

— Et il lave la voiture souvent que j'assiste moi aussi à ce fabuleux spectacle ?

— Pas aussi souvent que je le souhaiterais, soupira Amy.

Je me raclai la gorge avant de poser une question qui me turlupinait depuis la veille.

— Que fait exactement Tyler pour papa ? Quel est son rôle ?

Amy se pencha vers moi.

— C'est un homme de l'ombre, chuchota-t-elle d'un air de conspiratrice.

— Un homme de l'ombre, répétai-je, abasourdie.

— Tyler gère ce qu'aucun autre homme ne pourrait gérer à sa place. Il enquête sur les adversaires politiques afin de découvrir leurs faiblesses ou leurs petits secrets inavouables et il évite les scandales qui peuvent nuire à la carrière de papa. Pour ce faire, il emploie des moyens pas toujours légaux.

Comme je l'observais, hagarde, elle continua son explication.

— Papa n'a confiance qu'en lui. Il peut tout lui demander et tout lui confier, il sait que Tyler restera muet comme une tombe.

Je recouvrai l'usage de ma langue.

— Pour faire court, c'est son homme de main.

— Pas seulement, il l'aide également beaucoup pour son programme politique, l'élaboration de ses discours, son image médiatique. C'est son conseiller le plus fiable et le plus fidèle. Par exemple, c'est lui qui a eu l'idée d'inviter des journalistes pendant trois jours complets à la maison pour un reportage familial.

Je m'étouffai avec ma salive.

— C'est prévu pour quand ? interrogeai-je, irritée de devoir jouer la comédie de la famille parfaite pendant trois jours entiers.

— Dans trois jours. Roy Clifford, le principal opposant de papa, est en pleine tourmente. Sa femme le trompe avec son directeur de campagne et ça a fait les gros titres du « Times » la semaine dernière. C'est pour cette raison qu'il faut que nous adoptions l'apparence d'une famille unie, soudée et complice.

— Tout ce que nous ne sommes pas ! répliquai-je, acerbe. En plus, on n'est pas meilleur que les Clifford. Je te signale que notre mère aussi trompe notre père.

Amy croisa les jambes.

— Ouais, sauf qu'aucun amant de maman n'osera dévoiler quoi que ce soit, sinon ils le paieraient cher.

Je la fixai avec des yeux ronds.

— Pourquoi ? Tyler endosse également le costume de tueur à gages pour les faire taire définitivement.

— Tu délires Callie ! Il n'a jamais été question de meurtres ! Mais, j'ai entendu parler d'un accord, une sorte de contrat, que Tyler leur ferait signer et qui pourrait les conduire tout droit en prison. Si jamais ils révélaient leur liaison avec notre mère, ce document serait alors remis à la justice et leur attirerait de gros ennuis.

Nom d'un chien ! J'aurai vraiment tout entendu dans cette famille ! Un contrat pour baiser ma mère en toute sécurité ! J'entortillai une mèche de mes cheveux autour de mon index.

— J'ai l'impression d'être dans une série télé, murmurai-je, médusée.

— Eh non, frangine ! C'est notre monde à nous !

Finalement, même si je m'étais jurée de ne pas en parler, je ne pus me retenir d'évoquer la fiancée de Tyler.

— Et cette Sydney ? Est-elle au courant des agissements singuliers de son futur mari ?

Amy haussa les épaules.

— Honnêtement, je ne crois pas. Tyler n'est guère bavard et n'ébruiterait pas la vie privée de son employeur.

Je posai mes deux mains à plat sur mes cuisses en tentant de canaliser cette douleur aigüe qui me perforait le cœur.

— Quand même, mentir à la femme qu'on aime, ce n'est pas l'idéal.

— Qui te parle d'amour ? Ce n'est absolument pas un mariage d'amour ! Il s'agit uniquement d'une alliance politique. Sydney est la fille de Cliff Carlisle.

Cliff Carlisle ! Rien que ça ! Un ancien porte-parole de la Maison Blanche ! Cet homme de soixante-cinq ans, influent et éminemment respecté, était revenu s'établir dans son état natal, le New Jersey. Reconverti dans les affaires, il était propriétaire d'un journal local ainsi que d'une maison d'édition, écrivait des livres politiques et, depuis quelques années, se lançait dans l'immobilier.

— Cliff apporte un soutien inconditionnel à notre père ainsi qu'une subvention conséquente pour lui permettre de développer certains secteurs tels que l'éducation, la justice et l'énergie. En échange, Jerry lui accordera le droit de construire son premier complexe hôtelier de luxe à Cape May. Ce qui augmentera le nombre de touristes et alimentera les caisses de l'Etat. Cliff et Jerry ont à cœur de promouvoir la région du New Jersey, beaucoup trop dénigrée par les états voisins.

Je pouvais aisément comprendre ce genre de procédé mais une interrogation subsistait.

— Mais qu'est-ce que tout ça a à voir avec Tyler ? Et pourquoi un mariage ?

— Dans environ quatre ans, Tyler sortira de l'ombre. Papa va le mettre sur le devant de la scène et Cliff aura également un rôle à jouer.

— Il va tenter de succéder à notre père en tant que gouverneur ?

— Dans un premier temps seulement, le but ultime est beaucoup plus élevé, un poste à la Maison Blanche.

J'ouvris des yeux incrédules. Mon père avait déteint à ce point sur Tyler qu'il se mariait uniquement par intérêt…

— Incroyable, murmurai-je, il est prêt à passer sa vie avec une femme qu'il n'aime pas, juste pour un putain de poste.

— Ben ouais. Qu'est-ce qui te choque ? Il n'y a pourtant rien de surprenant dans cette union. Une fois qu'ils auront fait deux gosses, ils iront prendre leur plaisir chacun de leur côté et joueront la comédie de la famille parfaite devant les médias.

Je constatai avec désolation le ton fataliste de ma sœur.

— Tu es cynique, Amy.

— Réaliste seulement. N'espère pas trouver l'amour Callie, c'est peine perdue dans notre milieu.

Je grimaçai. Je l'avais trouvé mais hélas mes sentiments n'étaient pas réciproques. De plus, je venais de m'apercevoir que nous n'étions pas sur la même longueur d'onde vis-à-vis du mariage et de nos attentes le concernant. Certes, le fait que Tyler n'était pas amoureux me rassérénait quelque peu mais cela ne changeait pourtant rien. Il allait se marier et continuer à évoluer dans ce monde bourré de coups-bas, de pots de vin, d'hypocrisie, de mensonges…

Quant à moi, je rêvais de me marier avec un homme dont je serais amoureuse, de former une famille soudée, d'exercer un métier dans lequel je puisse m'épanouir. En bref, une vie des plus normales totalement incompatible avec les ambitieux projets de Tyler. Finalement, il valait mieux qu'il épouse Sydney Carlisle, même si cela me déchirait le cœur de l'admettre.

— Je ne me marierai qu'avec un homme que j'aime et qui m'aime, décrétai-je d'un ton catégorique.

Amy se leva.

— Alors apprête-toi à rester célibataire toute ta vie, petite sœur, soupira-t-elle. Je te laisse, j'ai une répétition. Veux-tu en profiter pour sortir ? Je peux te déposer quelque part.

— Non merci. Pour moi, le programme sera sieste, piscine et lecture.

Chapitre 3

Confortablement installée dans la salle de télévision, je regardais « World War Z ». Je m'étais mise en mode détente, un vieux short en jean effrangé, un débardeur en coton, pieds-nus, les cheveux à moitié retenus par une grosse pince en plastique.

Depuis mon arrivée, trois jours plus tôt, je n'avais pas quitté la propriété, me contentant de nager, lire, échanger des mails avec Solen, regarder des films et me balader au bord du petit étang, là où je me réfugiais souvent lorsque j'étais plus jeune.

Tout à coup, la porte s'ouvrit et quelqu'un cria mon nom. Je pris la télécommande pour couper le son avant de me retourner pour découvrir Tyler. Je ne l'avais pas revu depuis le fameux soir où j'avais appris son mariage. Mon cœur fit un bond dans ma poitrine.

— Ton père veut te parler, il t'attend dans son bureau.

Comme tous les gouverneurs des Etats-Unis, Jerry bénéficiait d'une résidence officielle pour exercer ses fonctions mais il avait choisi de travailler depuis son domicile, ne se rendant à Drumthwacket que pour des réunions, des conférences ou certaines réceptions.

Je fronçai les sourcils.

— Qu'est ce qu'il veut ?

— Suis-moi et tu verras.

Je posai le paquet de chips au vinaigre que j'avais dans les mains. Pendant que j'avançais vers Tyler, je crus surprendre son regard sur ma poitrine mais ce fut tellement bref que j'en vins aussitôt à douter de l'exactitude de ce geste. Je prenais mes désirs pour des réalités. Je n'arrivais tellement pas à me sortir ce mec de la tête, et du cœur, que je persistais à voir de l'espoir là où il n'y en avait pas.

Je cheminai à ses côtés jusqu'au bureau de mon père, droite comme un I, silencieuse comme une ombre. A peine avait-on passé le seuil que Jerry esquissa une moue contrariée.

— C'est quoi encore cet accoutrement ?

— Oh ça va ! J'ai encore le droit de me mettre à l'aise. Personne ne me voit ici, lâchai-je en m'affalant dans le fauteuil, face à lui.

Tyler se plaça derrière mon père, s'adossant contre la cheminée.

— A partir de demain matin et durant trois jours, nous aurons toute une équipe de la NJTV, aussi je te demanderai de t'habiller d'une manière décente.

— Papa…, je ne suis pas stupide.

Jerry croisa les mains sous son menton.

— Effectivement, mais tu peux être parfois tellement… déroutante.

Un léger sourire se dessina sur mes lèvres.

— Je te promets d'être à la hauteur de la tâche qui m'est dévolue, aussi bien sur le plan vestimentaire que comportemental, prononçai-je solennellement.

— Tant mieux ! Tyler et moi avons travaillé sur le déroulement de ces journées. Sur la feuille que voici, tu trouveras toutes les indications que tu devras suivre ainsi que le discours à tenir aux journalistes et les différentes réponses à apporter aux nombreuses questions qu'ils ne manqueront pas de te poser.

Je le fixai d'un air hébété.

— C'est pas vrai ! Il n'y a donc jamais rien de spontané chez vous. Il faut toujours jouer un rôle.

— La spontanéité n'est pas de mise, surtout en politique. Un seul mauvais pas, la moindre parole déplacée, et tout t'explose en pleine figure.

Je levai les yeux au ciel en prenant la feuille qu'il me tendait.

— Très bien, je vais étudier ça, dis-je en me levant.

— Je n'ai pas terminé Callie. Je dois te parler de ton amie, Solen Kerhoas.

— Comment connais-tu son nom ? questionnai-je en fronçant les sourcils.

— J'ai demandé à Tyler d'enquêter sur elle et sa famille. Je refuse que…

— Quoi ? hurlai-je, hors de moi. Mais qui vous a permis de fouiller ainsi dans leur vie privée ?

Jerry tapa du poing sur le bureau.

— Tais-toi maintenant ! J'ai appris que cette soi-disant amie a vécu dans ton appartement londonien pendant quatre ans sans jamais mettre la main à la poche. Elle vient d'une famille qui n'a rien, à part un miséreux rafiot de pêche et une vieille baraque qu'elle a du mal à entretenir. Tu es trop crédule Callie, ils ont flairé le bon filon. La fille d'un gouverneur, quelle belle aubaine !

Je restai médusée devant un tel ramassis d'âneries avant de me taper le front de la main.

— Je n'en reviens pas que tu traites ces braves gens avec autant d'irrespect, de mépris et de dédain ! Ils m'ont accueillie, aimée et choyée presque autant que leurs propres enfants. Ils sont d'une gentillesse et d'une bonté inouïes. Ils ne méritent vraiment pas d'être rabaissés de la sorte.

— Evidemment, grinça Jerry. On ne se demande pas pourquoi ils t'ont ouvert les bras ! Est-ce qu'ils t'ont informée que les créanciers les menaçaient de les expulser de leur misérable bicoque ? Ils sont dans l'incapacité de rembourser leur prêt. La pêche en Bretagne n'est plus très lucrative de nos jours.

J'étais horrifiée, mais triste également, d'apprendre ces informations confidentielles par le biais d'une enquête injustifiée.

— Gregor et Soizic ne m'ont jamais demandé le moindre centime lorsque je logeais chez eux. Même pour les inviter au restaurant, c'était compliqué. Ils refusaient que je leur paye quoi que ce soit.

— Parce que ce n'est pas un simple repas au restaurant qu'ils espèrent ! rétorqua-t-il d'un ton cinglant.

— Pure spéculation de ta part ! Tu te permets de les juger alors que tu ne les connais pas ! Et puis, vous n'aviez pas le droit de vous occuper de mes affaires ! criai-je, furieuse, en pointant Tyler du doigt.

— Tyler n'a fait qu'exécuter mes ordres.

— Oh, bien sûr ! Un bon et fidèle toutou qui t'obéit au doigt et à l'œil ! Il serait peut-être temps qu'il s'achète un cerveau pour réfléchir par lui-même !

Tyler avança d'un pas.

— Ma patience a des limites Callie, alors mesure tes propos, gronda-t-il d'une voix lourde de menaces.

Surprise par son intervention, je le regardai droit dans les yeux. Nous nous défiâmes du regard un long moment. Hypnotisée par ses prunelles vertes, les images qui se mirent à défiler dans mon cerveau n'avaient plus rien à voir avec la colère ou l'amertume. Troublée, je baissai les yeux la première.

Mon père, resté silencieux durant notre combat visuel, reprit la parole.

— C'est pour ton bien Callie. Tu es parfois trop naïve, il est de mon devoir de te protéger des personnes cupides.

Je secouai la tête.

— Pourquoi tu salis tout ? murmurai-je tristement avant de tourner les talons et de quitter le bureau en claquant la porte.

Des cris, des bruits de pas et des claquements de portes me tirèrent de mon sommeil. J'ouvris un œil avant de le refermer aussitôt. Je serais bien restée au lit toute la journée après la mauvaise nuit que je venais de passer. Suite à la conversation animée avec mon père, je m'étais barricadée dans ma chambre pour le restant de la journée. Je n'étais même pas descendue dîner tellement j'étais en colère contre lui. Comment avait-il osé demander à Tyler d'enquêter sur Solen et sa famille ? Pourquoi s'obstinait-il à croire que tous les gens d'un rang social inférieur au sien étaient des profiteurs qui ne pensaient qu'à lui soutirer de l'argent ? Je savais que Solen, pas plus que son frère ou ses parents n'étaient de cet acabit. Pour moi, ils représentaient la famille idéale. Même s'ils traversaient des difficultés financières, j'enviais l'amour, la chaleur et la complicité qui régnaient au sein de leur foyer. De toute façon, peu importait ce qu'en pensait mon père, je m'associerais à Solen. Je n'allais pas le laisser choisir mes amis...

D'un seul coup, je me souvins que c'était aujourd'hui que commençait le reportage, d'où le tapage ambiant.

Tout à fait réveillée, je sautai du lit pour ouvrir mes volets. Devant le perron, une camionnette ainsi que trois voitures étaient stationnées. Alors que je me penchais par la fenêtre, un jeune homme aux cheveux blonds comme les blés qui déchargeait du matériel vidéo leva les yeux. Il me salua d'un sourire jusqu'aux oreilles tandis que je me reculai vivement en me souvenant que je n'étais vêtue que d'une nuisette rouge en coton.

A la salle de bain, je pris mon temps pour me pomponner. Je soignai mon maquillage, relevai mes cheveux en un chignon élégant et me parai de mes plus beaux bijoux. Après avoir enfilé un pantalon en cuir noir, un tee-shirt mauve à longues manches avec un col rond et des bottines plates Jimmy Choo, je sortis de ma chambre, prête à jouer le rôle de la fille modèle qu'on m'avait attribué.

Mon ventre criant famine, je me dirigeai tout droit vers la cuisine où je bus rapidement un café en grignotant un brownie.

Vingt minutes plus tard, je pénétrai dans le salon où tout le monde était réuni. Mon père était évidemment sur son trente et un avec un costume Armani gris anthracite tandis que ma mère paradait fièrement dans une robe blanche Valentino et qu'Amy semblait mal à l'aise dans un tailleur beaucoup trop strict pour elle.

A mon entrée, tous les regards convergèrent vers moi. Tout sourire, je m'avançai alors vers Jerry pour le gratifier d'un énorme baiser sur la joue.

— Salut mon papounet, bien dormi ? m'enquis-je avec une sollicitude extrême.

Il me décocha un regard interrogateur mais me serra dans ses bras pour m'embrasser à son tour. Ouah ! Je ne me rappelais plus de la dernière fois où nous avions eu un tel élan d'affection l'un pour l'autre. Ca devait probablement remonter à l'enfance, et encore... Finalement, tout ce cinéma avait du bon !

Je fis de même avec ma mère avant de saluer poliment chacune des personnes présentes. Je reconnus le jeune homme blond que j'avais vu depuis ma fenêtre. Il m'adressa un sourire entendu.

— J'étais impatient de vous rencontrer, dit-il en me serrant la main.

Je lui souris à mon tour avant d'aller me placer à côté de ma sœur.

— Où est Tyler ? demandai-je en balayant la pièce du regard.

— Je t'ai déjà dit que c'était un homme de l'ombre Callie. Il ne montrera pas le bout de son nez avant qu'ils aient tout remballé.

Je soupirai de déception puis reportai mon attention sur l'assistante de production, une grande femme à l'allure masculine, qui expliquait le déroulement de la journée.

Contre toute attente, ces trois jours passèrent rapidement et dans une ambiance relativement agréable. Je fus convaincante dans mon rôle de fille aimante tellement je chantai les louanges de mes parents, allant même jusqu'à affirmer qu'ils étaient fiers de ma réussite universitaire. Devant les journalistes, Jerry et Celia McBride n'osèrent pas me contredire et abondèrent largement en mon sens.

Je me liai également d'amitié avec Todd, le jeune caméraman de vingt-six ans. A plusieurs reprises, je remarquai que mon père nous surveillait du coin de l'œil. De là à ce qu'il envoie Tyler lui faire signer un contrat, il n'y avait qu'un pas…

Au moment des repas, tandis que les autres se réunissaient autour de la grande table sur la terrasse, Todd et moi déjeunions au bord de la piscine, les pieds dans l'eau, en bavardant avec animation. Nous nous découvrîmes bon nombre de points communs. Je songeai que c'était le candidat parfait pour oublier Tyler. Todd était un beau garçon, sympathique, avenant, intelligent mais il manquait l'essentiel ; je ne ressentais pas pour lui les sentiments passionnés que j'éprouvais envers Tyler.

Le dernier soir, tout le monde partagea un barbecue dans le jardin. Avant que les journalistes ne partent, Todd et moi échangèrent nos numéros de téléphone puis je montai me coucher.

Le lendemain, j'éprouvai une envie de m'aérer. J'empruntai la Chrysler décapotable de ma mère et prit la direction de Short Hills pour aller me livrer à l'une de mes activités favorites, le shopping.

Une heure plus tard, je me baladais dans les allées du centre commercial, fermement décidée à dévaliser les boutiques. Pendant plus de deux heures, j'arpentai les magasins, dépensant sans compter. Alors que je sortais de chez Carlo Pazolini, les bras chargés de paquets, quelqu'un se jeta sur moi en criant :

— Callie ! C'est pas vrai ! Tu es revenue !

Je posai mes sacs puis dévisageai la jeune femme qui se tenait devant moi.

— Bethany ! m'exclamai-je enfin. Bethany Clifford !

— Eh oui, c'est bien moi ! Je suis hyper contente de te revoir ! Tu es toujours aussi jolie, déclara-t-elle en me détaillant sous toutes les coutures.

Je me retins de lui retourner le compliment, sachant que Bethany avait toujours été complexée par ses rondeurs.

— Tu n'as pas beaucoup changé non plus, à part ta coupe de cheveux beaucoup plus courte et ce piercing dans le nez.

Elle rit.

— Ca fait deux ans que je l'ai ! Mon père a failli avoir une attaque quand il l'a vu la première fois.

— Je veux bien te croire. J'imagine sans peine la tête du mien si je rentrais avec un truc comme ça.

— Tu as déjeuné ?

— Pas encore.

— Alors allons manger un morceau au « Cheesecake Factory » ! Nous avons des tas de choses à nous raconter.

J'acceptai avec plaisir.

Attablées devant des succulentes pâtes Da Vinci, nous bavardâmes de nos anciennes connaissances et de nos années de lycée jusqu'à ce que nous abordâmes un sujet plus sérieux.

— Tu sais que nos pères respectifs sont en compétition, déclara Bethany en engloutissant une énorme cuillère de cheesecake au beurre de cacahuète.

— Oui mais je t'avouerai que cela m'indiffère.

— Tu ne soutiens pas ton père ?

— Qu'il soit réélu ou non est le cadet de mes soucis, répondis-je d'un ton désinvolte.

Bethany me fixait de ses grands yeux éberlués.

— C'est étrange. Moi, je participe activement à la campagne électorale. Bon, en même temps, nous devons redorer le blason familial qui en a pris un sacré coup dans l'aile à cause de ma mère qui n'a rien trouvé de mieux que de se vautrer dans le lit d'un type qui avait vingt ans de moins qu'elle et qui travaillait pour son mari.

— Comptent-ils divorcer ? m'enquis-je avec sollicitude.

— Ca va pas non ! Mon père a viré cet abruti et ma mère et lui se sont rabibochés, enfin en surface seulement.

Je n'en doutais pas car tout n'était que surface dans ce milieu, les faux semblants, les impostures, les apparences fallacieuses, c'était à se demander si la sincérité existait réellement en politique.

— J'irais bien faire un tour chez « La Perla ». Tu m'accompagnes ?

— Volontiers, dis-je en me levant.

— Alors, c'est parti ! lança gaiement Bethany.

Nous sortîmes bras dessus-dessous. Dans les allées, je remarquai deux locaux à vendre et pris soin de noter le nom de l'agence immobilière ainsi que le numéro de téléphone. Peut-être serait-ce une bonne idée d'implanter notre boutique dans un grand centre commercial où des milliers de clients potentiels se pressaient chaque jour ?

Nous flânâmes un long moment dans les rayons du magasin jusqu'à ce que Bethany se décide enfin pour un élégant corset en satin. Quant à moi, je ne fis que regarder, les dessous « La Perla » n'étant pas ceux que j'affectionnais le plus.

Bethany régla son achat et nous nous dirigeâmes vers la sortie du magasin. L'alarme du portique antivol se déclencha au moment même où nous le franchissions. Etonnées, nous nous fixâmes mutuellement, l'air interrogateur.

Cependant, je ne me formalisai pas. Etant donné que nous avions des sacs plein les mains, une vendeuse précédente avait sans doute oublié d'ôter un badge antivol, ce qui se produisait régulièrement. Le vigil fouilla scrupuleusement chacun de nos achats, faisant la comparaison avec nos tickets de caisse. Autour de nous, quelques clients commençaient à s'agglutiner.

— Désolé mesdemoiselles, je vais vous demander d'ouvrir votre sac à main, dit l'homme au ventre rebondi.

Bethany s'exécuta et il inspecta le contenu du sac. Dès qu'il eut terminé, je lui présentai le mien. Je le vis froncer les sourcils avant d'en extirper un slip brésilien en soie noire, agrémenté de broderies florales.

Je devins rouge comme une pivoine. Comment ce slip avait-il atterri dans mon sac à main ?

— Mademoiselle, vous allez me suivre.

Tétanisée, je restai sans voix.

— Mademoiselle, répéta le vigil en m'agrippant fermement le bras.

Mes cordes vocales recouvrèrent quelques forces et je dégageai mon bras.

— Lâchez-moi ! Je ne suis pas une voleuse !

Je me tournai vers Bethany qui observait la scène avec une expression étrange. On aurait dit que cette situation l'amusait.

— Dis-lui Bethany ! Dis-lui que je ne suis pas une voleuse ! Quelqu'un a dû glisser ce slip dans mon sac à mon insu !

Plus le temps passait, plus les badauds nous entouraient. Mon amie m'adressa un sourire ennuyé.

— Je suis navrée Callie mais je ne te couvrirai pas cette fois-ci.

Atterrée par ses propos, aucun son ne put sortir de ma gorge.

— Ce n'est pas la première fois que ça lui arrive, expliqua-t-elle à l'agent de sécurité d'un ton faussement compatissant. En général, je la surveille mais dès que je relâche ma vigilance, elle en profite.

Je ne parvenais plus à penser d'une manière cohérente tellement j'étais choquée par son attitude incompréhensible. Je refusais de croire ce que j'entendais... Bethany était mon amie. Nous avions passé toutes nos années de lycée collées l'une à l'autre. Je l'avais toujours défendue bec et ongles lorsque les miss Parfaites ou les machos de bas étage se moquaient de ses hanches un peu trop rondes.

— Vous pouvez partir mademoiselle. Je m'occupe d'elle, répondit poliment l'agent.

Anéantie, je la regardai s'éloigner d'une démarche dansante.

— Circulez ! Il n'y a rien à voir ! clama l'agent en chassant l'attroupement avec de grands gestes de la main.

La foule dispersée, il tourna ses petits yeux de fouine vers moi.

— Bon, à nous deux maintenant. Suivez-moi !

Au radar, je ramassai mes paquets et lui emboîtai le pas. Je me retrouvai dans un local exigu au mobilier plus que spartiate, un vieux bureau en bois, une armoire métallique bourrée de papiers, un fauteuil sur roulettes au tissu défraîchi et deux chaises dont la solidité des pieds laissait à désirer.

— Donnez-moi votre carte d'identité, demanda l'homme d'un ton péremptoire.

A contrecœur, je lui remis ma carte. Quand il lut mon nom, il leva un sourcil interrogateur.

— Callie McBride, la fille du gouverneur ?

J'approuvai silencieusement.

— Ben ça alors ! s'exclama-t-il en se grattant la tête.

Je paniquai quand il décrocha le téléphone.

— Que faites-vous ?

— J'appelle la police, jeune dame. Ici, c'est tolérance zéro pour les voleurs, y compris pour la fille de Jerry McBride.

— Je vous dis que je n'ai rien volé ! m'insurgeai-je avec véhémence.

— Bien sûr, ricana-t-il. Ils disent tous ça.

Je levai les yeux au ciel.

— Réfléchissez un peu ! Tout ça ne tient pas la route. Ce truc affreux coûte deux cent vingt-quatre dollars ! Sur mon compte, j'ai largement de quoi m'en acheter une centaine, alors pour quelle raison je le volerais ?

— J'en sais fichtre rien, moi ! Les gosses de riche dans votre genre, ça ne sait plus quoi inventer pour se faire remarquer !

Eh bien, me voici cataloguée dans la digne lignée des princesses gâtées qui font les quatre cents coups pour attirer l'attention sur elles.

Paniquée, je triturai nerveusement la lanière de mon sac pendant que l'agent discutait avec la police. Durant sa conversation téléphonique, il n'oublia pas de mentionner que j'étais la fille du gouverneur.

Dès qu'il eut raccroché, il se renversa dans son fauteuil et alluma un cigare.

— La police de Millburn arrive. Vous pouvez vous asseoir.

— Non merci, répondis-je sèchement.

Pendant que le vigil fumait tranquillement, je fis les cent pas dans la pièce. Soudain, la porte s'ouvrit sur trois agents de police en uniforme bleu marine. L'un d'eux s'avança vers moi.

— Callie McBride ?

Je hochai la tête.

— Je suis William Norris, le chef de la police de Millburn. Nous allons vous conduire au poste en toute discrétion.

— Je n'ai pas volé ce fichu slip, grognai-je entre mes dents.

Le policier haussa les épaules avant de s'adresser à l'agent de sécurité.

— Si vous tenez à votre travail, je vous conseille d'oublier le nom de cette jeune femme et tout ce qui s'est passé aujourd'hui.

L'homme écarquilla les yeux.

— Compris, bougonna-t-il.

Le chef se tourna ensuite vers ses policiers.

— Alex, tu passes devant. Mademoiselle McBride te suivra. Joey et moi, nous serons quelques mètres à l'arrière.

Avec un soupir, je m'emparai de mes paquets et cheminai docilement derrière le jeune policier. Nous atteignîmes la voiture de police sans attirer les regards. Le dénommé Alex ouvrit la portière et je m'engouffrai rapidement sur le siège arrière.

Quinze minutes plus tard, je fus enfermée, seule, dans un bureau au poste de police. Je m'installai sur une chaise tout en réfléchissant aux motifs de Bethany. Pourquoi avait-elle fait ça ? J'avais beau me creuser les méninges, je ne comprenais son comportement.

Je consultai ma montre, une demi-heure que j'étais prisonnière dans ce bureau. Quand allait-on venir prendre ma déposition ? J'étais réellement pressée de m'expliquer pour pouvoir rentrer chez moi.

La porte s'ouvrit enfin sur William Norris.

— Nous avons prévenu votre père. Une personne est actuellement en route pour Millburn.

Je tressaillis. Pourvu que ce ne soit pas Tyler ? Il ne manquerait plus que ça…

— Je n'ai pas volé ce slip. Quelqu'un m'a tendu un piège.

— Aucune importance, rétorqua le policier en levant la main.

— Vous ne prenez pas ma déposition ? questionnai-je, étonnée.

— Je viens de discuter longuement avec Jerry. Nous allons tous oublier ce fâcheux incident mais veillez à ne pas récidiver parce que la prochaine fois, nous ne serons pas aussi cléments.

Je roulai des yeux scandalisés.

— J'insiste pour que vous preniez ma déposition ! m'écriai-je avec véhémence. Je n'ai rien volé et j'aimerais vraiment être disculpée !

Le chef de la police poussa un soupir agacé.

— Votre père refuse catégoriquement que votre nom, donc le sien, soit consigné dans nos registres, surtout pour une inculpation de « *vol à l'étalage* ».

Indignée, je me levai précipitamment. Je commençais à en avoir assez que l'on me considère comme coupable sans me demander ma version des faits. Où était passée la présomption d'innocence ?

— Puisque je vous dis que je n'ai rien…

Sans prendre la peine de m'écouter, le policier quitta la pièce. Je me retrouvai de nouveau seule.

Après de longues minutes d'attente, j'entendis des voix masculines dans le couloir. Lorsque la porte s'ouvrit, je faillis m'évanouir en constatant que Tyler se tenait au côté de William Norris. Ce que je redoutais s'était produit ! Je me mis debout en évitant soigneusement de croiser son regard.

— Je te garantis que, la prochaine fois, je prendrai tout mon temps pour venir te récupérer, gronda Tyler d'un ton menaçant.

Je fulminai intérieurement mais continuai à fixer mes pieds. C'était dingue ! Tout le monde avait donc décidé que j'étais coupable !

— On y va, rajouta-t-il sèchement.

Toujours sans un mot, j'empoignai mes paquets. Je suivis les deux hommes, la tête basse. Avant de sortir du bâtiment, Tyler et William échangèrent une poignée de main.

— Jerry te remercie, dit Tyler.

— C'est normal, je lui dois beaucoup, notamment mon emploi.

Je sortis en compagnie de Tyler. Arrivés devant sa voiture, il m'arracha les sacs des mains pour les balancer sur la banquette arrière. Avec un mélange de tristesse et de colère, je grimpai sur le siège passager et bouclai ma ceinture. A peine eut-il pris place derrière le volant que Tyler explosa :

— Tu ne pourrais pas te comporter en adulte, bon sang !

Son ton méprisant me fit l'effet d'une gifle. J'aurais aimé lui avouer la vérité mais, comme il me condamnait d'office, je me résignai à me taire. Quoi que je dise, quoi que je fasse, il ne me croirait pas. Depuis des années, il était persuadé que j'étais une fille facile, et maintenant, il allait y ajouter le qualificatif de voleuse. Charmant portrait ! Une bouffée de rage me submergea. Hors de question que je me laisse insulter par ce type qui était loin d'être parfait.

— Qu'appelles-tu exactement « *se comporter en adulte* » ? Fouiller dans la vie des gens à l'affût de leurs sales petits secrets ? Faire signer des contrats écœurants à des mecs pour qu'ils aient le droit de baiser une femme ? C'est ça ta vision de la maturité, lâchai-je d'une voix acide.

Les mains de Tyler se crispèrent sur le volant.

— Tu es vraiment exaspérante, Callie. Je ne sais même pas pourquoi je perds mon temps à discuter avec toi.

— Bien esquivé ! rétorquai-je avec hargne. Cela dit, tu as raison, ne nous parlons plus.

Je me retranchai alors dans un silence hostile. Je n'en sortis que lorsque je constatai qu'il prenait la direction de Princeton.

— Il faut que je récupère la voiture de ma mère au centre commercial.

— Je croyais que tu ne voulais plus m'adresser la parole, répliqua Tyler du tac au tac.

Je soupirai en appuyant mon front contre la vitre.

— Je reviendrai chercher la voiture de Celia avec Stanley. Comme si je n'avais que ça à faire, poursuivit-il d'un ton glacial. Je dois dîner avec Sydney ce soir et, à cause de tes frasques, je vais être en retard.

Je tressaillis en entendant le nom de la femme qui allait devenir l'épouse de l'homme que j'aimais. Une larme s'écrasa en silence sur mon jean. Je m'empressai de tourner la tête afin de dissimuler mon chagrin.

63

Le restant du trajet s'effectua dans un silence monacal. Dès que la voiture s'immobilisa, je me précipitai à l'extérieur et m'emparai de mes achats avant de me diriger à grandes enjambées vers la villa. Je m'apprêtais à emprunter l'escalier lorsque la voix de Tyler résonna dans le hall :

— Ton père t'attend dans son bureau.

— Eh bien, qu'il attende ! Je n'ai aucune envie de le voir maintenant !

— Comme bon te semble mais tu devrais y aller si tu ne veux pas que la situation ne s'envenime davantage.

Je ne répondis pas et montai l'escalier. Au premier étage, je pris la direction du bureau de mon père. Après avoir déposé mes nombreux sacs à côté de la porte, je frappai et entrai.

Jerry me lança aussitôt un regard furieux.

— C'est quoi ce bordel Callie ? Je ne te donne pas assez d'argent que tu te mets à voler de la lingerie ?

— Je n'ai rien volé du tout ! m'exclamai-je, de plus en plus irritée.

Il pinça les lèvres avec une moue dépitée.

— Je ne sais vraiment pas ce qui te passe par la tête parfois. Tu as toujours été impulsive et imprévisible mais cela ne s'arrange pas.

Je tendis les mains au ciel dans un ultime geste de désespoir.

— Personne ne veut donc me croire ? C'était un piège !

Mon père fit claquer sa langue d'un air désapprobateur.

— Ca suffit Callie ! Je n'ai pas de temps à perdre, je suis attendu au Capitole pour une réunion de la plus haute importance avec le gouverneur adjoint et le maire de Trenton.

Je réprimai difficilement un rire hystérique. Même mon propre père me croyait capable de commettre un acte délictueux.

Jerry se leva, enfila sa veste puis s'arrêta devant moi.

— Ecoute, je ne te demande qu'une seule chose. Tiens-toi tranquille quelques semaines. Ne fais plus de vagues jusqu'aux élections, s'il te plaît. Puis-je compter sur toi ?

— Oui, soufflai-je.

— Bien, je te fais confiance.

Il sortit de la pièce. Quelques secondes plus tard, je quittai le bureau, encore sonnée par ma mésaventure.

Alors que j'empoignais mes paquets, j'entendis mon père converser dans le hall avec Tyler.

— Stan me dépose à Trenton puis il t'emmènera jusqu'à Short Hills pour que tu ramènes la voiture de Celia. Désolé pour ton dîner.

— Ce n'est pas grave. J'ai prévenu Sydney que j'aurais un peu de retard.

Dès que la porte d'entrée claqua, je me ruai dans ma chambre, combattant vaillamment une terrible envie de fondre en larmes et de tout casser.

CHAPITRE 4

Après une nuit agitée, je décidai de faire quelques brasses dans la piscine. Je sautai dans mon maillot de bain et, munie d'une grande serviette de plage, pénétrai sur la jolie terrasse en pierre bleue. Après avoir déposé la serviette sur une chaise longue, je plongeai avec bonheur dans l'eau puis entreprit d'effectuer quelques longueurs.

Alors que je savourais le silence, un cri me fit sursauter :

— Callie !

Je tournai la tête pour découvrir mon père, en costume cravate, qui m'observait d'un air mécontent.

— Dans mon bureau, tout de suite !

Il fit volte-face, sans autre explication. Je sortis de l'eau et me séchai rapidement avant de reprendre, une fois de plus, le chemin de son bureau. Je ne pris pas la peine de frapper et entrai dans la pièce, ma serviette autour du cou.

Je tressaillis en croisant un regard vert qui me détailla de la tête aux pieds. Tyler, le téléphone vissé à l'oreille, était appuyé contre le mur. Je dépliai ma serviette pour m'en envelopper. Inutile de donner de l'eau à son moulin en me pavanant devant lui à moitié nue…

Pendant que Tyler poursuivait sa conversation téléphonique, Jerry balança, d'un geste rageur, le journal sur le bureau. Je crus que mon cœur allait s'arrêter de battre lorsque je vis la photo qui s'étalait en première page avec un titre tapageur « *la fille du gouverneur McBride arrêtée pour vol* ».

Les jambes en coton, je m'effondrai dans le fauteuil le plus proche.

— Lis l'article ! ordonna mon père.

D'une main tremblante, je m'emparai du « Times » et procédai à une lecture silencieuse. Aucun détail n'avait été oublié… Pire, le journaliste en avait même rajouté en stipulant que j'avais dérobé plusieurs articles, que j'avais fondu en larmes et même tenté de m'enfuir.

— Bruce va déposer plainte contre le journal immédiatement, mentionna Tyler qui venait de raccrocher. D'après lui, nous devrions obtenir facilement des dommages et intérêts.

Je reposai le journal sur le bureau.

— Je suis désolée, balbutiai-je d'une voix chevrotante.

— Il y a de quoi ! tonna Jerry. Tu as foutu un sacré merdier !

Il ferma les yeux en inspirant profondément plusieurs fois de suite avant de poursuivre plus calmement :

— Raconte-moi comment cela s'est passé exactement ?

— L'alarme s'est déclenchée au moment où je passais le portique de sécurité. Le vigil m'a donc arrêtée et a fouillé mes paquets. Comme il n'y avait rien, il m'a demandé d'ouvrir mon sac à main, c'est là qu'il a trouvé ce… slip.

J'omis volontairement de parler de Bethany Clifford. Si je dénonçais sa présence, la situation allait prendre une ampleur encore plus considérable, ce que je voulais éviter pour l'instant. Je comptais avoir une petite discussion privée avec Bethany, c'était entre elle et moi.

— Il n'y avait que ça ? interrogea Jerry, les sourcils froncés.

— Oui.

— Il a effectué la fouille dans le magasin, devant tout le monde ? demanda Tyler.

— Oui.

— C'est donc à ce moment là que la photo a été prise, décréta Jerry, probablement avec un téléphone portable. Tyler, appelle immédiatement le maire de Short Hills. Je veux le rencontrer d'urgence, cet agent doit être renvoyé sur le champ.

— Il serait préférable de le faire renvoyer après les élections, objecta Tyler avant de s'éloigner à l'autre bout de la pièce.

— Tu as raison, cela pourrait me porter préjudice.

Jerry se tourna vers moi.

— Pendant que nous y sommes, tu n'as rien d'autre à avouer ? s'enquit-il, la mine accusatrice.

— Si, cet article est un ramassis d'âneries. Je n'ai jamais pleuré ou tenté de m'enfuir.

— Très bien, nous allons nous occuper de cette histoire.

— Papa, je n'ai pas volé ce slip, crois-moi..., implorai-je d'un ton plaintif.

Mon père poussa un long soupir de découragement.

— N'aggrave pas ton cas, Callie. Tu peux retourner à tes occupations.

Je quittai le fauteuil.

— Ralph Bullock peut te recevoir à onze heures ce matin, déclara Tyler.

— Parfait, nous partirons dans trente minutes.

Je refermai doucement la porte. Décidément, depuis que j'étais rentrée, tout allait de mal en pis. Je me réfugiai dans ma chambre pour téléphoner à Solen, elle seule pourrait me remonter un peu le moral.

Lorsque j'entendis la voix de mon amie, je faillis éclater en sanglots. A mon intonation, elle comprit aussitôt que je n'allais pas bien. Je lui racontai alors tous mes déboires. Je lui parlai également de mes sentiments pour Tyler dont j'avais soigneusement tu le nom - et l'existence - durant toutes mes années londoniennes.

Comme je m'y attendais, Solen me prodigua des paroles rassurantes. Elle me crut sur parole lorsque je lui révélai que j'avais été victime d'un piège et que je n'avais rien volé. Bien entendu, je passai sous silence les recherches approfondies dont elle et sa famille avaient fait l'objet. Néanmoins, les paroles de mon père résonnaient dans ma tête comme un refrain lancinant : « *ils sont dans l'incapacité de rembourser leur prêt* » ; « *les créanciers menacent de les* expulser » ; « *la pêche en Bretagne n'est plus très lucrative* ».

— Et toi, tout va bien ? demandai-je.

— Très bien. Je suis rentrée à Roscoff depuis six jours. J'ai annoncé à mes parents que je partais te rejoindre dans environ quatre mois et que nous avions décidé de nous associer pour créer notre affaire.

— Comment ont-ils réagi ?

— Heureux et tristes à la fois. Ils sont évidemment ravis que j'aie trouvé ma voie professionnelle mais le fait que je parte à des milliers de kilomètres les inquiète.

Oh oui ! Je devinais aisément l'angoisse de Gregor et de Soizic. Je n'avais jamais connu une famille aussi soudée et aimante. Ce couple était prêt à tout pour leurs enfants, quitte à se ronger les sangs jour et nuit ou à faire des sacrifices financiers pour leur avenir professionnel. Leur unique objectif, le bonheur de Solen et d'Erwan.

— Ils pourront venir te voir, indiquai-je d'un ton résolu.

— C'est que… leurs moyens… financiers sont limités, bredouilla Solen, gênée.

— Je réglerai les billets d'avion, je leur dois bien ça ! Ils m'ont offert le gîte et le couvert de nombreuses fois, et avec tellement de gentillesse.

— Arrête Callie ! C'est à moi de payer le billet d'avion de ma famille ! répliqua Solen, outrée.

Je souris tendrement. Les Kerhoas avaient beau être dans le besoin, ils étaient fiers et acceptaient difficilement de l'aide.

Je changeai de sujet tout en maintenant ma décision. Gregor et Soizic m'avaient fait découvrir des valeurs essentielles comme la modestie, la simplicité, la bonté, l'amour familial, et j'étais fermement décidée à les remercier coûte que coûte.

— Et Gregor ? Comment va la pêche ?

— Ca va, répondit-elle d'une voix tremblante.

— Tu es certaine ?

Elle reprit un ton plus assuré.

— Mais oui, cesse de t'inquiéter pour nous ! Tout va très bien.

Je savais qu'elle mentait. Cela n'allait pas aussi bien qu'elle voulait le faire croire. Hélas, je me trouvais dans l'incapacité de leur tendre la main s'ils s'obstinaient à me dissimuler la réalité.

Nous terminâmes notre conversation en évoquant nos futurs projets. J'appris à Solen que j'avais relevé deux annonces immobilières mais, vu la tournure des évènements de la veille, il me semblait judicieux de ne pas installer notre boutique à Short Hills. Je continuerais donc mes recherches de locaux dans les semaines à venir.

Je devais aussi me rendre à la banque afin d'obtenir un crédit pour l'acquisition du bien immobilier ainsi que du matériel nécessaire.

Lorsque je reposai mon portable, j'avais l'oreille en surchauffe, plus d'une heure de discussion téléphonique…

Je m'apprêtais à prendre une douche quand on frappa à ma porte.

— C'est moi ! lança la voix de ma sœur.

— Entre !

Amy pénétra dans la pièce, le « Times » plié sous le bras.

— Tu as vu le journal ? s'enquit-elle en me fixant avec attention.

— Oui, soupirai-je. C'est une sale histoire.

— Explique ! dit Amy en s'installant en tailleur sur mon lit.

Je pris place à côté d'elle et lui narrai ma mésaventure. A elle, comme à Solen précédemment, je dévoilai la présence de Bethany Clifford.

— Ca ne m'étonne pas ! s'exclama-t-elle quand j'eus fini mon récit. Cette femme est une véritable ordure !

Je serrai ma sœur dans mes bras avec effusion. Enfin, une deuxième personne qui ne me considérait pas comme une voleuse ! Ca me réconciliait avec la race humaine.

— Je suis vraiment heureuse que tu crois en mon innocence.

— Callie, je sais que tu ne serais jamais capable de voler quoi que ce soit. Tu es la personne la plus honnête que je connaisse. Papa ne te croit pas coupable quand même ?

— Et si, tout comme Tyler, la police, le vigil et, à l'heure qu'il est, probablement tout l'Etat du New Jersey.

Amy écarquilla les yeux.

— Tu lui as expliqué pour Bethany ?

Je secouai négativement la tête.

— Mais pourquoi ?

— Parce que papa sera furieux et voudra se venger des Clifford. Je ne veux pas être responsable d'une bataille médiatique infernale entre eux. Et puis, c'est à moi qu'elle s'en est pris, c'est donc mon problème.

Amy se frotta les mains.

— D'accord, nous allons élaborer un plan pour te venger.

Je fixai ma sœur avec incrédulité.

— Non, non, non, je n'ai pas parlé de vengeance. Je veux seulement discuter avec elle et comprendre...

— Comprendre ! Mais il n'y a rien à comprendre ! Cette salope ferait n'importe quoi pour que son père remporte les élections ! Elle est allée jusqu'à s'afficher au bras d'Andy, le frère de Sydney, dans l'espoir que Cliff Carlisle apporte son soutien à Roy. Manque de bol ! Cliff ne se laisse pas facilement manipuler. De plus, il apprécie énormément notre père. Quand Bethany a constaté que son plan ne fonctionnait pas comme prévu, elle s'est débarrassée d'Andy pour jeter son dévolu sur Steve, le fils de Rex Clarkson, l'ancien gouverneur du New Jersey, et désormais PDG de FS Partners Inc, la plus grosse entreprise financière de l'Etat.

Une pointe de jalousie me traversa en entendant le prénom de Sydney mais je ne m'y attardai pas, époustouflée par les déclarations d'Amy. Je ne reconnaissais pas Bethany dans les propos qu'elle me tenait.

— C'était ma meilleure amie. Elle n'a pas pu changer autant !

Amy soupira bruyamment.

— Elle n'était amie avec toi que pour les avantages que cela lui rapportait. C'est une opportuniste, tout comme son père. Si Roy Clifford en est là aujourd'hui, c'est à force de lécher les bottes à toute une flopée de personnalités influentes. Quand papa était maire de Trenton, il était l'un de ses adjoints. Puis, quelques années plus tard, quand il a senti le vent tourner, il s'est subitement découvert la fibre démocrate.

— Je manque de discernement à ce point ! m'étonnai-je.

Amy m'adressa un sourire affectueux.

— Non Callie. Tu es juste trop gentille. Tu ne vois toujours que le bon côté des gens.

— Nous avons tous un bon et un mauvais côté, même toi et moi.

— C'est vrai, concéda Amy, mais il y a des individus pires que d'autres. Bethany n'a jamais été celle que tu imagines.

Au vu de ma mine sceptique, ma sœur soupira.

— Très bien, tu veux lui parler ?

J'opinai.

— L'état major de Clifford est à Trenton, dans des bureaux situés East State Street. Bethany s'y rend chaque matin pour récupérer des tracts et des affiches qu'elle distribue ensuite avec des petits cadeaux. On n'a qu'à y aller demain. On l'attendra chez « Dunkin Donuts », c'est juste en face.

J'esquissai une moue dubitative.

— A priori, elle ne s'y rend pas à pied. Comment pourra-t-on savoir si elle est là ou pas ?

Amy haussa les épaules.

— Tu ne risques pas de la louper, elle parade fièrement dans une Aston Martin Vantage rouge.

— Ah, quand même ! m'exclamai-je, impressionnée.

— Ca paye d'être une peste hypocrite. Alors, t'es partante ?

Je descendis du lit tout en réfléchissant.

— Oui, mais uniquement si tu me promets de ne pas faire d'esclandre et de me laisser régler cette affaire toute seule.

Amy me rejoignit.

— Ok. A charge de revanche, je voudrais que tu viennes au théâtre demain soir parce que c'est la dernière fois que nous jouons à Trenton. Ensuite, toute l'équipe va manger et danser au « Rho ». J'aimerais beaucoup avoir ma petite sœur avec moi. Dès mardi, nous partons pour Jersey City où nous donnerons une dizaine de représentations, et c'en sera fini de cette pièce.

— Que vas-tu faire après ?

— J'ai plusieurs auditions à passer sur New York en novembre et décembre dont deux concernent des pièces jouées à Broadway. Et puis, je vais reprendre des cours de danse car les comédies musicales m'intéressent de plus en plus.

— Ce serait génial que tu puisses te produire à Broadway !

— A qui le dis-tu ! Rendez-vous dans le hall demain matin à sept heures trente !

Amy me serra dans ses bras avant de quitter la chambre d'une démarche légère.

Je grognai lorsque l'alarme de mon téléphone se déclencha. En bâillant, je pris le chemin de la salle de bain. Après une douche rapide, j'enfilai une tenue décontractée, jean, pull, blouson, bottines, avant de rejoindre Amy dans le hall.

— Allons casser la gueule à cette connasse ! clama ma sœur en refermant la porte d'entrée.

— Amy ! grondai-je. Tu as promis de ne pas t'en mêler !

— Déstresse ! Je plaisantais.

Je lui lançai un regard noir tout en bougonnant.

— Ca ne te réussit pas de te lever de bonne heure, dit-elle en riant.

Je haussai les épaules et montai dans sa voiture.

Il nous fallut une trentaine de minutes pour atteindre « Dunkin Donuts ». Arrivées à l'ouverture, nous étions les premières clientes. Après avoir commandé un latté, des donuts et des munchkins au chocolat glacé, nous nous installâmes à une table près de la vitre afin de surveiller le passage de la fameuse Aston Martin.

— On en a pris pour un régiment, fis-je remarquer en désignant les pâtisseries.

— Tu pourras en offrir à ta super amie Bethany, histoire de la remercier pour sa sympathie et sa gentillesse.

Je plissai les yeux de mécontentement.

— Tu cherches à m'énerver ?

— Pas du tout ! s'offusqua Amy. J'aimerais seulement que tu t'endurcisses un peu et que tu ne lui tendes pas l'autre joue.

Je soupirai de lassitude.

— Ecoute Amy, je ne suis pas une adepte du proverbe « œil pour œil, dent pour dent ». La vengeance n'apporte rien de bon, si ce n'est encore plus de haine et de souffrance. Néanmoins, je n'ai pas l'intention de pardonner à Bethany, notre amitié est définitivement aux oubliettes.

Amy croqua à belles dents dans un donut à la vanille.

— J'espère… j'espère…

A mon tour, je mordis généreusement dans un donut au sucre. Nous bavardâmes tout en épiant scrupuleusement le ballet des voitures. Une heure plus tard, aucune trace de Bethany… Amy consulta sa montre.

— J'ai envie d'un café glacé. Tu veux quelque chose ?

— Pareil que toi.

Pendant qu'Amy se trouvait au comptoir, je ne relâchai pas ma surveillance. Soudain, une superbe Aston Martin cabriolet, de couleur rouge, s'arrêta au feu.

Sans réfléchir, je me précipitai vers la porte.

— Je reviens ! criai-je à ma sœur.

Je rabattis la capuche de mon blouson en courant vers la voiture. La capote étant baissée, je m'accoudai à la portière.

— Salut ! lançai-je d'un ton faussement radieux.

Bethany souleva ses lunettes de soleil.

— Oh Callie ! Que fais-tu ici ? J'espère que tu ne viens pas de dévaliser une bijouterie pour courir aussi vite, déclara-t-elle d'une voix mielleuse.

Son ton sarcastique ainsi que son sourire moqueur me firent bondir. Vive comme l'éclair, je me penchai en avant, coupai le contact et m'emparai de ses clés.

— Hey ! Ca va pas non ! T'es cinglée ! Redonne-moi mes clés tout de suite ! hurla Bethany en descendant de sa voiture.

— Si tu veux les récupérer, suis-moi. Nous avons besoin de mettre certaines choses au clair, la narguai-je en secouant le trousseau.

Bethany, rouge de colère, s'avança vers moi tandis que les conducteurs se mettaient à klaxonner, le feu venant de passer au vert.

— D'accord pour la discussion ! Mais rends-moi ces putains de clés que je puisse me garer ! Je gêne tout le monde ! braila-t-elle, de plus en plus excédée.

— Je ne tomberai pas dans le panneau deux fois. Si je te les donne, tu vas en profiter pour te barrer.

Le concert des klaxons s'intensifia. Bethany, furieuse, se mit à faire des doigts d'honneur à tout va en proférant des insultes.

— Je te jure que non ! Donne-moi mes clés ! Je te promets que je te rejoins dès que j'ai trouvé une place. Fais-moi confiance, bordel !

— Confiance, lâchai-je avec un rire amer. On ne m'y reprendra plus. Tu viens et tu récupéreras tes clés, sinon je les jette dans le caniveau.

— Mais t'es vraiment qu'une tarée ! vociféra-t-elle en tapant rageusement du pied.

En souriant, je tournai les talons et rentrai dans le café où ma sœur observait la scène avec délectation.

— Bien joué, frangine ! me félicita-t-elle en applaudissant.

Je m'assis.

— Voilà, je suis là, tu es contente ! maugréa Bethany en se plantant devant notre table.

— Contente est un bien grand mot. Installe-toi, je t'en prie, dis-je en désignant de la main une chaise libre.

De mauvaise grâce, Bethany s'assit tout en surveillant sa voiture du coin de l'œil. L'Aston Martin était toujours à la même place, les automobilistes la contournant pour pouvoir continuer leur route.

— Dépêche-toi de cracher le morceau ! Je n'ai pas que ça à faire ! râla Bethany.

— Tu es d'une amabilité toute relative, répliquai-je en mettant discrètement en marche le dictaphone de mon smartphone.

Je détestais employer ce genre de méthode mais, avec cette garce, je n'avais pas le choix. Il était hors de question que je me retrouve encore une fois en première page du journal pour lui avoir volé ses clés et créé des embouteillages en plein Trenton.

— Allez, magne-toi ! cria-t-elle en s'agitant sur sa chaise.

— Je voudrais que tu m'expliques pourquoi tu as fourré ce slip dans mon sac et raconté ces horribles mensonges au type de la sécurité ?

Bethany haussa les épaules.

— En temps de guerre, tous les coups sont permis.

— Mais nous ne sommes pas en guerre ! m'insurgeai-je avec véhémence.

— Ce que tu peux être naïve ! Nos pères sont de farouches adversaires, donc nous aussi. De plus, j'avais besoin de créer un scandale chez les McBride afin que nos deux familles soient à égalité.

Je restai abasourdie par ses paroles.

— Pendant des années, nous avons été des amies proches. Ton attitude me déçoit beaucoup.

Elle rit.

— Tu crois encore que je traînais avec toi parce que je t'aimais bien. Décidément, tu es encore plus stupide que je le pensais.

Je la fixai avec stupeur. Ma sœur avait raison sur toute la ligne. Notre amitié n'avait existé que dans mon esprit.

— Mais… je ne comprends pas…

Bethany lâcha un long soupir agacé.

— Bon, je vais te faire un dessin. Tu avais tellement besoin qu'on t'aime, pauvre petite fille riche que, dès qu'on t'accordait un minimum d'attention, tu étais aux anges. Tu étais pathétique Callie, toujours à te plaindre du manque d'affection de tes parents. Combien d'enfants auraient rêvé être à ta place ? Tu fêtais peut-être ton anniversaire toute seule mais tu avais une montagne de cadeaux, tous plus luxueux les uns que les autres. Et toi, tu n'étais encore pas contente !

— Je ne vois en quoi cela te concerne, grinçai-je avec hargne.

— Disons que j'en ai profité pour m'engouffrer dans la brèche. Puisque tu avais tant besoin d'amour, je t'ai donné ce que tu voulais et j'en ai tiré des avantages non négligeables. Tu m'invitais sans cesse chez toi, tu te montrais plus que généreuse aussi bien financièrement qu'humainement, tu me présentais les enfants des personnalités les plus puissantes de la région. Peu à peu, nous sommes devenues inséparables, de vraies sœurs siamoises, tant et si bien que nos pères respectifs se sont rencontrés. Et c'est grâce à Jerry que mon père a enfin pu accéder aux hautes sphères de la politique. Ta crédulité nous a été d'une aide précieuse, chère Callie.

J'étais effarée. J'avais été trompée de A à Z, manipulée, utilisée comme un pion, et je n'y avais vu que du feu. Anéantie, je fis glisser les clés de sa voiture devant elle.

— Dégage !

Bethany sourit de toutes ses dents en attrapant les clés.

— Oh ! Une dernière chose ! J'ai fricoté quelques temps avec Andy Carlisle et je suis au regret de t'annoncer que ton prince charmant va épouser sa sœur, Sydney, annonça-t-elle avec un air condescendant.

Je tressaillis vivement. Etant amoureuse de Tyler depuis l'âge de quinze ans, je m'étais bêtement confiée à Bethany. Quelle idiote !

— Tyler ! s'écria Amy en me regardant avec étonnement.

Oups ! J'allais indubitablement subir un interrogatoire en règle sur le chemin du retour. Je reportai mon regard sur Bethany pour la gratifier d'un sourire neutre.

— Tyler n'était qu'un béguin d'adolescente, rien de plus. Je suis heureuse qu'il ait trouvé chaussure à son pied, prononçai-je d'un ton faussement désinvolte.

Bethany se leva.

— J'ai bien fait de tenir ma langue alors, rétorqua-t-elle d'une voix teintée d'ironie.

D'un seul coup, elle poussa un cri strident :

— Ma voiture !

Elle se mit à courir comme une dératée jusqu'à la porte. Amy et moi échangeâmes un clin d'œil complice en constatant qu'un camion de la fourrière embarquait la superbe Aston Martin. Avec une jouissance non dissimulée, nous observâmes Bethany, debout au milieu de la route, en train de faire des grands signes au camion qui s'éloignait. Elle revint vers le café d'un pas colérique.

— Tu me le paieras ! siffla-t-elle en arrivant à notre hauteur.

Je plaquai mon index sur ma bouche.

— Chut…, fis-je en agitant mon smartphone où apparaissait clairement le symbole de l'application dictaphone.

Comprenant que la conversation avait été enregistrée, Bethany me fusilla du regard avant de tourner les talons.

— Pauvre conne ! grommela-t-elle.

Je la regardai traverser la rue et entrer dans le grand immeuble en face.

— Je ne pensais pas prendre autant de plaisir à jouer les garces, murmurai-je en terminant mon café glacé.

Amy posa sa main sur la mienne.

— Tu as encore du chemin à parcourir pour arriver à la cheville de cette pourriture. Quoi qu'il en soit, tu dois à tout prix t'immuniser contre ce genre de personnes, Callie. Le monde dans lequel nous évoluons est bourré d'hypocrites, de profiteurs, de menteurs, de narcissiques. Nous ne devons pas accorder notre confiance à la légère. Rentrons maintenant, tu as obtenu tes réponses.

— Et plus encore…

Nous rejoignîmes la voiture. A peine avait-elle démarré qu'Amy engagea la conversation sur Tyler.

— Tu m'avais caché ton engouement pour le beau Tyler.

J'en étais sûre ! La remarque de Bethany n'était pas tombée dans l'oreille d'une sourde.

— C'est du passé, répondis-je d'une voix indifférente.

Impossible d'avouer à Amy que cela faisait maintenant sept ans que j'étais raide dingue de ce type et que, ni mes quatre ans d'éloignement, ni son mépris pour ma personne, ni son prochain mariage n'altéraient mes sentiments. Tout au fond de moi, je caressais toujours l'espoir fou qu'il se rende compte que je n'étais pas la femme qu'il croyait. Quelle utopie ! Tyler ne m'avait laissé aucune chance. Il n'avait même jamais cherché à me connaître un peu mieux… Alors, qu'espérais-je ?

— Es-tu certaine qu'il ne s'agissait que d'un béguin d'adolescente ? interrogea Amy avec un scepticisme évident.

Je soupirai en la regardant de travers.

— Tout à fait. D'ailleurs, Tyler ne m'a jamais appréciée.

— Pfff ! N'importe quoi ! rétorqua Amy en haussant les épaules.

— Si, si, je t'assure. Enfin, tout ça n'a aucune importance. Je ne ressens plus rien pour lui désormais.

Ma sœur ne parut guère convaincue mais elle n'insista pas.

— Comment fait-on pour ce soir ? demanda-t-elle.

— J'emprunterai la voiture de maman ou j'appellerai un taxi. A quelle heure commence la représentation ?

— Vingt heures. Je sens qu'on va bien s'amuser ! s'exclama Amy avec une joie enfantine.

Chapitre 5

J'examinai une dernière fois mon reflet dans le miroir. Pour cette soirée, j'avais revêtu une petite robe noire, courte et moulante, aux manches longues et aux épaules dégagées. De hautes bottes en cuir ainsi qu'un collier ras le cou en dentelle noire parachevaient ma tenue très glamour. Un maquillage léger mettait en valeur mes yeux gris et ma longue chevelure sombre descendait en cascade le long de mon dos. Le regard fixé sur le miroir, je me demandais pourquoi j'avais fourni autant d'efforts pour une sortie insignifiante au cours de laquelle je ne souhaitais séduire personne.

J'enfilai une veste courte, attrapai mon sac et descendis l'escalier. Dans le hall, je pris les clés de la Chrysler de ma mère.

Le trajet jusqu'à Trenton dura trente minutes.

— Mais qu'est-ce que tu foutais ? grogna Amy en trépignant d'impatience sur le trottoir.

— Je n'ai que dix petites minutes de retard, m'excusai-je d'un air contrit.

Elle me tendit un billet d'entrée.

— Désolée, le trac me rend ronchon. Va t'installer. On se retrouve dans les loges après le spectacle.

— D'accord, à tout à l'heure.

Je me dirigeai vers l'entrée, remis mon billet à la guichetière et pénétrai dans la salle. Celle-ci était de dimension modeste, contenant environ une centaine de fauteuils en velours rouge. Je m'installai au premier rang. Pour patienter, je pris ma liseuse et me replongeai dans le roman de « E. L. James » pendant que la salle se remplissait peu à peu.

Tout à coup, les lumières s'éteignirent. Le rideau se leva sur un décor représentant une magnifique roseraie multicolore dans laquelle se dressaient plusieurs colonnes en pierre ainsi qu'un banc. Au fond, une immense photographie de la capitale britannique avec ses plus beaux monuments.

Le public applaudit lorsque ma sœur fit son apparition, accompagnée de deux enfants qu'elle tenait par la main, une fillette aux longs cheveux blonds et un garçon aux yeux bleus pétillants de malice.

Amy faisait une très jolie Mary Poppins avec ses cheveux bruns relevés en un chignon tressé et piqué de marguerites, ses yeux gris agrandis par un maquillage subtil et une superbe robe en tulle blanche agrémentée d'une ceinture rouge brillante.

La pièce commença. Presque tous les dialogues avaient été supprimés au profit des chansons et des chorégraphies qui avaient été retravaillées pour en proposer une version plus moderne. Je savais déjà que ma sœur était une excellente danseuse mais je fus surprise de découvrir qu'elle possédait également une voix mélodieuse et cristalline. Sur scène, elle dégageait une grâce féérique ainsi qu'une énergie incroyable.

Au bout d'une heure, Amy déplia son ombrelle et s'éleva dans les airs en agitant la main.

Le rideau tomba avant de se relever quelques secondes plus tard sur toute la troupe qui vint saluer et remercier le public. J'attendis que la salle se vide puis je pris la direction des loges. Dès qu'elle me vit, Amy me sauta au cou.

— Alors, est-ce que ça t'a plu ? Comment tu m'as trouvée ? Tu ne t'es pas ennuyée, j'espère ! me demanda-t-elle, toute émoustillée.

— Tu es absolument fantastique. J'ai même été carrément bluffée par ta voix, tu chantes divinement bien.

Amy fut particulièrement touchée par mes compliments. Après m'avoir serrée dans ses bras, elle m'entraîna dans son sillage pour me présenter les autres acteurs.

Les deux jeunes enfants s'appelaient respectivement Samantha Lane et Bobby Shields. Ils habitaient Trenton. Quant à Max Chandler, l'homme qui interprétait le personnage de Bert, il me plut instantanément grâce à son sourire chaleureux et son visage respirant la gentillesse. Sans être vraiment beau, il avait un certain charme. Les femmes devaient facilement succomber à son regard d'un noir profond.

Amy continua les présentations à une vitesse marathonienne. Après les comédiens, ce fut au tour des accessoiristes, du chorégraphe, des techniciens… J'en eus vite le tournis et j'oubliai aussitôt les noms qu'elle énonçait.

Une fois les acteurs douchés et changés, nous nous rendîmes au « Rho », un restaurant discothèque sur les bords du Delaware. Nous étions environ une dizaine, les autres membres de la troupe étant rentrés chez eux. Je me retrouvai assise entre ma sœur et une autre femme dont je ne me rappelais plus l'identité. Face à moi, un homme d'environ trente ans me décochait des sourires racoleurs dès que je posais les yeux sur lui. Gênée, je finis par déguster mon poulet, le regard scotché sur mon assiette.

— Tu lui plais, murmura Amy au creux de mon oreille.

— Ce n'est pas réciproque.

— Il est pourtant mignon. Enfin, si on le compare à Tyler, il ne fait évidemment pas le poids.

Je feignis l'indifférence et terminai mon repas en silence. Après un café bien serré, histoire de soulager un peu la fatigue qui commençait à se faire sentir, nous nous dirigeâmes vers la discothèque. Une grande salle bondée, une musique rythmée ainsi que des jeux de lumière savants nous accueillirent. Je m'affalai aussitôt sur une banquette écrue tandis que les autres se rendaient directement sur la piste de danse. Quelques minutes plus tard, Amy vint me chercher pour m'entraîner avec elle.

Après m'être trémoussée pendant un long moment, je réintégrai une banquette, pour le plus grand bonheur de mes pieds. Alors que je songeais sérieusement à rentrer, l'homme, assis en face de moi au restaurant, me rejoignit.

— Callie, c'est ça ? me demanda-t-il avec un sourire radieux.

— Oui. Désolée mais je n'ai pas retenu votre nom. Amy m'a présenté tellement de monde, expliquai-je d'un ton d'excuse.

— Ce n'est pas grave, je m'appelle Nick.

Son regard perçant me mit mal à l'aise. Je croisai les jambes en tirant sur ma robe le plus possible.

— Vous êtes vraiment ravissante, murmura-t-il en se penchant vers moi.

Et merde ! Je n'avais vraiment pas envie de me faire approcher par un Casanova de pacotille.

— Merci, c'est gentil, dis-je en réprimant mon agacement.

Il fallait que je mette fin à ce tête-à-tête oppressant le plus vite possible. Je m'apprêtais donc à me lever pour prendre congé lorsque Max et ma sœur apparurent avec une bouteille de Dom Pérignon. Je sirotai mon champagne tout en écoutant Max raconter des anecdotes croustillantes sur son métier de comédien.

Nous passâmes un excellent moment, du moins jusqu'à ce que Amy et Max nous abandonnent pour retourner danser. Je décidai alors de m'éclipser.

— Je vais rentrer, je suis fatiguée.

Nick posa sa main sur mon bras.

— Oh non, pas déjà. Prenons un dernier verre, me supplia-t-il.

J'hésitai avant d'accepter sa proposition.

— D'accord mais un seul, ensuite je rentre.

— Ca marche. Que veux-tu ?

Etant donné que je venais d'ingurgiter deux coupes de champagne et que je prenais le volant, j'optai pour un jus de Cranberry. Nick revint et je bus lentement mon verre pendant qu'il me parlait de son métier de danseur. Au final, je le trouvai assez sympathique.

Soudain, je remarquai une femme, ma voisine de table, avec laquelle je n'avais pas échangé un seul mot durant le repas. Elle nous fixait avec insistance.

— Pourquoi nous regarde-t-elle ainsi ? demandai-je en fronçant les sourcils.

— C'est Sandra, une danseuse. Nous sommes sortis ensembles quelques temps. Notre histoire est terminée mais elle s'accroche. Ne fais pas attention à elle.

— Oh, je vois !

Je m'efforçai d'ignorer la présence de l'ex en me concentrant sur les paroles de Nick. Dès que mon verre fut vide, je me levai pour partir. A peine debout, mes jambes se dérobèrent et je retombai lourdement sur la banquette.

— Allons danser ! dit Nick en m'aidant à me redresser avant de m'enlacer étroitement.

L'esprit en pleine confusion, je me laissai conduire et me mis à onduler langoureusement contre lui.

J'étais glacée jusqu'aux os et un cliquetis insupportable résonnait dans mon cerveau engourdi. J'ouvris lentement les yeux. J'étais au volant de ma voiture et le petit bruit qui m'avait réveillée n'était autre que le claquement de mes dents. Je me redressai péniblement. J'étais dans un état déplorable. J'avais des nausées, la tête qui tournait, des courbatures dans tout le corps. Mais qu'est-ce que j'avais fait ?

Comment avais-je atterri dans la voiture ? Pourquoi n'étais-je pas rentrée à Princeton ?

J'appuyai mon front contre le volant et fermai les yeux tout en essayant de me remémorer les évènements de la veille, en vain. La dernière chose dont je me souvenais, c'était d'avoir bu un jus de Cranberry en compagnie de Nick. Il me semblait également avoir dansé avec lui, mais là cela devenait plus flou.

Je soupirai puis fouillai dans mon sac. Lorsque j'eus trouvé les clés, je mis le contact, poussai le chauffage au maximum et regardai l'heure sur le tableau de bord : cinq heures quinze, cela faisait plus de trois heures que le « Rho » avait fermé ses portes.

Je balayai le parking désert du regard. Où était Amy ? Pourquoi m'avait-elle laissée toute seule ? Si j'avais été trop fatiguée ou trop alcoolisée pour conduire, elle m'aurait ramenée… Pourtant, je n'avais bu que deux coupes de champagne. Des tonnes de questions se pressaient dans mon cerveau en vrac mais aucune réponse satisfaisante ne jaillit.

La température de l'habitacle ayant grimpé de quelques degrés, je quittai le parking. Mon mal de tête s'intensifia, les nausées devinrent plus violentes et j'eus bien des difficultés à atteindre Princeton.

Ce fut avec un soulagement immense que je coupai le moteur devant la villa silencieuse. La voiture d'Amy était garée dans la cour. Ma sœur était donc rentrée en me laissant à Trenton. Je n'y comprenais rien mais, pour l'instant, je n'étais pas en état de réfléchir. Il fallait que je dorme afin de retrouver toute ma lucidité.

Après quelques heures de sommeil, j'y verrai vraisemblablement plus clair.

Je descendis de voiture. Les jambes en coton, je m'affalai directement sur le sol. Mes genoux heurtèrent durement la pierre.

— Aïe !

Je me relevai en me cramponnant à la portière.

— Putain…, grognai-je entre mes dents.

D'une démarche incertaine, je me dirigeai vers la maison. Je déposai les clés de la voiture sur le guéridon avant de grimper l'escalier en m'agrippant à la rampe. Je gagnai ma chambre d'un pas toujours aussi lent et mal assuré.

Je me jetai sur mon lit, ôtai mes bottes et me glissai sous les couvertures, toute habillée.

Un hurlement perçant, associé à une porte qui claque, me réveilla en sursaut.

— Callie !

Je me redressai d'un bond en grimaçant de douleur sous l'effet d'un mal de tête monstrueux. A peine assise, une envie de vomir m'assaillit.

J'aperçus mon père qui se tenait au pied de mon lit, les traits déformés par la rage.

— T'en as pas marre de tes conneries ! Tu as vraiment décidé de me pourrir la vie !

Je me bouchai les oreilles tant ses cris résonnaient à l'intérieur de ma boîte crânienne.

— Papa…, tu pourrais cesser de hurler, j'ai vraiment mal à la tête…

— J'en ai rien à foutre !

J'écarquillai les yeux.

— Mais pourquoi es-tu en colère contre moi ?

Il s'approcha et me tira brutalement du lit.

— J'ai horreur qu'on se fiche de moi, gronda-t-il en me traînant derrière lui.

— Papa, lâche-moi, gémis-je en tentant de me dégager.

— Il va falloir me fournir une explication qui tienne la route, grinça-t-il en resserrant davantage sa poigne.

Vaincue, je cessai de lutter et le suivis. Nous entrâmes dans son bureau. Tyler, installé devant l'ordinateur, me gratifia d'un regard lourd de mépris qui m'acheva.

Un sentiment de malaise s'insinua en moi. Pour que mon père soit aussi furieux, il fallait que le problème soit sérieux. Petit à petit, des questions revinrent me tourmenter sur ma perte de mémoire de plusieurs heures…

Je me triturai les méninges. Avais-je bu plus que de raison et fait des choses répréhensibles ou étais-je encore tombée dans un piège tendu par l'un des ennemis politiques du gouverneur McBride ?

Mon père me lâcha le bras. Les jambes encore flageolantes, je dus me retenir au dossier d'un fauteuil pour m'éviter une chute humiliante.

La gorge sèche, je m'assis dans le fauteuil. Que s'était-il passé durant cette partie de la nuit qui avait échappé à mon contrôle ? Des sueurs froides me parcoururent l'échine, je commençais à prendre conscience que quelque chose de grave s'était produit et que cela était directement lié à mon « trou noir ».

Mon père tourna son ordinateur.

— Regarde comme tu passes bien à l'écran !

Je lui jetai un bref regard interrogateur avant de reporter mon attention sur la vidéo.

Tout d'abord, je vis un homme nu, en pleine action, et me demandai pourquoi mon père, si puritain, m'infligeait des images érotiques. Lorsque l'homme tourna la tête vers la caméra, je tressaillis vivement. C'était Nick, le danseur qui m'avait offert un verre au « Rho ». Soudain, il se décala légèrement. Un frisson d'effroi me traversa quand je reconnus la femme qu'il besognait activement : *moi* !

Sous le coup de l'émotion, je poussai un cri d'animal blessé avant de refermer violemment le notebook. Honteuse, je baissai les yeux sur le sol.

— Vu ta réaction, j'en conclus que tu ne savais pas que tu étais filmée, déclara Jerry.

Une horrible nausée me souleva l'estomac. Je mis immédiatement ma main devant la bouche et fonçai vers les toilettes les plus proches.

— Dès que tu as fini, tu reviens ici ! cria Jerry. Nous devons discuter !

J'atteignis l'une des salles de bain, m'y enfermai et me penchai au-dessus de la cuvette pour vomir. Je n'en revenais pas ! Mon père, de même que Tyler, venaient de me voir totalement nue, livrée aux ardeurs d'un type que je ne connaissais même pas. Ces évènements n'allaient pas contribuer à améliorer mes relations avec l'homme dont j'étais amoureuse.

Ecœurée, humiliée, je m'assis sur le sol en marbre beige et m'appuyai contre le mur. Sans crier gare, des larmes dévalèrent le long de mes joues. Je tentais désespérément de me rappeler ce qui s'était passé pour que je finisse dans un lit avec ce mec, mais rien... c'était le vide complet.

Lorsque mon corps fut parcouru de tremblements, je me relevai. Je tournai le robinet pour m'asperger le visage d'eau fraîche et, par la même occasion, faire disparaître les traces de mon mascara qui avait coulé. Ayant toujours aussi froid, j'enfilai un peignoir en coton par-dessus ma robe.

Prenant mon courage à deux mains, je sortis de la salle de bain pour rejoindre le bureau où j'entrai sans frapper. Mon père et Tyler, en pleine discussion, cessèrent aussitôt de parler. Un silence pesant envahit la pièce. Sans mot dire, je me réinstallai dans le fauteuil que j'avais quitté une dizaine de minutes plus tôt.

— Prends ça, c'est bon pour ce que tu as, dit Jerry en désignant d'un geste le verre d'eau et les deux comprimés posés sur le bureau.

J'obéis sagement et avalai les gélules avec quelques gorgées d'eau.

Dès que je reposai le verre, mon père me mit une nouvelle fois la vidéo sous les yeux. L'image était arrêtée sur Nick, au moment où il fixait la caméra, une lueur de satisfaction dans le regard.

— Tu peux m'en dire un peu plus sur ce crétin ?

Avec une moue de dégoût, je détournai les yeux de l'écran.

— Il s'appelle... Nick, bredouillai-je. Je ne le connais... pas...vraiment.

Mon père applaudit.

— Bravo Callie ! Je ne pensais pas que tu étais du genre à coucher avec le premier venu ! Sais-tu que cet abruti m'a envoyé cette vidéo en m'ordonnant de lui verser cent mille dollars en petites coupures sous trois jours, faute de quoi ce joli court métrage sera mis en ligne ?

Je le fixai avec horreur. Un haut le cœur me saisit.

— Où est Amy ? interrogeai-je d'une voix chevrotante.

— Désolé Callie, ta sœur ne viendra pas à ton secours. A l'heure qu'il est, elle se trouve à Jersey City pour sa pièce.

J'avais de plus en plus froid et resserrai les pans du peignoir autour de moi.

— Nick est un danseur, il fait partie de son spectacle. Amy pourra peut-être te fournir plus de renseignements à son sujet.

Jerry et Tyler échangèrent un regard entendu.

— Très bien, Tyler la contactera. S'il joue sur scène avec elle, il est donc à Jersey City également.

Tyler opina.

— Je saurai tout ce qu'il y a à savoir sur lui, jusqu'à la marque de son shampoing ou la couleur de ses chaussettes. De toute façon, il ne fait aucun doute que c'est un débutant, un débutant pas très malin de surcroît.

— Tu as carte blanche. Il est hors de question que je cède à son chantage minable ! Il a déjà baisé ma fille, mais moi, il ne me baisera pas !

Le langage insultant de mon père me blessa. Je réprimai un sanglot.

96

— Papa…, je ne me souviens plus de rien, je te le jure. Une partie de… la nuit m'a totalement échappé… Je ne pouvais pas savoir que j'étais filmée puisque je ne me rappelle même pas avoir… fait l'amour avec… cet homme.

— Eh oui, c'est ce qui arrive quand on boit trop ! Cependant, je te rassure, tu ne risques pas de recommencer de sitôt. Désormais, Tyler t'aura à l'œil.

— Quoi ? s'exclama le principal intéressé en fronçant les sourcils.

— Je ne veux pas que tu la quittes d'une semelle jusqu'aux élections. Où elle va, tu vas.

Tyler leva les yeux au plafond.

— Super ! Maintenant, je vais jouer les chaperons…

— Désolé de t'imposer ça mais devant tant d'immaturité, je n'ai pas d'autre choix et tu es la seule personne en qui j'ai entièrement confiance.

Dans un état second, je suivis leur conversation sans y prendre part. J'étais obnubilée par la vidéo. Depuis que j'avais découvert ces images, je me sentais sale et souillée. J'éprouvais un besoin urgent de prendre une douche.

— J'ai un rendez-vous important auquel je ne peux pas me soustraire, je vous laisse, déclara Jerry en enfilant son manteau.

Il s'arrêta devant Tyler et lui donna une tape amicale sur l'épaule.

— Je compte sur toi pour régler cette histoire le plus rapidement possible et en toute discrétion.

Sans m'accorder un regard, mon père quitta la pièce. Je me retrouvai seule avec Tyler. Son silence obstiné et sa mine revêche m'incitèrent à me retirer rapidement. La main sur la poignée de la porte, je m'apprêtais à sortir quand sa voix cingla comme un coup de fouet :

— Continue ainsi et tu finiras sur le trottoir ! lança-t-il d'un ton âpre.

Si je pensais avoir mal auparavant, ce n'était rien comparé à la douleur aiguë qui me transperça en cet instant précis. C'était la seconde fois que Tyler me traitait de *pute* et ça en faisait une de trop. Mon cœur se déchira. Je vis enfin la réalité en face. Il ne m'aimerait jamais...

Je choisis de ne pas me retourner. Inutile d'affronter son regard méprisant.

— Sale con, lâchai-je avant de m'enfuir.

Je me réfugiai en pleurs dans ma chambre. Après une longue douche durant laquelle je me frottai énergiquement le corps plusieurs fois, j'enfilai un pantalon de survêtement et un sweat-shirt à capuche. Je me jetai sur mon lit et tentai de reconstituer les évènements de la veille. Malheureusement, après le verre de jus de Cranberry et la vague sensation d'avoir dansé avec Nick, aucun souvenir ne me revenait.

Le soleil éclatant qui brillait au-dehors me rendit malade. Je fermai les stores avant de me rouler en boule sur mon lit pour laisser libre cours à mon désespoir. Epuisée, je finis par sombrer dans un sommeil entrecoupé de rêves effrayants dans lesquels les visages de Nick et de Tyler se superposaient.

Un coup frappé contre ma porte me réveilla en sursaut.

— Le dîner est prêt Callie ! dit ma mère.

Je me frottai les yeux et allai entrouvrir légèrement la porte.

— Je n'ai pas faim.

Celia m'examina de la tête aux pieds.

— Ton père a raison, il faudrait que tu apprennes à te vêtir correctement, soupira-t-elle d'un air navré.

J'ignorai sa remarque.

— Je suis fatiguée, je vais dormir, indiquai-je avant de refermer la porte.

Une heure plus tard, quelqu'un frappa à nouveau.

— Quoi encore ? criai-je depuis mon lit.

— C'est Antonia.

Je courus ouvrir à la cuisinière. Elle tenait un plateau entre les mains.

— Votre père m'a appris que vous étiez barbouillée. Je vous apporte donc un potage et une pomme. Ce n'est pas bon de rester le ventre vide.

Je lui souris tandis qu'elle déposait le plateau sur la petite table basse.

— Merci Antonia, vous êtes adorable. Désolée pour l'accueil un peu sec.

— Ne vous inquiétez pas. Mangez et reposez-vous, répondit-elle d'un ton rempli de bienveillance.

Je m'installai en tailleur mais l'odeur de la nourriture me souleva le cœur. N'ayant rien dans l'estomac depuis la veille au soir, je me forçai à avaler quelques cuillerées de potage et la moitié de la pomme.

Je patientai encore une demi-heure avant de contacter ma sœur par sms. Je voulais lui laisser le temps de se doucher et de manger avant de la bombarder de questions sur la soirée au « Rho ».

« *Salut, où es-tu ?* »

« *Dans ma chambre d'hôtel, au Hyatt, avec une super vue sur l'Hudson. Et toi, tu t'es bien amusée avec Nick hier soir ?* »

Une vague de dégoût me submergea. Amusée ! Ce n'était vraiment pas le terme que j'aurais employé…

« *Je peux t'appeler, c'est important* »

« *Bien sûr* »

Amy décrocha dès la première sonnerie.

— Alors, raconte ? demanda ma sœur d'un ton joyeux.

— En fait, je te téléphone pour… euh… savoir pourquoi tu es partie sans moi hier… ? bafouillai-je.

— Mais tu plaisantes ou quoi ? C'est toi qui as quitté le « Rho » sans me prévenir. Je t'ai cherchée partout. Finalement, Sandra m'a dit qu'elle t'avait vue partir avec Nick. Alors, je suis rentrée à la maison.

— Je ne m'en souviens pas, bougonnai-je.

— Peux-tu être plus claire, s'il te plaît ?

— Je ne me rappelle pas avoir quitté la discothèque en compagnie de Nick. Je n'ai plus aucun souvenir jusqu'à ce que je me réveille dans ma voiture vers les cinq heures du matin, prononçai-je d'une voix abattue.

— Callie, que se passe-t-il exactement ? Tyler m'a laissé un message. Il veut que je le rappelle, ce que je m'apprêtais d'ailleurs à faire.

— Ne me parle pas de Tyler ! Ca fait deux fois qu'il me traite comme une moins que rien !

— C'est quoi encore cette histoire ?

— Ce n'est pas le plus important. Durant ma perte de mémoire, j'ai fait l'amour avec ce Nick. Il a tout filmé et a envoyé la vidéo à papa en lui demandant de l'argent. S'il ne paye pas, il la diffusera sur le net.

— Putain, l'enfoiré ! Dès que le vois, je lui arrache la tête ! Je te promets qu'il va m'entendre. Quelle ordure ! Dommage qu'il ne soit pas là !

Je déglutis.

— Il n'est pas à Jersey City ?

— Non. Il s'est fait remplacé au pied levé par un autre danseur. Apparemment, il aurait attrapé un mauvais rhume. Ecoute, je vais contacter Tyler tout de suite pour lui donner les infos dont il a besoin. J'en profiterai également pour lui glisser un mot sur sa façon de te traiter et je te rappelle après. Je crois que tu as besoin de parler.

Super ! Je ne voulais surtout pas qu'Amy intervienne auprès de Tyler, cela ne ferait qu'envenimer la situation, si tant est qu'elle puisse être pire...

— Amy. Je t'en conjure, ne parle pas de moi à Tyler ! C'est mon problème, dis-je d'une voix résolue.

— A tout de suite.

Elle coupa la communication. Voilà, ça voulait dire « *je fais ce que je veux* ».

Dix minutes plus tard, mon smartphone sonna.

— Coucou, me revoilà ! Alors, dis-moi quelle est la dernière chose dont tu te souviennes ?

— Eh bien, lorsque Max et toi êtes retournés danser, Nick m'a offert un verre et nous avons discuté, principalement de son métier. Il y avait cette danseuse, Sandra, qui nous observait d'un air mauvais. Nick m'a indiqué que c'était son ex et qu'elle s'accrochait.

Ensuite, je ne sais plus très bien mais j'ai l'impression d'avoir dansé avec lui. C'est tout.

— Et tu t'es réveillée dans la voiture ?

— Oui. Il était environ cinq heures du matin. Le parking du « Rho » était désert. J'étais vraiment mal en point, je grelottais, j'avais des nausées et un abominable mal de tête. Je…

— Le salaud ! cria Amy. Il n'aurait pas osé faire ça quand même !

De la position allongée, je passai à la position assise en un temps record.

— Il n'aurait pas osé faire quoi ? criai-je à mon tour.

— Te droguer, Callie. Les symptômes que tu me décris ressemblent fortement à la drogue du violeur.

Je paniquai tellement que mes cordes vocales restèrent paralysées.

— Je ne peux pas être affirmative, mais tout concorde. Tu as bu un verre, tu as un trou noir durant lequel il t'a emmenée au pieu et tu te réveilles avec un mal de tête, des nausées et une amnésie de quelques heures. Tu ne te rappelles vraiment pas avoir eu une relation sexuelle ?

Je fermai les yeux en fouillant de toutes mes forces dans mon esprit.

— Non.

Amy lâcha un juron.

— J'ai envie de lui arracher les couilles à la petite cuillère ! Du coup, tu ne sais pas non plus s'il s'est protégé ?

Bordel ! Encore un truc auquel je n'avais pas songé, et pas des moindres ! Même si je prenais la pilule depuis plusieurs années, elle ne protégeait pas des MST.

— Non, bredouillai-je au bord des larmes.

— Callie, on ne va pas céder à la panique. Demain matin, à la première heure, tu téléphones au docteur Carpenter pour un rendez-vous en urgence. Tu lui expliques que tu as eu un rapport durant lequel le préservatif a craqué. Il te prescrira un traitement afin de limiter une éventuelle contamination. Ok ?

— Ok, murmurai-je, encore sous le choc.

CHAPITRE 6

Rongée par l'anxiété, je n'avais pas fermé l'œil de la nuit. Mon ordinateur sur les cuisses, j'avais passé des heures à effectuer des recherches sur la drogue du violeur. Le GHB et le Rohypnol étaient les deux substances les plus utilisées mais il en existait d'autres. J'avais lu attentivement les divers effets de ces drogues. Si je remarquai des similitudes avec mon état, il y avait aussi certaines différences.

J'avais également consulté des témoignages de jeunes femmes victimes de ce type d'agression, appelée soumission chimique. A force d'ingurgiter une multitude d'informations en tous genres, j'avais l'esprit encore plus embrouillé qu'auparavant.

Assise sur mon lit, je regardai l'ordonnance que je tenais à la main. Dès la première heure, j'avais appelé le docteur Carpenter, notre médecin de famille, qui était arrivé une trentaine de minutes plus tard. Je lui avais bien sûr raconté la version d'Amy, à savoir un préservatif défectueux. Le docteur Carpenter avait beau être un excellent médecin, discret et fiable, lui raconter la vérité ne m'avait pas semblé approprié… du moins pour ma réputation.

Il m'avait donc prescrit un traitement post-exposition à prendre pendant un mois. Ensuite, je devrais subir des tests sanguins.

Je soupirai. Je devais commencer le traitement de toute urgence mais je n'avais aucune envie de me rendre à la pharmacie, avec Tyler sur mes talons... Si seulement Amy était là !

Je m'approchai de la fenêtre et fronçai les sourcils en apercevant mon père en pleine discussion avec le docteur. C'était dingue ! Dans cette immense maison, j'avais toujours l'impression d'être seule alors que je n'avais pourtant pas une once d'intimité.

Je les épiai jusqu'au moment où le médecin monta dans sa voiture. Quelques instants plus tard, une main énergique toqua à ma porte.

— Callie, je pourrais te parler une minute ? demanda Jerry en passant la tête dans l'entrebâillement.

— Je commence vraiment à prendre cette phrase en grippe, grognai-je en lui faisant signe d'entrer.

Il pénétra dans la chambre avant de prendre place sur le bord de mon lit.

— Je viens de croiser le docteur Carpenter.

— Et alors ?

Mon père m'observa avec insistance.

— Si tu as un souci, j'aimerais que nous en discutions.

Je lâchai un rire bref.

— Sans blague ! Ma santé t'intéresse ?

— Ne sois pas cynique s'il te plaît. Pourquoi as-tu appelé le médecin ?

— Tu dois bien le savoir. Je t'ai vu l'interroger.

Jerry me fixa d'un air courroucé.

— Callie, cesse tes enfantillages !

Je commençais à en avoir ras le bol des critiques perpétuelles ! Je montai sur mes grands chevaux :

— Tout l'Etat du New Jersey, mon père y compris, me croit coupable d'avoir volé une petite culotte, j'ai des trous de mémoire, je me retrouve dans le lit d'un cinglé qui filme nos ébats puis menace de diffuser la vidéo et tu me colles ton chien de garde dans les pattes ! Alors, comment veux-tu que j'aille ?

— Ecoute, nous n'avons jamais été sur la même longueur d'onde tous les deux mais tu es ma fille et je ne veux pas qu'il t'arrive malheur. Même si tu as fait des erreurs, je suis persuadé que tu en tireras des leçons pour l'avenir. Quant à Tyler, qui n'est pas un chien, il est là pour éviter que ces évènements ne se reproduisent. Maintenant, si tu as des ennuis de santé, je refuse d'être tenu à l'écart.

Je poussai un soupir. J'aurais préféré entendre un autre discours : « *excuse-moi ma chérie mais je suis certain de ton innocence. Tu ne ferais jamais des choses pareilles. Explique-moi exactement ce qui s'est passé et nous trouverons une solution ensemble.* »

C'était étrange mais le simple fait qu'il me croit coupable d'actes aussi graves ne m'incitait pas à lui dévoiler la vérité.

Sachant que Jerry ne me laisserait pas en paix tant qu'il n'aurait pas la réponse à sa question, je lui tendis l'ordonnance. Il la prit et l'examina.

— Etant donné que j'ai la mémoire qui flanche, je ne sais pas s'il a utilisé un préservatif, prononçai-je d'une voix blanche.

106

Il me la rendit avec un sourire rassurant.

— Tu n'as aucun besoin de ce traitement. Tyler a analysé la vidéo sous tous les angles. Ce connard s'est protégé. Tu n'as donc aucun souci à te faire à ce niveau-là.

Je soufflai de soulagement. Cependant, un frisson de répulsion me traversa en imaginant Tyler en train de me mater dans le plus simple appareil, et dans un moment aussi privé.

Jerry se leva.

— Tu devrais sortir de ta chambre. Prends un peu l'air, ça te fera du bien, dit-il avant de quitter la pièce.

Finalement, deux heures plus tard, je décidai d'écouter les conseils de mon père. Je vidai le bol de soupe dans le lavabo, mis la moitié de pomme à la poubelle et redescendis le plateau à Antonia. En passant devant la salle à manger, Jerry m'interpella :

— Tu te joins à nous Callie ?

Je jetai un œil dans la pièce. Constatant que mon père était attablé avec Tyler, je pâlis.

— Non merci, répondis-je sèchement.

Je gagnai la cuisine où Antonia sortait une appétissante tarte aux groseilles du four. Je déposai le plateau sur l'évier avant de me jucher sur un haut tabouret.

— Comment vous sentez-vous ? me demanda la cuisinière.

— Ça va.

Elle s'approcha de moi.

— Vous êtes certaine ? Je trouve que vous avez une petite mine. Vous devriez faire attention à vous et manger un peu plus. Je vais vous servir une tranche de rôti avec des petits pois.

En croisant le regard plein d'inquiétude et de douceur d'Antonia, j'eus subitement envie de pleurer. Elle s'inquiétait beaucoup plus pour moi que ma propre mère. Jamais Celia ne me demandait si j'allais bien, jamais elle n'avait un geste tendre, jamais elle ne me posait des questions sur mes études, mes loisirs, mes envies. Depuis la mort de Darrell, elle était devenue indifférente à tout ce qui l'entourait, même à ses deux filles.

Antonia déposa une assiette devant moi. Je lui adressai un sourire reconnaissant.

— Ne tenez pas compte de ces calomnies ! Je sais, moi, que vous n'avez rien volé. Ces foutus journalistes écriraient n'importe quoi pour vendre leurs feuilles de choux. Vous êtes une fille bien, Callie McBride, et ne laissez jamais personne prétendre le contraire.

Cette fois-ci, une larme roula sur ma joue.

— Merci, soufflai-je, touchée par tant de gentillesse. Si tout le monde pouvait être aussi charitable que vous.

Antonia pressa ma main dans la sienne.

— Faites-moi plaisir, débarrassez-vous de ce regard triste. Vous êtes jeune, jolie, intelligente et un avenir radieux s'offre à vous. Laissez les mauvaises langues et les jaloux là où ils sont. C'est leur accorder trop d'importance que de prêter attention à leurs propos médisants.

— C'est malheureusement plus facile à dire qu'à faire, mais je vais essayer, dis-je en enfournant un morceau de viande.

Antonia coupa la tarte en six parts égales et en déposa une dans une petite assiette qu'elle posa à côté de moi.

— Voilà pour vous. Je vais porter le dessert à ces messieurs et je reviens.

Je la remerciai d'un sourire.

Après environ trente-six heures de jeun, je mangeai de bon appétit. Lorsque la cuisinière réapparut, je repoussais mon assiette vide.

— Un café avec votre tarte ? proposa-t-elle.

— Volontiers.

Je pris le temps de savourer la délicieuse tarte aux groseilles en bavardant avec Antonia. Cela me faisait énormément de bien de penser à autre chose qu'à cette fichue nuit.

— Savez-vous qu'Amy trouve votre neveu plus beau qu'un chippendale ?

Elle rit.

— Cela ne me surprend guère. Stanley a toujours eu du succès avec les femmes. Néanmoins, il est très amoureux de son épouse et va être papa dans quatre mois.

— Tant mieux pour lui ! Le bonheur est précieux. Quand on l'a, il faut tout faire pour le garder. Grâce à mon amie Solen, j'ai découvert ce qu'était réellement une vraie famille, soudée et aimante. Je sais désormais que c'est cela que je veux construire, pas une relation illusoire comme celle de mes parents.

— Vos parents étaient amoureux au début de leur mariage, mentionna Antonia. Lorsque j'ai commencé à travailler pour eux, je n'avais jamais vu un couple aussi heureux et complice.

— Alors qu'est-ce qui a changé pour qu'ils en arrivent à se comporter comme deux étrangers ?

— La mort de votre frère les a détruits, chacun à leur manière. Celia s'est enfermée dans une bulle hermétique au monde extérieur tandis que Jerry s'est forgé une carapace, se plongeant à corps perdu dans la politique.

— Je peux comprendre leur souffrance mais ils avaient encore deux filles.

Antonia me regarda avec un sourire navré.

— C'est exact.

Je bus quelques gorgées de café, le regard rivé sur la fenêtre derrière laquelle s'étendait la pelouse verdoyante de l'immense parc bordant la villa. Je fus prise d'une soudaine envie d'aller m'y promener, de m'asseoir sur le banc de pierre près du petit étang, ce banc sur lequel j'avais passé des heures à rêver de Tyler, à échafauder toutes sortes de scénarios sur notre premier baiser.

Aujourd'hui, je ne penserais pas à lui, il faisait partie du passé et je devais aller de l'avant. Il était plus que temps que je me délivre de cet amour obsessionnel. Mon intuition était fausse depuis le début, cet homme ne m'était pas destiné.

— Assisterez-vous au dîner qu'organisent vos parents ? demanda Antonia.

Je me tournai vers elle.

— Quel dîner ?

— Le maire d'Atlantic City, Ron Baldwin, soutient activement votre père. Pour le remercier, monsieur McBride a donc organisé une soirée en son honneur. Le gouverneur adjoint ainsi que plusieurs de ses conseillers avec leurs conjoints sont également conviés.

Super ! Le genre de soirée que j'exécrais où il fallait passer son temps à faire des ronds de jambes et des sourires niaiseux.

— Non, je resterai dans ma chambre, décrétai-je fermement.

Une idée germa toutefois dans mon esprit.

— En revanche, si cela ne vous dérange pas, je peux m'occuper de la décoration de la table.

Je plissai les yeux, me souvenant d'un détail concernant la femme du maire d'Atlantic City.

— Si mes souvenirs sont exacts, madame Baldwin est française.

— Elle est originaire du Sud de la France, Nice je crois.

— L'idéal serait de leur concocter un repas français, dans la plus pure tradition. Rajoutons à cela un grand cru de Bourgogne ou de Bordeaux et un excellent champagne de Reims, par exemple « Cristal » de la maison Louis Roederer.

Antonia me regarda, les yeux écarquillés.

— Vous avez entièrement raison, Callie ! Je vais utiliser le livre de recettes que vous m'avez offert.

— Si vous voulez mais, si c'était moi qui organisais cette réception, je préconiserais un excellent foie gras ou une salade niçoise composée de thon grillé, d'anchois, de pommes de terre et d'olives. En plat principal, je choisirais un risotto de fruits de mer ou un saumon. Pour terminer, le plateau de fromages et le dessert, fondant au chocolat ou crème brûlée.

— Vous m'en mettez l'eau à la bouche. Cependant, votre mère souhaiterait une entrée chaude avant la viande.

Je réfléchis quelques instants.

— Eh bien…, dans ce cas, mettez un saumon au fenouil ou une bouillabaisse suivi d'un coq au vin jaune et aux morilles. Si je peux vous donner un conseil, entre le poisson et la viande, faites un trou normand. Il s'agit d'une boule de glace à la pomme verte arrosé de calvados. Les français sont particulièrement adeptes de cette pause lors d'un long repas.

— Comment connaissez-vous tout cela ? s'enquit Antonia d'un air éberlué.

Je souris.

— Disons que j'ai vécu quatre ans avec un véritable cordon-bleu. Solen est une cuisinière hors pair, tout comme sa mère. D'ailleurs, elles m'ont appris à faire des « Paris-Brest », vous savez ces gâteaux en forme de couronne fourrés à la crème praliné ?

— Vous ? A la cuisine ?

J'éclatai de rire face à la mine décontenancée d'Antonia.

— Et je les réussis particulièrement bien. Si vous êtes d'accord, j'en préparerai et vous pourrez les servir au dessert.

Au vu de l'expression sceptique de la cuisinière, je m'empressai de rajouter :

— Histoire de vous rassurer, prévoyez tout de même une autre pâtisserie.

— Non... non…, je ne voulais pas vous vexer, balbutia Antonia, embarrassée.

— Vous ne m'avez nullement vexée. Je reconnais que mes talents en matière de cuisine laissent à désirer, dis-je en me levant. Quand a lieu cette soirée ?

— Dans dix jours.

— Très bien, nous en reparlerons. Je vais aller prendre l'air un petit moment, à plus tard.

J'enfilai un blouson et flânai un long moment dans le parc avant de m'installer au bord de l'étang. La température était extrêmement douce. Une légère brise faisait frémir les feuilles des arbres et frissonner la surface de l'eau.

J'allumai ma liseuse et m'immergeai dans cette histoire d'amour qui me faisait rêver. Je la dévorai page après page jusqu'au mot fin. Captivée par ma lecture, le monde extérieur s'était évanoui et je n'avais pas vu le temps passer.

Je restai encore un moment à contempler l'étang sur lequel les rayons du soleil couchant se réfléchissaient. Lorsque mon cerveau se mit à gamberger sur les propos cruels de Bethany et les paroles méprisantes de Tyler, je décidai de rentrer. Il m'était extrêmement pénible de penser que les personnes pour lesquelles j'avais une profonde affection ne ressentaient que jalousie et haine à mon égard.

Je remontais tranquillement l'allée lorsque j'aperçus une silhouette postée derrière la porte-fenêtre du salon. Tyler. Il me surveillait, comme le lui avait expressément demandé mon père.

En effet, lorsque je pénétrai dans la maison, je constatai qu'il était bien au salon, en pleine conversation téléphonique. Malgré moi, je ne pus m'empêcher de tendre l'oreille pour entendre une partie de sa discussion.

— Je devrais pouvoir être là d'ici une petite demi-heure. Jerry doit rentrer d'une minute à l'autre.

Etait-ce sa fiancée, bien sous tous rapports, qui s'impatientait ? Je haussai les épaules en me traitant de tous les noms. Cela ne me concernait en rien. Je passai devant le salon sans ralentir, ni tourner la tête.

Dans ma chambre, je me déshabillai et me couchai en m'apitoyant sur mon sort. Avaient-ils tous décidé de me pourrir la vie ? Bethany, Nick, Tyler… A qui le tour maintenant ?

Pendant cinq jours entiers, je restai cloîtrée dans ma chambre, partageant mon temps entre des siestes agitées, les longues conversations téléphoniques avec Amy et la consultation des forums où se succédaient les témoignages de centaines de femmes qui avaient été victimes de la drogue du violeur.

J'essayais désespérément de recouvrer la mémoire, même partiellement, mais mon amnésie semblait totale, aucune bribe de souvenir, aucun flash rétrospectif, juste cette horrible sensation qu'on avait volé quelques heures de ma vie pour abuser de mon corps en toute impunité.

Durant mon exil, Antonia m'apportait mes repas sans oublier de me glisser un petit mot réconfortant ainsi qu'une gentille réprimande lorsque je ne terminais pas mon assiette. Mon père passait quotidiennement pour prendre de mes nouvelles et m'inciter à mettre le nez dehors, mais aucune apparition de ma chère maman, ni de Tyler. Tant mieux ! Je n'étais pas en état de supporter ses regards condescendants et ses remarques blessantes.

Finalement, après une énième mauvaise nuit peuplée de cauchemars, je décidai de prendre le taureau par les cornes. Pour ma santé aussi bien mentale que physique, il était indispensable que je me change les idées. J'allumai mon ordinateur et commençai à parcourir les annonces immobilières. Un local, particulièrement bien placé à Trenton, retint mon attention. Le prix de location était de deux mille dollars par mois. Il avait été rénové et possédait une pièce en sous-sol afin de stocker des marchandises.

J'attendis patiemment que l'agence ouvre ses portes. A neuf heures tapantes, j'empoignai le téléphone pour demander de plus amples renseignements. Finalement, un rendez-vous fut pris pour le lendemain à dix heures afin de visiter ledit local.

Après une douche rapide, je me vêtis d'un long caleçon noir et d'un pull en laine écru, attachai mes cheveux en queue de cheval et descendis. Lorsque je fis irruption au salon, Tyler était assis sur le canapé, le téléphone à l'oreille, la tablette sur les cuisses. Je m'apprêtais à faire demi-tour quand il écarta légèrement le téléphone de son oreille.

— Callie, j'aimerais te parler, dit-il à mi-voix.

— Pas moi, rétorquai-je d'un ton acide avant de tourner les talons pour me réfugier à la cuisine.

Tout en remuant distraitement mon café, je ne cessais de m'interroger. De quoi Tyler voulait-il me parler ? Encore des insultes ? Des reproches ? Des sermons ?

Antonia essuyait la vaisselle quand elle s'adressa soudain à une personne derrière moi.

— Désirez-vous quelque chose monsieur Braxton ?

Je faillis m'étrangler avec mon café.

— Non Antonia. Je viens juste m'entretenir avec Callie, répondit-il.

Sans rien dire, je me levai, pris mon mug et quittai la cuisine. Il me suivit jusque dans le hall et posa une main sur mon épaule. Je me figeai instantanément.

— Callie, je t'en prie...

Je ne me retournai pas. Il était encore trop tôt pour que je le regarde en affichant un visage impassible.

— Fiche-moi la paix si tu ne veux pas que mon café termine sur ta belle chemise blanche, grondai-je avant de m'enfuir à toutes jambes.

Je soupirai de soulagement lorsque je refermai ma porte de chambre. Je passai le restant de la matinée à écouter de la musique en réfléchissant à l'agencement de ma future boutique.

A douze heures trente, je quittai mon sanctuaire pour aller manger. Après tout, je n'avais rien fait de mal et j'en avais assez de me cacher comme une criminelle…

Tyler et ma mère étaient déjà attablés. Sans un mot, je m'assis. Je me servais un verre d'eau quand Celia prit la parole.

— Tu es désespérante Callie, soupira-t-elle. Comment veux-tu te trouver un mari si tu persistes à te vêtir ainsi ?

A ces paroles, la colère me saisit.

— C'est quoi cette fixation sur mes tenues vestimentaires ? Je suis habillée comme n'importe quelle autre femme de mon âge. De plus, je n'ai aucunement l'intention de me *trouver un mari*. Quand on voit l'exemple que vous offrez, toi et papa, ça ne donne pas envie.

Celia me décocha un regard glacial.

— Tu es une ingrate ! lança-t-elle d'un air pincé.

— Rajoute ça à la liste de mes nombreux défauts ! Au point où j'en suis…

Antonia apporta une quiche lorraine et nous mangeâmes tous les trois en silence.

Je remarquai le regard de Tyler se poser sur moi plus souvent qu'à l'accoutumée. Il avait visiblement quelque chose à me dire mais, lasse de ses remontrances permanentes, je n'étais pas disposée à l'écouter. Il n'aura désormais plus l'occasion de me faire du mal, j'y veillerai.

Je me contentai donc de manger, le nez dans mon assiette. Antonia servait le dessert quand son téléphone sonna.

— Excusez-moi, dit-il en se levant, c'est un appel important.

Il décrocha et s'éloigna en direction du salon.

— Tu as la vidéo ? demanda-t-il à l'attention de son interlocuteur.

Je n'entendis pas le reste de la conversation car il avait fermé la porte. Au bout de cinq minutes, il reprit sa place. Tout en dégustant sa tarte aux pommes, il continua à m'adresser de fréquents regards.

N'ayant plus faim et ne supportant plus cet examen persistant, je repoussai mon assiette encore intacte puis quittai rapidement les lieux.

L'après-midi se déroula avec une lenteur exaspérante. Heureusement que je sortais le lendemain sinon j'allais vraiment finir par devenir folle, enfermée entre quatre murs en ruminant ma colère, mes idées noires et ma rancune.

Le soir, à mon grand soulagement, Tyler n'était pas présent. Je dînai en compagnie de mes parents qui ne parlèrent que de la campagne électorale. Ils m'ignoraient mais, pour une fois, j'étais contente que l'on m'oublie.

A dix heures, je dévalai le grand escalier. J'arborais une tenue qui, sans nul doute, n'aurait certainement pas l'approbation de mes parents : jean délavé, pull à col roulé gris, santiags noires, blouson en cuir. Alors que je cherchais les clés de la Chrysler de ma mère, Tyler déboucha dans le hall.

— Celia est partie pour la journée, annonça-t-il d'une voix paisible.

— Merde, j'ai un rendez-vous à Trenton, murmurai-je en sortant mon smartphone pour appeler un taxi.

Il s'avança vers moi.

— Inutile de chercher un chauffeur. Prenons ma voiture !

Je m'efforçai de ne pas le regarder mais mon regard semblait ne pas vouloir tenir compte de ma décision.

Je remarquai avec surprise qu'il était vêtu d'une façon plus décontractée que d'habitude, jean noir et chemise anthracite. Dans cet habillement, Tyler dégageait une sensualité sauvage, troublante, beaucoup trop troublante.

Lorsque nos yeux se croisèrent, je détournai précipitamment les miens, mortifiée d'être prise en flagrant délit de scrutation. Je devais à tout prix garder à l'esprit que, pour lui, je n'étais qu'une femme aux mœurs légères qu'il abhorrait par-dessus tout.

— Puisque tu es chargé de me suivre, allons-y, marmonnai-je en ouvrant la porte.

Je grimpai sur le siège de la Chevrolet en me maudissant pour mon manque de volonté. Dès que Tyler fut installé derrière le volant, il se tourna vers moi.

— Où allons-nous ?

— 113 South Warren Street à Trenton, indiquai-je.

Il entra l'adresse dans le gps et démarra.

— Callie, je voudrais que…

Je lui coupai immédiatement la parole.

— Mon père t'a demandé de me surveiller Tyler, pas de me faire la conversation ! répliquai-je d'une voix sifflante en sortant des écouteurs de mon sac à main.

Je pensais qu'il allait me rabrouer pour mon ton agressif mais il garda son calme.

— Bien.

J'eus finalement envie de lui demander ce qu'il voulait me dire de si important avant de me raviser. J'avais pris une résolution et je devais la tenir, à savoir rayer Tyler de mon existence. Je plaçai les oreillettes et écoutai de la musique jusqu'à ce que nous atteignions notre destination.

Tyler trouva une place dans la rue South Warren, juste en face du restaurant « Maxine's ». Moins de vingt secondes plus tard, nous étions devant le local commercial à louer. Ce dernier était situé entre une boutique de chaussures et un restaurant chinois.

— Tu as rendez-vous à quelle heure ? demanda Tyler en consultant sa montre.

— Dix heures.

J'examinai l'intérieur de la boutique à travers les grandes fenêtres. La pièce semblait petite mais c'était ce qu'il me fallait puisque je passerais la plupart de mon temps dans les appartements que je devrais agencer et les magasins de matériaux.

— Mademoiselle McBride ! lança soudain une voix féminine.

Je me retournai. L'agent immobilier était une femme brune d'une quarantaine d'années à l'allure distinguée. Perchée sur des escarpins vernis, serrée dans un tailleur chic, elle avait une classe incroyable.

— Je suis Katherine Livingston, dit-elle en me serrant la main avec un grand sourire.

Elle se tourna ensuite vers Tyler. La lueur pétillante qui animait son regard noisette se transforma en une expression charmeuse.

— Tyler Braxton, énonça-t-il d'une voix neutre.

Le sourire de l'agent s'évanouit face au manque d'enthousiasme de l'homme séduisant qui se tenait devant elle.

Après une poignée de main rapide, elle fouilla dans son sac pour en sortir un trousseau de clés.

— Je vous fais visiter, déclara-t-elle en ouvrant la porte.

— Je t'attends ici, dit Tyler.

Je remarquai la mine déçue de l'agent. Encore une qui n'était pas insensible au charme du beau brun aux yeux d'émeraude.

J'emboîtai le pas à Katherine et me laissai guider. Nous ne mîmes pas longtemps à faire le tour du local composé d'une pièce de cent mètres carrés, d'un minuscule cabinet de toilettes et d'une petite cave au sous-sol pour y entreposer quelques marchandises.

Je ne fus pas emballée par cette visite. Certes, les immenses fenêtres rendaient la pièce lumineuse mais je souhaitais quelque chose de plus moderne, plus fonctionnel avec une kitchenette et un espace de stockage un peu plus grand.

Lorsque nous ressortîmes sur le trottoir, je promis à l'agent de lui donner ma réponse dès le lendemain puis me dirigeai lentement vers la Chevrolet. Tyler, au téléphone, marchait quelques mètres derrière moi tout en devisant à voix basse.

Soudain, j'aperçus Bethany en compagnie d'un homme, grand et blond, de l'autre côté de la rue. Je les ignorai et continuai mon chemin. Du coin de l'œil, je la vis me désigner du doigt. Aussitôt, l'homme qui l'accompagnait traversa pour me rejoindre.

— Hey toi ? cria-t-il en pointant son index accusateur dans ma direction.

Je m'immobilisai et le suivis des yeux tandis qu'il s'approchait.

— C'est à cause de toi que ma copine a dû récupérer sa voiture à la fourrière ! brailla-t-il en s'arrêtant devant moi.

— Elle n'avait qu'à pas se garer en plein milieu de la route ! ironisai-je.

— Ca te fait rire en plus ! s'écria-t-il d'une voix rageuse avant de me pousser violemment.

Je vacillai mais parvins à conserver l'équilibre en me raccrochant à l'un des arbres qui bordaient le trottoir. Je n'eus pas le temps de réagir que Tyler s'était déjà rué sur lui, lui administrant un coup de poing dans l'estomac. L'homme lâcha une plainte sourde et s'effondra sur le bitume.

Bethany poussa un cri avant de traverser la rue en courant.

— Toi et ta pétasse, ne vous approchez plus jamais de mademoiselle McBride où vous aurez à faire à moi, gronda Tyler d'une voix sourde.

— Tu es cinglé Tyler ! s'écria Bethany en aidant son ami à se relever.

Tyler lui adressa un sourire sarcastique.

— Je crois plutôt que c'est toi la cinglée.

Le grand blond, à nouveau sur ses deux jambes, lui décocha un regard venimeux.

— Je vais, de ce pas, informer mon père de ton geste inqualifiable, Braxton.

— Je t'en prie Steve. Rex sera ravi de me rencontrer. J'ai une petite vidéo sur ta chère copine qui pourrait bien faire la une des journaux très bientôt et écorner encore un peu plus l'image de Clifford. Elle a été tournée dans un certain magasin à Short Hills. Je peux même te la montrer, si tu veux, dit Tyler en sortant son téléphone de sa poche.

Alors que Steve examinait Tyler comme s'il avait perdu la tête, Bethany devint livide.

— Ce ne sera pas nécessaire, répondit-elle d'une voix crispée. Steve ne dira rien à son père.

Le jeune homme se tourna vers Bethany en fronçant les sourcils.

— De quoi parle-t-il ? C'est quoi encore cette histoire ?

— Rien. Allez, viens !

Abasourdie par la scène qui venait de se dérouler sous mes yeux, je ne pipai mot et restai figée sur le trottoir à observer Bethany et son petit ami qui s'éloignaient en se disputant.

Je tressaillis lorsque Tyler posa une main sur mon bras.

— On y va.

J'acquiesçai.

— Cette vidéo, c'est celle où Bethany glisse un truc dans mon sac ? demandai-je.

— Exact.

— Depuis quand l'as-tu en ta possession ?

— Hier soir.

Alors, c'était donc ça son appel important pendant le repas, appel durant lequel le mot vidéo avait été effectivement prononcé.

— Allons boire un café, proposa Tyler en désignant le « Ole Cafe ».

— Je préférerais rentrer.

— Et t'enfermer dans ta chambre, dit-il d'un ton où perçait une pointe de reproche.

Je lui adressai un regard noir.

— Qu'est-ce que ça peut te faire ?

— Désolé. J'ai vraiment, vraiment, besoin de te parler Callie.

— Tyler, dois-je te rappeler tes propos quand tu es venu me chercher au poste de police ? Tu as affirmé que tu perdais ton temps à discuter avec moi.

— Je dis parfois n'importe quoi. S'il te plaît Callie, accepte au moins de prendre un café et de m'écouter.

Je levai les yeux au ciel.

— Très bien.

Tyler poussa la porte du café et une délicieuse odeur de pain grillé nous accueillit. Nous nous installâmes près de la fenêtre. Une serveuse vint immédiatement prendre notre commande.

— Bonjour messieurs-dames, que désirez-vous ?

— Un chocolat chaud, répondis-je en enlevant mon blouson.

— Un café.

— Souhaitez-vous manger quelque chose ?

— Non, merci.

— Qu'avez-vous à nous proposer ? demanda Tyler.

— Nous avons des œufs brouillés, des omelettes avec différentes garnitures, des pancakes aux myrtilles ou au babeurre.

Tyler haussa un sourcil.

— Tu aimes les pancakes ?

— Oui mais je n'ai pas…

— Mettez-nous des pancakes aux myrtilles.

— Bien monsieur.

Tandis qu'elle s'éloignait, je me penchai au-dessus de la table.

— Je n'ai pas faim Tyler, chuchotai-je.

Il me fixa avec un sourire amusé. Je reçus un choc. C'était la première fois que j'avais droit à un sourire de Tyler Braxton. Perturbée, je me reculai précipitamment.

— J'avais compris mais je pense qu'il serait sage que tu te nourrisses un peu mieux, déclara-t-il d'un ton léger.

Je ne songeai même pas à protester de son comportement paternaliste tellement j'étais bouleversée. Lui qui m'avait habituée à des regards réprobateurs, des grimaces dédaigneuses, des paroles acérées.

Soudain, son sourire s'effaça et il prit un air grave.

— Je tiens à m'excuser pour les propos insultants que j'ai tenus à ton encontre. Je t'ai mal jugée. Je me suis montré terriblement injuste et je t'ai traitée d'une façon odieuse. Je comprendrai que tu m'en veuilles. Mais sache qu'à partir de ce jour, je ferai tout pour rattraper mon attitude abjecte, que tu acceptes mes excuses ou non.

Eberluée par ce discours inattendu, je restai coite, droite sur ma chaise. La serveuse nous apporta nos boissons accompagnées d'une assiette de pancakes.

Comme je demeurais sans réaction, Tyler reprit la parole.

— Alors ? Penses-tu être capable de me pardonner ?

Il avait l'air sincèrement navré. Je déglutis plusieurs fois avant de pouvoir donner ma réponse.

— Je crois... oui, soufflai-je en baissant les yeux sur ma tasse de chocolat fumante.

— Callie, je te fais la promesse de ne plus jamais mettre ta parole en doute.

Je relevai la tête et nos regards se soudèrent. A cet instant, j'aurais presque pu jurer que... Non, je divaguais, troublée par la douceur inhabituelle contenue dans ses prunelles vertes.

— Bon sang ! Je me suis vraiment conduit comme un mufle ! reconnut-il en lâchant un soupir, et ça ne date pas d'hier.

La gorge nouée, je fis un geste évasif de la main.

— Parlons plutôt d'autre chose. Pourquoi as-tu visionné les caméras de surveillance ?

Il termina sa bouchée de pancake.

— Parce que j'ai fait la connaissance du charmant Nick Blair. Je me suis alors aperçu que tu n'avais été qu'une victime innocente.

Je sursautai en entendant ce prénom qui me hantait depuis plusieurs jours.

— Nick... Blair... alors tu sais ce qui s'est passé ?

Tyler opina.

— Il t'a droguée au GHB pour pouvoir abuser de toi, mentionna-t-il d'une voix tendue.

Un frisson de dégoût me parcourut.

— Amy avait évoqué un truc dans le genre, murmurai-je. Que t'a-t-il dit exactement ?

— Je préfère ne pas te rapporter ses propos. Ce type est taré.

Je bus une grande gorgée de chocolat.

— Et la vidéo ? Est-elle détruite ? demandai-je, le cœur battant.

— J'ai fait le nécessaire. Aucune image ne circulera sur le net ou ailleurs. Je te le garantis.

— Comment peux-tu être aussi affirmatif ?

— Nous avons retourné son appartement de fond en comble. Nous avons inspecté ordinateur, tablette et téléphone. Quant à lui, il a bénéficié d'une fouille approfondie et d'un avertissement qu'il n'est pas prêt d'oublier. Je te certifie qu'il a eu la trouille de sa vie.

— Qui est *nous* ?

Tyler haussa un sourcil.

— Il s'agit là d'une question à laquelle je ne suis pas habilité à répondre.

Je pris un pancake et commençai à l'émietter sur la table.

— Mais comment être sûr qu'il n'en a pas conservé une copie qu'il ressortira dans quelques années ?

— On ne peut pas être certain à cent pour cent mais cet enfoiré a parfaitement compris que, s'il voulait conserver son physique de play-boy, il avait tout intérêt à se tenir tranquille.

— Tu l'as frappé ?

— Que t'as fait ce pauvre pancake pour que tu le réduises en charpie ?

— Tu éludes délibérément ma question, ce qui m'incite à conclure que tu l'as frappé.

— Hum… peut-être bien…

J'écarquillai les yeux.

— Tu l'as cogné plus ou moins que le type de tout à l'heure ?

— Beaucoup plus. Steve n'est qu'un abruti que Bethany mène par le bout du nez mais ce n'est en aucun cas un violeur.

Le terme « violeur » me glaça le sang. Comme s'il avait remarqué mon désarroi, Tyler dévia aussitôt la conversation.

— Au fait, quelle est cette histoire de voiture et de fourrière ?

J'enfournai quelques miettes de pancake dans la bouche.

— Je crains fort de ne pas être habilitée à répondre à cette question, répliquai-je en faisant allusion à ses propos précédents.

A ma grande surprise, je ne récoltai pas un regard furibond mais un franc éclat de rire.

— Tu sais que je pourrais le savoir, il suffirait que je creuse un peu.

— J'oubliais que tu étais au courant de tout, soupirai-je.

— Pas tout. Par exemple, j'ignore ce qui se passe réellement dans cette jolie petite tête.

Je rêvais où Tyler Braxton venait de me complimenter ? Je me trémoussai sur ma chaise.

— Si je te le disais, tu prendrais tes jambes à ton cou, marmonnai-je tout bas.

— Peux-tu répéter ?

— Euh… je pensais au local que je venais de visiter, mentis-je avec conviction.

— Quel est ton verdict ?

— Il ne m'intéresse pas. Je vais chercher autre chose.

Tyler se frotta le menton d'un air pensif.

— Trenton n'est pas forcément le meilleur endroit pour implanter ta boutique.

— Tu crois ?

— Tu devrais plutôt t'installer dans une ville comme Atlantic City qui attire de nombreux touristes. Là-bas, il y a les hôtels, les casinos et les appartements de location saisonnière qui ont souvent besoin d'être rénovés. De plus, beaucoup de nouvelles constructions sont en cours et tes services seront les bienvenus. En revanche, il ne faudra pas lésiner sur la publicité pour te faire connaître.

— Je redoute que les gens ne fassent appel à moi que parce que je suis la fille de Jerry McBride, énonçai-je tristement.

— Quel est le problème si cela t'ouvre les premières portes ? Ensuite, c'est à toi de faire le reste. Si tes clients sont satisfaits de ton travail, ils te recommanderont à d'autres, et ainsi de suite. Dans quelques années, tu ne seras plus la fille du gouverneur mais c'est Jerry qui sera le père d'une décoratrice de talent.

Deuxième compliment en l'espace de cinq minutes !

— Tu es trop optimiste mais je vais réfléchir sérieusement à tout ça.

Tyler poursuivit la conversation d'un ton plus grave.

— Callie, est-ce que tu souhaites que j'informe ton père sur les actes de Bethany et de Nick ?

Je haussai les épaules, feignant l'indifférence.

— Tu lui en parleras de toute manière.

— Pas sans ton accord.

Je le dévisageai avec étonnement. Son visage reflétait la sincérité.

— Je préférerais que tu ne lui dises rien. Il serait capable de se lancer dans une vendetta et ce n'est pas ce que je désire. Je veux juste… oublier…

— Soit, mais ne te renferme pas sur toi-même.

CHAPITRE 7

Lorsque j'ouvris les volets, les rayons du soleil me caressèrent le visage.

Deux jours déjà que j'étais allée visiter le local à Trenton avec Tyler. Sur le chemin du retour, un violent orage avait éclaté et nous avions mis plus d'une heure à rentrer jusqu'à Princeton.

La veille, la pluie était tombée sans discontinuer m'obligeant à rester enfermée toute la journée. Je m'étais occupée en recherchant un local à Atlantic City. Le choix étant beaucoup plus vaste qu'à Trenton, trois annonces avaient retenu toute mon attention. J'avais donc téléphoné à Solen pour en discuter avec elle. Je m'étais toutefois abstenue de lui raconter ce qui m'était arrivée. Une agression sexuelle, même sans souvenir, restait un épisode douloureux et sensible à évoquer. Outre l'humiliation, je ressentais même de la honte à être tombée dans le piège tendu par Nick. J'aurais dû me montrer plus vigilante. Moins il y aurait de personnes informées, mieux je me porterais...

Je m'étais aussi entretenue longuement avec Antonia au sujet du repas ainsi que de la décoration de la table pour la soirée et nous avions dressé ensemble une liste de courses.

J'avais également reçu un appel d'Amy qui m'informait qu'elle serait bientôt de retour. J'avais tenté, tant bien que mal, d'éviter le sujet Nick Blair, sans succès. Ma sœur, particulièrement têtue, était parvenue à ses fins.

J'avais alors dû m'armer de patience pour la convaincre de ne pas en parler à notre père. Amy avait insisté à maintes reprises pour que je porte plainte et que je consulte un psychologue. Je lui avais opposé un refus catégorique en lui expliquant que Tyler s'était personnellement occupé de Nick. Quant au psychologue, je n'en avais nul besoin. Certes, la vidéo que j'avais visionnée pour partie m'avait choquée et écœurée mais le fait de n'avoir aucun souvenir de ce moment-là m'évitait les images terrifiantes et la violence qu'engendre habituellement cet acte criminel.

Je laissai la fenêtre entrouverte puis filai sous la douche. Dans un jean dont les poches avant et arrière étaient ornées de strass et un pull rose pâle, je gagnai la cuisine où j'avalai un petit déjeuner revigorant, café bien serré, jus d'orange et muffins.

Je m'installai ensuite sur le canapé, ma liseuse dans les mains. Après les trois volumes de « Fifty Shades of Grey », j'avais pris goût à ce genre de littérature et m'étais achetée un certain nombre de livres dans le même style. Plongée dans ma lecture, la matinée passa à toute vitesse.

L'heure du déjeuner arriva. Nous nous installâmes tous à table, ma mère, mon père, Tyler et moi. Tandis que Jerry et Tyler débattaient sur le projet de rénovation de la Camden High School, Celia se tourna vers moi.

— J'espère que tu assisteras à la réception que nous donnons demain soir.

— Hélas, j'ai autre chose de prévu.

— Callie, intervint mon père. Je te rappelle que tu as l'interdiction de quitter cette maison car Tyler assiste à notre soirée. En conséquence, il ne sera pas disponible pour t'accompagner.

Je lui offris un sourire forcé.

— Me surveiller serait le terme le plus approprié. Cela dit, je doute fort que tu sois d'accord pour que Tyler m'accompagne là où je me rends.

Jerry haussa un sourcil inquisiteur.

— Et où comptes-tu aller, si ce n'est pas trop indiscret ?

— Au lit. Je suis fatiguée en ce moment alors je vais rester dans ma chambre en compagnie d'un bon film.

Mon père soupira avant de boire une gorgée de vin.

— Je voudrais tout de même que tu sois présente. Amy sera là et il serait judicieux que toute la famille soit réunie. Maintenant, si tu n'as que des oripeaux à te mettre sur le dos, je peux te prêter une toilette, intervint Celia.

Je perdis mon calme.

— Pour la énième fois, je n'ai pas de problème de vêtements, maman ! lançai-je. Mais dans quel monde tu vis ? Ca t'arrive d'allumer la télévision, de feuilleter les magazines, de regarder autour de toi ? Parce que si c'est le cas, tu ne dois pas en voir beaucoup des femmes de mon âge avec des robes surannées ou des tailleurs austères. Même la première dame des Etats-

Unis ne s'habille pas ainsi. Il serait peut-être temps que tu te mettes à la page !

Après m'avoir décoché un regard peu amène, ma mère s'adressa à son mari :

— Dis quelque chose Jerry !

— Je préfère ne pas m'immiscer dans une conversation de chiffons. Cela dit, Callie n'a pas complètement tort, tu devrais...

— C'est la meilleure ! s'écria Celia en jetant sa serviette sur la table.

Irritée, elle quitta la salle à manger. Je la suivis des yeux en silence, le cœur serré. Je me sentais coupable d'avoir provoqué une dispute entre mes parents.

— Tu n'es pas obligée d'assister à cette soirée, si tu n'en as pas envie, mentionna mon père.

— Merci, dis-je en me levant.

N'ayant plus faim, je me rendis au salon. Postée derrière la fenêtre, je contemplais le parc verdoyant lorsque Tyler fit irruption dans la pièce.

— Prends un blouson, nous partons, déclara-t-il d'un ton qui ne souffrait aucune objection.

Je le fixai, étonnée.

— Où allons-nous ?

— Tu verras.

Je me rapprochai de lui.

— Dis-moi au moins si je dois me changer ?

Tyler me détailla avec insistance.

— Ton habillement ne m'a jamais posé le moindre problème, Callie, au contraire.

Je faillis m'étrangler avec ma salive quand je remarquai que son regard était braqué sur mes fesses que le jean moulait avantageusement. Les joues en feu, je me précipitai vers les escaliers.

— Je reviens tout de suite, bredouillai-je.

Dans ma chambre, je m'adossai un instant contre la porte, histoire de calmer les battements de mon cœur. Personne, non personne, ne m'a jamais fait cet effet-là.

Je secouai la tête. Je devais impérativement me ressaisir. Un simple regard sur mon postérieur ne signifiait absolument rien. Il ne fallait surtout pas que j'en tire des conclusions erronées, ni érotiques.

J'enfilai un caban blanc cassé.

En descendant l'escalier, je pris le temps d'observer Tyler qui m'attendait dans le hall. Dieu, qu'il était beau dans son pantalon à pince, son pull à col roulé en cachemire et sa veste en cuir !

— Tu ne veux toujours pas me dire où tu m'emmènes ? demandai-je, intriguée.

Il sourit.

— En balade.

Je décidai donc de prendre mon mal en patience. Quand Tyler ne voulait pas parler, rien, ni personne ne pouvait l'y contraindre. Quelques secondes plus tard, nous quittions la propriété.

Après avoir traversé Trenton, la Chevrolet s'engagea sur l'autoroute, direction Wall Township. Je compris alors que nous allions au bord de l'océan mais je me tus et me concentrai sur le paysage. Tyler, au téléphone, menait une conversation politique avec le même interlocuteur, depuis le début du trajet.

Bercée par la voix grave du conducteur et le ronronnement du moteur, je m'assoupis. Lorsque j'ouvris les paupières, nous arrivions à Point Pleasant Beach.

— Bien dormi ? s'enquit Tyler.

Je bâillai.

— Ta voix est une berceuse très efficace.

— Eh bien, c'est la première fois que l'on me dit que j'ai des vertus soporifiques. Je comprends mieux maintenant pourquoi certaines personnes s'endorment quand je me lance dans un long discours, releva-t-il d'une voix moqueuse.

— Je ne pense pas que ce soit ton timbre de voix qui les assomme mais plus le contenu de tes allocutions.

— Voilà qui a le mérite d'être clair. Si je suis ton raisonnement, la politique est barbante.

— Oui et non.

— Mais encore ?

— Sincèrement, la politique en elle-même est intéressante, et vitale pour un pays, sauf qu'elle est pourrie par les coups bas, les pots de vin, le chantage et les mensonges. Les campagnes électorales se transforment en combats de coq où tout est permis pour dénigrer le concurrent. C'est vraiment dommage d'en arriver à de telles extrémités pour un petit morceau de pouvoir. Enfin, je présume que n'as pas la même opinion que moi.

Tyler me jeta un bref regard avant de fixer à nouveau la route.

— Si tu savais ce que je pense vraiment, tu me verrais sous un autre jour.

« *J'adorerais te voir sous un autre jour* », songeai-je tellement fort que je fus horrifiée à l'idée qu'il ait pu m'entendre.

J'observai l'avenue bordée de motels et de restaurants tout en gambergeant sur son commentaire, pour le moins énigmatique. Que pensait-il réellement de la politique ? Je n'en avais pas la moindre idée. Il avait pourtant l'air à l'aise avec toutes ces pratiques révoltantes. Je cessai de cogiter et orientai la conversation sur un autre terrain.

— Pourquoi as-tu choisi cet endroit pour une promenade ?

— C'est ici que j'ai grandi.

Je fronçai les sourcils. J'ignorais que Tyler avait vécu toute son enfance à Point Pleasant Beach. Je pris soudain conscience que je ne savais strictement rien de lui, mis à part que son père était mort d'un cancer du foie quand il avait dix-huit ans.

— Tu y viens régulièrement ?

Il marqua une hésitation.

— C'est la première fois que j'y remets les pieds depuis que j'en suis parti, il y a quatorze ans, répondit-il.

Percevant sa réticence à évoquer le passé, je me résolus à ne plus poser de questions, même si j'en avais un certain nombre qui se bousculait dans mon cerveau.

Tyler se gara sur un immense parking, à moitié désert. Nous prîmes la direction de la plage puis atterrîmes sur une grande et longue promenade en bois. Nous marchâmes pendant quinze bonnes minutes en admirant l'océan.

Tout à coup, la sonnerie du téléphone de Tyler troubla le silence agréable qui s'était instauré. Quand il sortit l'appareil de la poche de sa veste, je ne pus m'empêcher de lire le nom inscrit sur l'écran, Sydney !

En proie à un brusque accès de jalousie, je me perdis dans la contemplation de la grande plage où quelques enfants jouaient dans le sable. A ma grande surprise, la sonnerie continua à retentir.

— Tu ne réponds pas ? demandai-je en feignant une nonchalance exagérée.

Mon regard restait rivé sur l'horizon.

— Non, souffla-t-il d'une voix douce. J'ai des choses plus importantes à faire.

Mes yeux délaissèrent le panorama pour se poser sur Tyler.

— Ah bon, te balader avec moi est une chose importante, rétorquai-je d'un ton dubitatif.

— Plus que tu ne le crois. J'ai envie de rattraper le temps perdu.

La lueur qui brillait dans ses iris verts me dérouta. Pourquoi ? Pourquoi Tyler se comportait-il de cette façon maintenant qu'il était trop tard et qu'il appartenait à une autre ? Etait-ce pour me faire souffrir encore un peu plus ? Non ! Il ignorait tout de mes sentiments pour lui et il fallait que cela reste ainsi.

Ne sachant que répondre, je gardai le silence.

— Si mes souvenirs sont exacts et s'il n'a pas fermé boutique, il y a un marchand de glaces à peine plus loin. Ca te dit ? proposa-t-il.

J'acquiesçai et nous reprîmes notre marche, côte à côte.

Chez Kohr's, je portai mon choix sur une glace vanille-caramel tandis que Tyler opta pour un milkshake. Ce dernier m'entraîna ensuite vers un banc libre.

— Parle-moi de toi Callie. Qu'as-tu fait durant ces quatre années en Europe, à part étudier ?

Je lui racontai mes nombreux séjours en France et tous les merveilleux endroits que j'avais visités, le musée du Louvres et la Tour Eiffel à Paris, le château de Versailles, le Mont St Michel en Normandie, la villa Masséna à Nice... J'évoquai également les splendides paysages sauvages de l'Ecosse.

Lorsque j'eus terminé de lui narrer mes diverses excursions, je le questionnai à mon tour.

— Et toi, qu'as-tu fait de spécial pendant tout ce temps ?

— Rien de palpitant. De la politique, encore de la politique, toujours de la politique, énonça-t-il sans grand enthousiasme.

— Pas seulement, tu as également rencontré ta... fiancée, dis-je en butant sur ce mot horrible.

— C'est ce que je dis, rien de palpitant.

Je le fixai, étonnée par sa remarque et son visage lugubre. Amy m'avait informée que Tyler ne se mariait pas par amour mais, à l'instant présent, il ressemblait carrément à un condamné à mort. Une chose était certaine, jamais je ne me marierai par intérêt ou par devoir. Désireuse de changer de sujet, je me levai.

— Viens, on va sur la plage ! lançai-je d'un ton joyeux.

— Ce n'est pas une bonne idée, Callie. Nous allons avoir du sable partout.

Je lui adressai un sourire mutin.

— Monsieur Braxton a peur de quatre malheureux grains de sable maintenant. Allez Tyler ! Un peu de cran !

Je lui pris la main pour le tirer vers les escaliers qui menaient à la plage. Il ne résista pas et me suivit docilement. Nous nous dirigeâmes à pas lents vers l'océan.

Je m'arrêtai à quelques mètres de l'eau puis ôtai mon caban.

— Que fais-tu ? demanda Tyler en me dévisageant d'un air effaré.

— Je vais me baigner, pardi !

Il roula des yeux incrédules.

— Tu n'es pas sérieuse ?

J'éclatai de rire devant sa mine déconfite.

— Mais non, je vais juste me tremper les pieds, et tu devrais faire pareil.

— Tu vas prendre froid ! protesta-t-il.

J'enlevai mes bottines et mes chaussettes avant de retrousser mon jean jusqu'à mi-mollet.

— Tyler ! Lâche-toi un peu ! Nous ne sommes que fin septembre ! Et puis, pour ta gouverne, sache que me baignais en Ecosse en mai alors que l'eau avoisinait les quinze degrés.

Tyler secoua la tête, amusé.

— Tu es un cas désespéré, Callie.

— Ce n'est pas nouveau ! m'exclamai-je en avançant dans l'eau.

Je me retournai. Tyler se tenait debout sur le sable mouillé, mon caban à la main.

— Tu devrais venir !

— Très peu pour moi, merci.

Je soufflai de découragement avant de l'éclabousser.

— Callie, gronda-t-il gentiment. Si jamais je t'attrape, tu seras trempée des pieds à la tête.

— Pour m'attraper, il faudra que tu viennes dans l'eau, le taquinai-je.

— Oh ! Je suppose que tu devras récupérer, à un moment ou à un autre, ton manteau et tes chaussures, me fit-il remarquer avec un éclair de défi dans les yeux.

Je redressai fièrement le menton puis me mis à marcher tout en prenant soin de rester loin de lui. Depuis la plage, Tyler avançait à mon rythme.

Au bout d'un moment, je commençai à grelotter et me résignai alors à sortir de l'eau. En arrivant à proximité de Tyler, celui-ci m'agrippa le bras.

— Eh bien, te capturer n'aura pas été très difficile, claironna-t-il d'un air victorieux en me pinçant la joue avec délicatesse avant dc me la caresser de son pouce.

Je plongeai mes yeux dans les siens.

— C'est parce que je me suis laissée faire, objectai-je avec aplomb.

Tyler me décocha un sourire terriblement sexy. Durant quelques secondes, le temps sembla se suspendre. Ma respiration s'affola, tout comme les pulsations de mon cœur. Un long frisson me secoua toute entière.

— Tu as froid, constata Tyler en m'aidant à enfiler mon caban.

Je ne le détrompai pas. Sans mot dire, je m'assis pour remettre mes chaussettes et mes bottines puis nous rejoignîmes tranquillement la voiture.

— Je suis désolé de devoir rentrer si tôt mais je dois travailler avec Jerry ce soir. Nous préparons son discours de victoire.

— S'il est élu, crus-je bon de spécifier.

— Ca ne fait aucun doute.

Son ton catégorique me stupéfia.

— D'où te viens cet éternel optimisme ?

— Sache que si tu pars perdant, tu n'atteindras jamais l'objectif que tu t'es fixé.

— Mais, dans une compétition, il y a toujours un gagnant et un perdant, c'est inévitable.

— Tu as raison. Néanmoins, je suis prêt à parier que Clifford ne remportera pas ces élections. Ton père est très populaire dans le New Jersey. C'est un républicain modéré qui fait beaucoup pour l'éducation, l'environnement et l'emploi. Lorsque l'ouragan Sandy a dévasté une bonne partie des côtes, il s'est rendu sur place avec le président. Il a su rassurer la population puis a débloqué des fonds pour permettre la reconstruction des maisons, des commerces et des infrastructures.

Je hochai la tête.

— Je sais. Cela n'a d'ailleurs pas plu à certains républicains que mon père félicite chaleureusement un président démocrate.

— Dans une catastrophe d'une telle ampleur, Jerry se moque des partis politiques. Nous devons tous nous serrer les coudes. Ton père s'est comporté humainement et intelligemment.

— Ne serait-ce pas un peu grâce à toi ? demandai-je innocemment.

Un sourire étira les lèvres de Tyler.

— Tu m'accordes trop d'importance, Callie.

— Je ne crois pas, murmurai-je en tournant la tête vers la vitre pour admirer une splendide maison.

Je plissai les yeux, tentant de reconnaître l'endroit. Je ne me souvenais pas avoir traversé ce quartier chic lors de notre arrivée.

— Néanmoins, nous élaborons également un second discours, en cas de défaite, précisa Tyler.

Je ne répondis pas, entièrement absorbée par la contemplation des superbes demeures qui défilaient sous mes yeux. Mais où étions-nous ? Je m'apprêtais à poser la question lorsque la voiture ralentit puis s'arrêta devant une villa de deux étages à la façade rose pâle, aux grandes fenêtres en demi-lune et aux formes contemporaines.

Je me tournai vers Tyler qui fixait l'immense habitation, la mine sombre, le visage fermé.

— Je... euh... elle est magnifique, balbutiai-je, décontenancée par son mutisme.

— A l'arrière, se trouvent une piscine ainsi qu'un ponton privé, m'indiqua-t-il d'une voix légèrement chevrotante.

Je croisai les mains sur mes cuisses tout en m'interrogeant sur les propriétaires des lieux.

— Sans indiscrétion, qui habite ici ?

Il ferma les paupières quelques secondes.

— C'était chez moi, enfin c'est là que j'ai vécu avec mes parents.

Ses parents ! Si je connaissais l'existence de son père, je ne savais rien concernant sa mère.

— Ma mère n'est plus de ce monde. Elle est morte cinq ans avant mon père, mentionna Tyler, comme s'il avait lu dans mes pensées.

Je posai une main sur son bras. Tyler n'exprimait pas facilement ses émotions mais je voyais qu'il souffrait, le regard toujours cloué sur cette splendide maison.

— Désolée, soufflai-je.

Je comprenais parfaitement sa réaction. J'avais perdu Darrell quand j'avais huit ans. Sur le coup, je n'avais pas vraiment réalisé mais, plus les années passaient, plus il me manquait. Nos onze ans de différence nous avaient tenus éloignés l'un de l'autre et je le regrettais amèrement. Aujourd'hui, je n'aspirais qu'à une chose, connaître enfin ce frère qui avait fait partie de la famille pendant dix-neuf années mais je ne pouvais compter sur personne pour exaucer mon vœu, même pas sur Amy qui bottait en touche dès que je prononçais son prénom. Dans la grande demeure familiale, il ne restait rien de Darrell. Ses photos avaient toutes disparu, sa chambre avait été transformée en salle de détente où je ne mettais jamais les pieds, ses habits donnés à une œuvre de bienfaisance. En un mot, il avait été effacé et ça me faisait mal…

— Si tu as besoin de parler, je suis là, suggérai-je prudemment.

Tyler poussa un profond soupir.

— Le passé appartient au passé. En parler ne ferait que rouvrir d'anciennes blessures, lâcha-t-il en démarrant.

Le trajet du retour s'effectua dans le silence. Les traits tendus, la mâchoire crispée, Tyler semblait plongé dans des souvenirs pénibles. Cela me peinait de le voir ainsi mais, puisqu'il avait décliné mon aide, je n'avais d'autres choix que de me conformer à ses souhaits. Je le laissai donc ruminer et m'absorbai dans la contemplation du paysage.

Quand la voiture s'immobilisa devant la maison, je fus soulagée. Cette tension palpable qui régnait dans l'habitacle m'avait totalement démoralisée.

— Merci pour cette promenade, dis-je en ouvrant la portière.

Tyler me retint par le poignet.

— Callie !

Je tournai un regard étonné vers lui.

— Excuse-moi pour mon silence. Je voulais juste te changer les idées et je crois avoir lamentablement échoué.

Je lui adressai un grand sourire avant de l'embrasser furtivement sur la joue.

— Non Tyler, tu n'as pas échoué et tu es tout pardonné. Travaille bien ! lançai-je en sortant du véhicule.

Je montai directement dans ma chambre. Même si la fin de la journée avait été quelque peu gâchée, je ne regrettais pas cet après-midi en compagnie de Tyler. J'avais enfin découvert un autre homme. Ses sourires craquants, cette lueur de défi et de malice dans ses prunelles, nos échanges spontanés, et même sa douleur flagrante. Tout en lui me plaisait.

Je repensai à notre conversation sur le banc. Un nom avait été évoqué, un nom qui ne le remplissait visiblement pas de joie, Sydney Carlisle.

Je décidai d'en savoir plus sur cette demoiselle, fille du très fortuné Cliff Carlisle. J'allumai mon ordinateur et tapai son nom sur Google. Un nombre incroyable d'articles et de photos m'assaillirent aussitôt. Eh bien, la jeune femme de vingt-huit ans était populaire, et particulièrement présente dans les soirées de la jet-set new-yorkaise ! Une foule de photos la représentaient dans différents endroits, très à la mode, avec de nombreuses personnalités, mais Tyler n'apparaissait sur aucune d'entre elles.

J'aurais été bien en peine de dire à quoi elle ressemblait réellement... De taille moyenne, mince, elle semblait changer de coupe et de couleur de cheveux toutes les semaines. Certains clichés la montraient avec une chevelure courte d'un blond platine tandis que sur d'autres, elle arborait un carré asymétrique noir corbeau ou des boucles rousses ondulant sur ses épaules. Un vrai caméléon, cette Sydney !

Je fus également surprise par son palmarès amoureux digne des plus grandes stars hollywoodiennes. Elle avait même été fiancée plusieurs mois à un acteur très en vogue. Si j'en croyais l'article que je lisais, ce dernier l'aurait trompée avec l'une des actrices du soap opéra dans lequel il était la vedette.

Les images de cette femme rayonnante qui avait mis le grappin sur celui dont j'étais amoureuse depuis des lustres me descendirent le moral en dessous de zéro. Je cessai donc de m'intéresser à la future épouse de Tyler pour aller m'approvisionner en calories. Munie d'un sandwich et d'un yaourt au chocolat, je m'isolai dans ma chambre pour la nuit.

CHAPITRE 8

— Goûte-moi ça et sois franche s'il te plaît, dis-je à Amy, perchée sur un plan de travail de la cuisine.

Je venais de lui tendre l'un des nombreux « Paris-Brest » que j'avais préparés le matin même pour la réception.

— Putain ! La vache ! C'est rudement bon ! s'exclama ma sœur.

Antonia qui s'activait aux fourneaux lui adressa un regard réprobateur.

— Amy ! Surveillez votre langage et ôtez vos fesses de là, ce n'est pas un tabouret !

Ma sœur et moi échangeâmes un regard complice.

— Désolée Antonia, déclara-t-elle avec un sourire contrit tout en sautant à terre.

La cuisinière soupira en secouant la tête de dépit.

— Vous devriez aller vous habiller. Les premiers invités ne vont pas tarder.

Amy se tourna vers moi.

— Tu viens ?

Je refusai catégoriquement.

— Je n'ai toujours pas changé d'avis Amy. Je n'assisterai pas à ce dîner.

— Tu es encore plus têtue qu'une mule ! Tu as réalisé une décoration sublime, élaboré un menu d'exception, cuisiné des pâtisseries succulentes et tu veux te priver de tout ça.

— Parfaitement, répondis-je d'un ton intraitable.

Je n'affectionnais déjà pas ce genre de soirée en temps normal mais regarder Sydney parader fièrement au bras de Tyler m'incitait encore plus à garder la chambre. Ma sœur s'éloigna en bougonnant des paroles incompréhensibles.

Avant de me barricader dans mon antre, je retournai à la salle à manger afin de vérifier que tout était en ordre et qu'il ne manquait rien.

Je fis lentement le tour de l'immense table ovale, dressée pour vingt convives. Sur une nappe couleur chocolat, recouverte d'un long chemin de table vert anis, j'avais disposé des assiettes carrées blanches. Des couverts en argent rutilants, des verres en cristal de Baccarat, dont le pied en forme de berlingots empilés évoquait un collier de perles, ainsi que des serviettes vert amande, pliées en forme de lotus, formaient un ensemble harmonieux, et particulièrement réussi.

En plein milieu de la table, dans un haut vase cylindrique, se dressait une suspension de roses blanches, tandis qu'à chaque extrémité, une coupe remplie d'eau accueillait des bougies flottantes, vertes et marron, et quelques fleurs en corolle.

Satisfaite de moi, je quittai la salle à manger pour me rendre dans ma chambre.

Je n'avais pas revu Tyler depuis notre promenade mais je savais qu'il avait passé la majeure partie de la journée ici pour travailler avec Jerry. Ils étaient restés cloîtrés dans le bureau, se contentant d'un casse-croûte rapide que leur avait apporté Antonia sur le coup des treize heures.

Ma mère était partie l'après-midi complet, probablement pour se procurer une robe pour la soirée et se pomponner, coiffeur, manucure, maquillage...

Quant à Amy, rentrée de Jersey City dans la matinée, elle m'avait aidée pour la décoration de la table.

Environ vingt minutes plus tard, j'entendis le ballet des voitures dans la cour puis la sonnette de la porte d'entrée retentit au moins une demi-douzaine de fois.

J'enfilai un bas de pyjama et un débardeur avant de visionner un film sur mon ordinateur, adossée contre mon oreiller.

Je commençais à somnoler lorsque quelqu'un frappa à ma porte. A moitié endormie, je ne répondis pas, espérant que l'intrus ferait demi-tour, mais non, la personne insista.

— Callie ! C'est moi ! fit la voix de ma sœur.

En soupirant, j'allai ouvrir la porte.

— Qu'est-ce que tu veux ? grognai-je.

— Ron Baldwin et sa femme désirent te rencontrer, déclara Amy en entrant dans la chambre.

J'écarquillai les yeux.

— Hors de question ! Et d'abord, pour quelle raison veulent-ils me rencontrer ? m'exclamai-je, mécontente.

Amy prit un air penaud.

— Disons que tous les invités ont été éblouis par la décoration de la table, même papa. Du coup, j'ai avoué que c'était toi qui avais fait tout ça.

— Génial…

— Ne m'en veux pas Callie. Ron et Cyrielle meurent d'envie de faire ta connaissance. Fais un effort, ça ne va pas te tuer.

« *Si Sydney est là, si* », pensai-je en mon for intérieur. Je gardai cependant mon commentaire secret, ayant affirmé à ma sœur que Tyler n'était qu'un béguin d'adolescente et que je ne ressentais plus rien pour lui.

Devant mon silence obstiné, Amy ajouta :

— Je peux te prêter une robe.

Je fis un geste de la main.

— C'est inutile.

— Callie..., supplia Amy.

— J'ai dit non.

— Mais que vais-je leur raconter ? Ils t'attendent tous, gémit-elle. S'il te plaît ma petite sœur d'amour, tu ne voudrais pas me mettre dans l'embarras ?

Je levai les yeux au ciel.

— Dis-leur que je suis malade, répondis-je tout en sentant ma volonté faiblir face à la mine chagrinée d'Amy.

Ma sœur se dirigea vers la porte.

— Très bien.

Je fronçai les sourcils, pressentant qu'elle avait une idée derrière la tête. Elle abandonnait trop facilement et son petit sourire en coin en disait long.

— Attends une minute ! Que comptes-tu faire ?

— Je vais les informer que tu te prépares et que tu vas nous rejoindre d'un instant à l'autre. Et puis, j'enverrai… quelqu'un te chercher d'ici une quinzaine de minutes.

151

— Qui ? demandai-je d'une voix sourde.

— Papa..., non Tyler plutôt, réfléchit-elle à voix haute.

— Tu n'oserais pas ?

— On parie ! lança-t-elle en me décochant un clin d'œil.

— Tu es une véritable emmerdeuse, grinçai-je avant de pénétrer dans mon dressing. Tu as gagné, je viens.

Amy battit des mains.

— Chouette !

— Chouette, répétai-je d'un air morose en passant en revue le peu de robe habillée que je possédais.

Mon regard tomba en arrêt sur la robe que Carleen m'avait offerte pour mes vingt et un ans. Carleen Rafferty était irlandaise et avait étudié le stylisme au London College of Fashion. Nous nous étions rencontrées au cours d'un défilé de mode « Tom Ford » auquel j'assistais en compagnie de Solen. Je m'étais retrouvée assise auprès de cette jeune étudiante à la crinière de feu et au teint de porcelaine avec laquelle j'avais immédiatement sympathisé.

A contrecœur, j'ouvris la housse et sortis la longue robe en satin. Mis à part pour les nombreux essayages, je ne l'avais jamais portée. J'enfilai le vêtement en me contorsionnant, non pas qu'il soit trop petit mais la coupe épousait mon corps comme une seconde peau.

Je fis face au miroir.

— Oh putain..., c'est beaucoup trop sexy, murmurai-je en examinant le profond décolleté dans le dos.

Le long fourreau ivoire moulait mon buste, ma taille et mes hanches avant de s'évaser vers une courte traîne. Une large fente latérale laissait voir ma cuisse dès que j'esquissais un pas. L'unique bretelle, incrustée de strass, brillait au moindre de mes mouvements.

Je me tapai le front.

— Qu'est-ce que je suis en train de faire ?

Délaissant mon reflet, je quittai le dressing pour rejoindre Amy qui patientait, assise sur mon lit. Ma sœur me détailla sous toutes les coutures, sans dire un seul mot.

— J'ai compris, marmonnai-je en faisant volte-face. Il est préférable que je t'emprunte une robe.

— Surtout pas ! s'écria Amy en m'attrapant le coude. Tu es d'une beauté incroyable. Je devrais en être jalouse, lâcha-t-elle en désignant d'un air dépité sa robe en mousseline de soie.

— Arrête tes conneries, rétorquai-je, mal à l'aise. Tu portes une robe « *Elie Saab* » tandis que moi, elle est signée « *Carleen Rafferty* ».

— Qui est Carleen Rafferty ?

— Une amie. Elle a étudié le stylisme à Londres.

— Eh bien, je la trouve très douée ton amie, et j'échangerais bien volontiers ta robe contre la mienne. Assis-toi, je vais te coiffer.

Je m'exécutai de mauvaise grâce. Amy entreprit de me faire un chignon.

— Cesse de gigoter ! protesta-t-elle en reprenant la même mèche pour la troisième fois consécutive.

— Je suis stressée. Je hais ces soirées et j'ai une sainte horreur de m'affubler de la sorte, dis-je d'un ton plaintif.

— Franchement Callie, je ne te comprends pas. Pourquoi ce manque de confiance en toi alors que tu as un physique éblouissant ? N'as-tu donc jamais remarqué le nombre d'hommes qui te dévorent du regard dès que tu apparais ?

Je soupirai, les mains croisées sur mes cuisses. Mon soi-disant *physique éblouissant* n'avait pourtant jamais séduit Tyler.

— Je n'y prête pas attention, répondis-je d'un ton neutre.

Amy planta des épingles dans ma chevelure.

— Justement, c'est plutôt étrange. Une femme aussi belle que toi ne devrait pas rester seule.

— Je devrais donc collectionner les aventures, d'après toi ? demandai-je, médusée.

— Tu déformes mes propos ! Combien de relations sentimentales as-tu eues au total ?

— Deux.

— Exact, dont une qui n'a duré que trois mois.

— Colin était un gamin qui ne pensait qu'à faire la fête ! m'exclamai-je avec véhémence.

— Peut-être, et Pete ? Je crois me souvenir qu'il était fou amoureux et qu'il était plutôt beau garçon.

Je poussai un soupir.

— On est obligé de parler de ça maintenant.

— J'aimerais juste savoir pourquoi ma petite sœur, qui croit dur comme fer à l'amour, tient tant les hommes à distance.

La raison se résumait en un prénom masculin mais je conservai cette information pour moi.

Je haussai les épaules.

— Pete était effectivement un mec super mais je n'étais pas amoureuse de lui, expliquai-je posément.

Amy qui avait terminé sa coiffure se posta devant moi.

— Il avait pourtant tout pour plaire, intelligent, beau, attentionné, drôle et…

Elle plissa les yeux.

— A moins que…

Je me levai de la chaise.

— As-tu l'intention de finir tes phrases ? m'enquis-je, ironique.

Amy me regarda bizarrement avant d'ébaucher un sourire fanfaron.

— Finis de te préparer, ils vont s'impatienter.

Je renonçai à la questionner sur son attitude étrange et pénétrai dans la salle de bain où je me maquillai légèrement. De retour dans ma chambre, je mis la parure de diamants « *Harry Winston* », composée d'un collier, de boucles d'oreilles et d'un bracelet, présent que mes parents m'avaient expédié à Londres à l'occasion de mon anniversaire puis chaussai des escarpins argentés.

— Tu es sublime ! s'extasia Amy. Allons-y !

Je la suivis silencieusement, nerveuse à l'idée d'être bientôt le point de mire de la soirée. Soudain Amy s'esclaffa.

— Pourquoi ris-tu ?

— Papa va tomber à la renverse quand il te verra.

Je la foudroyai du regard.

— J'ai bien envie de t'étrangler. Après tout, c'est à cause de toi si je me retrouve dans cette situation grotesque, vêtue comme une actrice foulant le tapis rouge des Golden Globes.

— Je suis certaine que la robe de ton amie sublimée par ton corps de rêve y ferait sensation.

— Tais-toi donc !

Nous pénétrâmes dans la salle à manger où tous les invités étaient rassemblés. Disséminés en petits groupes, ils bavardaient joyeusement, un verre à la main. Deux serveuses, engagées pour assurer le service, déambulaient parmi les convives, portant des plateaux garnis de flûtes de champagne et de mignardises.

— Là voilà enfin ! clama une voix tonitruante que j'aurais reconnue entre mille.

Bruce Fleming, le plus fidèle et le plus ancien camarade de Jerry. Ils s'étaient rencontrés sur les bancs de l'université de Yale et leur amitié, tout comme leur collaboration, ne s'était jamais altérée. Il occupait actuellement le poste de conseiller juridique en chef.

Je relevai les yeux que je maintenais baissés depuis que j'étais entrée dans la pièce. Pendant que Bruce s'avançait vers moi, j'eus le temps de distinguer mes parents qui m'observaient comme s'ils venaient d'apercevoir un fantôme.

— Papa frôle l'apoplexie, murmura Amy d'un ton enjoué.

— Tu es superbe Callie, dit Bruce en s'arrêtant devant moi. La petite fille que je faisais sauter sur mes genoux a décidément bien changé.

Bravo Bruce, belle entrée en matière ! Je lui adressai un sourire crispé.

— Je suis contente de te revoir.

Il se pencha pour m'embrasser sur la joue.

— Sottises ! Tu es revenue depuis un mois et j'attends toujours ta visite, plaisanta-t-il.

Mon père nous rejoignit à cet instant précis.

— Callie, merci d'être venue.

Remarquant la lueur de satisfaction et de fierté qui vrillait son regard, j'évitai de lui indiquer qu'Amy ne m'avait pas vraiment laissé le choix.

Sans attendre, Jerry me guida vers un couple d'une soixantaine d'années.

— Ron, Cyrielle, permettez-moi de vous présenter ma fille, Callie.

— Enchantée, dis-je en leur serrant la main.

Je les examinai tour à tour. Ron était un homme svelte, au crâne légèrement dégarni et au visage respirant l'intelligence. Son épouse, drapée dans une robe de soirée aussi bleue que la couleur de ses yeux, était une femme à l'allure distinguée dont les traits fins et aristocratiques lui conféraient un air majestueux.

— Pas autant que nous, répondit Ron en souriant. Nous avions hâte de rencontrer l'auteure de cette décoration magnifique, et de la féliciter.

— Merci.

— Votre robe est superbe, fit observer Cyrielle.

— Merci, répondis-je une fois encore.

Décidément, je ne savais rien dire d'autre… Quelle gourde ! Je me serais fichue des claques !

— C'est une amie styliste qui l'a confectionnée, rajoutai-je.

Cyrielle leva un sourcil intéressé.

— Vraiment ! Eh bien, cette jeune femme est particulièrement talentueuse. Peut-être pourriez-vous me communiquer ses cordonnées, si cela ne vous dérange pas ?

— Bien sûr mais elle ne réside pas aux Etats-Unis. Après avoir obtenu son diplôme, elle a créé sa propre ligne de vêtements et a ouvert une boutique à Londres, sur Piccadilly Circus. Son nom est Carleen Rafferty.

— Parfait. Lorsque nous nous rendrons dans notre villa de Nice, il est plus que probable que nous fassions une halte à Londres.

— Vous possédez une villa à Nice ? J'adore cette ville ! J'y ai passé un mois entier avec une amie. Nous avons visité des lieux magnifiques tels que l'église de la Miséricorde, la cathédrale Sainte-Réparate, la basilique Notre-Dame. Cette ville possède un riche patrimoine culturel et une variété de styles architecturaux vraiment incroyables. Nous avons également écumé beaucoup de musées.

— Nice est effectivement un endroit sublime mais je ne suis pas très objective, étant donné que j'y suis née et que j'y ai grandi. Avez-vous également visité les alentours ?

— Nous sommes allées à Cannes, Monaco, Saint-Paul-de-Vence, Menton et Grasse, la célèbre capitale du parfum. Nous avons même franchi la frontière italienne jusqu'à Pise. La Tour est un monument vraiment impressionnant.

— Je suis ravie que cette région vous ait plu. A l'avenir, si vous devez y retourner, n'hésitez pas à nous le faire savoir, nous serions heureux de vous recevoir dans notre villa ou, le cas échéant, de vous la prêter.

Je choisis de m'exprimer dans sa langue natale.

— *C'est gentil à vous, je vous remercie. Je ne pense pas retourner en Europe dans l'immédiat mais dans quelques années, pourquoi pas. En tout cas, je songerai à votre aimable proposition.*

Ron, Cyrielle et Jerry me regardèrent avec stupéfaction.

— *Vous parlez français ?* questionna Cyrielle avec un large sourire.

— *Un peu, enfin je me débrouille.*

Je jetai un bref regard à mon père qui continuait à m'observer d'un air abasourdi. Eh oui papa ! Il y a des tas de choses sur moi que tu ne sais pas…

— *Assurément, vous faites plus que vous débrouiller*, déclara Cyrielle.

— Le français est une langue complexe dont je ne maîtrise pas encore toutes les subtilités.

— Rassurez-vous, même moi, j'ai parfois du mal à m'y retrouver. Toutes ces règles grammaticales sont d'un compliqué… On se demande où ils sont allés chercher tout ça ?

Bruce et ma mère vinrent s'immiscer dans la conversation qui dévia logiquement sur la campagne électorale. J'en profitai pour m'esquiver discrètement afin d'aller saluer les autres convives.

Après avoir échangé un mot avec le gouverneur adjoint, William Kinney et sa femme, Barbara, ainsi que plusieurs conseillers de mon père, je balayai la salle du regard afin de repérer Tyler. Je l'aperçus, non loin de moi. Il était en pleine conversation avec

Terrence Prescott, le chef de cabinet de Jerry, et son épouse.

Je fus soulagée de constater que Sydney ne se trouvait pas à ses côtés. Attirée par cet homme diablement séduisant, je ne parvins pas à détourner le regard. Soudain, nos yeux s'accrochèrent.

Je vis Tyler s'excuser auprès de ses interlocuteurs avant de s'avancer dans ma direction. Submergée par le désir puissant qu'il m'inspirait, je restais figée, tétanisée, totalement envoûtée par son magnétisme. Arrivé à ma hauteur, il me décocha son fameux sourire qui me faisait vibrer des pieds à la tête.

— Tu es ravissante Callie, mais je crois que tu le sais déjà.

— Tout ce que je sais, c'est que je suis extrêmement mal à l'aise, autant dans cette robe que dans cette soirée, répliquai-je en écartant les bras en geste de désespoir.

Il se rapprocha de moi et l'effluve de son parfum boisé enflamma davantage mes sens.

— Ca ne se voit pas. Et puis, tu éclipses de loin toutes les autres femmes, chuchota-t-il.

— Ce n'est pas drôle, bougonnai-je.

— Je ne plaisante pas, répondit-il en se saisissant d'une flûte de champagne sur le plateau d'une serveuse qui passait à proximité.

Il me la tendit.

— On trinque ?

J'opinai en prenant le verre.

— A la plus belle femme de la soirée, souffla-t-il tout bas.

Je baissai précipitamment la tête afin de dissimuler mon trouble.

— Regarde-moi Callie.

Je redressai la tête en tentant de prendre un air détaché.

— On se regarde dans les yeux quand on trinque, expliqua-t-il d'une voix douce.

J'étais foutue. Je m'exécutai et me noyai inévitablement dans ses prunelles. Nos flûtes s'entrechoquèrent dans un tintement cristallin puis j'avalai une grande goulée de l'excellent champagne pour me remettre de mes émotions.

— *Alors tu parles le français ?* demanda Tyler dans la langue de Molière.

Je le fixai avec stupeur.

— Toi aussi ?

— Je ne connais que les bases comme *bonjour, merci, au revoir, je t'aime...*

Merde ! L'entendre prononcer « *je t'aime* » en me regardant droit dans les yeux me mit dans tous mes états. Une onde de désir se propagea dans chaque parcelle de mon corps et mon cœur battit la chamade comme si je venais de courir le marathon de New York.

Afin d'éviter que Tyler ne s'aperçoive de mes symptômes luxurieux, je me plongeai dans la contemplation du sol. Heureusement que je n'étais pas du genre à rougir facilement sinon mon émoi aurait été beaucoup plus difficile à dissimuler.

Je faillis sauter de joie lorsque mon père clama haut et fort que le repas allait être servi. Ouf ! Sauvée par le gong ! Sans demander mon reste, je pris mes jambes à

161

mon cou. Pendant que ma mère plaçait les invités, je restai légèrement en retrait. Au bout d'un moment, Celia me désigna un siège libre entre deux conseillers. Alors que je me dirigeais vers la chaise en question, Amy me fonça dessus à toute vitesse.

— Tu ne voudrais pas que l'on échange nos places, dit-elle avec une mimique suppliante.

— En quel honneur ?

— Maman m'a installée près du vieux Lancaster et je ne le supporte pas. Il va me vanter les mérites de son petit-fils toute la soirée. Figure-toi qu'il s'est mis en tête de nous rapprocher !

J'arquai un sourcil amusé.

— T'es gonflée quand même ! Pourquoi serait-ce à moi de me le coltiner ?

— Parce que tu es une sœur géniale et tu n'aimerais pas que je passe une mauvaise soirée.

— Tu es une manipulatrice Amy, déclarai-je en souriant.

Elle me prit les mains.

— Allez Callie ! Fais ça pour moi et je te le revaudrai, gémit-elle avec ce petit air de chien battu dont elle savait user quand elle voulait quelque chose.

— D'accord, et puis lui ou un autre, ça ne change rien.

— Merci, t'es un amour, dit-elle en me collant une bise sur la joue.

Elle partit d'une démarche guillerette et je m'installai à sa place. A ma droite, se trouvait Doug Bentley, le Directeur de Communication de Jerry. Quant au siège de gauche, il était toujours vide.

D'un œil absent, je parcourus les personnes réunies autour de la table. Je tressaillis lorsque je reconnus Sam Lancaster lancé dans un débat animé avec sa voisine.

Pourquoi Amy m'avait-elle raconté des cracs ? Et qui était à côté de moi alors ? J'eus la réponse quelques secondes plus tard, lorsque je vis Tyler s'asseoir. Je regardai Amy qui m'observait d'un air enchanté. Elle me décocha un clin d'œil avant de reporter son attention sur la serveuse qui apportait les entrées.

Je soupirai, agacée que ma sœur m'ait percée à jour, puis entamai la conversation avec Cyrielle Baldwin qui se trouvait être en face de moi.

Tandis que les plats se succédaient, faisant l'unanimité de tous les convives, je continuai à dialoguer avec la femme de Ron.

Tyler se comportait en parfait gentleman, discutant avec chacune des personnes proches de lui, moi y compris. Décontracté, souriant, sûr de lui, il s'exprimait avec aisance et facilité et abordait des sujets multiples, de la menace d'extinction des ours polaires au dernier film de Ridley Scott. A ma grande surprise, la politique ne fut que très peu évoquée. Même si Tyler était un homme de l'ombre, il fallait reconnaître qu'il brillait en société. Il ne serait en effet guère surprenant qu'il se retrouve un jour sur le devant de la scène.

Après avoir beaucoup évoqué mes différents séjours en France, Cyrielle me questionna sur mes études. Lorsque je lui appris que j'avais un Master of

Arts et que je me destinais à être décoratrice d'intérieur, son mari se tourna vers moi.

— Vous n'avez donc pas suivi les traces de votre père ! s'étonna-t-il. Jerry m'avait confié qu'il rêvait vous voir embrasser une carrière politique.

— Le rêve de Jerry n'était pas le mien, pour son plus grand désespoir d'ailleurs, répondis-je d'un ton placide. Je sais que beaucoup de personnes considèrent les métiers artistiques comme secondaires et qu'ils ne revêtent que bien peu d'importance mais je n'avais pas envie de me lancer dans une carrière professionnelle qui ne m'intéressait pas.

— Eh bien, permettez-moi de vous contredire, Callie. Si vous regardez autour de vous, vous constaterez que tout a un rapport avec l'art, que ce soient l'architecture de nos maisons, la splendeur de nos bijoux, la coupe de nos costumes, l'odeur de nos parfums, le design de nos voitures et je pourrais continuer ainsi encore longtemps. Tous les objets que nous possédons et que nous affectionnons tellement sont créés par des artistes, alors loin de moi l'idée de juger votre choix inopportun ou médiocre.

Ouah ! Quel discours ! Je restai scotchée devant tant de clairvoyance et de bon sens. Si mon père pouvait montrer au moins un dixième de sa lucidité, je serais une fille comblée.

Bruce, placé au côté de Cyrielle, intervint dans la conversation.

— Tous les enfants de Jerry sont dotés d'une fibre artistique extrêmement développée. Amy est actrice, Callie, décoratrice, et Darrell était très doué pour la photographie. Il voulait d'ailleurs en faire son métier.

Je fixai Bruce avec une expression sidérée. C'était la toute première fois qu'un membre de l'entourage de mon père parlait spontanément de Darrell...

— Mon frère n'étudiait pourtant pas la photographie, relevai-je, surprise.

Je me souvenais parfaitement que Darrell étudiait le droit à l'université de Princeton. Bruce baissa les yeux sur son assiette.

— C'est que... Jerry l'a incité à choisir une autre voie, bredouilla-t-il, mal à l'aise.

— Obligé plutôt, grinçai-je en plantant violemment ma fourchette dans un morceau de viande.

Ron et Cyrielle durent s'apercevoir de la tension sous-jacente, aussi s'empressèrent-ils d'orienter la conversation sur un autre thème.

— Au fait, où se trouve Sydney ? Nous avons appris récemment que vous vous étiez fiancés, dit Ron à Tyler.

A ses paroles, j'avalai ma viande de travers et me mis à tousser. La bouche enfouie dans ma serviette, je tentai d'apaiser cette quinte de toux le plus discrètement possible. Tout à coup, la main de Tyler me tapota doucement le dos.

— C'est décidément une habitude de d'étouffer lors des repas, constata-t-il, un brin ironique.

Je savais qu'il faisait allusion à ma première soirée ici, lorsque j'avais appris son mariage au cours du dîner. Dans l'impossibilité de m'exprimer, je me contentai de lui lancer un regard irrité, ce qui ne manqua pas de le faire sourire davantage.

Lorsque j'eus retrouvé une respiration normale, je voulus parler mais aucun son ne parvint à franchir mes lèvres, troublée par la chaleur de la paume de Tyler, toujours logée au creux de mes reins.

— Ca va mieux ? me demanda-t-il gentiment.

Je hochai la tête en signe d'assentiment. Tyler retira alors sa main et je ressentis une brusque sensation de froid.

Il se tourna vers Ron.

— Sydney est actuellement à New York. Elle devrait être de retour dans quelques jours.

Ignorant le pincement au cœur que ce prénom suscitait en moi, je m'employai à terminer mon assiette en silence.

N'ayant plus faim, je mangeai mon fromage du bout des lèvres en suivant les échanges entre Tyler et Ron concernant le prochain match des Yankees de New York contre les Red Sox de Boston.

Enfin, le dessert fut servi. Chaque assiette contenait un macaron au chocolat, une crème brûlée ainsi que mon « Paris-Brest ».

— Ces « Paris-Brest » sont vraiment succulents, déclara Cyrielle. Vous transmettrez toutes mes félicitations à la cuisinière.

Je lui décochai un sourire chaleureux.

— Je n'y manquerai pas.

Le café s'éternisa et j'eus toutes les peines du monde à garder les yeux ouverts. Enfin, certains invités prirent congé. Comme s'il s'agissait d'un signal, les autres ne tardèrent pas à les imiter. Avant leur départ, Cyrielle et Ron Baldwin nous remercièrent pour cette magnifique réception ainsi que le menu aux couleurs de la France qui les avait particulièrement touchés.

Dès que la porte se fut refermée sur le dernier invité, j'enlevai mes chaussures à talon et me ruai vers l'escalier avec un immense soulagement. J'étais fatiguée, j'avais mal aux pieds et je rêvais d'ôter ces habits dans lesquels j'étais affreusement empruntée.

Mon père qui sortait de la salle à manger en compagnie de Tyler m'apostropha :

— Callie !

Je me retournai en réprimant un long soupir de découragement.

— Je tiens à te remercier pour tout ce que tu as fait. L'élaboration judicieuse du menu, la décoration de la table et surtout ta présence inattendue mais ô combien appréciée.

Pressée de me retrouver au fond de mon lit, je l'interrompis d'un geste désinvolte.

— Oh, c'est rien !

— Tu as oublié de la remercier pour ses délicieuses pâtisseries. C'est elle qui a fait les « Paris-Brest », précisa Amy qui venait d'apparaître dans le hall.

Jerry et Tyler m'observèrent avec étonnement.

— Bonne nuit tout le monde ! lançai-je en montant les escaliers, mes chaussures à la main.

CHAPITRE 9

Je fixais l'écran de mon téléphone d'un œil morne, n'ayant nullement l'intention de répondre à cet appel.

— Peut-être que tu devrais décrocher ? suggéra Tyler.

Nous nous rendions à Atlantic City où j'avais rendez-vous avec un agent immobilier afin de visiter deux locaux. L'un était à louer et l'autre à acheter. Ma préférence allait au second car il possédait également un appartement à l'étage, je ferais ainsi d'une pierre deux coups.

— Non, c'est Todd et je préfère ne pas l'encourager.

— Qui est Todd ?

Je rangeai le smartphone dans mon sac avant de me lancer dans une vague explication.

— Todd faisait partie de l'équipe de la NJTV qui a réalisé le reportage sur notre famille. Nous avons sympathisé mais je crains qu'il... attende autre chose qu'une simple amitié.

Je ne lui précisai pas que, sur le coup, l'idée de sortir avec Todd m'avait effleurée. Aujourd'hui, j'étais revenue à la raison. On ne s'engageait pas avec un homme juste pour en oublier un autre, sinon cette relation était forcément vouée à l'échec.

— Ton cœur est-il déjà pris ?

Je marquai quelques secondes d'hésitation face à cette question inattendue.

— Plus ou moins, répondis-je enfin.

Tyler tiqua avant de rire.

— C'est une réponse plutôt surprenante.

Je haussai les épaules mais me tus. J'en avais presque déjà trop dit... Et puis mes affaires de cœur ne le concernaient pas, enfin un peu quand même mais ça, il ne le savait pas.

Je poussai un soupir agacé lorsque la sonnerie se remit à sonner.

— En tout cas, il est persévérant ce garçon ! lança Tyler avec humour.

Je récupérai mon portable.

— C'est Solen, indiquai-je en décrochant.

— Allo Callie.

Je fronçai les sourcils en entendant la voix étranglée de mon amie.

— Que se passe-t-il ? Ca n'a pas l'air d'aller.

— Je... Je voulais t'informer que... le bateau de mon père a fait naufrage.

Je fis un bond sur mon siège.

— Et Gregor ? Comment va-t-il ? demandai-je, atterrée.

— Mieux. Il est aux soins intensifs depuis trois jours car il souffrait d'une hypothermie importante. Il devrait sortir de l'hôpital demain.

— Ouf ! Tu aurais dû me prévenir plus tôt.

— C'est que... on a eu beaucoup de problèmes à régler. C'est d'ailleurs pour ça que je t'appelle. Je ne pourrai pas te rejoindre en janvier, je vais rester ici pour soutenir mes parents.

— Quels problèmes ?

— Callie, mon père n'a plus de boulot. Ici, c'est encore la crise tu sais. Plus aucune entreprise n'embauche et on n'a plus rien...

Solen termina sa phrase dans un sanglot étouffé.

— Comment ça, plus rien ? Gregor a besoin d'un nouveau bateau, c'est tout. Je vais te faire un virement aujourd'hui même.

— Arrête, sois sérieuse. Un bateau de pêche professionnel, même d'occasion, est très cher. Préoccupe-toi plutôt de ta boutique...

Je la coupai net.

— C'est à moi de décider où et à qui vont mes priorités. Il serait temps que vous acceptiez enfin mon aide. Je peux déjà vous faire parvenir vingt mille dollars. Si cette somme ne suffit pas, peut-être pourriez la compléter grâce à un prêt ?

Solen émit un rire hystérique qui me déstabilisa.

— Un prêt ? cria-t-elle. La banque vient de nous saisir notre maison alors crois-tu vraiment qu'elle va nous accorder un crédit !

Je demeurai sans voix, digérant péniblement la nouvelle.

— Désolée d'avoir crié, s'excusa Solen, je suis un peu à cran ces derniers jours.

— Où êtes-vous actuellement ? m'enquis-je d'une voix blanche.

— Chez ma tante, à Carantec. Elle accepte de nous héberger le temps que l'on retrouve un travail et un logement.

— Putain…, grognai-je en me frottant les yeux. Heureusement que vous avez le salaire d'Erwan !

— Erwan n'a plus de salaire. L'atelier de lutherie dans lequel il travaillait a déposé le bilan. Il bénéficie d'indemnités chômage mais ça ne suffira pas pour nous tirer de cette mauvaise passe. Tout comme lui, je vais également me mettre à la recherche d'un emploi. Lorsque mes parents auront à nouveau un toit sur la tête, alors je viendrai dans le New Jersey mais ça peut prendre plusieurs mois, voire toute une année.

— Pourquoi es-tu aussi bornée ? Ne refuse pas mon aide ! m'écriai-je, exaspéré par son entêtement ridicule.

— Je ne refuse pas ton aide ma Callie, répondit Solen d'un ton serein, seulement ton argent. Je pense que, dans les mois à venir, j'aurai souvent besoin d'une oreille compatissante, alors si tu es dispo pour écouter les lamentations d'une amie pendant des heures, le job est à toi.

J'esquissai un sourire amusé.

— Evidemment que je suis disponible, il ne saurait en être autrement. Dès que tu as besoin de t'épancher, appelle « SOS Callie », à toute heure du jour ou de la nuit. Et puis, si je n'ai toujours pas de local après les fêtes de fin d'année, je viendrai vous rendre visite.

— Hors de question ! Tu as un projet à mener à bien alors tu vas me dégoter un local illico presto et monter cette agence dont tu rêves depuis si longtemps ! Et, si tu veux que je sois fière de toi, tu vas également me faire le plaisir de séduire ce Tyler qui te fait mener une vie sentimentale désertique.

Je faillis m'étouffer avec ma salive et risquai un œil sur le conducteur. Tyler regardait droit devant lui d'un air concentré. Pourvu qu'il n'ait pas entendu la dernière phrase de Solen !

— Je t'adore. Je vous fais à tous les quatre de gros bisous. A très bientôt.

— A bientôt. Une dernière chose cependant, ne t'avise pas de virer le moindre centime sur mon compte bancaire sinon tu sais ce qui va arriver.

— Oui, oui, j'ai déjà vécu cette expérience.

J'entendis le rire de Solen au moment où je raccrochais. Je demeurai songeuse un long moment, cherchant une solution pour venir à la rescousse de la famille Kerhoas contre son gré.

— Tu boudes ? demanda soudain Tyler.

— Non, je suis simplement préoccupée.

— Tu veux qu'on en parle ?

Etonnée, je le regardai.

— Je ne sais pas si… oh, et puis pourquoi pas ! Le bateau de Gregor est au fond de la Manche, la banque a saisi leur maison, Erwan a perdu son travail et, comme toujours, ils refusent mon aide financière. A chaque fois que j'allais chez eux, j'étais traitée comme une princesse, c'est à peine si je pouvais empoigner un torchon ou un balai pour participer aux tâches ménagères. Alors, un jour, sans consulter Solen, j'ai viré deux mille euros sur son compte, lui demandant de les donner à ses parents. Elle était furieuse et a immédiatement retiré cette somme pour la remettre à une œuvre de bienfaisance. Ce sont des gens généreux qui, malgré leurs moyens modestes, font des dons à des organisations caritatives et s'investissent personnellement dans des associations locales. Et aujourd'hui, ils ne pourront jamais racheter un bateau de pêche car ils n'ont plus un sou et n'ont même pas la possibilité d'emprunter de l'argent aux établissements bancaires. Je peux et je veux les aider mais ils sont beaucoup trop fiers pour me laisser faire.

Tyler plissa les yeux tout en tapotant le volant des doigts.

— J'ai peut-être une idée, à condition qu'ils soient prêts à quitter la Bretagne.

Je le fixai avec incrédulité.

— Raconte ?

— En deux mille neuf, Cliff a acheté, pour une bouchée de pain, une compagnie de pêche à Cape May. Elle s'apprêtait à mettre la clé sous la porte et il l'a fait prospérer au-delà de ses espérances. Aujourd'hui, « *Zephyr Fisheries* » est l'un des plus importants fournisseurs en poissons et fruits de mer de toute la côte Est. Même les cuisiniers de la Maison Blanche s'approvisionnent chez lui. Avec une trentaine de navires et une exportation de plus en plus considérable, Cliff a besoin d'une main d'œuvre expérimentée. A mon avis, le père de ton amie pourrait y obtenir un emploi sans trop de problème. En ce qui concerne le luthier, je vais me renseigner autour de moi. Dans quel instrument est-il spécialisé ?

— La guitare.

— Je suppose donc qu'il en joue.

— A la perfection. Erwan est un excellent musicien. Il joue aussi de la batterie, du piano et du saxophone. Il faisait d'ailleurs partie d'un groupe de rock qui se produisait dans des bars et dans divers festivals.

— Bon, je vais mener mes recherches. Je te tiendrai informée.

Je le dévisageai, interdite, ne comprenant pas pour quelle raison Tyler s'intéressait au sort de la famille Kerhoas.

— Pourquoi fais-tu tout ça ?

— J'ai des tas de choses à me faire pardonner.

S'il faisait référence à ses paroles insultantes, je les lui avais déjà pardonnées. Il le savait pertinemment…

— Quelles choses ?

— Des choses, c'est tout, répondit-il d'un ton catégorique.

Ok, j'avais pigé. Il était inutile d'insister, Tyler ne dirait rien de plus.

Sur ces entrefaites, nous arrivâmes à Atlantic City.

— Ouille ! Ca doit être coûteux une boutique dans l'enceinte du Sheraton, dit-il en arrêtant la voiture devant le luxueux hôtel.

— En effet, cinq mille dollars par mois. Ce n'est pas celui qui m'intéresse le plus mais puisqu'on est là, autant le visiter.

Nous rejoignîmes l'agent immobilier qui patientait devant le local adjacent au restaurant « Tun Tavern ». Après les salutations, nous commençâmes la visite sans tarder. Le bureau d'une superficie avoisinant les cent soixante mètres carrés, situé au rez-de-chaussée du Sheraton Atlantic City Convention Center Hôtel, disposait, comme je le souhaitais, d'une kitchenette ainsi que d'une salle d'eau. Tout respirait le luxe, depuis le sol en marbre brillant jusqu'aux murs d'une blancheur éclatante.

Je soupirai de déception. Ce local était vraiment magnifique et ne nécessitait aucun travaux de rénovation. Néanmoins, outre le prix du loyer, il faudrait également que je loue un appartement, ce qui engendrerait des frais supplémentaires. Je fus donc dans l'obligation de renoncer à cette opportunité trop onéreuse.

Nous nous rendîmes ensuite Avenue North Brighton où se trouvait le local en vente. Il s'agissait d'une grande maison en bois de trois étages. Au rez-de-chaussée se trouvait le petit bureau avec son entrée indépendante tandis qu'un escalier extérieur menait à l'appartement du dessus. Lorsque nous pénétrâmes dans la pièce obscure, une odeur d'humidité et de poissons nous prit à la gorge.

— Pouah ! C'est quoi cette puanteur ? m'écriai-je en me pinçant le nez.

— L'ancien propriétaire était un passionné d'aquariophilie. Il faisait de la reproduction de poissons d'eau douce et d'eau de mer pour les vendre, m'expliqua l'agent en ouvrant les volets et la fenêtre.

— Ca se sent, et… il n'a pas jugé utile de nettoyer son bazar, rétorquai-je en examinant les lieux avec une moue réprobatrice.

Les murs grisâtres étaient couverts de tâches, d'éclaboussures et de coulures, le sol était jonché de vieux journaux, de plantes aquatiques desséchées et de boîtes de nourriture à poissons vides, des fils de poussière pendaient du plafond et du matériel divers et varié était entreposé contre le mur du fond.

— Il n'a pas vraiment eu le temps de s'occuper du nettoyage puisqu'il est mort dans un accident de la route. Dans son testament, il léguait ses biens à son fils qui vit sur la Côte Ouest. Ce dernier, ne souhaitant pas se déplacer, nous a demandé de tout mettre en vente dans l'état, ce qui bien sûr ne nous sied guère car l'image de notre agence est en jeu. Nous avons donc fait venir une entreprise qui a remis l'appartement en ordre ainsi qu'un commerçant de Egg Harbor Township qui a récupéré les aquariums et les poissons. Cet espace sera également débarrassé et briqué dès la semaine prochaine.

Je fis lentement le tour des lieux, examinant attentivement chaque recoin. Malgré la saleté et l'odeur, cet endroit dégageait quelque chose de spécial, un sentiment de bien-être et de sérénité. Une foule d'idées germaient dans mon esprit quant à la décoration éventuelle.

— Je vous laisse un instant, dit l'agent en sortant, une cigarette entre les lèvres, un briquet dans la main.

Je hochai la tête et poursuivis mon exploration. Le local était sombre car il n'y avait qu'une seule fenêtre mais avec des couleurs aux tons chauds et un éclairage adéquat, le problème serait résolu.

Tout à coup, je sentis la présence de Tyler juste derrière moi.

— Qu'en penses-tu ? demanda-t-il à mi-voix.

— Tu vas sûrement croire que je suis folle mais cet endroit a du potentiel. Je suis sûre que je peux en faire une boutique chaleureuse et accueillante. J'imagine déjà un parquet cérusé, des murs aux teintes claires, un mobilier laqué, des lampes design.

— D'abord, tu n'es pas folle. Ensuite, Ron avait tout à fait raison au sujet de l'art qui nous entoure. Je rajouterai même que, sans les artistes, le monde serait bien déprimant, et terne.

Son commentaire m'étonna. Je fis brusquement volte-face. Nous étions dangereusement proches et son parfum aux notes de santal me chatouilla agréablement les narines. Pétrifiée, hypnotisée par son regard pénétrant, je restai immobile, le souffle court. A cet instant précis, j'eus l'impression que Tyler allait m'embrasser.

Il y avait des années, quand j'étais persuadée que j'étais faite pour lui, j'avais extrapolé de nombreuses fois sur ce premier baiser. Je l'avais imaginé au bord du petit étang, dans la piscine ou même dans le bureau de mon père mais jamais dans une petite pièce crasseuse à Atlantic City.

Sans me lâcher des yeux, Tyler s'avança encore d'un pas. Désormais, nos corps se touchaient presque, nos visages n'étaient plus qu'à quelques centimètres l'un de l'autre. Cette proximité me troubla profondément. Mon pouls s'accéléra tandis qu'une vague de chaleur naquit au creux de mon ventre avant de se répandre dans chaque fibre de mon être. J'aurais dû reculer mais j'étais incapable de bouger. J'aurais dû parler mais mes lèvres demeuraient scellées. Je ne savais pas où nous étions partis mais apparemment au même endroit parce que nous sursautâmes tous les deux quand l'agent immobilier frappa dans ses mains en lançant d'une voix forte :

— Allez les amoureux, si nous passions à l'appartement maintenant !

Je mis un certain temps à revenir à la réalité et à comprendre qu'il nous prenait pour un couple. Je m'apprêtai à rectifier ce malentendu puis me ravisai, laissant à Tyler le soin de le faire. A ma grande surprise, il n'en fit rien, se contentant d'enfoncer les mains dans les poches de son pantalon avant de se diriger vers la porte.

— Euh…, oui. Allons-y, bredouillai-je en lui emboîtant le pas.

Nous quittâmes le local pour emprunter l'escalier extérieur menant au premier étage. L'agent n'avait pas menti. L'appartement était d'une propreté impeccable et fleurait bon les produits ménagers. Contrairement au petit local, de nombreuses fenêtres le rendaient très lumineux. Il comportait un vaste séjour, une cuisine ouverte et remarquablement équipée, une salle de bain spacieuse en bois exotique ainsi que deux chambres aux dimensions modestes. A la fin de la visite, je mis une option sur cet appartement et sa dépendance, le temps que je prenne rendez-vous auprès de la banque pour obtenir un prêt.

Il était environ dix-sept heures lorsque nous reprîmes la route pour Princeton. Alors que nous bavardions avec entrain, le téléphone de Tyler nous interrompit. A la conversation qui s'ensuivit, je compris qu'il s'agissait de Sydney et qu'ils avaient visiblement rendez-vous le soir même.

Anéantie, je posai mon front contre la vitre froide. Ainsi Sydney était rentrée de New York. Tyler allait passer la soirée avec elle, puis la nuit sans doute… Et dire qu'il y a peu, je fantasmais sur un baiser, un foutu baiser que j'attendais depuis sept ans et qui ne viendrait probablement jamais. Quelle idiote ! Ce ne serait pas moi qui goûterais ses lèvres aujourd'hui mais Sydney Carlisle. Je les imaginais déjà tous les deux nus, étroitement enlacés, dans une chambre à coucher.

Ces images me révulsèrent. Une douleur aiguë m'oppressa la poitrine. Je me rendis à l'évidence, je ne guérirais jamais de Tyler. Que nous soyons amis ou ennemis, que je vive ici ou à l'autre bout du globe, qu'il soit marié ou pas, mes sentiments pour lui ne disparaîtraient jamais. Ils avaient déjà résisté à son indifférence, à ses paroles blessantes, à mes quatre ans d'exil...

Tyler allait bientôt convoler en juste noces pendant que moi je passerais le reste de ma vie à tenter de recoller mon cœur brisé.

Je dus soupirer un peu trop fort.

— Tout va bien ? demanda Tyler.

Perdue dans mes sinistres pensées, je ne m'étais pas rendue compte qu'il avait raccroché.

Je m'arrachai un sourire radieux.

— Ca va très bien, répondis-je d'un ton léger.

Il ébaucha une grimace dubitative.

— Pourtant, tu n'en as pas l'air.

— Puisque je te dis que ça va ! m'écriai-je, agacée par sa clairvoyance.

— Tu sais que tu es belle Callie, même quand tu mens, rétorqua-t-il d'une voix suave.

Déroutée une fois de plus, je ne sus que dire. Tyler me trouvait-il vraiment belle ? Ou se moquait-il de moi ? De toute façon, quelle importance ! Ce soir, il tiendrait une beauté éblouissante dans ses bras, et ce ne serait pas Callie McBride.

Renonçant à toute discussion, je m'enfermai dans le silence. Face à mon mutisme persistant, Tyler mit la radio et le trajet se termina donc en musique.

Deux heures après avoir quitté Atlantic City, nous arrivâmes à destination. Avant de descendre du véhicule, je me tournai vers Tyler.

— Je... Je pense que tu as autre chose à faire de tes journées alors, si ça t'arrange, Amy peut très bien m'accompagner à la banque.

Il me décocha un sourire à faire fondre un iceberg.

— Je ne manquerais ça pour rien au monde, souffla-t-il.

Devant son attitude sidérante, je restai muette. Il aurait pu me dire « *désolé Callie mais Jerry m'a ordonné de ne pas te lâcher d'une semelle* » ou encore « *je préfère t'emmener* » mais sa remarque absurde accompagnée d'un sourire enjôleur était totalement incohérente.

Sans un mot, je descendis du véhicule. Prodigieusement énervée, je grimpai les escaliers quatre à quatre avant de claquer la porte de ma chambre.

Après avoir ôté rageusement mon blouson et mes bottes, je me laissai tomber sur mon lit. Bon sang ! A quoi jouait Tyler ? Je me trouvais en plein triptyque sentimental, oscillant entre trois tableaux d'émotions qui prenaient le contrôle de mon esprit à tour de rôle : *la colère* parce qu'il était fiancé tout en se comportant comme s'il ne l'était pas ; *l'amour* que j'éprouvais pour lui ; *la confusion* face à ses allusions troublantes, ses regards appuyés et ses sourires aguicheurs.

Je fermai les yeux. Aussitôt, les images de Tyler et Sydney revinrent me narguer. Je me relevai en poussant un cri de rage.

— Pourvu qu'il ait une panne d'érection, marmonnai-je en me dirigeant vers la salle de bain.

Je me déshabillai rapidement en espérant qu'une bonne douche froide m'éclaircirait quelque peu les idées.

Pendant que je faisais les cent pas dans le hall d'entrée, je consultai ma montre - pour la cinquième fois en l'espace d'une minute.

— Magne-toi, Tyler, grognai-je tout bas.

J'avais rendez-vous à Philadelphie à la TD Bank au sujet de mon prêt et Tyler était toujours enfermé dans le bureau avec mon père.

La veille, j'avais contacté Jonas Wagner, le passager de l'avion qui m'avait laissé sa carte. Il avait été enchanté de mon appel et avait accepté de me recevoir dès le lendemain à seize heures. Mais voilà, il était déjà quatorze heures quarante-cinq et il fallait environ une heure pour atteindre Philadelphie.

D'un seul coup, j'entendis une porte s'ouvrir puis Tyler dévala les escaliers. Au moment où il arrivait à ma hauteur, il m'adressa un sourire navré.

— Désolé ma belle. On peut y aller.

— Pourquoi tu m'appelles comme ça, ronchonnai-je en me dirigeant vers la porte.

Depuis le début de matinée, j'étais d'une humeur massacrante. Amy m'avait appris que la soirée de fiançailles de Tyler et Sydney était prévue pour samedi, soit dans trois jours. Cette nouvelle m'avait littéralement détruite et j'étais fermement décidée à ne pas assister à cet horrible évènement.

— J'adore quand tu es grincheuse ! lança Tyler d'une voix joyeuse.

Je le foudroyai du regard. J'avais l'impression que plus je grognais, plus son humeur était joviale, comme si cette situation l'amusait.

— Ca ne répond pas à ma question.

Tyler sourit en ouvrant la portière passager.

— Ai-je le droit d'être galant sans que cela n'engendre un interrogatoire ? dit-il en me faisant signe de monter dans la voiture.

— Tu n'as jamais été galant, en tout cas pas avec moi, rétorquai-je du tac au tac.

Il éclata de rire.

— Eh bien, j'ai l'impression que ça va être ma fête aujourd'hui. J'aurais dû prévoir une armure.

Je secouai la tête tandis qu'il refermait la portière. Ce qu'il pouvait être exaspérant parfois !

Durant les premières minutes du trajet, je ne dis rien, me rongeant les ongles avec voracité. Soudain, Tyler me saisit le poignet pour éloigner ma main de ma bouche.

— Que se passe-t-il Callie ?

— Rien.

Il soupira.

— J'aimerais bien que tu cesses de me prendre pour un idiot de temps en temps.

Que pouvais-je lui dire ? Que sa soirée de fiançailles me plongeait dans une détresse insupportable ? Que le fait de le voir au bras d'une femme me filait la nausée ? Qu'il était en train de me briser le cœur sans même le savoir ?

— Je ne dors pas beaucoup et le manque de sommeil me rend *grincheuse*, comme tu l'as si bien constaté.

— Je présume que je dois me contenter de cette explication, lâcha-t-il d'un ton qui indiquait qu'il n'était pas dupe.

Je haussai les épaules. Libre à lui de penser ce qu'il voulait ! Quant à moi, il était hors de question que je lui avoue mes sentiments ! La première fois que j'avais pris cette initiative, j'y avais laissé des plumes… Je n'avais donc nullement l'intention de revivre cette expérience humiliante, ni de me ridiculiser à nouveau.

— Cliff est en voyage d'affaires en Grèce et ne sera de retour que demain. Je n'ai donc pas eu l'occasion de lui parler du père de ton amie mais je le ferai dès que possible.

— Je te remercie. Que fait-il en Grèce ?

— Il est actuellement en train d'acquérir une société de transport maritime qui est en liquidation.

— Vu l'état du pays, je suppose qu'il l'achète trois fois rien.

— Effectivement. Dans ces moments là, il suffit d'avoir une intelligence redoutable, un sens de la stratégie aiguisé, des idées brillantes et de l'argent. Cliff possède tout ça, ce qui fait de lui un homme d'affaires avisé et remarquable.

Je ne manquai pas de noter le ton admiratif de Tyler. Apparemment, il appréciait beaucoup son futur beau-père. Nous discutâmes à bâtons rompus jusqu'à Philadelphie.

Une fois à l'intérieur de la banque, je me dirigeai vers une réceptionniste au chignon strict et à l'allure austère.

— Bonjour, j'ai rendez-vous à seize heures avec monsieur Wagner.

— Qui dois-je annoncer ? demanda la jeune femme en regardant par-dessus mon épaule pour dévisager Tyler avec un intérêt non déguisé.

Je réprimai un soupir d'agacement face aux nombreux regards féminins dont il était régulièrement la cible. A contrario, j'étais soulagée de constater qu'il n'y portait pas la moindre attention, du moins en ma présence.

— Callie McBride, répondis-je.

— McBride, releva-t-elle en m'examinant avec insistance. Comme le gouverneur du New Jersey ?

— Exactement.

— Etes-vous parente avec lui ?

Mes doigts tapotèrent impatiemment le comptoir en bois.

— Lorsque vous aurez terminé votre interrogatoire, pourriez-vous prévenir monsieur Wagner que je suis arrivée ?

— Oh ! Oui..., bien-sûr..., tout de suite, balbutia-t-elle en rougissant.

Elle empoigna son téléphone et s'acquitta rapidement de sa tâche.

— Monsieur Wagner va vous recevoir. Si vous voulez bien vous asseoir et patienter quelques instants, indiqua-t-elle d'un ton très professionnel en me désignant des fauteuils de cuir marron, placés autour d'une petite table ronde.

Avant de faire volte-face, je surpris encore une fois l'hôtesse à reluquer Tyler d'un air gourmand. Je me sauvai en direction des sièges en serrant furieusement les poings.

— J'ai bien cru qu'elle allait te sauter dessus, déclarai-je en m'efforçant de ne pas trahir mon irritation.

Il se pencha pour murmurer à mon oreille :

— Elle n'a aucune chance, je n'aime que les brunes.

Alors que je méditais sur cette affirmation, j'aperçus Jonas qui s'avançait vers nous, très élégant dans son costume à rayures. Ses cheveux blonds, lissés en arrière, le faisaient paraître plus jeune que dans mon souvenir.

Je me levai, Tyler aussi.

— Bonjour Callie, je suis heureux de vous revoir, dit Jonas, un grand sourire aux lèvres.

— Bonjour, répondis-je en lui serrant la main.

Je me tournai ensuite vers Tyler.

— Voici Tyler, mon…, un…, bafouillai-je tout en demandant comment le présenter.

Tyler me tira d'embarras.

— Son garde du corps, mentionna-t-il avant d'échanger une brève poignée de main avec le banquier.

D'un seul coup, des éclats de voix résonnèrent dans le hall. Nous nous retournâmes tous les trois. La réceptionniste, qui venait de nous accueillir, avait maille à partir avec une cliente apparemment très énervée.

— Excusez-moi, je reviens tout de suite, déclara Jonas en levant les yeux au ciel.

Il rejoignit les deux femmes dont la discussion animée se poursuivait. Après avoir échangé quelques mots avec la cliente qui hocha la tête et le remercia d'un sourire, il revint vers nous.

— Je suis désolé. Il y a actuellement une épidémie de grippe et bon nombre d'employés sont malades. Nous avons donc dû faire appel en urgence à des intérimaires mais je dois avouer que c'est la pagaille. Veuillez me suivre, s'il vous plaît.

Nous longeâmes un petit couloir dallé de carreaux noirs et blancs avant de pénétrer dans un bureau meublé avec goût.

— Asseyez-vous, proposa Jonas en s'installant dans un grand fauteuil pivotant à haut dossier.

Nous prîmes place en face de lui. Quand il m'invita à lui exposer mon projet, je m'exécutai. A mesure que je parlais, je sentais son regard perçant sur moi, un regard qui n'était pas sans me rappeler celui de Nick Blair, la même lueur de convoitise, le même éclat de prédateur.

J'avais pourtant fait attention à ma tenue vestimentaire, délaissant volontairement les décolletés au profit d'un tee-shirt à col roulé mais un peu trop moulant car mon 95 C ne s'en trouvait finalement que trop mis en valeur.

De plus en plus mal à l'aise, je me trémoussai nerveusement sur mon siège. Je finis par perdre totalement le fil de mon discours et m'interrompis au beau milieu d'une phrase.

— Désirez-vous boire quelque chose, café, thé, jus de fruit ? demanda Jonas, se méprenant sur mon silence subit.

Un verre de jus de Cranberry me sauta soudain aux yeux. Je paniquai.

— Non ! m'écriai-je avec un frisson de dégoût.

Face à ma réaction disproportionnée, Tyler et Jonas m'observèrent avec stupéfaction.

— Non, merci. C'est gentil, repris-je d'un ton radouci.

Jonas se mit alors à me poser des questions plus précises sur l'emprunt que je souhaitais contracter avant de pianoter sur son ordinateur. Cinq minutes plus tard, il releva la tête.

— Quand nous nous sommes rencontrés dans l'avion, pourquoi m'avoir caché que vous étiez la fille du gouverneur McBride ?

J'écarquillai des yeux incrédules tant sa remarque me prit au dépourvu. Mais quel culot ! De quel droit se permettait-il de me parler sur ce ton de reproche parce que je ne lui avais pas dévoilé mon identité ?

— Je ne vous ai rien caché mais je ne vois pas non plus l'utilité de le crier à chaque fois que j'adresse la parole à un inconnu, rétorquai-je, ulcérée.

Jonas m'adressa un sourire confus.

— Vous avez raison. Veuillez excuser mes propos déplacés.

« *Il n'y a pas que les propos qui sont déplacés* », songeai-je avec aigreur.

— Aucun souci, répondis-je finalement d'un ton neutre.

Jonas imprima des documents puis se lança dans un speech bancaire tout en reprenant ses œillades à la limite de la décence. Excédée, je ne prêtais aucune attention à ses paroles, ne percevant que des bribes de mots par-ci, par-là.

J'observai Tyler à la dérobée. Ce dernier était assis nonchalamment, les bras croisés sur sa poitrine, un léger sourire flottant sur ses lèvres. En soupirant, je tentai de me concentrer sur les informations de Jonas, sans succès.

J'avais fait une erreur. Je n'aurais jamais dû venir ici. Voulant à tout prix échapper à l'emprise de mon père, je m'étais volontairement détournée de notre banque habituelle à Trenton mais mon idée se retournait contre moi.

Jonas termina son monologue avant de me tendre les documents.

— Je vous laisse réfléchir à tout ça. Lorsque vous aurez pris votre décision, nous nous reverrons pour finaliser le dossier.

Je pris les papiers et me redressai précipitamment, pressée de quitter cette pièce à l'atmosphère étouffante.

— Très bien, je vous rappellerai d'ici quelques jours, promis-je.

Alors que je m'élançais vers la porte sans lui laisser le temps de nous raccompagner, il m'interpella :

— Puisque vous êtes à Philadelphie, nous pourrions dîner tous les deux ? Je termine le travail à vingt heures.

Seigneur non ! Tout sauf ça ! Je m'apprêtais à refuser poliment quand Tyler me devança :

— Mademoiselle McBride est déjà invitée ce soir.

Je le regardai avec reconnaissance tandis que Jonas esquissait une moue déçue.

— Ce sera pour la prochaine fois alors.

C'est ça, dans tes rêves ! Ce ne serait pas demain la veille que je dînerais en tête-à-tête avec un homme que je connaissais à peine. Ma mésaventure avec Nick m'avait servi de leçon.

Jonas nous escorta jusqu'à la porte.

— A bientôt Callie, dit-il d'un ton plein d'espoir.

— A bientôt.

Ce fut avec un soulagement immense que je sortis de la banque. L'air vif me fit un bien fou.

— Quel crétin ! lâchai-je en me dirigeant vers la Chevrolet.

— Il est plutôt beau garçon et il a l'air sérieusement mordu. J'ai même cru qu'il allait te sauter dessus, énonça-t-il en me décochant un sourire malicieux.

Je ravalai mon exaspération. Puisqu'il reprenait mes termes, j'allais reprendre les siens.

— Il n'a aucune chance, je n'aime que les bruns ! répliquai-je avec une fausse désinvolture.

Tyler secoua la tête en riant. Nous montâmes dans la voiture.

— Au fait, qui m'a invitée à dîner ce soir ? demandai-je tout en sachant que Tyler n'avait saisi ce prétexte que pour me permettre d'échapper aux griffes de Jonas.

— Un bel inconnu.

— Quel inconnu ?

— Moi.

Je fis la grimace.

— D'abord, tu n'es pas un inconnu, ensuite, tu n'es pas obligé. Je te rappelle, qu'il y a plusieurs années de cela, tu m'as clairement indiqué que tu ne dînerais *jamais* avec moi.

— Petit un, je ne le fais pas parce que suis obligé. Petit deux, il me semble t'avoir déjà dit que j'avais des choses à me faire pardonner. Petit trois, sois sympa, évite de me ressortir tous les vieux dossiers, répondit-il d'une voix suppliante.

Je réfléchis quelques secondes.

— Je verrai ce que je peux faire, le taquinai-je.

Nous échangeâmes un sourire complice.

— Que dirais-tu d'une balade ? Nous avons deux bonnes heures devant nous.

— Ca marche ! clamai-je avec enthousiasme.

Nous flânâmes un moment dans les allées de Franklin Square avant de nous acheter un hot-dog que nous dégustâmes devant la superbe fontaine en marbre. Je découvris un homme tout à fait différent du Tyler que je connaissais, un homme enjoué, sensible, plein d'humour, à mille lieues de ce que j'imaginais. Il me raconta des anecdotes cocasses sur ses années universitaires et, à mon tour, je me livrai à quelques confidences sur mon long séjour en Europe et les différences de coutumes avec notre pays, disparités parfois assez surprenantes qui l'amusèrent.

Après ces instants magiques au cours desquels notre relation avait pris une nouvelle dimension, Tyler m'emmena dîner au « Vetri », un restaurant italien réputé. Nous prîmes le temps de savourer notre apéritif en bavardant de mes études.

— Il y a une question qui me chiffonne, déclara Tyler en piochant une olive dans la coupelle posée au centre de la table. Comment as-tu fait pour que Jerry ne sache pas que tu fréquentais une école d'art et de design durant quatre ans ?

— C'est tout simple. Mon père virait l'argent sur mon compte et c'est moi qui réglais directement les frais au Chelsea College. En outre, il se désintéressait totalement de mes études. Pour lui, l'important, c'était juste que j'aie mon diplôme et que je suive la carrière qu'il me traçait.

— Petite futée, on peut dire que tu ne t'es pas laissée faire.

— Tout comme Amy qui a intégré la « Juilliard School » à New York, contre l'avis de notre père.

Je pensai soudain à Darrell. Mon frère aurait voulu être photographe alors qu'il faisait des études de droit. Bruce avait clairement indiqué que c'était Jerry qui l'avait poussé dans cette voie.

— Dis Tyler, est-ce que mon père t'a déjà parlé de Darrell ?

Il écarquilla les yeux, surpris par ma question.

— Jerry n'a jamais évoqué son fils.

Je lâchai un rire sans joie.

— Trouves-tu normal que des parents se débarrassent de tous les objets sans exception, jusqu'aux photos, de leur enfant décédé et qu'ils fassent comme s'il n'avait jamais existé ?

Le visage de Tyler s'assombrit.

— Honnêtement Callie, je n'en sais rien. Chacun réagit différemment à la mort d'un être cher. Certains font d'une pièce un mausolée à la gloire du défunt tandis que d'autres ne supportent pas de conserver le moindre objet qui leur rappelle la personne disparue et qui entretient leur tristesse et leur douleur.

Je croisai mes mains sous mon menton.

— Je peux le concevoir mais entre ces deux extrémités, il y a quand même un juste milieu.

— Certes, mais il n'est pas toujours aisé de le trouver, répondit-il d'un air grave. J'en sais quelque chose.

Interloquée par son intonation funeste, je le fixai avec stupeur mais je dus garder le silence car le serveur apportait nos plats. Mon cerveau se mit alors à fonctionner à plein régime. Tyler avait perdu sa mère puis, cinq ans plus tard, son père. Que s'était-il passé ? Estimait-il avoir mal agi ? Quelle était son histoire pour qu'il soit encore aussi perturbé ? Déjà, devant la maison de ses parents à Point Pleasant Beach, je lui avais vu ce regard lourd de tristesse.

J'attendais impatiemment que le serveur s'éloigne pour le questionner. Mais, avant que je ne puisse ouvrir la bouche, Tyler dévia la conversation sur un autre sujet.

— Comptes-tu réellement accepter l'une des offres que te propose ce Wagner ?

J'avalai une bouchée de tortellini à la sauce aux truffes et la savourai avec délice avant de répondre :

— Non, j'ai fait l'imbécile. J'aurais dû m'adresser directement à la Bank of America, là où j'ai tous mes comptes.

— Et pourquoi ne demandes-tu pas à ton père de financer ton projet ? Jerry a largement les moyens et tu n'aurais à rembourser que le capital. Un prêt à taux zéro est tout de même un avantage considérable.

— Vu que je n'ai nullement l'intention de céder à ses exigences, je ne suis pas sûre qu'il accepte. Il est évident que si je fais une demande de prêt à la Bank of America, mon père en sera informé dans la minute qui suit et, comme je refuse de lui obéir en ce qui concerne Solen, je le sens capable de me mettre les bâtons dans les roues. De plus, je veux fonder mon agence et je ne tiens pas à ce qu'il vienne y fourrer son nez, ce qui se produira fatalement si c'est grâce à son argent que je la crée. Je veux être indépendante, autonome et libre de gérer mon entreprise comme bon me semble.

— Jerry n'est pas si méchant. Il aboie beaucoup mais ne mord pas. En tout cas, ça ne coûte rien d'essayer. S'il refuse, tu pourras toujours te tourner vers un autre établissement comme Wells Fargo par exemple. C'est ma banque et, ayant de nombreuses connaissances là-bas, je pourrai te filer un coup de pouce.

— Je te remercie Tyler.

— De rien, je te dois bien ça. Je n'ai pas toujours été sympa avec toi et j'en ai conscience.

— Ne crois-tu pas qu'on pourrait laisser tout ça derrière nous ?

— Avec le plus grand plaisir. Tu m'enlèves une épine du pied. Que dirais-tu d'un dessert avant de reprendre la route ?

Je me passai la langue sur les lèvres.

— Il ne faut pas me le proposer deux fois.

Je choisis un soufflé au chocolat et Tyler un panettone, une pâtisserie italienne. Après un café, il régla l'addition puis nous quittâmes le restaurant.

Il pleuvait à verse et nous courûmes jusqu'à la voiture.

— Quel temps de chien ! s'écria Tyler en passant la main dans ses cheveux mouillés.

Je grelottais, aussi j'enlevai mon blouson trempé par les quelques malheureux mètres sous la pluie battante. Tyler mit le moteur en marche et poussa le chauffage au maximum.

— Il va bientôt faire chaud, indiqua-t-il en démarrant.

Effectivement l'habitacle atteignit rapidement une température agréable.

Nous venions juste de prendre l'autoroute en direction de Princeton lorsque nous nous retrouvâmes bloqués dans des bouchons. Finalement, après une demi-heure d'arrêt complet, nous roulâmes au pas jusqu'à la prochaine sortie où la police faisait la circulation. A cause d'un carambolage important, dû probablement aux mauvaises conditions météorologiques, nous fûmes obligés de quitter l'autoroute. Après avoir traversé le Delaware par le pont Tacony Palmyra, nous rejoignîmes la nationale 130 et poursuivirent notre trajet à petite vitesse, la pluie ne faiblissant pas.

Bien calée dans mon siège, j'étais en train de m'assoupir lorsque Tyler poussa un juron qui me fit sursauter.

— Que se passe-t-il ? demandai-je, inquiète.

— Une panne. Le moteur s'arrête et il faut à tout prix que j'arrive à me ranger sur le bas-côté pour gêner le moins possible la circulation.

Pendant un court instant, l'idée insensée que Tyler me faisait « le coup de la panne » m'effleura mais cet espoir fut vite balayé par la gravité de son visage.

Je plissai les yeux pour scruter l'extérieur mais la pluie et la nuit rendaient la visibilité très difficile. Le véhicule ralentissait de plus en plus et aucun parking ne se profilait.

En désespoir de cause, Tyler donna un coup de volant sur sa gauche et immobilisa la Chevrolet sur la large bande d'herbe séparant les deux voies de la route.

— Bon, il ne nous reste plus qu'à téléphoner à Jerry pour qu'il envoie Stanley nous chercher, soupira-t-il.

— Où sommes-nous exactement ?

— L'étendue d'eau que tu vois à ta droite est Crystal Lake. Nous sommes donc à environ quarante minutes de Princeton. Fais chier ! explosa-t-il en tapant contre le volant.

Je le regardai, interloquée.

— Je n'ai pas de réseau, indiqua-t-il d'un ton désespéré.

J'extirpai mon smartphone de mon sac et constatai qu'il en était de même pour moi. Nous étions dans une voiture en panne, en pleine nuit, sans téléphone et sous une pluie diluvienne.

— Tu vas m'attendre ici. Un peu plus loin, il y a un centre commercial, je vais y aller pour voir si je peux trouver un téléphone.

— Il est bientôt minuit, tout sera fermé à cette heure-là ! m'exclamai-je.

— Je trouverai bien un endroit d'où je pourrai téléphoner, un bar ou même une habitation.

— D'accord, mais je viens avec toi.

— Non Callie, tu m'attends sagement, au sec. Tu as vu le temps ?

Je fus prise de panique.

— Hors de question que je reste toute seule ! Je veux venir avec toi ! criai-je, hystérique.

Tyler dut remarquer ma frayeur car il acquiesça.

— Ok. Emmitoufle-toi bien.

J'enfilai mon blouson, rabattis la capuche et mis mon sac en bandoulière.

— Tu es prête, on y va.

Je sortis du véhicule. Aussitôt, la pluie me fouetta le visage. Le vent qui soufflait en rafales repoussa ma capuche en arrière.

Tyler verrouilla la Chevrolet puis en fit le tour pour venir me prendre la main.

— Il va falloir faire très attention. Il fait nuit, il pleut et les voitures ont peu de visibilité. Tu ne me lâches pas.

Je lui pressai la main pour lui indiquer que j'avais parfaitement saisi le message. Nous traversâmes la route en courant avant de commencer à marcher sur le bas-côté de la chaussée. En l'espace de cinq minutes, je fus complètement trempée. Je frissonnais de froid, mes vêtements me collaient à la peau et je ne sentais plus mes doigts. Les bourrasques de vent ralentissaient notre allure.

Au bout d'un moment, Tyler se retourna.

— Ca va ?

— Oui, répondis-je en hochant la tête.

Impossible de lui avouer que j'étais gelée et fatiguée. D'une part, j'étais bien trop fière et, d'autre part, j'avais personnellement insisté pour l'accompagner donc me plaindre aurait été un non-sens.

Nous continuâmes notre épopée jusqu'à ce que nous apercevions des lumières, le centre commercial était en vue. D'un seul coup, j'eus un regain d'énergie qui retomba aussi vite lorsque nous découvrîmes que tout était fermé.

— Qu'est-ce qu'on fait ? demandai-je en essorant mes cheveux dégoulinants.

Nous étions abrités par l'avancée de toit du supermarché.

— Avec un peu de chance, nous aurons du réseau ici, sinon nous irons frapper dans l'une des maisons situées derrière le centre commercial, déclara Tyler en sortant son téléphone de sa poche.

— Eurêka ! cria-t-il en m'adressant un grand sourire.

Pendant que Tyler téléphonait à mon père, je me réfugiai contre le mur pour me protéger du vent. Trempée jusqu'aux os, transie de froid et à bout de forces, je me laissai glisser sur le sol avant de me recroqueviller sur moi-même.

— Stanley arrive, dit Tyler. Tu ne devrais pas rester par terre Callie.

Je relevai la tête que je maintenais enfouie dans mes genoux. Tyler était accroupi devant moi, trempé lui aussi. Surprise, je le vis avancer la main vers moi. Du bout des doigts, il me caressa la joue et ôta une mèche de cheveux collée à mon front.

— Je dois avoir une sale tête, murmurai-je, déstabilisée par son geste.

— Si tu savais le nombre de femmes qui se damnerait pour avoir ta sale tête.

J'esquissai un sourire sceptique. Pourtant, en mon for intérieur, je commençais à intégrer le fait que peut-être Tyler me trouvait vraiment jolie. Cela dit, je ne devais pas pour autant me bercer d'illusions, son changement de comportement n'étant dû qu'à la culpabilité. Ennuyé de m'avoir mal jugée et insultée à plusieurs reprises, il avait décidé de se faire pardonner d'une manière ou d'une autre, d'où son attitude aussi agréable qu'inhabituelle.

Sans rien dire, je me relevai. Tyler reprit son téléphone pour appeler une dépanneuse puis nous patientâmes en discutant.

Environ une heure plus tard, la Cadillac arriva sur le parking. Stanley s'arrêta juste devant nous et descendit nous ouvrir la portière. Grand et baraqué, il ressemblait plus à un garde du corps qu'à un chauffeur.

— Montez vite, nous dit-il d'un ton bienveillant. J'ai mis le chauffage et apporté des couvertures.

Je regardai mes bottes pleines de boue d'un air catastrophé. Stanley me rassura :

— Ne vous inquiétez pas pour ça, je nettoierai la voiture demain.

« *C'est Amy qui va être contente* », pensai-je en m'installant au côté de Tyler.

Je m'enroulai immédiatement dans une couverture. Cette expédition pluvieuse m'ayant épuisée, j'appuyai ma tête contre la vitre et fermai les yeux. A cause de mes habits mouillés, je ne parvenais pas à me réchauffer. Grelottante, claquant des dents, je finis toutefois par m'assoupir. J'entendis, dans le lointain, une voix masculine mais n'eus pas la force de soulever les paupières.

Tout à coup, une chaleur bienfaisante m'enveloppa. Avec un soupir de contentement, je sombrai dans les bras de Morphée.

— Callie…, Callie…

Une voix familière murmurait doucement mon nom à mon oreille. Avec regret, je quittai le monde des rêves pour revenir à la réalité. Mortifiée, je m'aperçus que les bras de Morphée n'étaient autres que ceux de Tyler. En effet, je me trouvais confortablement blottie contre son épaule sous une épaisseur de trois couvertures.

Je me redressai vivement, le fixant avec un mélange d'incrédulité et de confusion.

— Tu es arrivée, indiqua-t-il.

Je jetai un bref coup d'œil sur la villa avant de regarder à nouveau Tyler. J'éprouvai soudain l'envie de tout lui avouer, que je l'aimais, que je pourrais le rendre heureux s'il m'en laissait l'occasion, qu'il ne devait pas se marier avec cette Sydney… Puis, je me souvins que j'avais déjà tenté une approche de ce genre et que cela s'était terminé dans les larmes et la douleur. Je ne devais pas confondre amitié et amour ou gentillesse et désir.

— A bientôt, soufflai-je tandis que Stanley ouvrait la portière.

Tyler approcha son visage et m'embrassa tendrement sur le front.

— Bonne nuit, ma belle.

Le contact de ses lèvres sur ma peau me fit frissonner. Les jambes en coton, le cœur battant à cent à l'heure, je m'extirpai de la voiture. Dans un état second, je gagnai ma chambre où je me déshabillai aussitôt. Après m'être essuyée énergiquement avec une serviette, j'enfilai un pantalon de survêtement, un pull, un gilet et me faufilai entre mes draps. Le bain chaud attendrait le lendemain. Dans l'immédiat, j'avais juste besoin de dormir.

CHAPITRE 10

Les yeux gonflés, la boîte de kleenex sur les cuisses, j'en étais à ma troisième crise de larmes en l'espace de trente minutes. Tout comme le jeudi noir, il y avait mon samedi noir. C'était aujourd'hui que Tyler officialisait ses fiançailles avec Sydney Carlisle. J'avais donc décidé de passer ma journée au lit à pleurer sur mon sort.

Ce soir, lorsque tout le monde aurait quitté la maison pour se rendre à cette stupide fête, je me gaverais de crème glacée devant une comédie sentimentale. Ca faisait très cliché mais c'était une façon comme une autre de passer le temps pendant que l'homme dont j'étais éperdument amoureuse paraderait au bras de sa future épouse. Nous, les femmes, étions vraiment étranges. Quand on souffrait, on se faisait souffrir encore davantage. A croire que nous étions toutes masochistes ! Mes réflexions existentielles furent soudain interrompues par un coup contre ma porte.

Ne voulant voir personne, je ne répondis pas. Nouveau coup plus fort. Je conservai encore le silence.

— Callie ! cria ma sœur depuis le couloir.

Pourquoi Amy venait-elle toujours me déranger au moment le plus inopportun ? Fermement résolue à rester avec ma solitude, je gardai les lèvres scellées.

— Callie, je sais que tu es là, insista Amy.

J'attendis patiemment qu'elle se lasse et fasse demi-tour mais c'était mal connaître Amy que de la voir abandonner... Sans mon autorisation, elle tourna la poignée.

Dès que je vis la porte s'entrouvrir, je bondis du lit pour m'enfermer à la salle de bain. Il y eut un silence de quelques secondes puis Amy cogna comme une forcenée contre la porte verrouillée.

— Callie, tu vas immédiatement sortir de là et m'expliquer ce que tu trafiques !

Je soupirai et choisis de jouer la carte de la sensibilité.

— J'ai besoin d'être seule, Amy.

— Et je devine très bien pourquoi, rétorqua-t-elle. Sors d'ici maintenant où je trouve un moyen de défoncer cette porte, je ne plaisante pas.

En grognant, je tournai la clé et quittai mon repaire de fortune. D'un seul coup d'œil, Amy remarqua mes paupières rougies, mes joues humides et ma mine défaite.

— On va parler toutes les deux, entre sœurs, déclara-t-elle en s'asseyant sur mon lit.

Je la rejoignis.

— Au lieu de traîner au lit, tu devrais plutôt préparer tes délicieuses pâtisseries pour que l'on puisse s'en régaler ce soir, dit Amy le plus sérieusement du monde.

Ma réaction ne se fit pas attendre.

— Et puis quoi encore ? Tu veux aussi que je leur apporte leurs alliances le jour du mariage !

— Je te testais, c'est tout, répliqua-t-elle calmement.

Je la fustigeai du regard.

— Je sais que tu sais…, pour Tyler.

— Tu te trompes Callie, je ne sais rien, hormis que tu es amoureuse de lui depuis des années. Mais je t'en prie, parle.

Les larmes refirent leur apparition. Dans l'incapacité de contenir mon chagrin, je m'armai d'un kleenex et entrepris de tout raconter à Amy, tout sans exception aucune.

Une fois mon récit terminé, ma sœur se leva sans prononcer un seul mot.

— Mouche-toi et habille-toi, ordonna-t-elle enfin.

J'écarquillai les yeux.

— Pourquoi ?

— Nous allons faire les boutiques et te trouver une tenue magnifique pour ce soir.

— Mais tu es folle ou quoi ? Tu n'as pas entendu ce que je viens de te raconter ? braillai-je, excédée par son attitude incompréhensible.

— Je ne suis ni folle, ni sourde. Par contre, toi, tu as un problème.

Je sautai du lit, hors de moi.

— Un problème ?

— Parfaitement. Tu es prête à laisser partir l'homme que tu aimes sans te battre. Je te croyais beaucoup plus pugnace.

Je lâchai un rire amer.

— Je n'aurais nul besoin de me battre si mes sentiments étaient partagés.

— Tu m'as avoué, il y a quelques minutes, que son comportement avait radicalement changé et qu'il te faisait même parfois du gringue.

— Ce n'est pas parce qu'il m'appelle « ma belle » de temps à autre, qu'il me complimente ou qu'il me caresse la joue que ça signifie quelque chose pour lui.

— Si.

Face à son entêtement ridicule, je levai les bras au ciel, en signe d'impuissance.

— Tyler ne drague pas, jamais, ajouta Amy d'un ton sans appel.

Dépitée, je ne trouvai rien à répondre. Ce n'était parce qu'Amy n'avait jamais surpris Tyler en train de flirter qu'il ne le faisait pas mais je jugeai inutile de poursuivre cette conversation.

— Il n'y a qu'une façon de vérifier laquelle de nous deux a raison, rajouta encore Amy avec son sourire en coin qui signifiait « j'ai un plan ».

Intriguée, j'attendis la suite.

— Joue à son jeu.

— C'est-à-dire ?

— Ne commence jamais la première mais réponds à ses allusions. S'il te décroche un sourire enjôleur, fais de même. Si ses yeux s'attardent sur ta poitrine, reluque ses fesses. S'il te lance un « bonne nuit ma belle », riposte avec un « elle ne sera bonne que si je rêve d'un beau brun ».

Je secouai la tête.

— Cette stratégie est idiote, je vais encore me brûler les ailes.

— Je ne crois pas, non. Cela permettra au contraire de clarifier une situation ambigüe. Soit il cesse son petit numéro, soit il passe à la vitesse supérieure.

— Tu es vraiment incroyable.

— Merci. Maintenant, allons choisir une robe en adéquation avec ta mission ! lança-t-elle gaiement.

— Papa ne veut pas que je sorte seule. Et Tyler n'est pas disponible aujourd'hui.

Elle m'adressa un clin d'œil malicieux.

— Depuis quand obéis-tu aveuglément à notre père ? En plus, tu ne seras pas seule puisque je t'accompagne.

Renonçant à protester, je pris la direction du dressing. Je m'habillai tout en me disant que je commettais une erreur en me laissant embarquer dans cette histoire farfelue.

Malgré mon manque d'enthousiasme évident, Amy m'entraîna à New York, sur Madison Avenue dans la boutique Roberto Cavalli, un célèbre styliste italien. Moi qui détestais les essayages, je fus servie. Je commençai par enfiler une longue robe bustier d'un bleu pétrole, trop classique pour Amy. Puis, les tenues s'enchaînèrent à un rythme effréné, j'en vis de toutes les couleurs et de toutes les formes mais il y avait toujours quelque chose qui ne convenait pas à ma sœur.

Je décidai de ne plus me fier à son jugement et jetai mon dévolu sur une robe à bretelles en soie noire.

— Je prends celle-ci, décrétai-je en sortant de la cabine.

Un soulagement immense se peignit sur le visage de la vendeuse qui était en nage à force de courir dans tous les sens. Quant à Amy, elle fit la moue.

— C'est trop... noir, déclara-t-elle d'un ton boudeur. Tu n'es pas en deuil, à ce que je sache.

— Je vais perdre un être cher, alors cette couleur me paraît fort adaptée à mes états d'âme.

— Non Callie, tu ne dois pas porter ce truc si tu veux faire sensation auprès de Tyler.

Je faillis piquer un fou rire lorsque la vendeuse lui décocha un regard outré. Appeler « un truc » une robe qui valait des milliers de dollars la scandalisait. Amy, ignorant sa mine indignée, lui demanda :

— N'auriez-vous pas quelque chose de plus chatoyant, de plus gai, de plus tape-à-l'œil ?

La vendeuse réfléchit quelques secondes en silence.

— J'ai peut-être ce qu'il vous faut, dit-elle en partant à toutes jambes.

Je me tournai vers Amy.

— Je te préviens, c'est la dernière que j'essaye. Si elle ne convient pas, j'achète la noire.

Amy soupira.

— C'est vraiment pas drôle de faire les magasins avec toi.

— Ben voyons ! Ca fait plus d'une heure que l'on martyrise cette pauvre femme. Elle court partout, range et sort les robes, monte et descend les escaliers. Son cœur va finir par lâcher.

— C'est son boulot, elle est payée pour ça !

— Sans doute pas assez quand on a des clientes aussi pénibles que toi, rétorquai-je, agacée.

La vendeuse revint avec une robe brillant de mille feux. J'ouvris la bouche pour protester mais Amy me fit taire d'office :

— Essaie-la avant de dire quoi que ce soit !

Je m'exécutai de mauvaise grâce. Lorsque je me présentai devant ma sœur, moulée dans la robe sirène argentée, Amy manqua de tomber à la renverse.

— Ouah ! fut le seul mot qu'elle put prononcer.

Je fis face au miroir et restai sans voix. La robe, au décolleté sage et aux manches longues, épousait mon corps comme une seconde peau, soulignant mes courbes féminines avec précision.

— Je ne peux pas mettre ça ! m'exclamai-je, estomaquée.

— Si tu ne la mets pas, je te tue, gronda Amy.

— Mais enfin, regarde comme elle scintille ! On ne va voir que moi et j'ai horreur de me faire remarquer. Sans compter qu'elle est beaucoup trop moulante, j'ai l'impression que ma poitrine a doublé de volume !

— Arrête de gémir, tu es pénible à la fin ! Quand on a la chance d'avoir les seins de Beyoncé et les fesses de Scarlett Johansson, on ne les cache pas. Au contraire, on arbore fièrement une tenue qui les met en valeur, telle que cette robe absolument fantastique.

— On ne sera jamais d'accord, toi et moi.

— C'est vrai, sauf que là, tu vas m'écouter, acheter cette robe splendide et séduire Tyler parce que si je te laisse faire, tu vas te terrer dans un trou en pleurant ton grand amour perdu.

Je secouai la tête. Me pavaner toute une soirée dans une robe aussi sexy me paraissait insurmontable mais, comme d'habitude, je savais que j'allais céder aux arguments d'Amy. Plutôt que de batailler durant dix minutes pour un résultat similaire, je rendis les armes en affirmant haut et fort :

— Je la prends.

Amy se frotta les mains avec satisfaction tandis que la vendeuse me gratifiait d'un sourire reconnaissant.

— Bon, aux chaussures maintenant ! clama Amy.

A ces mots, le visage de l'employée se rembrunit.

— Je n'ai aucun besoin de chaussures, contestai-je. Je mettrai celles que je portais l'autre soir. Elles iront très bien avec la robe.

— Non, il te faut de nouvelles chaussures. Et moi aussi d'ailleurs.

Je soufflai d'exaspération.

La vendeuse reprit donc ses va-et-vient incessants. Au bout de trente minutes, nous avions toutes les deux trouvé notre bonheur. Amy avait opté pour des sandales à talons dorées et moi des escarpins noirs vernis.

Nous regagnâmes la voiture. Je pensais tout naturellement que nous allions rentrer à Princeton mais j'avais sous-estimé ma sœur qui me conduisit tout droit sur la cinquième Avenue, direction le salon de coiffure Fréderic Fekkai.

— Non, Amy. Mes cheveux sont parfaits comme ils sont. Je ne veux pas les couper.

— Ils ne les couperont pas, si tu n'en as pas envie mais ils peuvent raviver tes mèches, t'appliquer un soin nourrissant, te faire une superbe coiffure...

— C'est la dernière fois que je viens faire du shopping avec toi, grognai-je en poussant la porte.

Après un balayage, un massage du cuir chevelu ultra relaxant et un brushing, je sortis pleinement satisfaite. Des cheveux plus brillants, plus doux et plus soyeux sans avoir eu à les couper d'un millimètre.

— Callie ! Tu es prête ? cria mon père depuis le hall d'entrée.

Non, je ne l'étais pas... Je n'étais pas prête à affronter Tyler et Sydney ! Je fus soudain prise d'une envie irrépressible de me découvrir une maladie imaginaire mais, au lieu de ça, je m'entendis répondre :

— J'arrive tout de suite.

Je regardai une dernière fois mon reflet dans le miroir. Cette robe étincelait comme des diamants. Bon sang ! Je n'allais pas vraiment passer inaperçue avec une tenue aussi clinquante !

Je rejoignis mes parents qui, une fois encore, me détaillèrent avec hébétude. Ils ne firent aucun commentaire mais je remarquai l'air enchanté de ma mère et le sourire en coin de mon père. Ma sœur, drapée dans une robe Armani de couleur pêche, m'adressa un clin d'œil complice.

La Cadillac nous attendait. Je m'installai à l'arrière avec Celia et Amy tandis que mon père prenait place à l'avant, au côté de Stanley.

Le trajet s'effectua en silence, chacun plongé dans ses pensées, les miennes bien sûr étant dirigées vers

Tyler. Il y a deux jours, j'étais dans cette même voiture et j'avais dormi tout contre lui. Aujourd'hui, j'allais faire la connaissance de sa future femme... Une douleur aigüe me traversa le cœur et je fus sur le point de demander à Stanley de me ramener à la maison, mais je n'en fis rien. Autant les voir ensemble et me faire mal, cela m'ôterait le peu d'espoir que je m'obstinais à garder envers et contre tout. Je serais alors contrainte d'admettre la réalité et de tourner enfin la page.

Il nous fallut environ une heure pour atteindre la maison de Cliff Carlisle à Mendham. Enfin, si l'on pouvait appeler cette résidence seigneuriale, nichée au cœur d'un parc verdoyant, une maison.

Lorsque nous descendîmes de la voiture, je restai un instant bouche-bée devant une telle splendeur. De style toscan, la façade était un mélange astucieux de pierre et de stuc, associée à un toit en bardeaux de bois.

— Un peu de courage, me murmura Amy à l'oreille, se méprenant sur ma soudaine paralysie.

— J'admirais la maison, mentionnai-je en lui emboîtant le pas.

— Mais oui ! lança-t-elle avec un grand sourire.

Je levai les yeux au ciel tandis que Jerry appuyait sur la sonnette. La lourde porte en bois s'ouvrit sur un homme aux cheveux gris et en costume noir.

— Bonsoir messieurs-dames, entrez je vous prie.

Nous pénétrâmes dans un vestibule aux dimensions modestes dont les murs de pierre, les poutres en chêne sculpté et le mobilier ancien, tels que la banquette cannée Louis XV et le guéridon Charles X en acajou, offraient un ensemble particulièrement élégant.

— Si vous voulez bien me suivre, dit le majordome.

Nous longeâmes un long couloir composé de voûtes en enfilade avec, d'un côté comme de l'autre, une succession de pièces somptueuses, bibliothèque, salon, salle à manger, véranda... Les poutres apparentes, les imposantes cheminées en pierre et les planchers en bois massif se mariaient à la perfection avec des éléments plus modernes, comme les luminaires design et certains meubles en verre et bois laqué. Une alliance parfaite entre le confort contemporain et le charme baroque. Nul doute que Cliff Carlisle avait fait appel à un architecte d'intérieur d'une grande compétence pour obtenir un résultat aussi réussi.

Absorbée par la décoration, je ne réalisai que nous étions parvenus au centre de la fête que lorsque j'entendis une voix d'homme.

— Content de te voir Jerry !

— Je n'aurais manqué cette réception pour rien au monde Cliff.

Cliff salua Celia et Amy tandis que mon père se rapprochait de moi.

— Ma fille, Callie, déclara-t-il.

Cliff posa sur moi un regard pétillant et sympathique.

— Heureux de faire enfin votre connaissance.

— Moi de même monsieur Carlisle, répondis-je d'un ton poli.

Cet homme me plut d'emblée. Grand, mince, il était d'une élégance remarquable tout en restant très simple. Son smoking noir faisait ressortir la blancheur de ses cheveux et le bleu azur de ses yeux. Son sourire chaleureux me mit immédiatement à l'aise.

— Votre robe est divine, et très originale.

Je fis la moue.

— Merci c'est gentil. J'aurais préféré quelque chose de plus discret mais on m'a un peu forcé la main.

— Eh bien, je dirais que cette personne a eu entièrement raison. Excusez-moi, je dois accueillir d'autres invités mais nous nous reverrons plus tard. J'aimerais beaucoup discuter avec vous.

Nos parents se dirigèrent directement vers un petit groupe de personnes qui bavardait avec entrain. Amy m'entraîna à l'opposé. Postées auprès d'une porte fenêtre, je me remis à analyser les différents éléments de la décoration, toujours aussi fastueuse, pendant qu'Amy se goinfrait de hors d'œuvres que le personnel de maison servait sur des plateaux en argent. Levant les yeux, je fus époustouflée par les majestueux lustres en fer forgé.

— Mange un peu, dit Amy en posant sa main sur mon épaule.

— Je n'ai pas spécialement faim, répliquai-je d'une voix éteinte.

— Tiens, c'est Sydney là-bas !

Je tressaillis vivement puis regardai dans la même direction qu'Amy. Malgré ses nombreux changements de coiffure, je la reconnus instantanément. Elle portait une robe de soirée violette ornée de strass et ses cheveux blonds platine étaient coupés en un carré court et dégradé. A ma grande surprise, Tyler ne se tenait pas à ses côtés. Sydney était en pleine conversation avec deux femmes dont une ne m'était pas inconnue.

En effet, l'Amérique toute entière connaissait Candy, de son vrai nom Felicia Bazzaro, l'une des candidates les plus sexy et les plus provocantes de la télé-réalité. Sa participation dans la célèbre émission « Jersey Shore », qui consistait à suivre le quotidien de quatre jeunes filles et de quatre jeunes hommes italo-américains cohabitant dans une villa de Seaside Heights dans le New Jersey, l'avait propulsée au rang de star en un temps record. Sa plastique avantageuse qu'elle dévoilait facilement, sa vie amoureuse tumultueuse ainsi que ses photos de charme avaient largement contribué à son succès fulgurant. En participant aux six saisons de « Jersey Shore », Candy avait acquis une petite fortune ainsi qu'une notoriété considérable.

— Tu as vu qui est avec Sydney ? La grande brune avec la robe rose fushia.

— Felicia Bazzaro.

— Elle déteste qu'on l'appelle ainsi.

— C'est pourtant son nom, ripostai-je en haussant les épaules. Qui est l'autre fille avec elles ?

— Aucune idée. Ce genre de nanas ne m'intéresse pas. Elles ne pensent qu'à s'exhiber dans les soirées jet-set de Manhattan, entretenir leur poil dans la main et cracher sur tous les gens qui les entourent. D'ailleurs, c'est probablement ce qu'elles font en cet instant précis pour jacasser comme des pies.

Intriguée, j'observai les trois femmes qui se murmuraient des choses à l'oreille en pouffant. En regardant Sydney se comporter comme une adolescente immature, je me demandais ce que Tyler pouvait avoir de commun avec elle... Oisif et médisant, il ne l'était pas ; superficiel et égocentrique, encore moins. Il n'était pas non plus féru de réceptions mondaines où tout n'était que strass et paillettes.

Soudain, Sydney nous remarqua. Je détournai aussitôt le regard mais, du coin de l'œil, je la vis s'approcher, abandonnant derrière elle ses deux comparses.

— Et merde ! jura Amy entre ses dents. La vipère nous a captées.

— Super..., soufflai-je en enroulant nerveusement une mèche de cheveux autour de mon index.

Lorsqu'elle se planta devant nous, un sourire suffisant sur les lèvres et une lueur insolente dans ses yeux marron, je me surpris à penser que si l'énorme lustre en fer forgé, placé juste au-dessus d'elle, venait à se détacher et à l'écraser, j'applaudirais des deux mains. Au lieu de ça, je me tins immobile sans prononcer un seul mot, sans la saluer non plus.

— Salut Amy, lâcha-t-elle d'une voix haut perchée. Je suppose que c'est ta sœur.

— Tu m'épates ! Tu es de plus en plus intelligente, rétorqua Amy, froidement.

— Et toi de plus en plus désagréable.

Sydney se tourna alors vers moi. La luminosité éclatante de la salle se reflétait dans ses cheveux blonds, les faisant paraître presque blancs. Un commentaire de Tyler me revint à l'esprit « *je n'aime que les brunes* ». Or, Sydney était loin d'être brune, enfin aujourd'hui du moins.

— C'est donc toi la décoratrice ! lança-t-elle avec une pointe de mépris.

J'eus un brusque mouvement de recul, surprise par cet assaut aussi virulent qu'inattendu. Amy tressaillit et ouvrit la bouche pour prendre ma défense. Je posai une main rassurante sur son bras.

— C'est exact. Je fais partie de celles qui considèrent qu'à l'inactivité, il faut préférer un travail, et ce quel qu'il soit, répondis-je avec un sourire rempli de fausse amabilité.

Sydney esquissa une moue de dédain avant de nous agiter son annulaire gauche sous le nez.

— Vous avez vu la bague que Tyler m'a offerte, juste avant la réception ? Je voulais qu'il me la donne devant tous nos invités mais il a préféré le faire en tête-à-tête. N'est-ce pas romantique ? minauda-t-elle.

Les yeux fixés sur l'énorme bague de fiançailles, sertie d'une trinité de diamants Princesse, j'eus soudain l'impression qu'on m'arrachait le cœur à mains nues. Je déglutis péniblement et choisis de me perdre dans la contemplation du plancher afin de résister à la tentation beaucoup trop grande d'étrangler cette mégère qui me volait celui que j'aimais.

— Ouah ! Elle est aussi voyante que toi ! s'exclama Amy. Heureusement que tu es là pour lui faire dépenser son argent !

Sydney secoua la tête avec un soupir.

— Je vous laisse. J'ai des choses plus importantes à faire que de discuter avec des bêcheuses jalouses de mon bonheur, déclara-t-elle d'une voix condescendante.

Sydney tourna les talons sans nous laisser le temps de riposter. Ma sœur et moi échangeâmes un regard désespéré.

— Quelle conne, grondai-je entre mes dents serrées.

— Je ne te le fais pas dire ! C'est pour ça qu'il faut à tout prix que tu sauves Tyler des griffes de cette mante religieuse.

— Il n'a peut-être pas envie d'être sauvé. Après tout, il la connaît et il l'a choisie, non ?

— Ouais, n'empêche que j'ai la certitude qu'il serait ravi de mettre un terme à cette comédie grotesque.

— Je ne partage pas ton opinion. Il peut y mettre un terme quand il veut et il ne le fait pas. Pourquoi ?

Amy eut un haussement d'épaule.

— Je t'ai déjà expliqué qu'il s'agit d'une stratégie purement politique.

Je levai les yeux au ciel puis, prise d'une soudaine envie de me défouler, je me plaçai devant Amy.

— J'ai des choses plus importantes à faire que de discuter avec des bêcheuses jalouses de mon bonheur, déclarai-je en exagérant fortement les manières hautaines et dédaigneuses de Sydney.

Amy pouffa avant de rouler des yeux pour indiquer que quelqu'un se tenait derrière moi. Je pivotai brusquement pour me retrouver face à face avec Tyler, magnifique dans un costume gris ardoise. Embarrassée, je fis un petit signe de la main.

— Salut…, dis-je d'une voix penaude.

— Cette imitation me rappelle étrangement quelqu'un ! lança-t-il d'un ton amusé.

Pour la première fois de ma vie, je dus rougir car une vague de chaleur me monta aux joues.

— Je… euh…, en fait, j'ai…, bon, il vaut mieux que je me taise, balbutiai-je, mal à l'aise.

— Alors, vous ne vous ennuyez pas trop ? nous demanda-t-il.

— Pas du tout. On se croirait dans un aquarium géant, il y a des thons, des requins, des morues, répondit Amy avec un sourire espiègle.

— Comme toujours dans ce genre de soirée mais grâce à vous, mesdemoiselles, il y a également des sirènes, répliqua Tyler en me regardant fixement.

Une fois de plus, je piquai un fard.

— Je vous ai vus parler avec Sydney, j'espère qu'elle n'a pas été désagréable, continua-t-il.

Je gardai le silence. Après m'être moquée de sa chère et tendre juste sous ses yeux, je jugeai inutile de lui dévoiler le fond de ma pensée. Amy prit donc la parole :

— Non, juste ce qu'il faut. Sydney reste Sydney. Oh, j'aperçois une connaissance là-bas ! Je vais aller la saluer.

Je soupçonnais ma sœur de s'éclipser pour nous laisser seuls tous les deux.

— Je suis content que tu sois venue, dit Tyler.

— Pour être franche avec toi, j'ai longuement hésité. Tu sais que je ne suis pas fan de ces réceptions mondaines.

« *Et de ta fiancée* », rajoutai-je intérieurement.

— Je sais, ce qui rend d'ailleurs ta présence d'autant plus précieuse. Et puis, je dois avouer que tu es vraiment superbe.

Même si mon cœur tressauta devant ce compliment, je fis l'effort de demeurer stoïque.

— La robe y est pour beaucoup, précisai-je d'un air indifférent.

— Erreur ! Ce n'est pas la robe qui te sublime mais toi qui sublime la robe, déclara-t-il avec tellement de sincérité qu'une onde de désir me secoua.

Je baissai la tête pour dissimuler l'émoi que ses paroles provoquaient en moi.

— Ca va être compliqué, murmura-t-il si bas que je ne fus pas certaine d'avoir bien compris.

— Tu disais ?

— Rien, répondit-il en passant la main dans ses cheveux, ce qui eut pour effet de les ébouriffer.

Une mèche brune retomba sur son front et je dus lutter pour ne pas tendre la main et la prendre entre mes doigts.

— Cette maison est magnifique, dis-je pour meubler la conversation.

Tyler approuva.

— Toutes les maisons de Cliff sont magnifiques.

— Il en possède beaucoup ?

— Un certain nombre. Un chalet à Aspen, un penthouse à Miami, un condo à Hong Kong, une villa sur l'île de Kauai, et tout récemment un appartement à New York dans la plus haute tour résidentielle de la ville.

— One 57, affirmai-je.

— C'est ça.

— Mais pourquoi a-t-il besoin de toutes ces résidences ?

— Cliff aime investir dans l'immobilier. Pour lui, il n'y a pas de valeurs plus sûres. Par ailleurs, comme il voyage beaucoup, ses propriétés lui servent aussi de pied-à-terre. Il a également un grand nombre d'hôtels dans le monde entier.

Pendant environ un quart d'heure, Tyler me relata tous les endroits dans lesquels Cliff Carlisle avait implanté ses complexes hôteliers. Soudain, une voix tonitruante s'éleva, écrasant toutes celles des invités.

— Mon dieu ! Mais qui est donc cette charmante créature ?

Je me retournai et découvris un jeune homme en costume cintré vert kaki qui s'approchait de nous, un sourire niais vissé aux lèvres. Ses cheveux châtains, tirés en arrière, étaient brillants de gomina et sur son visage, se lisaient clairement ces mots : *dragueur invétéré.*

— Seigneur ! C'est quoi ça ? demandai-je en le fixant avec des yeux ronds.

— Andy, le fils de Cliff, énonça Tyler.

— Le pauvre homme ! Il n'a donc pas d'enfants normaux…

Puis, me rendant compte que, par ce commentaire, j'insultais Sydney, je m'empressai d'ajouter :

— Désolée, je n'aurais pas dû dire ça.

— Aucun problème, répondit-il avec un sourire amusé.

Andy s'arrêta devant nous.

— Bonsoir mademoiselle, je me nomme Andy Carlisle et je suis enchanté, que dis-je ho-no-ré de faire votre connaissance.

Médusée, je le regardais faire son numéro avec un mélange d'étonnement et d'agacement.

— Callie McBride, me présentai-je du bout des lèvres.

Sans crier gare, il me fit un baise-main cérémonieux. Je me dégageai vivement.

— Vous pouvez vous comporter comme une personne de notre siècle, vous savez.

— Hum…, rebelle en plus. J'adore ça. Que diriez-vous d'une balade avec moi dans le jardin ? Nous pourrions ainsi faire plus ample connaissance.

— C'est gentil mais je préfère rester à l'intérieur. Ma dernière promenade nocturne s'est terminée sous une pluie battante et j'ai attrapé un rhume dont j'ai bien du mal à me défaire.

Andy me décocha un sourire qu'il estimait sans doute irrésistible mais que je qualifierais plutôt de mièvre.

— Ne vous inquiétez pas. S'il se met à pleuvoir, nous trouverons rapidement un abri où nous réfugier.

Face à son insistance, je décidai d'être plus directe.

— Ecoutez, je ne veux pas vous paraître impolie mais…

Je n'eus pas le loisir de terminer ma phrase car Cliff venait de nous rejoindre.

— Excusez-moi de vous interrompre. J'espère qu'Andy ne vous importune pas trop. Il a parfois une fâcheuse tendance à se montrer envahissant, en particulier avec les jolies femmes.

— Votre fils ne m'ennuie pas monsieur Carlisle et puis, je suis une grande fille, je saurai le remettre à sa place, si besoin est.

Le regard du maître de maison s'éclaira d'une lueur malicieuse.

— Je n'en doute pas. J'ai déjà entendu parler de votre tempérament passionné.

Interloquée, je le dévisageai. Qui avait-pu lui parler de moi en ces termes ? La réponse était évidente, mon père.

— Oh, je vois ! Mon père vous a mis en garde contre sa fille un peu trop impétueuse à son goût.

— Eh non, aucun rapport avec Jerry. Nous avons un ami commun Callie. Il était de passage à New York et j'ai dîné avec lui hier soir. Il m'a même chargé d'un message pour vous.

Cette fois-ci, je tombais carrément des nues. J'attendis la suite avec une certaine impatience.

— Je pense que vous allez trouver si je vous délivre le message en question : « la salle de bain, anis et chocolat, avec des panneaux en bois et en verre laqué est une réussite totale ».

Un léger sourire se dessina sur mes lèvres. Viggo Larsen, il ne pouvait s'agir que de lui. Un architecte d'intérieur les plus doués de sa génération.

— Viggo Larsen, prononçai-je à mi-voix.

— Gagné ! Cela dit, cette histoire de salle de bain a piqué ma curiosité. Pourriez-vous m'expliquer ?

— Bon, je vous laisse papoter papier peint et peinture, intervint Andy. Ce n'est pas ma tasse de thé.

Il s'éloigna me laissant avec Cliff et Tyler.

— Mon fils ne s'intéresse à rien d'autre qu'à ses voitures de sport et aux bimbos écervelées qui vont avec, mentionna Cliff en secouant la tête avec désespoir. Alors, revenons à Viggo.

— Comme vous le savez, Viggo Larsen est un architecte de renommée internationale. Régulièrement, il donne des conférences dans les universités pour parler de son métier et de ses diverses expériences. Quand il est venu au Chelsea College, j'ai assisté à l'une d'elles. A la fin, il nous a informés qu'il organisait un concours et que les quatre lauréats auraient la chance de venir chez lui, dans sa propriété en Norvège, pour travailler comme assistant à ses côtés pendant plusieurs mois. Il rénovait la maison de sa défunte mère et avait décidé de partager son savoir et ses connaissances avec des étudiants.

— Je suppose que vous avez gagné, constata Cliff.

Je hochai affirmativement la tête.

— Avec l'aide de mon professeur de design. Chaque étudiant devait travailler en binôme avec un enseignant. Il fallait plancher sur l'aménagement d'un restaurant dans l'enceinte du parc de sculptures de Vigeland à Oslo. Ce parc est l'une des premières attractions de Norvège et rassemble plus de deux cents sculptures en bronze, en granit et en fer forgé de Gustav Vigeland. Pour l'élaboration de ce restaurant, il était absolument nécessaire de respecter l'architecture néoclassique du parc.

— Donc tu es partie en Norvège, fit Tyler.

— A Bergen, pendant un peu plus de trois mois. Nous étions trois filles et un seul garçon. Nous venions tous d'universités de pays différents, la Suisse, le Japon, la Hongrie et l'Angleterre. Cette expérience a été vraiment enrichissante. Néanmoins, nous avions un différend sur la salle de bain. Alors qu'il voulait du marbre de carrare, je privilégiais l'utilisation de panneaux de bois couleur chocolat avec d'autres en verre laqué d'un vert anis. Ce qui, à mon avis, créait un espace détente parfait, beaucoup plus chaleureux et tout aussi élégant que le marbre.

— Eh bien, apparemment, il vous a écoutée, dit Cliff d'un air admiratif.

J'esquissai un sourire timide.

— Je ne le savais pas. Je suis retournée à Londres car j'avais des examens et lui a pris la direction de Melbourne où l'aménagement d'une résidence d'artiste l'attendait.

— Je viens d'acquérir un appartement dans la tour One 57 au 62ème étage. Je voulais que Viggo se charge de la décoration mais il part à Dubaï et ne sera pas disponible avant plusieurs mois. En revanche, il m'a chaudement recommandé quelqu'un, vous.

Cette déclaration me prit totalement au dépourvu.

— Moi ! m'exclamai-je. Vous... vous êtes sérieux ?

— Je n'ai pas pour habitude de plaisanter avec mes biens immobiliers.

Je fus soudain saisie de stress. Serais-je à la hauteur ? Je ne possédais pas le talent, ni l'expérience de Viggo Larsen ! D'un autre côté, en créant mon agence, je devais faire preuve d'assurance et de confiance en moi.

— Avec plaisir, répondis-je finalement.

— Parfait, vous m'ôtez une épine du pied. Voyez avec Tyler quand vous pourrez venir à New York pour visiter l'appartement.

— Merci monsieur Carlisle.

— Une dernière chose ! Je vous laisse carte blanche à tous les niveaux. Si vous réussissez ce test, c'est à vous que je confierai toute la décoration de mon futur hôtel à Cape May.

Je restai bouche-bée tandis qu'il se dirigeait vers un groupe d'invités.

— Bravo ! On dirait que ta carrière démarre sur les chapeaux de roue, me félicita Tyler.

— Ouais, sauf que je n'ai pas intérêt à me planter.

— J'ai confiance en toi et je ne suis pas le seul. Crois-tu réellement que ce Viggo t'aurait recommandée s'il ne te sentait pas capable de mener à bien cette mission ?

Je m'apprêtais à répondre quand une voix criarde m'en empêcha.

— Quand tu auras fini de papoter avec l'écolière, tu t'occuperas un peu de ta fiancée ! Je te signale que c'est moi la reine de la soirée, pas elle ! couina Sydney en pointant un doigt accusateur sur moi.

Même si je mourrais d'envie d'intervenir, je pris l'initiative de me taire.

— Premièrement, *l'écolière* a un prénom. Deuxièmement, tu te débrouilles très bien sans moi pour être la reine de la soirée, rétorqua Tyler d'un ton sec.

Sydney, vexée, me toisa avec hargne avant de faire demi-tour. Voilà, même si je ne comptais pas m'en faire une amie, j'avais une ennemie de plus à mon actif. Après Bethany Clifford, Sydney Carlisle.

— Désolé, Sydney oublie parfois les bonnes manières, s'excusa Tyler.

— Ne t'en fais pas pour ça. Au demeurant, elle a raison. C'est auprès d'elle que tu devrais être. Va la rejoindre, dis-je avant de tourner les talons à mon tour.

La gorge nouée, je partis à la recherche de ma sœur. Amy ne serait pas fière de moi si elle apprenait que, non seulement, je n'avais pas tenté de séduire Tyler mais qu'en plus, je venais de l'envoyer dans les bras de l'autre pimbêche.

Tout à coup, la voix sonore de Cliff retentit dans la salle.

— Mesdames et messieurs. Je vous remercie de votre présence à cette soirée pour célébrer les fiançailles de ma fille, Sydney, avec le très charmant Tyler Braxton. Je n'aurais pas pu rêver d'un meilleur gendre.

Il leva bien haut son verre.

— Portons un toast en l'honneur de Sydney et de Tyler !

A cette annonce, je restai pétrifiée sur place en cherchant Tyler du regard. Je le vis se diriger vers Cliff. Contrairement à d'habitude, il semblait dans ses petits souliers, les épaules voûtées, le sourire absent et le visage empreint de mélancolie.

Soudain, comme s'il se sentait épié, il tourna la tête dans ma direction. Nos regards s'accrochèrent mais je n'eus pas la force de soutenir le sien. Je fis volte-face et sortis sur la terrasse. Porter un toast en l'honneur de Tyler et de Sydney, plutôt crever !

Je m'accoudai contre la barrière et contemplai l'eau de la piscine en contrebas. Lorsque des applaudissements crépitèrent derrière moi, mon cœur en prit encore pour son grade. Etait-il possible d'avoir aussi mal ? Comment parvenais-je à rester debout, fière et forte, à sourire à tout le monde, alors que j'avais envie de hurler, de pleurer et de me taper la tête contre les murs pour que cette douleur atroce cesse enfin ?

En soupirant, je levai les yeux vers le ciel étoilé. Cette nuit de septembre était particulièrement claire. La lune, presque pleine, éclairait la voûte céleste d'une douce lueur argentée et la Grande Ourse brillait d'un éclat extraordinaire. Soudain, une étoile filante traversa le firmament. Je m'empressai aussitôt de faire un vœu, même si je ne croyais pas à toutes ces théories ridicules.

— C'est donc là que tu te planques ?

Sydney… Elle n'avait pourtant rien à voir avec le vœu que je venais de prononcer mentalement.

Je me retournai lentement, un sourire artificiel plaqué sur les lèvres. Sydney n'était pas seule. Candy et l'autre fille, dont j'ignorais le nom, l'accompagnaient.

— Pour quelle raison me cacherais-je ? demandai-je d'un ton désinvolte.

— Parce que tu n'es qu'une sale voleuse ! cria Sydney, les poings sur les hanches. Après avoir dérobé une petite culotte, tu cherches à me piquer mon fiancé !

Je blêmis mais choisis de ne pas répondre à son attaque.

— Sydney ! intervint l'inconnue. Je croyais que ton père et Tyler t'avaient ordonné de ne pas évoquer cette histoire.

— Je fais ce que je veux ! Tyler et mon père n'ont pas d'ordres à me donner.

— Mais… c'est la fille du gouverneur !

— Et qu'est-ce que ça peut me foutre ! cracha Sydney. Mon père a été porte-parole de la Maison Blanche pendant trois ans ! C'est autrement plus gratifiant !

Reportant son attention sur moi, elle s'avança de quelques pas.

— Ecoute-moi attentivement McBride ! Tyler et moi allons nous marier d'ici quelques mois ! Tu n'es ici que parce qu'il vous considère comme sa famille. Tu es, en quelque sorte, sa petite sœur, alors tâche de ne pas l'oublier et de te comporter comme telle.

Sa petite sœur ! Ma main me démangea terriblement et j'eus toutes les peines du monde à me retenir de ne pas la gifler. D'abord, les sentiments que j'éprouvais pour Tyler n'étaient pas ceux d'une sœur pour son frère et ensuite, je n'avais qu'un seul frère.

— Mon frère s'appelle Darrell, grondai-je tout bas.

— Qu'est-ce que tu dis ?

Je retrouvai un semblant de calme tandis que Candy s'éloignait pour allumer une cigarette. Je fus soulagée qu'elle ne prenne pas part à cette altercation.

— Rien, répondis-je en haussant les épaules.

Sydney éclata alors d'un rire mauvais.

— Tu es vraiment pathétique McBride. Tu n'en as pas assez de courir après un homme qui te rejette ? Tu n'as jamais intéressé Tyler, ni avant, ni maintenant. Il serait peut-être temps que tu cesses de lui tourner autour si tu veux conserver le peu de dignité qu'il te reste.

La colère qui grondait en moi se mua en surprise. A son intonation, je devinais que Sydney connaissait une foule d'informations sur mon passé et sur mes sentiments envers Tyler. D'où tenait-elle ces renseignements ?

Comme si elle avait entendu ma question, elle précisa :

— Andy est sorti quelques temps avec Bethany, tu sais, ton ex meilleure amie, et nous avons eu des conversations enrichissantes toutes les deux.

Ma surprise se transforma instantanément en détresse. La dernière fois que j'avais vu Bethany, elle avait affirmé n'avoir rien dit à Tyler mais elle avait visiblement tout déballé à Sydney.

Avec horreur, je me souvins qu'à l'époque, je racontais tout à Bethany. Outre mon amour pour Tyler, je lui avais confié mes fantasmes, mes plans drague pour le séduire, mes projets d'avenir avec lui. J'avais même pleuré plusieurs fois dans ses bras quand j'avais essuyé des échecs cuisants et que Tyler me repoussait, comme ce fameux jour où j'avais séché le lycée. Savoir que Sydney était au courant de mes pensées les plus secrètes, les plus intimes, les plus privées, me donnaient envie de vomir.

— Tu ne réponds rien ? s'enquit-elle d'un ton triomphant.

Des larmes d'humiliation me brûlèrent les paupières mais je les ravalai avec bravache.

— J'ai pour principe de ne jamais parler avec des idiotes, ça ne sert à rien, prononçai-je d'une voix posée.

— Garce ! siffla-t-elle en tournant les talons.

Candy jeta son mégot par-dessus la rambarde et emboîta le pas à son amie. L'autre femme, celle qui avait plus ou moins pris ma défense au début de la conversation, se rapprocha de moi.

— Désolée pour cette scène. Depuis sa rupture difficile avec l'acteur Larry Castle, Sydney est devenue méfiante et un peu trop jalouse. Au fait, je m'appelle Lauren Garrison.

Puis elle s'enfuit en courant pour rejoindre ses deux camarades. Déstabilisée par cette prise de bec, je demeurai immobile à fixer, d'un air hagard, la porte-fenêtre qui venait de se refermer derrière la dénommée Lauren. Quand une larme s'écrasa sur ma joue, j'estimai qu'il était temps que j'aille flâner dans les jardins afin de reprendre le contrôle de mes émotions.

Instable sur mes talons hauts, je descendis prudemment les marches en pierre avant de déambuler un long moment dans les allées du splendide jardin à la française, m'arrêtant un instant près de l'étang de nénuphars. Je continuai mon exploration en empruntant un petit chemin serpentant entre des buissons impeccablement taillés. Au bout de ce sentier tortueux, je découvris avec ravissement une oasis de paix, bien abritée des regards indiscrets, où trônaient une fontaine en pierre blanche et son banc assorti. Je plongeai une main dans l'eau et frissonnai sous sa fraîcheur.

Bercée par le clapotis de l'eau, mon esprit se mit à ressasser les paroles de Sydney. Si jamais elle parlait à Tyler, j'étais foutue. Plus jamais, je n'oserais le regarder en face. Certes, il savait que j'en pinçais pour lui quand j'étais plus jeune, mais de là à lui dévoiler mes rêves les plus fous à son sujet…

Une voix masculine me ramena à la réalité.

— Je savais que vous aviez envie d'une promenade dans le jardin !

Je reconnus la voix d'Andy Carlisle et retins de justesse la remarque acerbe qui me monta aux lèvres. Inutile de me fâcher avec tout le monde, j'avais ma dose pour aujourd'hui.

— C'est un bel endroit.

— Et vous, vous êtes la plus belle femme que j'aie jamais rencontrée, répondit-il d'un ton suave.

— Vous n'avez pas dû en rencontrer beaucoup alors, soupirai-je en levant les yeux au ciel.

Il esquissa une moue amusée.

— D'après mon père, trop. Il rêve de me voir marié et père de famille. Maintenant qu'il a casé Sydney, je vais l'avoir sur le dos en permanence.

A l'évocation de sa sœur et de son prochain mariage, mon visage s'assombrit.

— J'ai assisté à votre petite conversation avec Sid. N'accordez pas trop d'importance à ses propos. Ma sœur n'est qu'une peste.

Je faillis lâcher un juron, fort peu digne d'une jeune femme convenable. Alors, lui aussi, avait tout entendu ! Désespérée, contrariée et au bord de la crise de nerf, je décidai de regagner la salle.

— Je…, je vais rentrer. Je commence à avoir froid.

Andy me retint par le bras et, avant que je ne puisse protester, écrasa ses lèvres sur les miennes. Je poussai un cri étouffé et lui assenai une claque magistrale.

— Mais qu'est-ce qui vous prend ? Vous êtes malade ! criai-je avant de me mettre à courir en direction de la demeure.

Je remontai le sentier aussi vite que me le permettaient ma robe moulante et mes talons. Les cheveux dans les yeux, je naviguais dans l'obscurité quand, soudain, je percutai violemment une haute silhouette. Deux mains me saisirent aux épaules, m'empêchant de tomber à la renverse.

— Callie ! Que fais-tu ici ? Je t'ai cherchée partout.

Tyler ! Je faillis lui sauter au cou tant j'étais heureuse de le voir.

— Je... je me promenais dans les jardins, déclarai-je d'une voix aussi neutre que possible en dégageant mes cheveux de mon visage.

— Tu te promenais... en courant, lâcha-t-il, sceptique.

Je réfléchis quelques instants à une réponse plausible. Devais-je lui dire la vérité ou pas ?

— Qu'est-ce que tu fous là ? reprit Tyler d'un ton glacial.

Au timbre de sa voix, je compris qu'il s'adressait à quelqu'un d'autre. Je me retournai et vis Andy avancer tranquillement en sifflotant.

— Je me baladais avec mademoiselle McBride mais elle avait froid et a décidé de rentrer précipitamment, mentit-il avec un aplomb sidérant.

Tyler me souleva le menton pour me forcer à le regarder droit dans les yeux.

— Callie, la vérité s'il te plaît.

— Il… il m'a embrassée et je… l'ai giflé.

— Putain, jura-t-il entre ses dents. Retourne dans la maison, j'ai deux mots à lui dire.

— Viens avec moi Tyler, suppliai-je.

— Rentre tout de suite.

La mine renfrognée, je ne bougeai pas d'un pouce.

— Callie ! s'impatienta Tyler.

A contrecœur, je lui obéis. Dès que je pénétrai dans la grande salle, ma sœur fondit sur moi puis m'entraîna à l'écart.

— Où avais-tu disparu ? Tyler te cherchait !

— Figure-toi que j'étais sortie prendre l'air mais Sydney, et ensuite Andy, me sont tombés dessus. Cette soirée est un désastre complet, en partie à cause de Bethany qui n'a pas su tenir sa langue ! Heureusement qu'il y a un point positif avec l'appartement de Cliff sinon je n'aurais plus qu'à aller me pendre…

Amy me regarda d'un air abasourdi.

— Je ne comprends rien à ce que tu racontes ! Que t'ont fait Sydney et Andy ? Quel rapport avec Bethany Clifford ? Et c'est quoi cette histoire d'appartement ?

J'inspirai profondément pour me calmer puis relatai tous les derniers évènements à Amy.

— Tu veux rentrer à la maison ? s'enquit ma sœur.

J'acquiesçai.

— Je vais trouver papa et lui demander si l'on peut partir.

— Merci, dis-je avec reconnaissance.

Fermement décidée à rester dans mon coin pour ne plus faire de mauvaises rencontres, je me mis à surveiller la porte menant à la terrasse. Cinq minutes plus tard, Tyler entra et parcourut la salle du regard. Quand il m'aperçut, il se dirigea tout droit vers moi.

— Tout va bien ? demanda-t-il, en me scrutant avec une expression soucieuse.

— Mais oui, je ne suis pas en sucre. J'espère que tu ne l'as pas frappé ?

— Rassure-toi. Je me sers plus souvent de ma tête que de mes poings.

— Tant mieux ! Je ne voudrais pas que tu aies des ennuis à cause de moi.

Tyler sourit en se rapprochant.

— Ne t'inquiète pas ma belle, gérer les ennuis, c'est mon job, chuchota-t-il au creux de mon oreille.

Sa voix rauque, son souffle chaud sur ma peau, sa façon de m'appeler « ma belle », me perturbèrent profondément. Je levai les yeux sur son visage. Malgré moi, je fixai longuement sa bouche. Comme j'aimerais qu'il m'embrasse ! Goûter une seule fois à l'un de ses baisers, juste une fois, pour découvrir quelle sensation cela me procurerait. Perdue dans mes pensées érotiques, je m'humectai les lèvres.

— Callie, souffla Tyler.

Sa voix me sortit de la douce torpeur dans laquelle j'étais plongée. Mes yeux quittèrent cette bouche extrêmement sensuelle pour me noyer dans son regard émeraude qui brillait d'une lueur sombre.

— Callie, répéta-t-il en avançant sa main vers ma joue.

Soudain, j'avisai Sydney qui nous observait, les traits déformés par la rage.

— Sydney nous observe, Tyler. Et je peux t'assurer que si ses yeux étaient des mitraillettes, nous serions morts tous les deux.

Il laissa retomber sa main, se recula légèrement puis secoua imperceptiblement la tête.

— Il va falloir arrêter ça, murmura-t-il avant de s'éloigner à grandes enjambées.

Je le suivis des yeux tout en méditant sur le sens de ses paroles. Tyler ne rejoignit pas sa fiancée mais quitta la pièce. Alors que Sydney venait dans ma direction, apparemment prête à en découdre, son père lui barra le passage. Je surpris alors le regard de Cliff posé sur moi, un regard pensif, préoccupé, perplexe...

CHAPITRE 11

D'un pas décidé, je me dirigeais vers le bureau de mon père. Nous étions lundi et l'agence immobilière venait de me téléphoner afin de savoir quand j'allais venir signer les papiers pour l'acquisition du local d'Atlantic City. Je m'apprêtais donc à suivre le conseil de Tyler, demander un prêt à Jerry…

Je frappai avant de pénétrer dans la pièce. Tout était silencieux. Jerry, assis à son bureau, examinait des documents avec attention et Tyler, installé devant la table informatique, pianotait frénétiquement. A mon entrée, les deux hommes levèrent la tête. Tyler me sourit.

— Salut Callie.

Comme d'habitude, son sourire me fit chavirer.

— Salut, répondis-je.

Je ne l'avais pas revu depuis sa soirée de fiançailles. La petite phrase qu'il avait murmurée juste avant de quitter la réception me trottait toujours dans la tête, « *il va falloir arrêter ça* ». Qu'est-ce que cela signifiait exactement ? Peut-être voulait-il mettre un terme à cette surveillance forcée qui l'obligeait à garder un œil sur moi au détriment de sa fiancée ? Ou alors, il avait remarqué mon attirance pour lui et cette situation le mettait mal à l'aise ou encore, la pire des hypothèses, Sydney avait craché le morceau et il connaissait tout de mes sentiments à son égard. Et là, il devait forcément me prendre pour une folle !

Pourtant, juste avant qu'il ne prononce ces paroles énigmatiques, il s'était passé quelque chose entre nous, quelque chose d'étrange, quelque chose de spécial, quelque chose d'indéfinissable, comme un instant de flottement nous ayant entraînés dans un monde à part, jusqu'à ce que je croise deux yeux marron qui lançaient des éclairs et qui m'avaient ramenée à la dure réalité en un dixième de seconde.

Jerry ôta ses lunettes et les posa sur le bureau.

— Que veux-tu Callie ?

— Je voudrais te parler, ça ne prendra pas longtemps.

— Assieds-toi.

Je pris place dans un fauteuil. Nerveuse, je croisai les jambes tout en jouant distraitement avec un stylo.

— Je t'écoute, dit mon père en levant un sourcil interrogateur.

J'inspirai profondément.

— J'ai visité un local à Atlantic City. Il y a une pièce au rez-de-chaussée ainsi qu'un appartement au premier étage. J'ai mis une option dessus et je voulais savoir si tu serais d'accord pour…

Je marquai un temps d'arrêt.

— Pour ?

— Pour me prêter l'argent, terminai-je dans un souffle.

Jerry resta silencieux un instant.

— Tu as donc toujours l'intention d'ouvrir ta boutique ?

— Oui.

— Avec cette française ?

Sa tonalité méprisante me déplut mais je me tus car ce n'était pas le moment de le contrer. Je hochai affirmativement la tête.

Nouveau silence de quelques secondes, puis il prit la parole d'une voix hautaine :

— Il est hors de question que je te prête cet argent. D'une part, parce que tu t'obstines dans une voie qui n'est pas rationnelle, et d'autre part parce que tu ne tiens aucun compte de mes conseils, à savoir te débarrasser de cette *bretonne* qui s'accroche à toi comme une sangsue, et ce dans l'unique but de profiter de nos largesses financières.

L'entendre prononcer « bretonne » avec une intonation plus que dédaigneuse me mit hors de moi mais je me maîtrisai à la perfection.

Je haussai les épaules.

— Fais comme bon te semble mais sache, qu'avec ou sans ton aide, je créerai mon agence. Quant à Solen, je te serais gré d'éviter de l'insulter en ma présence. Tu te permets de la juger et de la dénigrer alors que tu ne la connais même pas. Elle n'est nullement intéressée par ton fric car, contrairement à ce que tu crois, il n'y a pas que ça dans la vie. La famille Kerhoas a des principes et des valeurs que tu ne nous as jamais inculqués, et qui sont autrement plus importantes qu'un compte en banque bien garni.

Jerry soupira d'agacement.

— Blablabla… Arrête ton char Callie ! Tout le monde aime l'argent. Il suffit qu'on te dise ce que tu veux entendre pour que tu ne voies pas plus loin que le bout de ton nez. Maintenant, écoute-moi attentivement ma chère fille, tu ne monteras pas ton agence de décoration car je t'ai trouvé un emploi au sein du célèbre groupe pharmaceutique « Helis », situé à Branchburg. Dans un premier temps, tu seras l'assistante du directeur commercial. Même si tu n'as pas l'expérience requise pour ce poste, mon ami, Rick Farlay, le Président Directeur Général de la société, est d'accord pour que les membres de l'équipe te forment sur place. Alors, pour une fois dans ta vie, tu vas m'obéir sans discuter. Je suis ton père et je sais ce qui est bien pour toi.

Cette fois-ci, mon calme s'envola.

— Non ! m'emportai-je. Je te signale que je suis majeure ! A ce titre, je suis libre de choisir mon métier. Tu n'as pas à m'imposer quoi que ce soit !

Jerry me lança un regard dur.

— Très bien. Puisque tu le prends ainsi, je te laisse le choix, soit tu acceptes cet emploi, soit tu quittes cette maison.

J'écarquillai les yeux. Jamais, je n'aurais imaginé que mon père irait jusque-là ! Me chasser de la maison parce que nous étions en désaccord sur ma carrière !

Un silence lourd s'instaura. On aurait pu entendre une mouche voler. Mon cerveau se mit à gamberger à toute vitesse. Peu importait ses menaces, je n'étais pas disposée à faire une croix sur mes projets professionnels et puis, rien ne me retenait ici. Tyler allait se marier avec Sydney, Bethany Clifford était devenue ma pire ennemie, mes parents se désintéressaient de moi. Seule, Amy me manquerait mais elle viendrait me rendre visite, comme elle l'avait déjà fait durant mes quatre années passées à Londres.

En un éclair, je pris ma décision.

— Je quitte la maison, dis-je d'un ton catégorique en me levant de mon siège.

— Et où comptes-tu aller ? demanda mon père d'une voix sifflante.

— Chez ma tante à Glasgow. Tu te souviens de ta sœur ? raillai-je. Après tout, je peux parfaitement créer ma société en Ecosse.

Soudain, la voix de Tyler claqua comme un coup de fouet, autoritaire et tranchante.

— Ca suffit maintenant !

Interloqués, Jerry et moi le fixèrent avec stupeur. Tyler s'avança vers mon père.

— C'était mon idée. C'est moi qui ai suggéré à Callie de te demander un prêt afin de lui éviter des intérêts inutiles. Je pensais qu'en tant que père, tu aurais la gentillesse et le bon sens de l'aider. Apparemment, je me suis trompé.

Jerry émit un rire forcé.

— Eh bien ça alors ! Tu m'en bouches un coin Tyler. Jamais, je n'aurais pensé que tu prendrais fait et cause pour Callie ! Elle n'est pourtant pas le genre de personne que tu apprécies habituellement.

— Les seuls à priori que j'avais envers elle venaient de toi et de ta manie de la discréditer en permanence. Cela dit, si j'avais pris le temps de la connaître, je me serais aperçu bien avant que tu ne la traites pas comme elle le mérite. C'est ta fille Jerry et tu devrais la soutenir, l'encourager et l'épauler.

Bouche-bée, j'observais la scène irréelle qui se déroulait sous mes yeux. Jamais, je n'avais vu Tyler se rebeller contre mon père ! D'ailleurs, ce dernier avait bien du mal à conserver son sang-froid. La mâchoire crispée, les poings serrés, le regard féroce, Jerry semblait contenir difficilement son calme.

— Ce ne sont pas tes affaires Tyler ! La façon dont je traite ma fille ne te concerne en rien ! lâcha-t-il froidement.

Tyler croisa les bras sur sa poitrine.

— Alors, c'est comme ça t'arrange ! Tu es bien content de faire appel à moi pour la surveiller, mais pour le reste, je dois fermer ma gueule !

C'en fut trop pour Jerry McBride. Il laissa libre cours à sa colère.

— Je t'ai effectivement donné l'ordre de la surveiller mais en aucun cas de devenir son conseiller financier ou son chevalier servant ! Tu travailles pour moi et tu exécutes les tâches que je te confie, rien de plus, rien de moins ! Et cesse de me parler sur ce ton car je te rappelle que tu me dois *tout* !

Tyler s'emporta à son tour.

— Tu ne manques pas de toupet ! D'accord, tu m'as avancé l'argent pour mes études à Princeton mais je t'ai tout remboursé, jusqu'aux moindres deniers, quand, à vingt et un ans, j'ai touché l'héritage de mes parents !

— Je t'ai aussi offert un emploi sur un plateau ! cria mon père.

— Eh bien justement, parlons-en ! Qui d'autre que moi aurait accepté de faire la basse besogne de Jerry McBride ? Qui d'autre aurait su tenir sa langue sur un certain nombre de manigances ? Qui aurait joué le rôle de détective, d'avocat du diable, de bon petit soldat corvéable à merci, sans jamais rechigner ?

— Je n'en reviens pas de ton ingratitude ! Mais pour qui te prends-tu ? Tu me fais la morale, tu insultes mon intelligence, tu critiques même ma façon d'élever mes enfants ! On verra ce que tu feras, toi, lorsque tu seras père !

— Une chose est sûre, je ne serai pas comme toi, tyrannique et borné. Je veux que mes enfants aient confiance en moi, je veux privilégier le dialogue plutôt que les remarques blessantes et agressives, je veux qu'ils vivent dans un climat serein. Je ne serai sans doute pas parfait mais je ferai tout pour que ma famille soit unie et heureuse.

Mon père se redressa de toute sa hauteur en défiant Tyler du regard.

— Toi qui es si malin, que feras-tu quand ta fille volera des petites culottes dans les magasins ou quand elle boira comme un trou pour finir dans le lit d'un inconnu qui t'enverra une vidéo porno en te réclamant de l'argent ?

Tyler le regarda droit dans les yeux.

— Je prendrai le temps d'en discuter calmement avec elle, mais surtout, je la croirai quand elle me dira qu'elle est innocente, parce que Callie est innocente Jerry. J'en ai la preuve. C'est Bethany Clifford qui a glissé ce slip dans son sac à main, j'ai visionné les caméras de surveillance. En ce qui concerne cette vidéo, j'ai le regret de t'apprendre que ta fille a été droguée au GHB puis violée par un salaud sans scrupules, ce qui explique son amnésie qui n'était en aucun cas due à une absorption d'alcool.

Je mis ma main devant ma bouche pour ne pas gémir. Je détestais ce mot « violée ». Je ne supportais pas que l'on parle de mon agression en ces termes.

Mon père, lui, devint littéralement livide. Ses traits se décomposèrent, une expression de douleur et de tristesse se peignit sur son visage et il se cramponna des deux mains au dossier de son fauteuil.

— C'est pas vrai…, murmura-t-il d'un ton catastrophé.

— Hélas, si, Jerry.

Le regard égaré de mon père allait de moi à Tyler, nous dévisageant avec un mélange d'incompréhension et d'accablement. Tyler poussa un soupir avant de se diriger vers la porte.

— Où vas-tu ? s'enquit Jerry d'une voix altérée par l'émotion.

— J'ai besoin de m'aérer un moment.

Avant de sortir, il se tourna vers moi.

— Callie, nous irons à New York demain pour visiter l'appartement de Cliff. Auparavant, nous nous rendrons à la banque. Je te prête la somme pour l'acquisition de ton local.

— Mais…, articulai-je en roulant des yeux médusés.

Il leva la main.

— Pas de mais, je n'ai plus la force de me bagarrer, dit-il avec lassitude en quittant la pièce.

Je gagnai également la sortie.

— Adieu Jerry, dis-je en franchissant le seuil.

Je crus entendre la voix de mon père mais, épuisée nerveusement, je continuai mon chemin sans me retourner.

Le lendemain matin, je rejoignis Tyler dans la cour, munie de ma valise. Lorsque je m'étais retrouvée seule dans ma chambre la veille, j'avais effectué une réservation dans un hôtel de Princeton, en attendant que je puisse emménager dans mon appartement d'Atlantic City. J'avais donc fourré quelques vêtements dans une valise et viendrais chercher le reste de mes affaires plus tard.

Tyler, appuyé contre la portière de sa voiture, me regarda avancer vers lui.

— Que fais-tu avec cette valise ? demanda-t-il d'un ton léger.

— Oublierais-tu que j'ai été expulsée ? De ce fait, j'ai réservé une chambre à l'hôtel Clarion à Princeton. Pourrais-tu m'y déposer en rentrant de New York ?

— Bien sûr, répondit-il en me prenant le bagage des mains pour le déposer dans le coffre.

Il se retourna ensuite vers moi, un grand sourire aux lèvres.

— Tu es à croquer dans cette tenue.

Je baissai les yeux sur mon pantalon en cuir noir et mon pull à col roulé gris clair.

— Je suis habillée normalement, dis-je en haussant les épaules.

— C'est bien ce que je dis.

Etonnée par son commentaire, je relevai les yeux et je tressaillis. Le regard de Tyler était rivé sur… ma poitrine que mon pull moulant mettait en valeur. Cette fois-ci, je ne rêvais pas ! Il était bel et bien en train d'observer avec insistance mon buste généreux. Le souffle coupé, le cœur battant à tout rompre, les joues brûlantes, j'aurais dû suivre le mode d'emploi de ma sœur, à savoir lui mater les fesses ou lui décocher une œillade langoureuse, mais j'étais tellement troublée que je restais statufiée sans prononcer une seule parole. Lorsque ses yeux remontèrent et plongèrent dans les miens, je crus défaillir. Il me fixait avec une telle intensité que ça en était douloureux. J'avais une envie folle qu'il me touche, qu'il m'embrasse, qu'il me fasse l'amour là, maintenant, sur le capot de la voiture.

— Allons-y ! lança-t-il d'une voix plus grave qu'à l'accoutumée.

Avec un soupir de frustration, je grimpai sur le siège. Tandis qu'il prenait la direction de Trenton, j'entamai la conversation sur un sujet qui me tenait à cœur :

— Ca me gêne que tu me prêtes l'argent. Ne crois-tu pas que je pourrais simplement faire un prêt auprès de la banque ?

— Tu pourrais mais je le prendrais très mal. Je déteste revenir sur mes propos.

Je me trémoussai sur le siège.

— Je comprends mais ce n'est pas toi qui reviens sur ta parole, c'est moi qui te le demande. Ce n'est pas à toi de financer mon projet, Tyler, continuai-je d'une voix douce.

Il soupira.

— Si tu veux qu'on garde de bonnes relations, laisse-moi faire ça pour toi. J'en ai envie.

Vu sa détermination, je compris qu'il était vain d'insister.

— D'accord.

Le passage à la banque Wells Fargo fut bref. Tyler rencontra son conseiller et fit virer la somme directement sur mon compte à la Bank of America.

Dans la voiture qui nous emmenait à New York, je m'inquiétai des modalités de remboursement.

— Il faudra que l'on rédige des papiers officiels, comme une reconnaissance de dette ou un écrit par un avocat.

— Ce n'est pas nécessaire.

— Mais si voyons ! m'écriai-je, interloquée. Il faut que tu te protèges !

Tyler émit un petit rire.

— De qui Callie ? De toi ? C'est trop tard, rajouta-t-il tout bas.

— Trop tard, mais trop tard pour quoi ? relevai-je, incrédule.

Il tourna la tête vers moi pour me décrocher son plus beau sourire.

— Tu verras. Je dois d'abord régler quelques détails.

J'écarquillai les yeux devant ces propos énigmatiques auxquels je ne comprenais absolument rien.

— Parfois, tu es étrange Tyler.

— C'est ce qui fait tout mon charme, plaisanta-t-il.

Je souris, amusée. A mon humble avis, ce qui plaisait surtout aux femmes et qui lui valait bon nombre de regards gourmands n'avait aucun rapport avec son attitude bizarre mais plutôt avec son physique d'acteur de cinéma, son charisme envoûtant et son sex-appeal explosif. Je l'observai à la dérobée. Aujourd'hui, il dégageait une sensualité virile moulé dans un jean noir et un pull près du corps qui soulignait sa carrure athlétique.

La suite du trajet s'effectua dans une ambiance détendue. Arrivés à destination, Tyler se gara directement dans un parking couvert, non loin de l'impressionnante tour résidentielle. En pénétrant dans le hall, je fus éblouie par tant de luxe et de raffinement. Le sol, les murs et le plafond recouverts de bois précieux, un magnifique comptoir en onyx ainsi qu'une décoration épurée et moderne dénotaient indubitablement l'œuvre d'un designer vraiment talentueux.

— Qui a réalisé la décoration intérieure ? chuchotai-je à l'oreille de Tyler.

— Je n'en sais fichtre rien. La seule chose dont je me souvienne, parce que Cliff m'a rebattu les oreilles avec, c'est qu'il est danois.

Je fouillai activement dans ma mémoire pendant que nous pénétrions dans la cabine d'ascenseur.

— Ralf Jacoksen ! Non, Thomas Dalgaard plutôt !

— Je n'en sais rien Callie. Il faut demander ça à Cliff, dit Tyler en appuyant sur le 62ème étage.

— Les pays nordiques, comme la Suède, la Norvège, la Finlande ou le Danemark sont les meilleurs en architecture d'intérieur, expliquai-je avec le plus grand sérieux. Je ne sais pas pourquoi mais ils sont largement plus audacieux et plus imaginatifs que nous.

Tyler me fixait, un léger sourire sur les lèvres.

— Pourquoi me regardes-tu ainsi ? J'ai un bouton sur le nez ? questionnai-je, intriguée.

Son sourire s'élargit.

— J'aime t'écouter parler de ton métier. On sent la passion dans ta voix.

J'esquissai une grimace.

— Ouais, sauf que mon père aurait préféré que je me passionne pour autre chose, la politique ou le droit par exemple, répondis-je d'un air accablé.

L'ascenseur s'arrêta et les portes s'ouvrirent.

— Je crois que tu as compris, comme Jerry d'ailleurs, que tu ne devais écouter que toi et c'est ce qui te rend passionnante. Si tu étais avocate ou chef de cabinet, tu serais ennuyeuse à mourir.

Je le regardai. Une fois de plus, je fus hypnotisée par ses yeux d'émeraude qui me dévisageaient avec insistance. Le temps sembla se suspendre et nous demeurâmes face à face dans un silence total. Les portes qui se refermaient nous tirèrent de notre observation mutuelle.

Tyler appuya sur le bouton pour les rouvrir puis nous sortîmes, toujours sans un mot.

Nous marchâmes jusqu'à une porte gigantesque que Tyler déverrouilla puis il me fit faire le tour des lieux. L'appartement de Cliff était un pur joyau avec ses planchers en bois de rose, ses murs d'un blanc immaculé, sa multitude de fenêtres s'étendant du sol au plafond, sa luxueuse cuisine dotée d'un équipement ultra moderne et ses salles de bain de maître en marbre italien.

Au fur et à mesure de la visite, je notai sur un carnet les nombreuses idées qui me vinrent spontanément.

Revenus dans la vaste pièce principale, je me campai derrière les baies vitrées pour admirer le paysage.

— C'est splendide ! m'exclamai-je, impressionnée par ces immenses fenêtres qui, non seulement offraient une vue spectaculaire sur la ville, mais illuminaient l'appartement d'une lumière flamboyante.

— Tu aimerais vivre ici ? questionna Tyler en se postant à mes côtés.

— Qui n'aimerait pas ? rétorquai-je d'un ton étonné.

— Moi, répondit-il d'un air sombre. Ce n'est pas des buildings ou du béton que je veux pouvoir contempler depuis mes fenêtres.

Je fus surprise par son intonation maussade.

— Et quel panorama voudrais-tu observer ?

— La mer. Je rêve d'une maison en bordure de l'océan où les seuls bruits qui me réveilleraient seraient les vagues et les oiseaux.

— Pourquoi ne l'achètes-tu pas au lieu de rester dans ton appartement à Lawrenceville ?

Il mit quelques secondes avant de m'apporter une réponse.

— Une maison serait trop grande pour moi tout seul et puis je ne suis presque jamais chez moi.

— Tout ça va bientôt changer, remarquai-je en sentant cette douleur habituelle m'enserrer le cœur dès que j'évoquais son prochain mariage.

— Tu ne crois pas si bien dire…

Le ventre noué, je me tus, l'imaginant déjà sur une terrasse ensoleillée en bord de mer, en compagnie de Sydney et de leurs enfants. Je m'absorbai dans la contemplation de Central Park qui s'étendait à perte de vue.

Soudain, la porte d'entrée s'ouvrit sur Cliff. Il se dirigea tout droit vers nous pour nous saluer d'une poignée de main chaleureuse.

— Alors, que pensez-vous de l'appartement ? demanda-t-il d'un ton joyeux.

— Il est absolument fantastique ! m'exclamai-je avec enthousiasme. Qui est le designer qui a réalisé l'architecture intérieure ?

— Thomas Dalgaard.

Je frappai dans mes mains.

— J'en étais sûre ! Je l'ai dit à Tyler ! dis-je en me tournant vers celui-ci avec un air victorieux.

Tyler me sourit, de ce sourire qui me chamboulait jusqu'aux tréfonds de mon être. Je détournai précipitamment les yeux pour ne pas me noyer, une fois encore, dans ses pupilles qui m'attiraient irrémédiablement. Je remarquai que Cliff nous observait à tour de rôle. Embarrassée, je m'éloignai de Tyler.

— Cet appartement était le cadeau de mariage que je réservais pour ma fille et Tyler mais ce dernier refuse catégoriquement de quitter son New Jersey alors je le prêterai à mes amis ainsi qu'à Sydney. Cela lui évitera de dépenser des sommes folles au « Four Seasons » lors de ses fréquents séjours ici.

Je songeai, avec un pincement au cœur, que j'aurais préféré que Tyler refuse pour un autre motif que celui de rester dans le New Jersey. Je chassai aussitôt cette idée pour me concentrer sur cet appartement qui serait destiné à accueillir Sydney. Dans ce cas là, des murs noirs et rouge sang avec des têtes de mort un peu partout et du mobilier décrépi feraient largement l'affaire.

Mes délires décoratifs furent stoppés par la voix de Cliff.

— Je peux te parler une minute, Tyler ?

Ce dernier hocha la tête et le suivit. Les deux hommes se mirent à l'écart pour deviser à voix basse. J'en conclus que cette conversation devait porter sur le mariage et une nausée me souleva l'estomac. Décidément, je ne parviendrais jamais à oublier Tyler et les rêves insensés qu'il avait générés durant mon adolescence. J'avais cru avoir vaincu cet amour lors de mes années à Londres mais je m'étais voilée la face. Jamais Tyler n'avait réellement quitté mon esprit, ni mon cœur... Voilà la raison pour laquelle aucun garçon n'avait trouvé grâce à mes yeux, pas même Pete qui, pourtant, avait tout de l'homme idéal. J'étais l'unique responsable de l'échec de notre histoire mais on ne pouvait pas se forcer à aimer quelqu'un, aussi irréprochable soit-il.

Je m'éloignai de Cliff et de Tyler dont les messes basses me portaient sur les nerfs. Silencieusement, je gagnai une chambre à coucher pour l'examiner d'un œil critique. Je fis lentement le tour de la pièce. D'un côté, je voyais déjà un épais tapis gris sur lequel trônerait un lit moderne aux dimensions colossales avec une superbe tête de lit baroque en tissu et, au pied, un banc de lit capitonné. De l'autre côté, j'imaginais un coin salon composé d'une table basse carrée, dont le piètement serait en travertin persan ivoire et le plateau en verre trempé, de deux canapés design extra-larges ainsi que d'une chauffeuse longue capitonnée, assortie au banc de lit. Le mobilier contemporain, original et élégant se déclinerait dans les teintes beige et gris clair. Après avoir tout consigné dans mon carnet, je m'avançai vers les vastes fenêtres, le regard fixé sur l'horizon. Je demeurai immobile un long moment et ne repris conscience que lorsque j'entendis des pas derrière moi. Je me retournai pour faire face aux deux hommes qui s'avançaient dans ma direction.

— Alors, vous avez des idées ? s'enquit Cliff.

— Une tonne. Quel est votre budget ?

— Illimité.

J'écarquillai les yeux.

— Des préférences peut-être, notamment au niveau du mobilier, des couleurs, des matières ?

— Aucune, je vous laisse carte blanche.

— Bien, je vais étudier une nouvelle fois chaque pièce et on pourra y aller.

— Prenez tout le temps qu'il vous faudra. De toute façon, vous posséderez les clés afin que vous puissiez y venir quand bon vous semble.

Je repassai de pièces en pièces puis nous prîmes congé de Cliff.

Dans la voiture, je sortis mon téléphone. Toujours aucun appel de Solen ! Je lui avais téléphoné hier soir et ce matin, mais elle n'avait pas répondu. En désespoir de cause, je lui avais alors laissé un message pour qu'elle me rappelle. Et toujours rien ! Je commençais à m'inquiéter, aussi je composai à nouveau son numéro pour tomber directement sur le répondeur. Je remis mon smartphone dans mon sac en soupirant.

— Qui y'a-t-il ? demanda Tyler.

— Je ne parviens pas à joindre Solen. J'espère que tout va bien et que rien de grave ne leur est encore arrivé.

— C'est peut-être le décalage horaire…

— J'en doute. Actuellement, il est… dix-huit heures trente en Bretagne, dis-je en consultant ma montre. En plus, je lui ai laissé un message et ce n'est pas dans ses habitudes de ne pas me recontacter.

— Elle doit être occupée mais je suis certain que, si elle avait un souci, elle t'aurait déjà appelée.

— Tu as probablement raison, je m'inquiète pour rien. Où va-t-on ? questionnai-je en constatant que nous n'empruntions pas la route du retour.

— Déjeuner.

— Ok mais c'est moi qui t'invite.

— Non.

Je secouai la tête de dépit.

— Tyler, tu me prêtes une énorme somme d'argent et tu m'as déjà invitée au restaurant à Philadelphie alors j'aimerais beaucoup que tu me laisses te remercier en réglant le déjeuner.

Il sourit.

— La prochaine fois, c'est promis.

— Encore faudrait-il qu'il y ait une prochaine fois, ronchonnai-je en haussant les épaules.

— Fais-moi confiance, il y en aura une, répliqua-t-il d'une voix inébranlable.

Une fois de plus, je fus déstabilisée face à son ton affirmatif et ses propos incompréhensibles.

Tyler gara sa Chevrolet dans Greenwich Village et nous entrâmes au « Market Table », un restaurant dont le cadre élégant mais décontracté me plut instantanément. Un serveur nous attribua une table près de la grande baie vitrée, donnant sur la rue Carmine, avant de prendre notre commande.

— Tu n'as pas peur que Sydney nous surprenne en train de déjeuner tous les deux. A ce que j'ai cru comprendre, elle est souvent à New York.

— Premièrement, nous ne faisons que déjeuner ensemble ; deuxièmement, Sydney ne fréquente pas ce restaurant, pas assez chic pour elle ; troisièmement, elle se trouve à Los Angeles. Elle est partie se reposer chez sa mère.

Je décelai une pointe de sarcasme dans sa voix.

— La femme de Cliff vit à Los Angeles ? questionnai-je, étonnée.

— Ex-femme, corrigea Tyler. Ils sont divorcés depuis six ans. Gillian s'est remariée avec l'un des dirigeants d'une importante société de production cinématographique.

Le serveur apporta nos entrées. Je mangeai de bon appétit. Les mets étaient succulents et je n'avais rien avalé depuis vingt-quatre heures, trop contrariée par l'altercation que j'avais eue avec mon père. Pendant le repas, nous bavardâmes allègrement, comparant nos goûts artistiques et culinaires, échangeant nos opinions sur des sujets d'actualité, plaisantant de tout. Peu à peu, une grande complicité s'instaurait entre nous.

Deux heures plus tard, nous quittâmes le restaurant, repus et d'excellente humeur.

— Si on jouait les touristes ! lança Tyler.

Je le scrutai avec effarement.

— Tu es sérieux ?

— Complètement. Puisqu'on est là, autant en profiter ! Alors, que visitent les touristes à New York ?

— L'Empire State Building !

— La statue de la Liberté !

— Times Square ! renchéris-je avec enthousiasme.

— Ground Zero !

— Rockfeller Center ! Non, Central Park ! m'exclamai-je, fière de ma trouvaille qui n'avait pourtant rien d'exceptionnelle.

Tyler fronça les sourcils.

— Eh bien, nous n'aurons jamais le temps de faire tout ça. Il faut choisir.

— Pas Ground Zero, c'est trop triste, dis-je en repensant aux attentats du onze septembre.

— Evitons également la statue de la Liberté. A cette heure-ci, c'est la cohue.

— Je vote pour une balade à Central Park.

— Ok, mais auparavant, envolons-nous au septième ciel !

Je le fixai, déroutée.

— Ben… l'Empire State Building, précisa Tyler que ma mine déconfite amusa profondément.

Nous passâmes un après-midi fantastique, rempli de rires et de joies. Après avoir observé la ville depuis le 102ème étage de l'Empire State Building, nous bûmes un café au « Starbucks » avant de nous promener dans les allées de Central Park, admirant la fontaine Bethesda, visitant le zoo, flânant le long du lac. Encore un fait inhabituel, au cours de cette balade, nous nous prîmes mutuellement en photo, notamment devant la superbe sculpture en bronze « Alice au pays des merveilles » et sur le célèbre pont en fonte « Bow Bridge ».

Sur le trajet du retour, je demeurai particulièrement silencieuse, triste que ces merveilleux instants touchent à leur fin. En compensation, il me resterait des souvenirs, des souvenirs précieux, indélébiles, que je chérirais longtemps. D'un geste machinal, je fis défiler sur mon écran de téléphone les quelques photos de Tyler et mes yeux s'embuèrent. Dieu, que cet homme était irrésistible ! Et il appartenait à une autre…

Je tournai la tête vers la vitre pour m'essuyer les yeux discrètement avant qu'une larme ne se détache et n'engendre des questions trop embarrassantes. Mais c'était sans compter sur la perspicacité de Tyler.

— Ca ne va pas ? demanda-t-il en tournant vers moi un visage soucieux.

— Si, mentis-je avec assurance. Je n'ai toujours pas de nouvelles de Solen et je commence sérieusement à stresser.

— Je suis prêt à parier que tu auras de ses nouvelles très bientôt.

— J'espère…, soupirai-je.

Quelques instants plus tard, je me rendis compte que Tyler prenait la direction de la demeure de mes parents.

— Je ne rentre pas chez Jerry, Tyler. J'ai réservé une chambre à l'hôtel Clarion.

— Je sais mais je dois d'abord récupérer quelque chose chez ton père. Je t'emmène à l'hôtel juste après.

J'aurais préféré « juste avant » mais je ne protestai pas, Tyler était déjà bien gentil de me conduire jusqu'à l'hôtel.

Dès qu'il s'arrêta dans la cour, je déclarai d'un ton ferme :

— Je t'attends dans la voiture.

— Accompagne-moi, Amy souhaiterait te parler quelques minutes.

Je levai un sourcil interrogateur.

— Mais elle ne m'a pas contactée ! Comment sais-tu qu'elle veut me parler ?

— Cesse de poser des questions, Callie ! Viens ! dit Tyler en sortant de la voiture.

A contrecœur, je le suivis.

— Si Amy s'imagine me faire changer d'avis, elle se trompe lourdement, marmonnai-je dans ma barbe en entrant dans le hall où tout était calme et silencieux.

Tyler darda sur moi un regard pétillant d'humour.

— Je ne te savais pas si bougonne.

— Il y a des tas de choses sur moi que tu ignores, Tyler Braxton, précisai-je avec sérieux.

— Hum…, il me tarde de les découvrir, répliqua-t-il d'une voix douce en ouvrant la porte du salon.

En temps normal, je me serais interrogée sur le sens de ses paroles mais là, je restai pétrifiée en reconnaissant toutes les personnes réunies dans la pièce. J'ouvris la bouche mais aucun son ne parvint à franchir mes lèvres. Muette de surprise, je contemplai tour à tour Solen, Erwan, Soizic, Gregor, mon père et Amy, tous rassemblés au salon.

Devant mon silence interminable, ce fut Solen qui réagit la première. Elle courut vers moi pour me serrer dans ses bras.

— Alors, tu as perdu ta langue ? demanda-t-elle d'un ton facétieux en reculant de quelques pas.

Totalement désemparée, je bredouillai la première chose qui me traversa l'esprit.

— Tu as coupé tes cheveux, répondis-je, toujours sous le choc de ces apparitions inopinées.

Solen éclata de rire.

— C'est tout ce que tu trouves à dire ? Mes cheveux étaient crépus et totalement indisciplinables, il fallait bien trouver une solution. Alors, le ciseau s'est imposé à moi.

Je retrouvai enfin toute ma vivacité et s'ensuivit une avalanche de questions.

— Mais… comment ? Comment êtes-vous arrivés ici ? Pourquoi tu ne m'as pas prévenue ? Depuis quand aviez-vous prévu ce voyage ? Et pourquoi tu n'as pas répondu à mes appels ?

— Hey ! On ne m'embrasse pas ! s'écria soudain Erwan en se plantant devant moi.

Je regardai un bref instant le jeune homme aux cheveux noirs, au teint hâlé et au sourire affectueux avant de lui sauter au cou.

— Je suis heureuse de te revoir, Erwan.

— *Moi aussi Calli-nette*, rétorqua-t-il en français et en m'ébouriffant les cheveux.

Je lui décochai un regard faussement réprobateur.

— *Cesse de m'appeler comme ça ! Tu sais que ce surnom ridicule m'énerve.*

Erwan rit.

— C'est pour ça que je l'utilise !

Je levai les yeux au ciel puis me dirigeai vers Gregor et Soizic qui me serrèrent dans leurs bras avec effusion.

— *Vous m'avez manqué*, soufflai-je, profondément émue de les revoir.

Je m'exprimai dans leur langue. Si Solen et Erwan parlaient couramment anglais, ce n'était pas le cas de leurs parents.

— *Tu nous as manqué aussi. Depuis des années, tu fais partie intégrante de notre famille. Ces derniers temps, nous avions l'impression de ne pas être au complet. Il nous manquait quelqu'un d'essentiel, une personne joyeuse, vive, souriante, qui apportait à notre quotidien de la gaieté, de la bonne humeur et un optimisme à toute épreuve. Nous sommes heureux de te retrouver Callie,* prononça Soizic d'une voix nouée par l'émotion.

Ces paroles remplies de sincérité et de gentillesse me touchèrent. Des larmes troublèrent ma vue.

Je me tournai ensuite vers mon père, ne sachant quelle attitude adopter. Avant que je ne puisse prononcer un seul mot, Jerry dégaina :

— Je pourrais sans hésiter m'agenouiller pour te demander pardon ou te saouler des heures durant avec mes regrets et mes excuses mais cela n'effacerait en rien mon comportement outrancier, vindicatif et étriqué. Alors, aux blablas de politicien que je maîtrise à la perfection, j'ai préféré des actes forts et concrets. Je sais que rien ne pouvait te faire plus plaisir que de retrouver et d'aider tes amis, ou plutôt devrais-je dire ta deuxième famille. J'ai donc affrété un jet privé pour la Bretagne afin de les ramener dans le New Jersey au plus vite, même si j'avoue que j'ai triché un peu pour qu'ils acceptent cette invitation soudaine.

— Quelle excuse as-tu inventée ? questionnai-je, curieuse et intriguée.

Jerry esquissa un petit sourire contrit.

— Que tu avais des problèmes de santé et que tu avais besoin d'eux à ton chevet, mais, dans l'avion, je les ai vite rassurés en leur expliquant de quoi il retournait exactement.

— Au moment où ils ne pouvaient plus reculer…

Mon père eut ce fameux haussement d'épaule qui signifiait « à la guerre comme à la guerre ».

Solen vint se placer à mes côtés.

— Ton père est très persuasif.

— Et obstiné, renchéris-je en avançant vers Jerry.

Je m'arrêtai juste devant lui.

— Merci. Je sais combien il est difficile de reconnaître ses torts, en particulier pour un homme politique de ton gabarit. Mais ce que tu viens de faire est le plus cadeau que tu pouvais m'offrir et, s'il est vrai que je considère Gregor et Soizic comme une seconde famille, je ne changerais de parents pour rien au monde. Je t'aime papa, avec tes qualités et tes défauts, avec ta sale manie de tout régenter et malgré le masque impassible que tu revêts chaque jour.

Avec une joie indescriptible, je m'aperçus que je venais de fissurer la carapace de l'impitoyable Jerry McBride. J'entrevis enfin le vrai visage de mon père, un sourire franc, un regard étincelant de tendresse, des traits altérés par une émotion sincère et profonde. Sans crier gare, il me tira vers lui et me serra dans ses bras à m'étouffer.

— Je ne mettrai plus jamais ta parole en doute Callie, plus jamais, promit-il en me relâchant.

— Compte sur moi pour te le rappeler ! lançai-je avec un clin d'œil.

— Je te fais confiance, ma fille. Maintenant, passons à table, Antonia nous a préparé un véritable festin grâce à ton livre de recettes.

Nous nous dirigeâmes tous ensemble vers la salle à manger. Je m'arrangeai pour glisser un mot à Tyler.

— Tu étais dans la confidence ? demandai-je.

— J'ai bien peur que oui.

— Alors, c'est pour ça que tu as voulu jouer les touristes à New York ?

Il se pencha vers moi.

— En partie seulement, Callie.

— Ce qui veut dire ? questionnai-je en plissant les yeux.

— Je te dirai tout très bientôt.

Je fronçai les sourcils. Ses sous-entendus commençaient sérieusement à m'agacer.

— Cesseras-tu un jour de parler par énigmes ?

— Un jour…

Je soupirai en rejoignant Solen.

— Maman n'est pas là ? m'enquis-je en constatant l'absence de Celia.

— Elle participe à un gala de charité à Camden, m'informa mon père.

Je m'installai entre Amy et Solen et Tyler prit place face à moi. Lors du repas, j'appris que mon père avait contacté une de ses connaissances qui avait trouvé un emploi de luthier pour Erwan dans une grande boutique de Newark. Quant à Gregor, un poste de marin-pêcheur était à sa disposition dans l'entreprise de pêche de Cliff Carlisle à Cape May.

Mais la nouvelle qui m'époustoufla le plus, c'était que mon père leur avait acheté une voiture et leur attribuait la petite maison, située à proximité de la pêcherie, dont il était propriétaire et qu'il ne louait plus depuis plusieurs mois.

Je n'en revenais pas ! Jerry n'avait jamais été pingre mais dépenser autant d'argent pour des inconnus me laissait totalement baba.

Si Erwan accepta d'emblée le poste de luthier, Gregor demanda un délai de réflexion avant de donner sa réponse définitive. Breton d'origine, il hésitait à quitter sa terre natale et à s'installer dans un pays dont il ne parlait pas la langue.

— Si vous voulez faire venir des membres de votre entourage, il n'y a aucun problème, assura Jerry.

Comme depuis le début du repas, Solen traduisit la proposition à son père puis donna sa réponse à Jerry.

— La seule famille qu'il nous reste est notre tante et Gwendolyn ne partira jamais de Carantec mais c'est gentil à vous.

Tandis que je dégustais mon dessert, Solen s'inclina légèrement vers moi.

— *Je comprends mieux pourquoi tu n'as jamais succombé à aucun garçon en quatre ans. Je dois avouer que ce mec est craquant et ces yeux, je n'en ai jamais vu d'aussi beaux de toute ma vie*, chuchota-t-elle à mon oreille.

J'arrêtai net de mâcher ma tarte aux pommes et la fixai avec incrédulité.

— *Qu'est-ce que tu radotes ?*

— *Inutile de faire l'innocente avec moi ! Tu es carrément subjuguée par l'homme en face de toi. Ca se voit comme le nez au milieu de la figure !*

Je jugeai plus prudent de me taire et me remis à manger. Pourtant, je ne pouvais pas m'abstenir de jeter de brefs coups d'œil à Tyler, en pleine conversation avec Erwan. Les deux hommes avaient l'air de s'entendre parfaitement.

— *Je suis certaine qu'il fait l'amour comme un dieu*, murmura Solen.

A ces paroles, je tressaillis et ne parvins pas à détacher mon regard de l'homme assis de l'autre côté de la table. Malgré moi, je me noyai dans des images érotiques que Solen, par ses propos, avaient fait naître dans mon esprit.

Soudain, je m'aperçus que Tyler m'observait également avec insistance. Gênée d'avoir été surprise en flagrant délit de contemplation béate, je plongeai le nez dans mon assiette, pour le relever quelques secondes plus tard. Constatant que le regard de Tyler était toujours braqué sur moi, je rebaissai la tête illico et n'osai plus la redresser avant d'avoir terminé ma part de tarte.

Après le repas, Gregor et Soizic gagnèrent leur chambre rapidement, fatigués par cette longue journée et tous ces évènements. Erwan, lui, alla chercher sa guitare, dont il ne se séparait jamais (je le soupçonnais même de dormir avec…) pour nous jouer quelques morceaux. Nous l'écoutâmes en sirotant un digestif. Ma sœur se pencha soudain à mon oreille.

— Il ne ressemble pas à un breton, dit-elle, les yeux rivés sur Erwan qui grattait sur sa guitare avec agilité et enthousiasme.

Je lui décochai un regard amusé.

— Tous les bretons ne portent pas un ciré jaune, une marinière et des bottes en caoutchouc, ironisai-je.

— C'est malin, grogna Amy en reportant son attention sur le musicien.

Erwan la regarda à ce moment-là et la gratifia d'un sourire radieux. Je vis Amy piquer un fard en se trémoussant sur sa chaise. Tiens donc ! Ma sœur était sensible au charme d'Erwan ! Intéressant.

Après une dizaine de morceaux, Erwan et Solen se retirèrent et Tyler prit congé. Je me lançai à sa poursuite et le rattrapai juste avant qu'il ne monte dans sa voiture.

— Tyler, attends !

Il fit volte-face et me considéra avec étonnement.

— J'ai oublié quelque chose ?

— Non. Je voulais te remercier pour tout ce que tu as fait, pour m'avoir défendue contre mon père, pour m'avoir prêté l'argent, pour ce magnifique après-midi. Merci, d'être mon… ami.

Je trébuchai sur le dernier mot car ce n'était effectivement pas de cette façon que j'avais imaginé ma relation avec lui.

Tyler s'avança d'un pas, pressa ses lèvres sur mon front et y déposa un doux baiser.

— Nous sommes bien plus que des amis, Callie, murmura-t-il avant de se glisser dans la Chevrolet.

Il démarra et je restai immobile à regarder les feux arrières du véhicule se fondre progressivement dans la nuit noire. Dans mon cerveau régnait la plus grande confusion. Que signifiait « bien plus que des amis » ?

D'un seul coup, les paroles de Sydney me revinrent en mémoire, « *tu es en quelque sorte sa petite sœur* ». Je fus sur le point de fondre en larmes. Ainsi, elle avait raison sur toute la ligne. Tandis que j'agonisais d'amour pour Tyler, lui ne voyait en moi qu'un membre de sa famille. Encore une fois, mon imagination débordante s'était emballée.

Je poussai un cri de rage et rejoignis ma chambre d'un pas vif.

CHAPITRE 12

Je me réveillai de fort méchante humeur. J'avais passé la majeure partie de ma nuit à ruminer mon horrible découverte. Tyler n'était pas mon frère, et, par voie de conséquence logique, je n'étais pas sa sœur. J'allais devoir bientôt mettre les choses au clair parce que cela m'agaçait que tous mes proches s'évertuent à remplacer Darrell par Tyler.

Après une douche rapide, je fonçai à la salle à manger où toute la famille Kerhoas, Amy et ma mère prenaient le petit déjeuner.

La mine sombre, je les saluai et m'installai. Je sentais peser le regard de Solen et d'Amy sur moi. Je leur apportai une explication avant qu'elles se mettent à me bombarder de questions.

— J'ai des insomnies.

— Depuis quand ? demanda Solen.

« *Depuis que l'homme que j'aime me prend pour sa sœur* », songeai-je.

— Peu de temps mais ça va passer, mentionnai-je d'une voix rassurante. Alors que voulez-vous faire aujourd'hui ?

— Amy m'emmène à Newark, répondit Erwan. Je dois rencontrer le patron de « Murray's », il souhaite

265

que je commence le plus tôt possible. Ensuite, nous allons visiter quelques studios dans le coin.

— Mes parents vont à Cape May. Ils ont rendez-vous avec monsieur Carlisle à la pêcherie. Comme ils ne parlent pas très bien anglais, je vais les accompagner. Si tu veux, tu peux venir avec nous ? dit Solen.

— Non merci, je crois que, de mon côté, je vais me rendre à Atlantic City afin de signer les papiers pour le local et l'appartement. Avez-vous un véhicule ?

— Stanley nous conduit jusqu'au garage où la voiture que ton père a achetée nous attend.

Je hochai la tête et picorai quelques miettes d'un brownie en broyant du noir. Pourtant, je devrais être contente. Dans quelques heures, je serai l'heureuse propriétaire d'un appartement ainsi que d'un petit local que je pourrai commencer à agencer, j'avais déjà trouvé du travail avec l'appartement de Cliff Carlisle et Solen était là avec toute sa famille. Je devrais sauter de joie plutôt que de me morfondre dans des pensées moroses. Même si je me savais amoureuse de Tyler depuis des années, je réalisais seulement qu'il était intimement lié à mon bonheur. Cet homme était tout pour moi… Tant qu'il ne partagerait pas mes sentiments, je ressentirais cette sensation douloureuse qu'il me manquait quelque chose d'essentiel, de viscéral, de vital ; un vide immense que lui seul savait combler par sa simple présence.

Je quittai la table pour me diriger au salon. Derrière la fenêtre, je regardais distraitement les feuilles tourbillonner dans les airs sous l'effet du vent quand une main se posa sur mon épaule.

— Tu es certaine de ne pas vouloir venir avec nous ? dit Solen d'un ton insistant.

Je me retournai.

— Certaine. Je suis pressée de récupérer les clés de notre future agence et de me mettre au travail.

— Je suppose que ta grise mine a tout à voir avec un dénommé Tyler ?

Je lui adressai un sourire crispé.

— Tu supposes bien.

— Qu'est-ce qu'il a fait ?

Je haussai les épaules.

— Tout… Rien… C'est ma faute. Je ne suis qu'une pauvre idiote ! Je m'entête à croire que tout est encore possible entre lui et moi, et quand la réalité me rattrape, ça fait un mal de chien. Avant, Tyler me détestait puis quand il s'est aperçu qu'il s'était trompé sur mon compte, il est devenu gentil, protecteur et serviable. Bref, j'ai repris espoir alors que je n'aurais pas dû. Parfois, sa façon de me regarder était tellement troublante que je me suis emballée mais là encore, je me suis bercée de douces illusions. La vérité, c'est que je veux tellement qu'il m'aime que je me raccroche à n'importe quoi, un sourire, un regard, un mot tendre, un geste inhabituel…

Je terminai ma phrase dans un sanglot avant d'écraser rageusement les larmes qui perlaient au coin de mes paupières.

— Au lieu de tergiverser et de te faire souffrir ainsi, vas-y franco. Avoue-lui ton amour une bonne fois pour toutes.

— Je n'ai pas l'intention de subir une deuxième humiliation, énonçai-je d'un ton amer.

267

— La première fois, d'après ce que tu m'as rapporté, tu ne lui as pas vraiment fait part de tes sentiments.

— Qu'est-ce que ça change ?

— Beaucoup de choses ! Il y a une sacrée différence entre inviter un homme à dîner et lui déclarer sa flamme.

— Et s'il me rejette ! m'écriai-je horrifiée.

— Et s'il ne te rejette pas ! répliqua Solen du tac au tac.

— Je vais y réfléchir, grommelai-je.

— Cesse de réfléchir, jette-toi à l'eau !

Solen m'embrassa sur la joue avant de quitter la pièce. Je restai encore quelques instants au salon puis décidai de regagner ma chambre.

Dans le hall, je croisai Tyler qui arrivait, la mine grave. Dès qu'il me vit, son visage s'éclaira.

— Salut Callie !

Je m'immobilisai aussitôt, fascinée par cet homme au sex-appeal affolant. Tandis qu'il se dirigeait vers moi, mon cœur s'accéléra dans ma poitrine.

— Salut Tyler, je vais à Atlantic City pour signer les papiers de l'appartement. Tu viens ? demandai-je d'un air le plus enjoué possible.

Il m'adressa un sourire contrit.

— Tu es de nouveau libre, Callie. Jerry m'a définitivement relevé de mes fonctions de chaperon.

Je me rendis compte que, pas un instant, je n'avais songé à ça… Je ne passerais donc plus autant de temps avec lui. A cette perspective, mon moral s'affaissa encore davantage.

— D'accord, murmurai-je en tournant les talons.

— Mais je serais enchanté de t'accompagner, si tu en as envie évidemment.

Je fis volte-face.

— J'en ai envie, décrétai-je d'un ton catégorique.

— En revanche, je ne peux pas partir tout de suite. Je dois rencontrer Jerry, nous avons un problème épineux à régler.

— Aucun souci, fais-moi signe quand tu seras prêt, répondis-je en m'élançant dans l'escalier.

Toute la matinée, je réfléchis au meilleur moyen d'avouer mes sentiments à Tyler, sans réellement aboutir à une solution satisfaisante.

Sur le coup de midi, je déjeunai à la cuisine d'une salade composée en devisant avec Antonia. Je pris ensuite ma liseuse et m'installai sur le canapé en attendant Tyler qui n'avait toujours pas reparu. Au bout de quelques lignes, ma mauvaise nuit et la digestion aidant, je glissai dans le sommeil.

Ce fut une main sur ma joue et une voix douce qui me réveilla. Je clignai des paupières plusieurs fois avant de distinguer Tyler, accroupi devant moi.

— Je ne savais pas si je devais te laisser dormir ou pas, murmura-t-il.

— Tu as bien fait de me réveiller, répondis-je en me redressant.

— Je suis disponible, si tu veux toujours que l'on aille à Atlantic City.

J'acquiesçai.

— Je vais chercher mon blouson et mon sac. Je reviens.

Je fonçai jusqu'à ma chambre où j'enfilai mon caban et empoignai mon sac à main. Cinq minutes plus tard, je rejoignais Tyler qui patientait dans le hall, le téléphone à l'oreille.

Nous prîmes la direction d'Atlantic City. Tout le long du trajet, Tyler fut pendu au téléphone avec un certain Brandon. A son intonation et à ses paroles, je compris que quelque chose d'extrêmement grave s'était produit au sein du Cabinet de mon père. Tyler ordonnait à son interlocuteur de tout fouiller de fond en comble, les téléphones professionnels et personnels, les ordinateurs, les bureaux, même les poches des vêtements de tous les membres composant l'administration de Jerry. Il leur fallait découvrir qui était à l'origine du blocage du pont Georges Washington reliant la ville de Fort Lee à Manhattan. Quelqu'un avait forcément donné cet ordre et ce n'était pas Jerry McBride. Même s'il ne s'entendait guère avec le maire démocrate de Fort Lee, il ne se serait jamais abaissé à un tel acte.

Arrivés devant l'agence, Tyler raccrocha.

— Désolé, je n'avais pas le choix, grimaça-t-il en désignant son téléphone.

— Ne t'excuse pas, c'est déjà gentil à toi de m'accompagner.

Nous entrâmes dans l'agence. En quarante minutes, tout fut réglé.

— J'aurais volontiers marché un peu au bord de l'eau mais je suis obligé de rentrer à Princeton. Jerry m'attend, dit Tyler en mettant le contact.

— Je comprends. Ce qui se passe est grave ?

— Oui.

— Est-ce que cela peut avoir un impact sur le résultat des élections ?

— Un scandale n'est jamais bon et les journaux vont s'en donner...

La sonnerie de son téléphone retentit. Il décrocha en soupirant puis reprit sa conversation avec ce Brandon qui avait apparemment déniché des informations, vu l'exclamation tonitruante de Tyler qui se répercuta dans l'habitacle.

Soudain, la petite musique m'indiqua l'arrivée d'un sms sur mon smartphone. Je lus le message qui provenait d'Amy :

« *Erwan et moi sommes toujours à Newark. Nous dînons au resto et rentrerons assez tard. A plus, bisous* ».

Je souris. Décidément, Amy ne perdait pas de temps…

— Pourquoi cet air joyeux ? s'enquit Tyler qui raccrochait.

— Amy m'informe qu'elle dîne au resto avec Erwan. Je crois qu'elle est sous le charme.

— Il faut reconnaître que c'est un garçon plutôt séduisant, et sympathique de surcroît. Il ne t'a jamais attirée ?

— Les sentiments que j'éprouve à son égard sont les mêmes que ceux que tu ressens pour moi.

Tyler me fixa avec un regard mi-abasourdi, mi-furieux.

— Précise…, lâcha-t-il en fronçant les sourcils.

— Eh bien, Sydney m'a dit que tu me considérais comme une petite sœur.

— Ma petite sœur ! s'étrangla-t-il en pilant brusquement.

Dans un réflexe de panique, je me cramponnai à l'accoudoir. Estomaquée, je l'observai tout en me demandant ce que j'avais dit pour le mettre dans un tel état de rage. Tyler se gara sur le bas-côté et tira le frein à main d'un geste vif.

— Tu le fais exprès, Callie ? gronda-t-il en détachant sa ceinture de sécurité.

Sans crier gare, il déboucla également ma ceinture et m'attira brusquement à lui. Sa bouche s'abattit sur la mienne. Sous le choc, je me contentai de rester passive sans songer une seule seconde à répondre à ce baiser que j'avais pourtant tellement attendu. Je me trouvais dans un état second, l'esprit embrouillé, incapable de faire le moindre mouvement. Lorsque Tyler s'écarta, je tentai de remettre de l'ordre dans mon cerveau, en vain.

— Mais…, je…, tu…, balbutiai-je sans parvenir à aligner deux mots.

Les lèvres de Tyler se retroussèrent en un sourire tendre.

— Je pensais avoir mis les choses au point, mais peut-être manque-t-il encore une virgule, lâcha-t-il avant de m'embrasser à nouveau.

Cette fois, je participai activement. Ivre d'un désir trop longtemps refoulé, je lui rendis son baiser avec une fougue égale à la sienne. Nos langues entamèrent une danse frénétique, s'enroulant, se caressant, s'explorant avec une impatience mutuelle.

J'avais l'impression de rêver, Tyler m'embrassait. Ses baisers étaient encore plus excitants, plus sensuels, plus délicieux que ce que j'avais imaginé… Emportée dans un tourbillon de sensations grisantes, je gémis de plaisir contre sa bouche et enfouis mes doigts dans ses cheveux, comme j'avais si souvent voulu le faire.

Tyler émit un grognement appréciateur. Il m'enserra la nuque d'une main ferme pour approfondir davantage notre baiser. Sa langue s'enfonça plus profondément et ses lèvres dévorèrent les miennes avec une avidité insatiable. J'aurais aimé que ce moment de pure félicité dure éternellement mais, à bout de souffle, nous dûmes nous séparer.

— Ma sœur, dit Tyler en secouant la tête, j'aurai vraiment tout entendu.

Il prit mon visage en coupe et plongea ses magnifiques yeux verts au fond des miens.

— Je ne t'ai jamais mais alors jamais considérée comme *ma petite sœur*.

— Pourtant Sydney a dit que…

Tyler laissa échapper un rire sans joie.

— Sydney raconte n'importe quoi. C'est une écervelée égoïste et égocentrique qui ressemble trait pour trait à sa mère.

Suite à ses propos, une avalanche de questions se bouscula dans ma tête.

— Mais alors, pourquoi l'épouser ?

Tyler haussa les épaules avec fatalisme.

— Oh, elle ou une autre, ça m'était parfaitement égal. Si Jerry remporte les prochaines élections, il me nommera au poste de président du Conseil des Services Publics. Dans quatre ans, je suis censé me porter candidat à l'investiture républicaine pour succéder à ton père en tant que gouverneur du New Jersey. Pour être légitime et crédible aux yeux des électeurs, je dois être marié. C'est con mais c'est comme ça.

— Tu es donc prêt à t'unir à quelqu'un que tu n'aimes pas ? questionnai-je, interloquée.

— Etais prêt, rectifia-t-il. Il est désormais hors de question que j'épouse Sydney. Cela dit, un mariage sans amour était exactement le but recherché. J'avais besoin d'une femme qui sache se comporter en société, qui s'adapte sans difficulté au rôle d'épouse de politicien, qui soigne son image et qui ne soit pas effrayée par une vie un peu trop médiatique.

L'euphorie que j'avais ressentie quand il avait mentionné qu'il n'épouserait pas Sydney s'évanouit aussi sec. Ce portrait n'était effectivement pas le mien. La gorge nouée, je bredouillai :

— T'inquiète pas, je n'ai nullement l'intention de contrecarrer tes projets…

— Attends un peu Callie ! Toi, c'est différent. J'ai toujours eu de vrais sentiments à ton égard.

J'écarquillai des yeux incrédules face à ses révélations ô combien merveilleuses mais également exaspérantes.

— Tu ne peux pas t'imaginer à quel point je suis heureuse d'entendre ces mots, même si je te maudis de ne pas les avoir prononcés plus tôt. Tu te rends compte des années de souffrance que tu m'as fait endurer ?

Là, ce fut lui qui m'observa d'un air effaré.

— Je t'aime depuis que j'ai quinze ans, Tyler. Pendant trois ans, je me suis contentée de rêver de toi en secret et de t'espionner discrètement quand tu nageais ou quand tu t'installais sur la terrasse pour travailler sur ton ordinateur. Quand j'ai eu dix-huit ans, j'ai estimé qu'il était temps que je passe enfin à l'action alors j'ai tout fait pour te séduire. Malheureusement, mes tentatives se sont soldées par un échec, pire que ça, cela a même eu l'effet inverse. Tu as fini par me considérer comme une fille facile, une croqueuse d'hommes alors que j'étais... que je n'avais encore jamais eu la moindre relation sexuelle. Ce fameux jour où j'ai séché le lycée pour venir te retrouver dans le bureau de mon père, je comptais t'avouer mes sentiments mais, devant ton attitude hostile, je me suis dégonflée et j'ai opté pour une invitation à dîner. Invitation que tu as cruellement rejetée en me lançant au visage que tu ne dînerais jamais avec moi, que nous n'étions et ne serions jamais des amis et que tu haïssais les filles dans mon genre qui utilisaient leur corps comme une arme de séduction. C'est ce soir là, après avoir pleuré toutes les larmes de mon corps que j'ai pris la décision de fuir, de fuir loin de toi...

Tout au long de ma confession, je n'avais pas osé le regarder. Soudain, le téléphone de Tyler sonna. Il ne décrocha pas. Je levai alors les yeux vers lui. J'eus le souffle coupé par la lueur triste qui voilait son regard.

— Quel gâchis ! Je devais à tout prix t'éloigner de moi alors j'ai dit un tas de choses horribles sans les penser une seule seconde. Avant même ta majorité, tu m'attirais déjà follement Callie, tu m'attirais avec une telle force qu'il m'a été extrêmement difficile de résister. Seulement, je n'avais pas le droit de céder à ce désir qui me rongeait nuit et jour, à un tel point que les autres femmes étaient transparentes et que j'étais jaloux de tous ces ados boutonneux qui te tournaient autour.

Médusée par ces révélations, je gardai le silence. La sonnerie de son téléphone retentit à nouveau mais Tyler n'y prêta aucune attention. Il s'inclina vers moi.

— Je suis désolé, souffla-t-il.

Son baiser fut d'une tendresse infinie. Il butina d'abord mes lèvres avec une lenteur délibérée puis sa langue s'insinua dans ma bouche pour se livrer à une exploration des plus approfondies, caressant mon palais, léchant mes dents, aspirant ma langue. Je n'avais jamais été embrassée ainsi, avec une telle douceur, une telle gourmandise, comme si ma bouche était un fruit délectable.

Le téléphone se remit à sonner, interrompant cet instant magique. Tyler jura et se détacha à regret.

— Je vais répondre sinon Jerry est capable de lancer un avis de recherche.

Dans un état léthargique, je l'entendis discuter avec mon père, lui assurant qu'il serait à Princeton d'ici une demi-heure. Sitôt qu'il eut raccroché, Tyler posa sa main sur la mienne. Ce simple geste de tendresse me remplit de joie. Nos doigts s'entrelacèrent et nous restâmes ainsi tout le restant du trajet, savourant en silence notre bonheur tout neuf. Pas besoin de paroles pour exprimer ce que nous ressentions l'un et l'autre, nos visages rayonnaient et nos doigts toujours entremêlés refusaient obstinément de se dessouder.

Lorsque Tyler s'arrêta devant la villa de Jerry, je retirai promptement ma main de la sienne. Je m'apprêtais à sortir de la voiture quand il m'agrippa par le coude.

— Callie !

Je me tournai vers lui. Il m'enveloppa d'un regard brûlant qui me fit frémir de la tête aux pieds.

— Je t'aime, murmura-t-il en se penchant pour s'emparer de mes lèvres.

Ce fut un baiser bref mais intense, comme s'il voulait en conserver le souvenir pendant les heures où nous serions séparés.

— Je t'aime aussi Tyler, répondis-je, troublée de nous entendre prononcer ces mots inespérés.

Nous échangeâmes un sourire avant de descendre du véhicule. A peine avions-nous franchi la porte d'entrée que mon père vint à notre rencontre, la mine préoccupée.

— Ah, vous voilà enfin ! Mais où étiez-vous donc passés ?

Tyler ouvrit la bouche mais Jerry ne lui laissa pas le temps de parler.

— Nous allons dîner rapidement, Bruce sera bientôt là. J'ai convoqué Weston dans une heure et il va vraiment falloir qu'il m'explique pourquoi il a demandé à Bob Lester de bloquer les voies du pont Georges Washington, sous un prétexte fallacieux et sans même prévenir Robert Hopkins. Je viens de m'entretenir avec lui au téléphone. Ce dernier menace de porter plainte car il est certain que c'est moi qui ai donné cet ordre stupide dans le but de me venger, vu qu'il ne m'a pas apporté son soutien pour ma campagne électorale. Sans compter que les journalistes se sont déjà saisis de l'affaire et harcèlent mon Cabinet au téléphone.

Weston Dickens était le chef de cabinet adjoint de Jerry et, à priori, le responsable de ce chaos.

— Je ne serais pas surpris que Clifford soit derrière tout ça, grogna Jerry en se dirigeant vers la salle à manger.

— Weston, de mèche avec Roy Clifford ? répliqua Tyler. Surprenant mais pas impossible.

Lorsque nous prîmes place autour de la table, Celia était déjà installée, sirotant un mojito.

— Où sont Gregor, Soizic et Solen ? demandai-je en constatant que la table était dressée pour quatre personnes.

— Ils sont encore à Cape May. Ils dînent avec Cliff puis reviendront ensuite, indiqua Jerry.

Antonia nous apporta l'entrée, une quiche au fromage. La conversation s'orienta évidemment sur le blocage du pont Georges Washington qui traverse l'Hudson, l'un des ponts les plus fréquentés au monde.

— Quels sont les impacts de cette obstruction imprévue ? s'enquit Tyler.

— Outre des embouteillages monstrueux, les bus scolaires et des ambulances sont restés coincés. Que les enfants soient arrivés très en retard à l'école est une chose mais une femme a accouché dans une ambulance et une dame de quatre-vingt-dix ans est décédée d'une crise cardiaque car les secours n'ont pas pu rejoindre l'hôpital à temps. Et c'est moi que l'on accuse de cette situation catastrophique ! Bon sang ! J'ai passé l'âge de me venger parce qu'un maire démocrate ne me soutient pas ! explosa mon père, rouge de colère.

— Brandon a trouvé des échanges de mails qui confirment l'implication de Weston et de Bob. Ces mails datent apparemment de plusieurs semaines. Ils avaient donc comploté ça depuis un bon moment, répondit Tyler.

Jerry poussa un long soupir.

— Ce scandale risque de me coûter cher, à commencer par mon second mandat au poste de gouverneur mais je te garantis que je ne me laisserai pas faire, il y a des têtes qui vont tomber.

— Rien n'est perdu Jerry. Une fois les coupables démasqués, preuves à l'appui, tu seras dégagé de toutes responsabilités. Dans un premier temps, tu dois absolument donner une conférence de presse afin d'exposer ta version des faits. De plus, si Clifford a un lien avec cette affaire, cela sera même particulièrement bénéfique pour toi. Brandon et ses hommes fouinent du côté de chez lui. S'il est mêlé à cette machination écœurante, ils le découvriront, j'ai confiance.

— Puisses-tu avoir raison. Sinon, comment va Sydney ?

Tyler me jeta un bref coup d'œil.

— Bien, je suppose. Elle est actuellement à Los Angeles chez sa mère, dit-il d'un ton morne.

Jerry, remarquant son manque d'entrain, fronça les sourcils.

— J'espère que vous ne vous êtes pas disputés et que tout va bien entre vous. Sydney fera une excellente épouse, distinguée, sociable, docile…

Alors que Tyler s'apprêtait à répondre, ma mère se leva brusquement, renversant sa chaise qui tomba sur le sol dans un vacarme assourdissant.

Nous sursautâmes et l'observâmes tous les trois d'un air sidéré.

— Docile ! s'écria-t-elle, l'une des qualités primordiales pour mon cher mari ! Une gentille petite femme bien sage qui obéit aveuglément à son époux, qui n'a pas voie au chapitre concernant les décisions importantes, qu'elles soient d'ordre familial ou professionnel, et surtout qui ferme sa bouche en toute circonstance !

— Calme-toi Celia ! gronda Jerry. Tu te donnes en spectacle.

— Je n'ai plus envie de me calmer Jerry car vois-tu si je m'étais montrée moins *docile* et si j'avais eu le cran de t'affronter, mon fils serait encore en vie ! hurla ma mère, des larmes plein les yeux.

Mon père se leva à son tour, les traits livides.

— Ca suffit maintenant !

— T'as raison, ça suffit, lâcha-t-elle avant de s'enfuir en pleurant.

Estomaquée, je la suivis des yeux avant de me tourner vers mon père qui s'employait à faire bonne figure. Que signifiait cette histoire ? Darrell avait fait une rupture d'anévrisme. Rien, ni personne n'aurait pu empêcher ça…

— Pourrais-tu éclairer ma lanterne ?

— Je n'ai rien à te dire. Celia délire, rétorqua sèchement Jerry.

Je le foudroyai du regard.

— Mais bien sûr ! Maman est folle, c'est bien connu ! lançai-je avec cynisme.

— Je ne suis pas d'humeur Callie. J'ai déjà bien assez de problèmes sans que ta mère et toi, vous en rajoutiez.

Je repoussai ma chaise et me levai.

— Je ne t'ennuierai plus. Puisque personne ne veut me donner des réponses, alors je les trouverai toute seule, décrétai-je d'un ton résolu.

Mon père passa une main lasse sur son front.

— Callie, je t'en conjure…

Sans lui laisser l'opportunité de terminer sa phrase, je quittai la pièce, fermement décidée à mener mon enquête.

Dans ma chambre, je ressassais les propos de ma mère « *mon fils serait encore en vie* ». Je n'y comprenais plus rien, je nageais dans la confusion la plus totale. Je pris mon ordinateur et décidai de faire quelques recherches sur la mort de mon frère.

Hélas, après plus de deux heures d'investigation et un début de migraine, je n'avais trouvé que quelques vieux articles de presse relatant le décès de Darrell McBride, dans lesquels la cause n'était même pas mentionnée. A l'époque, Jerry travaillait comme avocat dans l'un des plus prestigieux cabinets de Princeton et sa vie personnelle intéressait fort peu les médias. J'éteignis la lumière et restai allongée dans le noir en espérant que mon mal de tête se dissipe. Finalement, malgré moi, je sombrai dans le sommeil.

« C'était l'un de ces après-midis pluvieux comme le New Jersey en connaissait régulièrement au mois de

mars. Chacun vaquait à ses occupations. Jerry travaillait, Celia était à une réunion de l'une des nombreuses fondations dont elle était membre et Amy s'était confinée dans sa chambre avec ses copines. Quant à moi, je m'ennuyais ferme.

Antonia avait préparé des crêpes pour le goûter et je les avais mangées seule. Je remontais donc dans ma chambre, d'un pas traînant, avec pour objectif de faire mes exercices de mathématiques quand, passant devant la chambre de Darrell, je discernai des sons étranges, comme des gémissements étouffés. J'hésitai entre continuer mon chemin et ouvrir la porte. Finalement, la curiosité l'emporta. Je tournai la poignée et entrouvris la porte tout doucement. La chambre était plongée dans l'obscurité. Je fis quelques pas en direction des plaintes.

— Darrell ! appelai-je en m'immobilisant au milieu de la pièce.

Le silence se fit, une lampe s'alluma. Je vis alors mon frère, assis sur son lit, le visage ravagé par les larmes et la souffrance.

— Callie…, souffla-t-il en ébauchant un sourire qui ressemblait plus à une grimace.

Je m'avançai vers lui.

— Pourquoi tu pleures ? Quelqu'un t'a fait du mal ? demandai-je avec toute la naïveté de mes huit ans.

— Viens là, dit-il en me tendant les bras.

Je m'y blottis. Darrell me serra tout contre lui, la tête enfouie dans mes cheveux.

— Je veux que tu sois forte, Callie, beaucoup plus forte que moi. Promets-le-moi, chuchota-t-il.

— De quoi parles-tu ?

— Promets-le moi Callie, promets ! insista-t-il d'une voix désespérée.

— Promis.

Son étreinte se raffermit jusqu'à me couper le souffle. Puis, il m'écarta légèrement de lui pour me regarder droit dans les yeux.

— Souviens-toi que je t'aime petite sœur, murmura-t-il.

Soudain, les ténèbres nous enveloppèrent, la porte claqua et le lit se transforma en cercueil. »

— Darrell ! criai-je en me réveillant en sueur, le cœur battant, les joues ruisselantes de larmes.

Les jambes flageolantes, je me dirigeai vers la salle de bain, ôtai mes vêtements et pris une douche tout en étant obsédée par cette scène que j'avais rangée dans un coin de ma mémoire et qui m'était revenue d'un seul coup. Ce n'était pas qu'un rêve, c'était bel et bien la dernière fois que j'avais vu Darrell.

Le lendemain, en rentrant de l'école, une agitation inhabituelle régnait dans la maison. Des pleurs, des cris, des visages lugubres, tout le monde se trouvait dans un état de douleur et de tristesse. D'ailleurs, personne ne m'avait accordé la moindre attention. Il avait presque fallu que je fasse un caprice pour qu'enfin, mon père daigne m'informer que Darrell avait eu un grave problème de santé et qu'il était mort.

Je sortis de la douche et regagnai ma chambre, enveloppée dans une serviette de bain. En jetant un coup d'œil au réveil, je m'aperçus qu'il était trois heures du matin. Inutile de me recoucher, je savais que je ne me rendormirais pas. J'allais donc commencer mon enquête immédiatement.

J'avais fait une promesse à mon frère, celle d'être plus forte que lui. Mais de quoi parlait exactement Darrell ? Il fallait à tout prix que je découvre ce qui s'était passé.

J'enfilai un jean râpé, un pull et des bottines plates avant de quitter ma chambre sur la pointe des pieds. Lorsque je passai devant le bureau de mon père, un rai de lumière filtrait sous la porte et j'entendis des voix. Le problème devait être sacrément sérieux pour qu'ils soient encore en train de travailler à cette heure avancée de la nuit.

J'atteignis enfin la salle de détente, l'ancienne chambre de Darrell. Je refermai doucement la porte derrière moi puis appuyai sur l'interrupteur. Je m'étais toujours refusée d'entrer dans cette pièce, aussi scrutai-je attentivement les lieux, trois fauteuils suspendus, équipés de coussin ultra moelleux, placés devant la cheminée en marbre, un meuble bas en bois exotique sur lequel siégeait un énorme bouddha, des tables de jeux, damier, échiquier, backgammon, billard, quelques plantes vertes et une colossale fontaine d'intérieure.

Mon cœur se serra en constatant qu'il ne subsistait plus rien de Darrell. Que ce soit la couleur des murs ou le sol, tout avait été refait de A à Z. Loin de me laisser abattre, je me mis à fouiller la pièce.

Je regardai partout, soulevant même les cadres accrochés au mur au cas où un coffre-fort serait dissimulé derrière, comme dans les séries télévisées, mais au bout de trois quart d'heure, je dus me rendre à l'évidence, aucun objet ayant appartenu à Darrell ne se trouvait ici.

Je quittai donc la salle de détente, bredouille, puis me dirigeai vers la bibliothèque. Je soupirai en levant les yeux sur les immenses étagères en noyer garnies d'ouvrages en tous genres. Sans me décourager, j'inspectai les meubles, ouvris tous les tiroirs et me couchai par terre pour vérifier qu'aucune boîte n'était cachée sous les banquettes. Toujours rien…

Démoralisée, je me laissai tomber sur le magnifique canapé Chesterfield en velours gris et fermai les yeux quelques instants. Soudain, une idée se fraya dans mon esprit. Le grenier, voilà où il fallait que j'aille.

Je grimpai l'étroit escalier en bois puis poussai la porte qui grinça sur ses gonds. Je pénétrai dans le grenier où flottait une odeur rance. C'était un endroit poussiéreux mais extrêmement bien ordonné. Une foule de cartons étaient entreposés à même le sol avec, sur chacun, une étiquette en spécifiant le contenu. Je les examinai un à un, des vieux habits, des anciens bibelots, des décorations de Noël, des jeux de société.

Soudain, mon regard fut attiré par un coffre en métal chromé. Aucune étiquette n'était collée dessus. Je l'ouvris délicatement et en extirpai un album photo. Les mains tremblantes, je tournai la première page.

— Darrell, murmurai-je en caressant la photographie d'un petit garçon d'environ un an qui souriait à l'objectif.

Je m'assis en tailleur et feuilletai l'album avec un mélange de tristesse et de joie. Une multitude de photos de mon frère, de sa naissance jusqu'à sa mort, défilèrent sous mes yeux humides. Avant de fermer l'album, je m'emparai d'un cliché où Darrell était assis sur les marches du perron, en jean et chemise.

Je fouinai encore dans le coffre et en sortis plusieurs trophées de baseball ainsi que quelques papiers officiels tels que carte d'identité et permis de conduire. Après avoir longuement examiné ces objets, je rangeai le tout dans le coffre puis essuyai les larmes qui roulaient sur mes joues.

Je quittai le grenier, la photo de mon frère dans la main. Même si j'étais déçue de ne pas avoir trouvé d'indices concernant son décès, j'étais heureuse d'avoir enfin une photo de lui.

En repassant devant le bureau de mon père, je constatai qu'il n'y avait plus aucun bruit. Jerry devait probablement dormir et Tyler et Bruce avaient dû regagner leur domicile.

Ayant envie d'un café, je me dirigeai vers la cuisine. Alors que je débouchais dans le hall, des voix d'hommes en provenance du salon me parvinrent. Je m'avançai silencieusement et me figeai sur le seuil. Mon père, Bruce et Tyler étaient attablés devant une tasse de café et une assiette de biscuits.

Je glissai précipitamment la photo de Darrell dans la poche arrière de mon jean.

— Déjà debout ! s'exclama Jerry en levant un sourcil étonné.

Les trois hommes me scrutaient avec une certaine curiosité.

— Euh... Ouais..., j'ai plein de choses à faire aujourd'hui, bredouillai-je, quelque peu décontenancée par leurs regards insistants.

— Tu as déjà changé de voie professionnelle ? Tu te lances dans le ramonage des cheminées maintenant ! poursuivit mon père d'un ton railleur.

Tandis que je l'observais d'un air abasourdi, Tyler me fit un signe et passa son index sur sa joue tout en me fixant avec une expression amusée.

Je me postai alors devant le miroir pour m'apercevoir que j'avais des traces noires sur les joues. Après avoir crapahuté dans le grenier, j'avais en effet essuyé les larmes que j'avais versées avec mes mains poussiéreuses, d'où ces marques noires.

— Eh oui, ta fille aime se rouler dans la fange. Tout compte fait, j'aurais peut-être dû choisir la politique, dis-je d'un ton léger.

Mon petit commentaire amusa tout le monde, mon père y compris. Jerry m'adressa un sourire affectueux.

— Cesse de raconter des âneries et viens prendre un café avec nous.

— Je file me débarbouiller et je reviens.

Je gagnai la salle de bain où je me lavai les mains et le visage. Quand je réapparus au salon, une tasse de café m'attendait déjà.

— Alors Callie, dit Bruce. Pour qui vas-tu voter le cinq novembre ?

— Comme si tu ne le savais pas ! rétorquai-je en remuant mon café. Même si certaines idées démocrates ne sont pas dénuées de sens, je ne voterai jamais pour ce salopard de Clifford.

— A cause de sa fille ? s'enquit Bruce.

Je haussai les épaules.

— Bethany est une sale opportuniste qui se sert des gens pour que son père puisse atteindre son but, allant même jusqu'à coucher avec tous ceux susceptibles de lui apporter un soutien quelconque.

— C'est une fille très dévouée, ironisa Bruce.

— A ce niveau-là, ce n'est plus de la dévotion. J'appelle ça de la prostitution.

— Pourquoi ne m'as-tu pas dit tout de suite que c'était elle qui avait mis cette culotte dans ton sac ? demanda mon père.

— Il me semble t'avoir répété plus d'une fois que j'étais innocente mais tu as refusé de me croire. Et si j'avais eu le malheur de la dénoncer, une « gueguerre » allait forcément éclater entre toi et Clifford par médias interposés. En ce qui me concerne, moins mon nom est cité dans les journaux, mieux je me porte.

— Pourtant tu n'as pas une petite envie de te venger ? questionna Bruce en avalant un gâteau sec.

Je lui adressai un sourire espiègle.

— C'est déjà fait !

Mon père me considéra avec réprobation.

— Callie, qu'est-ce que tu as fait ?

— Rien de grave. Sa belle Aston Martin a juste terminé à la fourrière.

— Voilà qui justifie le comportement de Steve Clarkson à Trenton, intervint Tyler.

J'acquiesçai.

— Et Bethany n'a pas riposté, c'est étrange, rajouta-t-il avec étonnement.

— Je n'aime pas jouer à ça mais je n'avais guère le choix, expliquai-je en sortant mon smartphone de ma poche.

Je le posai sur la table et mis en route l'enregistrement sur lequel figurait la conversation que j'avais eue avec elle. Ils l'écoutèrent en silence. Je pris soin d'arrêter avant que Bethany n'embraye sur le mariage de Tyler avec Sydney.

— Bravo, tu m'épates ! lança Bruce avec un sifflement admiratif.

— Amy dit que je suis trop gentille et que je dois m'endurcir, elle a raison, soupirai-je. Et vous, comment ça se présente cette histoire de pont ?

— Weston a admis sa culpabilité et je l'ai renvoyé. Par contre, il a obstinément refusé de nous indiquer le nom de ses complices ni les raisons qui l'ont poussé à commettre cet acte inacceptable. Nous avons passé une grande partie de la nuit à rédiger un communiqué de presse et, dans environ quinze minutes, nous recevons Bob Lester, en espérant qu'il se montrera plus coopératif que Weston. Cette affaire sera ensuite entre les mains de la justice, déclara mon père.

— Aucune preuve que Clifford soit dans le coup ? demandai-je, intéressée.

— Quelques recherches sont encore en cours mais à priori, il n'a aucun lien avec ces agissements. Bon, on y retourne.

Ils se levèrent. Jerry et Bruce s'éloignèrent d'un pas vif mais Tyler prit son temps. En passant vers moi, il me caressa la joue. Cette marque de tendresse me chamboula et me rappela que mon rêve était devenu réalité. Tyler m'aimait.

Je me retournai pour le suivre des yeux. Avant de quitter la pièce, il m'enveloppa d'un regard passionné qui enflamma tous mes sens.

Je terminai mon café et sortis la photo de mon frère. J'étais en train de l'observer lorsque Solen fit irruption dans le salon.

— Tu es tombée du lit ! m'exclamai-je en retournant prestement la photo sur la table.

— Toi aussi apparemment, répondit Solen en prenant place à mes côtés. Toujours ces insomnies ?

Ignorant sa question, je lui présentai l'assiette de biscuits. Solen en piocha un pendant qu'Antonia lui servait un thé.

— Mes parents ont décidé de sauter le pas et d'accepter l'offre généreuse de Jerry.

— Génial ! applaudis-je, enchantée de cette décision. Néanmoins, je m'y attendais un peu.

— Vraiment ?

Je souris.

— J'imaginais mal Gregor et Soizic repartir en Bretagne en laissant leurs deux enfants ici. Erwan et toi êtes ce qu'ils ont de plus précieux.

— Ce n'est pas faux. Mes parents sont actuellement en train de se préparer car nous avons une tonne de paperasse à remplir. Je vais donc les aider dans les démarches administratives ces prochains jours.

— Tout ça est parfait. J'adore les histoires qui se terminent bien.

— Justement, à ce sujet, où en es-tu avec Tyler ?

Je n'eus pas besoin d'ouvrir la bouche. Le sourire béat qui s'afficha sur mon visage lui apporta sa réponse.

— Alors, ça y est ! Tu t'es enfin jetée à l'eau ! s'écria Solen d'un ton enthousiaste.

— En quelque sorte. C'est lui qui m'a d'abord embrassée. Les confessions sont venues ensuite.

— Eh bien, heureusement qu'il a pris les devants. Et son mariage ?

— Il ne va pas épouser Sydney mais, pour l'instant, nous restons discrets car il n'a pas encore rompu ses fiançailles.

— Je garderai votre secret.

— Je n'en doute pas.

Les yeux de Solen se posèrent sur la photo retournée.

— C'est quoi ?

Je lui donnai le cliché.

Solen le prit et l'examina sans rien dire. Au bout de quelques secondes, elle releva la tête.

— Qui est ce beau jeune homme ?

Cela faisait des années que Darrell était évincé de toutes les conversations et j'avais besoin qu'il retrouve sa place au sein de ma famille, et de mes amis.

— Mon frère, Darrell, énonçai-je de but en blanc.

Solen me regarda avec des yeux ronds. Elle ouvrit et referma la bouche plusieurs fois de suite avant qu'un son ne consente à franchir ses lèvres.

— Tu as un frère ? Tu as un frère et tu ne m'en as jamais parlé !

— C'est un peu compliqué, répondis-je prudemment.

— Compliqué ! répéta-t-elle. En quoi est-ce compliqué d'avoir un frère ? Qu'il soit en prison, enfermé dans un établissement psychiatrique ou parti à l'autre bout du monde, un frère reste un frère !

Je sentais que Solen était vexée que je lui aie caché l'existence de Darrell et je la comprenais. Il n'y avait rien de plus décevant qu'une personne, en qui vous avez toute confiance, vous dissimule une partie de sa vie.

— Darrell est mort.

La véhémence de Solen se mua aussitôt en tristesse.

— Oh merde…, je suis désolée Callie. Je…, comment est-ce arrivé ?

— Une rupture d'anévrisme, enfin à ce qu'il paraît.

Pour la seconde fois en l'espace de cinq minutes, elle me dévisagea comme si j'avais perdu la tête.

— A ce qu'il paraît ? Vous n'en êtes pas certain ?

J'entrepris alors de tout lui raconter sans rien omettre, sa chambre transformée en salle de détente moins d'une semaine après son décès, tous ses effets personnels disparus, son nom qu'il ne fallait jamais prononcer, les propos dérangeants de ma mère la veille, mon rêve et les paroles étranges de Darrell, le coffre dans le grenier.

Solen m'écouta sans m'interrompre. Lorsque j'eus fini, elle posa la question qui tournait en boucle dans mon esprit.

— Pour quelle raison tes parents auraient-ils menti ?

— Je n'en sais rien mais je suis fermement décidée à le découvrir.

— Comment vas-tu procéder ?

— Dans un premier temps, je vais contacter l'université de Princeton afin de retrouver des camarades de classe de Darrell. Quelqu'un pourra peut-être m'en apprendre davantage sur mon frère.

— Pourquoi n'en parlerais-tu pas à Tyler ?

— Il a de gros problèmes à régler en ce moment, des problèmes qui pourraient faire perdre les élections à mon père donc je vais me débrouiller seule dans l'immédiat. Si je n'obtiens aucun résultat, je le solliciterai.

— Le blocage du pont George Washington ?

— Eh oui…

— Cliff nous en a touché un mot hier soir. D'après lui, tout devrait s'arranger. Jerry a toujours su retomber sur ses pieds, sans compter qu'il a une équipe plutôt solide et efficace. En tout cas, si tu as besoin de mon aide, fais-moi signe.

— Merci Solen, je n'y manquerai pas. Bien entendu, tout ceci doit rester entre nous.

— Ca va de soi. Vous êtes décidément très secrets dans ta famille. Y-a-t-il autre chose que tu as omis de me dire ?

Je me dandinai, mal à l'aise, sur ma chaise. Je lui avais effectivement caché mon agression. Peut-être était-il temps que je me montre totalement honnête avec elle car, après tout, c'était ce que j'exigeais des autres, la sincérité et la franchise.

— Il y a quelques semaines, je suis allée voir Amy au théâtre puis nous avons terminé la soirée dans un club à Trenton. Là-bas, il y avait un homme, un type qui faisait partie de la troupe. Je voyais que je lui plaisais mais je n'ai rien fait qui lui laisse à penser que c'était réciproque. J'allais rentrer chez moi quand il a insisté pour me payer un verre. J'ai accepté et…

Ma phrase resta en suspens.

— Et…, reprit Solen avec anxiété.

— Je me suis réveillée plusieurs heures plus tard dans ma voiture, sans aucun souvenir. J'étais barbouillée, j'avais mal à la tête et j'étais totalement déboussolée. Finalement, je suis rentrée et me suis couchée. Dans la matinée, mon père a reçu une vidéo me montrant en train de faire l'amour avec ce mec. Il lui réclamait du fric sinon cette vidéo serait diffusée sur la toile.

— Putain ! Il t'a droguée, c'est ça ? cria Solen, hors d'elle.

Je mis mon doigt devant ma bouche.

— Chut, pas si fort. Du GHB dans mon jus de fruit.

— Tu as porté plainte, j'espère ! Ce type mérite la tôle Callie, et la castration par-dessus le marché ! Il t'a violée !

Ce mot me glaça d'effroi. Je ne le supportais vraiment pas.

— Je t'en prie Solen, n'utilise pas ce mot ! gémis-je en me bouchant les oreilles.

Solen prit mes mains dans les siennes.

— C'est pourtant le terme qui convient pour ce genre d'agression. Et cet enfoiré doit payer pour ce qu'il a fait et aussi pour ne pas le refaire à d'autres.

— Je n'ai pas porté plainte Solen et je ne le ferai pas. Je suis la fille du gouverneur. Pour une jeune femme lambda, cette histoire ne susciterait que quelques lignes dans un journal local mais pour ma part, je me retrouverais sous les feux des projecteurs avec des gros titres en première page pendant des jours et des jours. Je ne peux pas endurer ça. Je ne veux pas que tout l'Etat du New Jersey sache ce qui m'est arrivé.

— Donc il ne sera jamais puni, déclara Solen d'un air mi-compréhensif, mi-scandalisé.

— Tyler s'en est chargé. Il m'a assuré que la vidéo avait été détruite et que plus jamais Nick Blair ne s'en prendrait à moi.

— Il lui a cassé la gueule ?

— Oui.

— Tant mieux ! J'espère qu'il l'a bien amoché, histoire de lui passer l'envie de recommencer. Et toi, as-tu vu quelqu'un ?

Je levai un sourcil inquisiteur.

— Quelqu'un ?

— Un psychologue ou un thérapeute ! Une personne capable de t'aider dans ce genre de situation.

— Je n'en ai pas besoin. Je suis largement capable de surmonter ça toute seule.

Solen poussa un soupir.

— Callie. Je sais que tu es forte mais ce qui t'es arrivée n'est pas anodin. Tu seras marquée à jamais par cet événement. Il n'y a aucun mal à se faire aider par des professionnels. Ce n'est pas eux qui te jugeront ou iront colporter des informations confidentielles à la presse.

— J'en suis consciente et je te promets que si cette agression m'empêche de mener une vie normale, j'irai consulter un spécialiste.

Solen me dévisagea avec insistance, comme pour vérifier que je ne lui mentais pas.

— D'accord, finit-elle par répondre d'un ton encore légèrement sceptique. Et je serai toujours là pour toi, ne l'oublie pas.

Je gratifiai Solen d'un sourire reconnaissant et nous stoppâmes notre conversation car Gregor et Soizic pénétraient dans la pièce pour prendre leur petit déjeuner.

Dès que Solen et ses parents eurent quitté la maison, je montai dans ma chambre. Sans perdre une seconde, je me rendis sur le site internet de l'université de Princeton. Je cliquai sur la rubrique de l'association des anciens élèves et trouvai sans difficulté le nom du président. En cliquant sur son nom, Miranda Mercer, je pouvais lui adresser un mail, ce que je m'empressai de faire avec un pieux mensonge. Je lui expliquai que je souhaitais joindre des camarades de Darrell pour obtenir leurs témoignages car j'écrivais un livre à la mémoire de mon frère disparu. Je venais juste de fermer mon ordinateur quand on tapa à ma porte.

— Callie ! Tu es là ?

— Entre Amy.

Ma sœur apparut dans l'encadrement de la porte. Fraîche et pimpante, elle était vêtue d'une longue jupe multicolore et d'un chemisier bleu ciel.

— Tu as l'air en forme.

— Je le suis.

— Erwan aurait-il un rapport avec ta bonne humeur ?

Amy rougit.

— C'est bien ce que je pensais, dis-je avec un sourire.

— Ca ne te dérange pas ?

— Quelle question idiote ! Pourquoi voudrais-tu que ça me dérange ?

— Ben, c'est ton ami…

— Justement, c'est mon ami, rien de plus. La seule chose que je te demande, c'est de ne pas le faire souffrir. Erwan est un mec sensible. Il y a deux ans, il a eu beaucoup de mal à se remettre d'une rupture sentimentale.

— Pourquoi le ferais-je souffrir ? s'insurgea Amy.

— Je te rappelle que ta conception des relations est un peu étrange. Il n'y a pas longtemps, tu me soutenais que l'amour n'existait pas et qu'il ne fallait donc pas espérer le trouver.

Amy ébaucha une grimace navrée.

— C'était effectivement ce que je pensais mais je crois que je me suis trompée finalement.

— Contente que tu sois revenue à de meilleurs sentiments. Ton cynisme me faisait froid dans le dos.

— Entre Erwan et moi, rien n'est encore joué mais il me plaît comme jamais aucun autre homme ne m'a plu avant lui. Et j'ai l'impression qu'il me trouve également à son goût.

Je me rapprochai de ma sœur et posai mes mains sur ses épaules.

— Je serais réellement ravie que ça marche entre vous deux. Je vous adore et vous méritez d'être heureux.

— Et toi, avec Tyler ?

Je haussai les épaules.

297

— Oh, rien de nouveau.

Je ne voulais pas lui dévoiler nos sentiments respectifs, pas tant que Tyler n'aurait pas mis fin à ses fiançailles avec Sydney Carlisle. Seule, Solen était au courant mais je pouvais compter sur sa discrétion absolue.

Je me détournai pour aller chercher une valise dans mon dressing. Revenue dans la chambre, je la déposai sur le lit et commençai à la remplir.

— Où vas-tu ? demanda Amy, surprise.

— Chez moi, à Atlantic City. Je vais déjà prendre quelques habits puis je reviendrai dans la semaine pour en récupérer d'autres.

— Mais pourquoi es-tu aussi pressée ?

— Parce que j'ai envie d'être chez moi Amy. J'ai un local à agencer, un appartement à décorer et, c'est vrai, je suis pressée de m'y mettre. Demain, j'irai m'acheter une voiture pour pouvoir me rendre sur New York régulièrement.

— Tu vas me manquer, soupira Amy.

— Ca va, arrête ton cinéma ! Tu as survécu à mes quatre ans passés à Londres. Là, je ne vais vivre qu'à cent quarante kilomètres.

— Tu y vas comment ?

— Je vais appeler un taxi.

— Hors de question, je t'y conduis.

— Et Erwan ?

— Il est resté à Newark, il commence son boulot aujourd'hui. Pour l'instant, son employeur lui loue une petite chambre au-dessus du magasin, le temps qu'il trouve un appart.

— Vous n'avez pas visité des studios hier ?

— Deux, mais rien de probant.

Tout en parlant, je continuai à empiler des habits dans ma valise.

— Veux-tu que je t'aide ? me proposa Amy.

— Non merci. Je termine tranquillement mes bagages et je te rejoins en bas.

— Ca roule, dit Amy en sortant.

Quinze minutes plus tard, je m'apprêtais à fermer une valise débordant de vêtements quand on frappa à nouveau contre ma porte.

— Oui Amy, j'arrive ! criai-je, agacée par son impatience.

— Ce n'est pas Amy, répondit une voix masculine de l'autre côté de la porte.

Tyler ! Je courus ouvrir, le cœur battant.

— Désolée, je croyais que c'était ma sœur qui trépignait, me justifiai-je avec une moue navrée.

— J'avais remarqué.

— Entre.

Tyler avisa la valise et le sac de voyage sur le lit.

— Eh bien, tu ne perds pas de temps, constata-t-il en souriant.

— Je n'ai nullement l'intention de m'attarder chez mes parents, comme ma sœur. Mes quatre ans à Londres m'ont octroyé une indépendance à laquelle j'ai pris goût, dis-je en appuyant de toutes mes forces sur la valise pour la fermer.

— Peut-être aurais-tu besoin d'un homme fort ? demanda Tyler d'un air espiègle.

Je lui décochai un sourire mutin.

— Non, juste de prendre du poids.

Tyler s'approcha du lit.

— J'aime autant t'aider et que tu restes comme tu es.

Il posa ses deux mains sur la valise et je pus enfin boucler la fermeture éclair. Nos doigts se frôlèrent. Je n'eus pas le temps de réaliser ce qui se passait que je me retrouvai dans ses bras, ses lèvres écrasant les miennes. Ce fut un baiser ardent, sauvage, possessif. Je perdis pied, chavirant dans un océan de volupté. Tyler me plaqua plus étroitement contre lui et je perçus la puissance de son désir à travers l'étoffe de son pantalon.

Enhardie, je me frottai langoureusement contre son érection puis commençai à déboutonner sa chemise pour enfin pouvoir caresser sa peau. Au contact de mes doigts sur son torse musclé, je lâchai un gémissement rauque.

Les mains de Tyler descendirent lentement le long de mon dos, agrippèrent mes fesses et entreprirent de les malaxer avec une sensualité débridée.

Je n'en pouvais plus, les pointes de mes seins s'étaient durcies, mon sexe me brûlait. Je voulais qu'il me prenne tout de suite.

— Tyler, j'ai envie de toi, maintenant, suppliai-je tout bas.

— Moi aussi Callie, mais ce ne serait pas prudent. Ce soir, chez moi.

— Plutôt chez moi, si ça ne te dérange pas. Amy m'attend pour m'emmener à Atlantic City et je n'ai pas encore de moyen de locomotion pour me déplacer à ma guise.

— D'accord, chez toi, murmura-t-il avant de s'emparer à nouveau de ma bouche pour un baiser fougueux.

Soudain, un coup contre la porte nous fit sursauter et nous nous écartâmes l'un de l'autre avec précipitation.

— Alors, t'es prête ? lança Amy qui se figea aussitôt en apercevant Tyler.

Ce dernier serrait sa chemise contre lui, n'ayant pas eu le temps de la reboutonner.

— Tiens, tiens, toi ici, lâcha-t-elle avec un petit sourire mutin.

— Euh…, je… je suis venu aider Callie à fermer sa valise, bredouilla-t-il avant de prendre ses jambes à son cou.

Amy se posta devant moi, les bras croisés, le regard pétillant de malice.

— Alors ? Qu'as-tu à me dire, petite sœur ?

— Rien de plus que ce que Tyler t'a dit. Il a fermé ma valise et nous discutions.

Amy fit un geste évasif de la main.

— Oh moi aussi, quand je bavarde avec un mec, il ouvre sa chemise.

Je la fusillai du regard tandis qu'elle s'avançait vers moi en riant. Elle caressa ma lèvre inférieure de son pouce.

— Tu as les lèvres gonflées Callie, comme si tu venais d'échanger un long baiser passionné avec ton prince charmant.

Deuxième regard noir.

— Si tu as terminé ta psychanalyse à deux balles, on pourrait peut-être y aller, râlai-je en lui fourrant mon sac de voyage dans les bras.

Je pris ma valise, mon sac à main et la sacoche contenant mon ordinateur portable. Nous descendîmes l'escalier en silence. Je sentais les coups d'œil amusés que me lançait fréquemment Amy. Elle savait, restait à espérer qu'elle tienne sa langue.

Nous fîmes une halte à Blackwood où nous prîmes le temps de déjeuner. Amy me bombarda de questions sur ma relation avec Tyler et je dus me résoudre à lâcher le morceau tout en lui intimant de faire preuve d'une discrétion totale.

Lorsque nous arrivâmes à Atlantic City, il était plus de quatorze heures trente. Je déposai mes affaires dans mon nouvel appartement et Amy insista pour que l'on aille faire des courses afin que je garnisse mon réfrigérateur. Nous voilà donc parties au supermarché où je me ravitaillai en produits de première nécessité. Une fois rentrées, nous bûmes un café avant qu'Amy ne reparte pour Princeton.

Je commençai par ranger soigneusement mes habits dans le dressing. Ensuite, je décidai de me rendre en ville pour trouver un traiteur. Je partis donc à pied dans les rues d'Atlantic City.

Au bout de dix minutes de marche, je tombai sur un traiteur français. Après un long moment d'hésitation, j'optai pour un menu composé d'une salade mélangée avec des croûtons au chèvre et une vinaigrette au miel, un filet mignon au cabernet sauvignon accompagné d'une purée de pommes de terre et de légumes grillés et, en dessert, des profiteroles.

Sur le chemin qui me ramenait à la maison, je m'arrêtai régulièrement. D'abord dans une épicerie pour acheter une bouteille de champagne, des bougies et un cadre photo ; puis dans une boulangerie pour le pain ainsi qu'un petit plateau de pâtisseries artisanales ; enfin chez un fleuriste afin d'égayer un peu l'appartement avec un bouquet de roses blanches et rouges.

J'arrivai chez moi les bras chargés d'emplettes. Après avoir mis la nourriture et le champagne dans le frigo, je disposai avec soin les fleurs dans un vase en cristal que je posai au centre de l'immense table basse. Dans le cadre photo, j'insérai le cliché de Darrell et le contemplai un moment avant de le placer en évidence sur le guéridon en bout de canapé.

Mon téléphone m'avertit de la réception d'un sms. C'était Tyler qui m'informait qu'il partait et serait à Atlantic City dans environ deux heures. Bénéficiant encore d'un peu de temps pour me préparer, je décidai de descendre dans le local du rez-de-chaussée afin de vérifier que tout ait été nettoyé.

Lorsque je pénétrai dans la pièce, ce ne fut pas une odeur de poisson pourri qui m'accueillit mais des effluves de peinture fraîche. J'allumai la lumière pour constater que les lieux avaient été, comme promis, briqués du sol au plafond.

Satisfaite, je remontai chez moi où je m'enfermai dans la salle de bain. Après une longue douche, j'étalai généreusement sur tout mon corps un lait parfumé au jasmin. Je me lissai les cheveux puis me maquillai légèrement avant de me rendre dans le dressing.

Mon choix se porta sur des sous-vêtements en satin bleu ciel puis j'enfilai des collants chair et une robe pull à manches longues extrêmement moulante. De hautes bottes noires ainsi que des boucles d'oreille Swarovski parachevèrent ma tenue.

Je remplis un seau à glace d'eau fraîche et de glaçons puis y plongeai la bouteille de champagne. Les deux bougies furent allumées et placées sur des coupelles sur la table basse.

L'attente commença. Une attente fébrile, impatiente, interminable... Sept ans ! Sept ans que je rêvais d'une soirée comme celle-ci avec Tyler !

Soudain, alors que je faisais les cent pas dans le séjour, la sonnette retentit.

Chapitre 13

J'ouvris la porte à toute volée avant de me pétrifier sur place. Je n'avais jamais vu Tyler habillé d'une façon aussi décontractée, jean délavé, pull noir à col roulé et blouson en cuir marron clair.

Comme je restais debout devant lui, muette et immobile, il me sourit.

— Je peux entrer ? demanda-t-il d'un ton moqueur.

Je repris mes esprits.

— Oh ! Oui, bien sûr, dis-je en m'écartant pour le laisser passer.

Je refermai doucement la porte et m'avançai dans sa direction. Il me déshabilla du regard, s'attardant quelques secondes sur ma poitrine. Des frissons coururent le long de ma colonne vertébrale tandis que mes tétons se dressèrent sous ma robe. Bon sang ! Cet homme avait le pouvoir de m'exciter sans même me toucher. Qu'adviendrait-il de moi lorsque ses mains et ses lèvres se promèneraient sur tout mon corps ?

— Tu es magnifique, comme toujours, lâcha-t-il avant de m'embrasser tendrement.

Quand il se recula, il me tendit une bouteille de vin rouge, un « Château Calon Ségur », grand cru français.

— Merci. Décidément, les grands esprits se rencontrent car nous mangeons français ce soir, déclarai-je en déposant la bouteille sur l'îlot central de la cuisine.

Tyler ôta son blouson puis me rejoignit.

— As-tu un tire-bouchon ?

N'ayant pas encore examiné les ustensiles de la cuisine, je me mis à fouiller dans les placards et les tiroirs. Deux minutes plus tard, j'avais dégoté le tire-bouchon ainsi qu'une carafe que je donnai à Tyler. Il ouvrit la bouteille puis versa délicatement le vin dans la carafe.

Nous nous rendîmes ensuite au salon. Après avoir rempli deux flûtes de champagne, nous nous assîmes dans le canapé. La lampe de sol en aluminium brillant ainsi que les deux bougies offraient une lumière tamisée et romantique.

— Je n'y avais pas réfléchi plus tôt mais je t'ai fait parcourir cent quarante kilomètres en voiture alors que tu as passé une nuit blanche. J'espère que tu n'es pas trop fatigué, dis-je d'une voix navrée.

Il m'adressa un sourire éblouissant.

— Sache que même un tour du monde ne n'aurait pas découragé pour venir te retrouver. Et puis, avec Jerry, je suis habitué aux courtes nuits et aux longues distances. Cela dit, rassure-toi, ton père m'a libéré à midi. J'ai ainsi pu me reposer et recouvrer toute mon énergie.

Toute son énergie. Ce simple terme donna libre cours à mes fantasmes. Je l'imaginais nu sur le canapé, me possédant avec vigueur. Face à ces images torrides, une vague de chaleur naquit entre mes jambes. Le rouge me monta aux joues et je me mordillai la lèvre en tentant de trouver une réponse appropriée, sans succès.

— La dernière fois que nous avons trinqué ensemble, j'ai dit une sottise, poursuivit-il en me regardant droit dans les yeux.

D'un signe, il m'invita à lever mon verre. Je lui obéis.

— J'ai porté un toast à la plus belle femme de la soirée. En fait, c'est à la plus belle femme du monde que je lève mon verre aujourd'hui.

Je frissonnai.

— Je ne suis pas la…

Il posa son index sur mes lèvres pour me faire taire.

— Pour moi, si.

Nos flûtes tintèrent avec un joli bruit cristallin. Nous bûmes ensuite notre champagne tout en devisant joyeusement. Plus d'une fois, je surpris le regard de Tyler se poser sur la photo de mon frère. Je décidai de lui apporter une explication avant qu'il ne s'imagine des tas de choses préjudiciables à notre idylle.

Je me levai, m'emparai du cadre puis me réinstallai auprès de Tyler.

— Voici Darrell.

Sans rien dire, Tyler prit la photo et l'observa quelques instants.

— Il a tes yeux, dit-il en relevant la tête. Des yeux de ce gris si exceptionnel, presque argenté. Et comme toi, il a aussi cette adorable fossette au menton.

Je restai sans voix. Tyler avait remarqué un détail aussi infime que cette particularité dont dame nature m'avait gratifiée !

— C'est Jerry qui nous a transmis cette... anomalie, bredouillai-je, troublée.

— Je ne qualifierais pas ce joli petit creux d'anomalie. Il faut plutôt le considérer comme un atout qui te donne un charme fou. Enfin, moi, c'est de cette façon que je le vois.

Emue par ce compliment, je lui adressai un sourire flatté.

— Où t'es-tu procurée cette photo ? Je croyais que tout ce qui concernait Darrell avait disparu, dit Tyler en me rendant le cadre.

— C'est ce que je pensais mais je suis allée fouiller dans le grenier et j'ai trouvé un coffre en métal avec un album photo, quelques trophées sportifs ainsi que des papiers d'identité.

— Petite futée, voilà qui explique les traces noires sur tes joues ce matin.

J'acquiesçai avant de me lever pour mettre le filet mignon à mijoter et sortir les salades. Le dîner fut succulent et se déroula dans une ambiance chaleureuse et décontractée. Nous avions retrouvé cette complicité, cette harmonie, cette entente parfaite qui nous avaient unies lors de nos promenades à Philadelphie et à New York.

Après le repas, je servis le café et les pâtisseries au salon. Nous étions confortablement installés sur le canapé, l'un contre l'autre. Tyler avait un bras passé autour de mes épaules et ma main était posée sur sa cuisse. Nous discutions de l'affaire du pont George Washington quand une question fondamentale s'insinua soudain dans mon esprit.

— Est-ce que tu crois que je peux commencer à m'occuper de l'appartement de Cliff ?

Tyler me fixa en fronçant les sourcils.

— Bien sûr. Pourquoi cette question ?

Mes doigts se crispèrent sur son jean.

— Ben… euh… quand il saura… pour nous.

Tyler se décala pour me faire face et emprisonna mes mains dans les siennes.

— N'aie aucune inquiétude à ce sujet. Cliff est un homme de parole qui ne mélange jamais la famille et le travail. Tu décoreras son appartement comme prévu et, s'il est satisfait, il te confiera l'agencement de son futur complexe hôtelier à Cape May. Par ailleurs, je n'ai nullement l'intention de garder notre relation secrète encore très longtemps, j'attends simplement que Sydney revienne de Los Angeles pour lui annoncer notre séparation de vive voix.

Ses mains remontèrent lentement le long de mes bras puis caressèrent mes épaules et mon cou. Avec un sourire enjôleur, il enroula deux mèches de mes cheveux autour de chacun de ses poings et me tira doucement mais fermement à lui.

Une étincelle de désir s'alluma dans ses prunelles d'émeraude juste avant que ses lèvres ne capturent ma bouche. En quelques secondes, notre baiser langoureux se transforma en une étreinte passionnelle et fougueuse. Nos langues affamées se caressaient, s'enroulaient, tournoyaient en une danse fiévreuse. Je plongeai mes doigts dans ses cheveux avec un grognement de satisfaction. D'une main, Tyler me maintenait la nuque et de l'autre, il massait délicatement ma poitrine à travers le tissu de ma robe.

La pointe de mes seins était déjà tendue d'excitation. Un feu incandescent se propagea dans tout mon corps, provoquant des frissons de désir le long de ma colonne, électrisant chaque centimètre carré de ma peau, embrasant mon bas-ventre.

Notre baiser prit encore de l'ampleur, nous nous dévorions mutuellement. Dieu, que c'était bon ! J'aimais cette langue conquérante, j'aimais cette bouche qui me savourait comme la plus exquise des friandises, j'aimais ces lèvres douces et chaudes, j'aimais Tyler…

Avec un gémissement sourd, je soulevai son pull pour promener mes mains sur son dos musclé. Tyler s'écarta légèrement pour ôter le vêtement et le lancer par-dessus son épaule. Je le fixai avec insistance, fascinée par son torse athlétique couvert d'une fine toison sombre, ses biceps saillants et ses abdominaux bien dessinés. Tyler me décocha un sourire aguicheur.

— Il n'y a pas que toi qui aies le droit de te rincer l'œil, dit-il en attrapant ma robe qui, en une fraction de seconde, se retrouva sur le sol.

Il me contempla alors comme si j'étais une œuvre d'art, une apparition divine, un trésor inestimable. Je ne m'étais jamais sentie aussi belle qu'en cet instant. Tyler se pencha et approcha sa bouche de mon oreille.

— Tu es sublime, susurra-t-il avant de me mordiller le lobe de l'oreille. Et tu m'excites…

Les yeux mi-clos, le souffle court, une vague de chaleur brûlante se répandit dans le creux de mes reins, tel un torrent de lave. Pendant que sa bouche glissait sur mon cou, il empauma mes seins, encore prisonniers de mon soutien-gorge. Il s'attaqua à mes mamelons, roulant leurs pointes érigées entre ses doigts avec une habileté qui me fit gémir de plaisir.

— Enlève ça, grogna-t-il en glissant ses mains derrière mon dos pour dégrafer le soutien-gorge.

Ses doigts impatients s'acharnèrent sur les attaches durant plusieurs secondes. Le sentant de plus en plus fébrile, je lui apportai mon aide et le sous-vêtement ne tarda pas à rejoindre ma robe au sol.

Tyler ne s'arrêta pas là. Il m'ôta mes bottes puis mon collant. Je me retrouvai en string devant lui qui était encore muni de son pantalon.

Avec un regard gourmand, il descendit lentement le dernier rempart à ma nudité totale. Il me regarda droit dans les yeux. Il ne parla pas, moi non plus, mais je pus lire, sans l'ombre d'un doute, tout l'amour qu'il éprouvait pour moi. Mon rêve était devenu réalité. J'étais à lui, il était à moi. L'attente avait été longue mais le bonheur était enfin au rendez-vous.

Tout en m'embrassant goulûment, il me bascula doucement sur le canapé. Nos bouches toujours collées l'une à l'autre, il entreprit d'explorer mon corps dans les moindres recoins. Ses mains se baladaient partout, malaxant mes seins, glissant sur mon ventre, effleurant mes hanches, s'attardant au creux de mes reins, pétrissant mes fesses, frôlant le cœur de ma féminité.

Sa langue dans ma bouche et la chaleur de ses paumes sur ma peau me rendaient folle, folle d'un désir trop longtemps réprimé. J'ondulais sous ses caresses expertes. Mes mains impatientes partirent également à la découverte de son corps.

La bouche de Tyler quitta la mienne pour venir déposer une pléiade de baisers sur ma gorge, mes épaules, entre mes seins.

Soudain, il releva la tête pour me scruter intensément.

— Si j'en crois l'enregistrement de ce matin, tu as terriblement besoin qu'on t'aime, susurra-t-il.

Merde ! Je savais que je n'aurais pas dû lui faire écouter ce ramassis d'ânerie où Bethany crachait son venin. Avant que je ne puisse lui apporter une réponse, il enchaîna de sa voix chaude et sensuelle :

— Moi, Tyler, je m'engage solennellement à t'aimer…

Il se pencha pour aspirer entre ses lèvres l'un de mes mamelons avant de le mordiller délicatement. Une volée de frissons me parcourut. Il releva à nouveau la tête.

— … chaque jour…

Il replongea à nouveau pour prendre l'autre téton dans sa bouche et le titiller d'une langue agile. Cette fois-ci, je lâchai un gémissement. Tyler se redressa légèrement pour ancrer une fois encore son regard au mien.

— … chaque minute…

Sa bouche fondit sur mon ventre, le gratifiant d'une multitude de baisers aussi légers qu'une plume.

— … chaque seconde de ma vie, termina-t-il avant de se glisser entre mes jambes.

Quand je sentis son souffle tiède contre mon intimité, je tressaillis puis soupirai de déception lorsque ses lèvres se posèrent finalement sur la face interne de mes cuisses afin de les embrasser langoureusement, l'une après l'autre. Ses doigts chauds et sa langue humide dessinèrent des arabesques sur ma peau, se rapprochant lentement de mon entrejambe.

Je retenais mon souffle. Je savais ce qu'il allait faire mais je ne savais pas quand. Cette attente délicieusement insupportable aiguisait tous mes sens. Une tension érotique incendiait chaque fibre de mon être. Impatiente, fébrile, exaltée, j'écartai les jambes en quête de la caresse ultime, celle qui déclencherait la tempête, celle qui me ferait basculer dans un monde euphorique.

Soudain, la langue de Tyler franchit la barrière de mon jardin secret. En poussant un cri étranglé, j'agrippai ses cheveux à pleine main. J'étais dans un tel état d'excitation que je me trouvais déjà au seuil de l'orgasme. Sa langue s'insinua dans les replis brûlants de mon sexe, fouilla ma chair palpitante, lécha ma fente, taquina l'entrée de mon vagin.

Cette torture, impitoyable mais exquise, déclencha en moi des frissons de volupté de plus en plus violents, stimulant mes terminaisons nerveuses, allumant un véritable brasier jusque dans les zones les plus sensibles de mon anatomie.

Tyler se concentra ensuite exclusivement sur ma petite sphère de plaisir, la happant, la suçant, l'aspirant, l'honorant de mille et une façons. Il me dégustait avec avidité, augmentant progressivement la pression de sa langue, accélérant peu à peu le tempo. A ce stade, ma respiration n'était plus qu'une succession de soupirs, de gémissements, de halètements, de râles étouffés.

Tandis qu'il continuait son massage lingual, il enfonça lentement son index dans mon intimité et le fit aller et venir. Sous cet assaut inattendu mais ô combien délicieux, mes mains se crispèrent dans ses cheveux, mon corps se raidit, mon souffle se suspendit. Je sentais la jouissance approcher..., irrépressible, puissante, irréversible.

Rapidement, un deuxième doigt vint rejoindre le premier.

Sa langue tourbillonnant sur la perle de ma féminité avec une agilité redoutable ainsi que sa stimulation vaginale diabolique eurent raison de moi. L'orgasme déferla, telle une lame de fond emportant tout sur son passage. Un orgasme titanesque, brûlant mon ventre, irradiant tout mon être, enflammant mon cerveau. Je n'avais jamais ressenti des émotions aussi vives auparavant. J'avais l'impression qu'un feu d'artifice multicolore explosait à l'intérieur de ma tête.

Je restai dans un état de béatitude, flottant dans un univers de pure félicité, durant quelques instants. Quand je redescendis de mon petit nuage, Tyler s'était redressé et me couvait d'un regard débordant de tendresse. Il vint capturer mes lèvres pour un long baiser imprégné de ma saveur intime.

Lorsque nous nous écartâmes pour reprendre notre souffle, je lui caressai la joue.

— J'attendais ce moment depuis si longtemps que j'ai l'impression de rêver, dis-je, des larmes de bonheur dans les yeux.

Tyler m'attira dans ses bras et m'étreignit étroitement. La tête blottie contre sa poitrine, les bras autour de sa taille, j'étais enfin à ma place.

— Alors nous sommes deux à rêver Callie. Tu n'imagines pas la volonté qu'il m'a fallu pour te tenir à distance. J'ai été odieux, je le sais, mais je ne voyais pas d'autres solutions pour lutter contre les sentiments puissants que tu m'inspirais. Même en me persuadant que tu étais le genre de fille que je méprisais, je ne réussissais pas à t'effacer de mon esprit. Puis tu es partie à Londres. Mon cœur s'est brisé. A ce moment-là, j'ai compris que j'avais fait une erreur monumentale mais il était trop tard. Je me suis donc plongé corps et âme dans mon boulot pour Jerry, travaillant sans relâche, jours, nuits, week-ends.

— Pourquoi ne jamais m'avoir contactée ?

— Parce que j'étais intimement convaincu que tu étais passée à autre chose, et puis j'étais certain que tu m'enverrais promener, notre dernière conversation ayant été plutôt houleuse. Je m'étais montré, une fois de plus, insultant et blessant.

Je me libérai de son étreinte pour le regarder d'un air étonné.

— Tu te souviens de notre conversation dans le bureau de mon père ?

Tyler hocha la tête.

— Oui. Ca m'a fait mal de te faire mal, même si, à l'époque, je pensais que c'était ce qu'il y avait de mieux pour toi, comme pour moi. Après ton départ, j'ai vécu comme un moine. Il y a un peu moins d'un an, Jerry m'a fait part de ses projets me concernant. Il souhaitait que je lui succède après son deuxième mandat de gouverneur du New Jersey. Nous en avons discuté longuement jusqu'à ce que je lui apporte une réponse positive. Il m'a alors soumis l'idée de chercher une épouse car, comme je te l'ai dit, être marié pour un homme politique est un avantage non négligeable.

— Et tu as choisi Sydney.

Tyler émit un rire bref.

— Choisi est un grand mot. Disons qu'elle s'est trouvée au bon endroit, au bon moment. J'ai énormément de relations professionnelles mais pas d'amis, alors j'ai pris ce qui se présentait. De toute façon, la femme que j'allais épouser m'importait peu car celle dont j'étais amoureux était loin et me détestait. J'en ai d'ailleurs eu la confirmation lorsque je suis allé te chercher à l'aéroport. Dès que tu m'as vu, ton sourire a disparu, ton visage s'est fermé et tes yeux, s'ils avaient été des révolvers, m'auraient abattu avec grand plaisir. Ensuite, les propos que tu as tenus dans la voiture m'ont conforté en ce sens.

— J'essayais de te détester mais je n'y suis jamais réellement parvenue. Je tentais seulement de te cacher ce que je ressentais et de me protéger, car moi aussi je pensais que tu me haïssais. Tu avais une si piètre opinion de moi… Inutile que je te rappelle tous les qualificatifs dont tu m'as affublée.

Tyler esquissa un petit sourire triste avant de prendre mon visage en coupe, m'obligeant ainsi à plonger mon regard dans le sien. Ses iris vertes exprimaient une désolation profonde et sincère.

— J'ai merdé grave Callie. J'étais furieux, désemparé, frustré, jaloux. J'ai dit n'importe quoi. Je me suis comporté comme le pire des connards.

316

— N'y pensons plus, dis-je en posant mon index sur ses lèvres. Nous ne pouvons pas changer le passé mais nous pouvons construire notre futur.

Je me plaçai à califourchon sur ses cuisses avant de l'embrasser à pleine bouche. Tyler poussa un grognement sourd lorsque je frottai mon sexe nu contre le renflement de son jean. Agacée par cette barrière de tissu qui nous séparait, mes doigts se dirigèrent vers les boutons de son pantalon pour les détacher énergiquement les uns après les autres.

— Tu es trop habillé, murmurai-je.

— Entièrement d'accord, répondit-il avec un sourire renversant. Je vais arranger ça.

Je me décalai et Tyler se leva pour se débarrasser de son pantalon et de son boxer en un clin d'œil. Durant quelques secondes, il resta immobile, nu devant moi, me paraissant encore plus beau que dans mes souvenirs, lorsque je l'épiais en slip de bain au bord de la piscine. Le tableau qu'il m'offrait était particulièrement alléchant. Fascinée par son corps ferme, son visage aux traits harmonieux, sa virilité conquérante, mes mains me démangeaient, ma bouche salivait d'avance tandis que mes yeux, mes yeux se régalaient de ce spectacle visuel absolument divin.

Il avança lentement dans ma direction.

— A moi de jouer, déclarai-je en l'invitant à s'asseoir sur le canapé.

Sans un mot, il s'exécuta docilement.

Je m'installai à genoux devant lui. Tout en posant ma main sur son pénis érigé, une appréhension m'envahit. Au cours de mes précédentes relations sexuelles, je n'avais pas beaucoup pratiqué de

317

fellation. Colin, mon premier amant, m'avait fait l'amour d'une façon traditionnelle et avec une douceur extrême, étant donné qu'il s'agissait de mes premières fois. Quant à Pete, adepte de l'amour dans un lit et sans fantaisies d'aucune sorte, il n'avait apprécié que moyennement les quelques gâteries que je lui avais prodiguées.

Mais avec Tyler, c'était différent, plus passionnel, plus débridé, plus sauvage. Fermement décidée à lui rendre le plaisir qu'il m'avait donné, je laissai mes doutes de côté et empoignai son sexe chaud, dur et fièrement dressé qui m'attirait comme un aimant. J'entrepris de le caresser de bas en haut avec des gestes imprécis et hésitants. Après quelques allers-retours, je pris de l'assurance et déposai de légers baisers tout le long de sa verge en massant délicatement ses testicules. Ma langue passa ensuite à l'action, léchant le gland soyeux, titillant le méat, jouant avec le prépuce, chatouillant le frein.

Tyler lâcha un gémissement en agrippant mes cheveux à deux mains. Devant cette preuve de contentement évidente, j'oubliai alors toute pudeur et retenue. Je décontractai les muscles de ma gorge afin d'engloutir son pénis en entier dans ma bouche, ce qui lui arracha un juron.

Avec un petit air victorieux, je levai les yeux pour les river aux siens. Sans lâcher son regard, je me mis à le sucer avidement, alternant gorges profondes et allées-venues plus modérées. Grisée, je devins inventive, laissant libre cours à mon imagination. Ma langue s'activa frénétiquement sur sa colonne de chair rigide, s'enroulant savamment autour de la hampe, la suçotant, la lapant, virevoltant sur le gland avec légèreté.

Les râles gutturaux de Tyler me comblaient de bonheur. A priori, malgré mon manque d'expérience manifeste, je m'y prenais plutôt bien.

Soudain, j'aspirai fortement le phallus en me retirant avant de l'avaler à nouveau jusqu'à la garde. Tyler tressaillit en lâchant un cri étouffé.

Je poursuivis ma fellation en variant le rythme de mes va-et-vient, tantôt lent et régulier, tantôt rapide et erratique. En parallèle, je continuai mes stimulations manuelles sur ses bourses.

Une goutte perla au bout de son membre et je m'enhardis davantage afin de l'amener à la jouissance. La respiration de Tyler devint saccadée, son sexe palpita contre mon palais, ses gémissements rauques montèrent crescendo.

Tout à coup, il me tira la tête en arrière et se dégagea prestement de mon emprise buccale.

— Pas maintenant, gronda-t-il d'une voix sourde.

Je me redressai, un sourire satisfait aux lèvres. Sans perdre un instant, Tyler me renversa sur le canapé avant de s'allonger sur moi.

Rivant son regard au mien, il frotta sa verge contre ma vulve trempée, sans me pénétrer. Impatiente, je donnai un brusque coup de bassin, qui eut pour seul résultat de le faire reculer avec un sourire amusé. Quelques secondes plus tard, Tyler reprit sa place initiale.

Il s'attarda longuement à l'orée de mon sexe, me faisant volontairement languir. Je frémis, je soupirai, je protestai, mais son pénis continua à me torturer lascivement, glissant, frôlant, effleurant encore et encore ma chair sensible. Son attitude aguicheuse et provocante me mettait à l'agonie.

— Tyler, soufflai-je avec une expression implorante en refermant mon poing autour de son membre pour l'immobiliser devant l'entrée de mon vagin.

Son sourire triomphant me fit comprendre qu'il avait atteint son but, celui de me faire perdre les pédales, de me mettre en transe, de le supplier de me prendre.

Enfin, Tyler se décida à m'investir. Il s'enfonça en moi avec une lenteur exaspérante, progressant millimètre par millimètre. Frustration à son paroxysme, appétit sexuel exacerbé, j'enroulai mes jambes autour de ses hanches, passai mes bras autour de son cou et me contorsionnai sauvagement pour accélérer cette trop longue pénétration.

— Tu es bien pressée, chuchota Tyler.

— Ca fait des années que j'attends cet instant.

— Justement, savourons-le, prenons tout notre temps.

Il se mit à bouger sans hâte, allant et venant entre mes lèvres intimes. Le sentir en moi me comblait de bonheur. Soudain, Tyler s'inclina pour happer un téton qu'il titilla d'une langue habile. Tout en conservant un tempo langoureux, sa bouche suça, mordilla, aspira mes mamelons durcis à tour de rôle. Je crus défaillir face à un tel déluge de sensations enivrantes.

Au bout de quelques minutes, il se redressa, délaissant ma poitrine. Peu à peu, ses mouvements s'amplifièrent et le coït devint fougueux, survolté, bestial. Sous ses assauts vigoureux, je poussai des râles de plaisir. A travers mes paupières mi-closes, j'observais Tyler. Les cheveux ébouriffés, les yeux brillants, les muscles bandés, il était véritablement sublime. Un Apollon. Mon Apollon.

Tout à coup, il se figea, interrompant net ses va-et-vient.

— Pourquoi t'arrêtes-tu ? demandai-je, déçue.

— Pour faire durer le plaisir, chérie, indiqua-t-il de son timbre rauque, terriblement sensuel.

Il se retira avant de s'asseoir sur le canapé. Je vins aussitôt me blottir contre lui et promenai mes mains sur son torse, ses biceps, son ventre, sa verge luisante de cyprine. Prise d'une frénésie incontrôlable, je me positionnai sur ses cuisses et m'empalai sur son membre viril.

Je me mis à coulisser le plus doucement possible, tentant de maîtriser le feu ardent qui coulait dans mes veines. Peine perdue… Un court instant plus tard, je le chevauchais avec une vigueur démentielle dont je ne me serais jamais crue capable. J'allais, je venais, je montais, je descendais, je me déchaînais à un rythme endiablé. J'avais l'impression d'être une furie, obsédée par ce besoin viscéral de lui appartenir corps et âme.

Tyler, lui, lâchait des soupirs de satisfaction en me malaxant les seins avec une rudesse extrêmement excitante.

Cependant, malgré mon envie de continuer inlassablement mon pilonnage féroce, ma condition physique me força à ralentir rapidement l'allure. Haletante, en sueur, je calmai mes ardeurs et diminuai considérablement le débit de mes allées venues.

Tyler me gratifia alors d'un sourire mi-moqueur, mi-lubrique. Il me souleva avec une facilité déconcertante pour me placer à genoux sur le canapé, les coudes sur le dossier.

— Petite joueuse, susurra-t-il tout contre mon oreille.

Un délicieux frisson courut le long de ma colonne vertébrale. Il m'agrippa par les hanches. D'un seul coup de rein, Tyler s'enfonça profondément en moi et adopta immédiatement un rythme effréné. Peu à peu, il amplifia ses mouvements, dégageant presque entièrement son sexe pour le replonger brutalement au fond de mes entrailles. Au summum de l'excitation, je balançais le bassin d'avant en arrière pour venir à la rencontre de ses coups de butoir en poussant des feulements sourds, telle une tigresse en chaleur.

Quand la cadence augmenta encore d'un cran, je me mordis le bras pour ne pas hurler. Les mains de Tyler quittèrent mes hanches pour se poser sur mes fesses qu'il se mit à pétrir avec force. Après quelques minutes de ce traitement vigoureux, Tyler ralentit considérablement l'allure de ses va-et-vient, leur imprimant un rythme plus lent et mesuré.

L'accalmie fut de courte durée. Insatiable, je pris le relais, me mettant à onduler furieusement du bassin afin de poursuivre nos ébats endiablés qui me plongeaient dans un état d'exaltation inédit.

— Putain, tu cherches à me rendre fou…, grogna Tyler en m'arrachant brusquement du canapé.

Surprise, je poussai un cri et me cramponnai à son cou. Sans me reposer à terre, il me pénétra à nouveau. J'enroulai mes jambes autour de sa taille, croisant mes chevilles sur ses fesses. Nos corps en fusion, nos sexes imbriqués l'un dans l'autre, nos lèvres soudées, Tyler se déplaça dans l'appartement.

Soudain, il me plaqua contre le mur, son torse écrasant ma poitrine, et recommença à me pistonner sans aucune retenue. Je ne contrôlais plus rien. Je frisais l'hystérie, griffant son dos et ses épaules, plantant mes dents dans son cou pour étouffer mes cris. Il continua à me marteler avec une vigueur animale jusqu'à ce que des spasmes de volupté me secouent. Tyler émit un grondement rauque tandis que sa semence brûlante se déversait en moi.

Nous atteignîmes ensemble l'extase absolu. La communion de nos sens, de nos corps et de nos âmes était parfaite, puissante, unique.

Nous restâmes enlacés encore un moment, savourant notre plénitude, reprenant notre souffle.

— Il semble que nous ayons oublié quelque chose, murmura Tyler en me reposant délicatement sur le sol.

Je compris instantanément qu'il faisait allusion au préservatif.

— Je prends la pilule, déclarai-je avec un petit sourire rassurant. Et tu n'as rien à craindre pour ta santé.

— De mon côté, tout est clean aussi. En revanche, je ne prends pas la pilule, plaisanta-t-il en levant les mains dans un geste d'impuissance.

J'esquissai une moue amusée.

— Monsieur fait de l'humour. Viens ! Allons-nous doucher et nous coucher. Il se fait tard.

Il saisit la main que je lui tendais.

— Volontiers, tu m'as littéralement épuisé, dit-il en me pinçant les fesses.

Une voix familière ainsi que des lèvres butinant mon front me tirèrent de mon sommeil.

— Lève-toi marmotte, j'ai préparé le petit déjeuner, murmura Tyler avec un grand sourire.

Une délicieuse odeur de pain grillé et de café flottait dans l'air. Je m'étirai paresseusement en bâillant.

— Quelle heure est-il ? demandai-je.

— Huit heures.

— Huit heures ! m'écriai-je en me redressant. Tu vas être en retard !

Tyler rit.

— Je te prépare un copieux petit déjeuner et toi, tu ne penses qu'à m'envoyer au boulot.

Je soupirai en essayant de discipliner les mèches rebelles de ma longue chevelure.

— Ce n'est pas ce que je voulais dire. Tu interprètes mes paroles de…

Tyler me fit taire d'un doux baiser.

— Me réveiller à tes côtés est un pur délice, déclara-t-il d'une voix douce.

— M'endormir dans tes bras aussi, soufflai-je, émue. Je t'aime.

Tyler se pencha pour m'embrasser avec une tendresse infinie.

— Moi aussi, dit-il en me caressant la joue. Maintenant, viens vite déjeuner sinon mes efforts auront été vains et tout sera froid.

Il se dirigea vers la porte. Je me glissais hors du lit quand il se retourna.

— J'ai prévenu Jerry que je n'arriverais qu'en milieu de matinée. J'ai donc encore trente minutes devant moi ! lança-t-il avant de disparaître de la chambre.

J'enfilai rapidement un jean et un tee-shirt et le rejoignis à la cuisine. Tyler n'avait pas menti, le petit déjeuner était copieux, café, jus d'orange, toasts beurrés, confitures diverses, œufs brouillés au bacon.

Nous mangeâmes de bon appétit tout en discutant de notre future journée. Lorsque Tyler apprit que j'avais l'intention de m'acheter une voiture le matin même et de me rendre à New York l'après-midi pour débuter l'aménagement de l'appartement de Cliff, il me proposa de le retrouver au restaurant « LouCas » à Edison à treize heures.

Après le départ de Tyler, je fis une toilette rapide puis appelai un taxi pour me rendre dans un grand garage automobile, du côté de Pleasantville. Deux heures plus tard, je quittais le garage au volant d'une Mazda 6 que j'avais pu régler grâce à mes économies.

Je mis à peine moins de deux heures pour atteindre Edison. Comme j'avais dix minutes d'avance, je consultai mes mails sur mon smartphone. Je soupirai de déception en constatant que je n'avais pas de réponse de Miranda Mercer concernant Darrell.

Peut-être devrais-je finalement demander de l'aide à Tyler ? Ou à ce type avec qui il discutait toujours au téléphone, ce fameux Brandon ? Il avait l'air particulièrement doué pour ce genre de mission...

Dans le même temps, je reçus un sms de Solen m'informant qu'elle dormait chez ses parents ce soir. Je ne pus m'empêcher de me réjouir à l'idée de passer encore une soirée seule avec Tyler.

Lorsque j'aperçus la Chevrolet se garer sur le parking, je descendis de ma voiture. Tyler vint à ma rencontre, m'embrassa tendrement puis fit le tour de mon véhicule.

— Jolie voiture ! s'exclama-t-il en me prenant la main pour m'entraîner en direction de l'entrée du restaurant.

Un serveur très aimable nous conduisit à une table pour deux personnes. Une fois installés, nous commandâmes un apéritif avant de consulter la carte. Mon choix se porta sur une salade grecque et un filet de saumon grillé. Pendant que Tyler était encore plongé dans la lecture des menus, j'examinai la vaste salle bondée. Le cadre était raffiné. Une moquette dorée recouvrait le sol, les murs étaient tapissés de bois jusqu'à mi-hauteur tandis que des fresques représentant des paysages verdoyants s'étalaient sur la partie supérieure. De multiples lampes encastrées dans le plafond, formé de dalles blanches, diffusaient une lumière immaculée.

Le serveur interrompit mon inspection. Après avoir déposé nos apéritifs, il prit note de nos commandes et repartit.

Tyler leva son verre.

— A nous deux !

— A notre amour, puisse-t-il durer toujours, dis-je en trinquant avec lui.

Tyler me regarda droit dans les yeux.

— Toujours, je te le promets.

Je frissonnai sous son regard intense et ses paroles empreintes de sincérité. Pourtant une appréhension me saisit. Un couple sur deux divorçait. Quant à ceux qui ne divorçaient pas, comme mes parents par exemple, ils ne s'aimaient plus et se supportaient difficilement, allant même chercher du plaisir ailleurs.

Je bus une longue goulée de martini. Il fallait que je chasse immédiatement ces pensées moroses. J'avais toujours voulu Tyler et, maintenant que je l'avais, je souffrais à l'idée de le perdre un jour. J'avais vraiment un problème.

— Au fait, qui est Brandon exactement ? demandai-je d'un ton détaché.

Tyler se figea, le verre en l'air.

— Pourquoi veux-tu savoir ça ?

Je souris.

— Tu réponds à une question par une autre question, tactique politicienne. Réponds-moi d'abord, je te dirai tout ensuite, déclarai-je en piochant une olive.

— Non, répondit Tyler.

— Non ! répétai-je d'un air abasourdi.

— Non…

Je grimaçai.

— Très bien. Puisque tu refuses de m'en parler, file-moi au moins son numéro. J'aurais besoin de ses services.

Cette fois-ci, Tyler m'observa comme si j'avais totalement perdu l'esprit.

— Bon sang Callie ! Il est hors de question que tu entres en contact avec lui. Ce type est... fort peu recommandable.

— Tu travailles bien avec lui, non ? m'enquis-je d'un air soupçonneux.

— Je ne travaille pas avec lui. Il travaille pour moi, et occasionnellement seulement. Je fais appel à ses services quand je n'ai pas d'autres choix.

Je me rapprochai de Tyler.

— C'est un homme de main, chuchotai-je.

— En quelque sorte, admit-il.

— Il a déjà tué des gens ?

Tyler soupira d'agacement.

— Je n'en sais strictement rien. Je ne lui pose pas de questions. Je lui donne une tâche, il l'exécute, je le paye. Ca s'arrête là. Et, avant que ton imagination fertile ne se mette en route, je ne lui ai jamais demandé de tuer quelqu'un.

Le serveur apporta nos entrées. Sitôt qu'il eut tourné les talons, Tyler reprit la parole :

— Maintenant que tu as réussi à me soutirer les informations que tu voulais, pourrais-tu me dire pour quelle raison tu avais l'intention de faire appel à lui ?

— Pour retrouver des camarades de classe de Darrell. Je vais tenter de me débrouiller seule mais si cela ne donne rien, j'aurai besoin d'une personne compétente pour m'aider dans ma démarche.

— Ce ne sont pas des renseignements bien difficiles à trouver. Il suffit de s'adresser à l'université de Princeton, rétorqua Tyler en haussant les épaules.

Son ton, un rien condescendant, m'exaspéra.

— J'y ai pensé figure-toi ! J'ai envoyé un message à la présidente des anciens élèves mais je n'ai pas obtenu de réponse. J'ai également songé à prendre rendez-vous avec le doyen de l'université mais le hic, c'est que je ne suis pas une ex-étudiante de Princeton. En plus, étant la fille du gouverneur du New Jersey, résidant lui-même à Princeton, je suis quasi certaine que cette entrevue arriverait aux oreilles de mon père. Pour l'instant, je dois être la plus discrète possible.

Tyler garda le silence quelques instants.

— Pourquoi veux-tu enquêter sur ton frère ?

Je terminai ma bouchée de salade avant de m'expliquer.

— Parce qu'il y a quelque chose de louche dans sa mort, je le sens. On me cache la vérité. Ma mère accuse mon père d'être responsable du décès de Darrell, or personne ne peut être responsable d'une rupture d'anévrisme. Cette cause de décès est accidentelle et imprévisible. Par ailleurs, la dernière conversation que j'ai eue avec mon frère m'est revenue en mémoire récemment. Elle sonnait comme un adieu, comme s'il prévoyait de mourir.

— Et si tu ouvrais la boîte de Pandore ?

— Tant pis, j'ai besoin de savoir ce qui est arrivé à Darrell. Pour lui, pour moi. J'ai un frère et… il me manque… Je veux lui redonner toute sa place au sein de la famille, bredouillai-je d'une voix remplie de tristesse.

Tyler posa sa main sur la mienne.

— J'irai à l'université de Princeton.

Je le considérai avec étonnement.

— Toi !

— Je suis un ancien élève. Je n'aurai même pas besoin de m'adresser au doyen, j'ai plusieurs connaissances qui pourront très certainement me fournir les infos que tu souhaites. Et Jerry ne sera au courant de rien.

— Merci, soufflai-je en pressant sa main dans la mienne.

— En échange, fais-moi une promesse.

— Laquelle ?

— Ne t'approche pas de Brandon, ne cherche pas à le joindre, raye-le de ta mémoire à tout jamais.

Le visage de Tyler reflétait une telle inquiétude que j'accédai à sa requête sans sourciller avec la ferme intention de respecter ma promesse.

Quelques instants plus tard, alors que nous attaquions notre plat chaud, je le questionnai sur ma mère et cette histoire extravagante que m'avait rapportée Amy.

— Ma mère a-t-elle beaucoup d'amants ? demandai-je nonchalamment.

Tyler s'étouffa avec un morceau de viande. Pendant qu'il tentait d'apaiser sa quinte de toux, il me décocha un regard réprobateur.

— Callie, soupira-t-il. Je ne pense pas que cette conversation soit utile.

— Je ne suis pas idiote Tyler. Cela fait longtemps que je sais que ma mère va voir ailleurs mais Amy m'a parlé d'un truc dingue. Il paraît que tu fais signer un document à chacun de ses amants et qu'ils peuvent finir en prison.

Tyler se gratta le crâne d'un air perplexe avant de secouer la tête avec lassitude.

— Je ne sais pas où ta sœur est allée pêcher de telles absurdités. Je n'ai jamais convoqué les amants de ta mère pour leur faire signer un quelconque document. Il n'y a que Celia qui a apposé sa signature sur un acte officiel rédigé par Bruce.

Ainsi Amy s'était trompée... Elle avait probablement écouté aux portes et interprété les bribes de phrases entendues à sa façon. Je fus soulagée que Tyler ne soit pas mêlé à ces magouilles totalement grotesques. Toutefois, ses paroles m'interpellaient.

— Cet acte officiel ? Que stipule-t-il ?

Tyler leva les yeux au ciel.

— On ne pourrait pas changer de sujet ? Je n'ai vraiment aucune envie de parler de ça.

— On pourrait, mais non !

— Ecoute, cela concerne uniquement tes parents.

A mon tour, je lui jetai un regard lourd de reproches.

— Mes parents se comportent comme deux idiots ! Mon père délaisse ma mère et elle, elle le trompe. Ils sont tous les deux responsables de la situation dans laquelle ils se trouvent. Quand ils sont ensembles, ce qui arrive plus que rarement, ils s'ignorent ou s'engueulent ! Ce n'est pas en agissant ainsi qu'ils régleront leurs problèmes.

— Je ne te donne pas tort mais Jerry et Celia sont aussi bornés l'un que l'autre. Tu ne pourras pas leur faire entendre raison.

— Je sais, mais revenons à nos moutons. Qu'est-ce que Bruce a fait signer à ma mère ?

— Tu ne me lâcheras pas tant que je ne te l'aurais pas dit, hein ?

Je lui répondis par un sourire angélique.

— Il s'agit d'un document qui stipule qu'en cas de divorce, dû à une infidélité de la part de Celia, celle-ci renonce au partage des biens et aux diverses indemnisations. Tout revient à Jerry sans exception, expliqua Tyler.

Je restai bouche-bée un instant, assimilant cette information invraisemblable.

— Il a le droit de faire ça ?

— C'est un document légal, signé et accepté par Celia, qui plus est.

— Je n'en reviens pas ! Mon père serait prêt à laisser la mère de ses enfants, sans toit sur la tête et sans le moindre centime !

— Honnêtement, je ne crois pas. Ce document a surtout un but persuasif. Il a été établi pour l'inciter à faire preuve d'une grande discrétion sur ses... relations.

Je poussai un énorme soupir.

— Comment ont-ils pu en arriver là ? Antonia m'a confié que, quand ils se sont mariés, ils étaient fous amoureux. Aujourd'hui, ils sont fous tout court.

— La politique et ses dérives, énonça Tyler, la mine sombre.

Je l'observai, étonnée par sa remarque pessimiste.

— Ton père, comme le mien d'ailleurs, a privilégié sa brillante carrière au détriment de sa famille, poursuivit-il d'un ton morne. Tu n'es pas la seule Callie, à avoir grandi dans une famille où aucun des deux parents ne jouaient son rôle.

J'étais éberluée par les déclarations de Tyler. Ainsi, comme moi, il avait également connu les affres de la solitude. Je me tus car il avait l'air disposé à se confier, pour une fois…

— Mes parents aussi se sont mariés par amour mais leur histoire s'est mal terminée. Ma mère, timide et introvertie, ne supportait pas cette vie jalonnée de faux-semblants, de mondanités et de duplicité. Plus d'une fois, elle a demandé à mon père de quitter le monde politique pour se trouver un travail plus compatible avec une vie de famille. Il a toujours refusé. En revanche, à chaque fois, il lui promettait de ralentir la cadence et de passer un peu plus de temps avec nous. C'étaient des promesses dans le vent. Ma mère a fini par ne plus le croire. Petit à petit, elle a sombré dans une dépression. Pendant des années, elle a suivi un traitement médicamenteux qui la transformait en zombie. Elle dormait sans arrêt et, quand elle était réveillée, elle ressemblait à une droguée, les yeux vides, l'air absent, le sourire éteint. Elle était devenue un fantôme errant de pièce en pièce sans prononcer une seule parole. Elle ne mettait même plus le nez dehors.

J'enlaçai mes doigts à ceux de Tyler. Je ressentais sa souffrance. Je la voyais dans ses yeux assombris de tristesse, je l'entendais dans sa voix teintée de regrets, et je la comprenais… elle me transperçait le cœur.

— Pourquoi est-elle restée avec ton père ?

Tyler laissa fuser un rire sans joie.

— Parce qu'elle l'aimait.

— Mais elle était malheureuse avec lui !

— Elle aurait été encore plus malheureuse sans lui, alors elle a choisi la seule option qui lui permettrait de ne plus souffrir. Elle a mis fin à ses jours.

Ses propos me glacèrent le sang. La mère de Tyler s'était suicidée ! Quelle horreur !

— Je suis désolée, soufflai-je. Je ne savais pas. Tu veux en parler ?

— Il n'y a rien de plus à dire. Elle a ingurgité des antidépresseurs et a laissé deux lettres, une pour moi, l'autre à mon père.

Nous gardâmes le silence, le temps que le serveur débarrasse nos assiettes. Ces révélations m'ayant coupé l'appétit, je refusai le dessert mais commandai un café. Lorsque le serveur disparut, Tyler poursuivit ses confidences.

— La vie est ironique parfois. Ce n'est qu'après la mort de sa femme que mon père a exaucé son vœu le plus cher. Il a enfin délaissé la politique… pour se plonger dans l'alcool. Son addiction a fini par le tuer d'un cancer du foie cinq ans plus tard.

Les paroles de Tyler me firent froid dans le dos. Il avait perdu sa mère à treize ans et son père à dix-huit. Fils unique, il s'était retrouvé tout seul. Finalement, à côté des épreuves qu'il avait endurées, je n'avais pas le droit de me plaindre.

Soudain, un vent de panique s'insinua sournoisement dans mon esprit, comme pour m'assener le coup de grâce. Tyler était un homme politique. Il était d'ailleurs prévu qu'il gouverne le New Jersey un jour prochain. Quant à moi, j'étais une femme qui n'aimait pas ce milieu, ses réceptions grandioses, ses double-jeux et ses flatteries sucrées.

Nos personnages me rappelaient étrangement une histoire tragique que je venais juste d'entendre.

La boule au ventre, je demeurai prostrée dans mes méditations déprimantes. Lorsque le serveur revint avec les cafés, je le remerciai d'un sourire absent.

— Qu'y-a-t-il Callie ? demanda Tyler dès que nous nous retrouvâmes seuls.

Je m'efforçai de lui montrer un visage rassurant.

— Tout va bien.

— Menteuse !

Je baissai la tête et touillai énergiquement mon café.

— Cesse de remuer, tu n'as pas mis de sucre, dit Tyler.

Je relevai les yeux pour rencontrer son regard soucieux.

— Dis-moi ce qui ne va pas ?

— Et nous ? demandai-je d'une voix anxieuse. Pourquoi réussirions-nous là où nos parents respectifs ont échoué ?

Les traits de Tyler s'éclairèrent d'un large sourire. Il me prit la main, la retourna et me caressa l'intérieur du poignet du bout des doigts.

— Je ne suis pas comme eux Callie. Il est hors de question que ma famille soit reléguée au second plan. Ma femme et mes enfants resteront toujours ma priorité. Je risque de te surprendre mais je préfère amplement réussir ma vie personnelle que professionnelle. Je serais prêt à être maçon ou plombier mais je ne serai jamais prêt à abandonner et à faire souffrir la femme que j'aime et les merveilleux enfants qu'elle m'aura donnés. Ils se sont trompés

Callie, ton père et le mien, et je ne commettrai pas leurs erreurs. Je t'en fais le serment.

Tyler porta ma main à sa bouche pour déposer un léger baiser au creux de mon poignet.

— Il va falloir que tu me fasses confiance et que tu crois en nous, comme moi j'y crois, reprit-il.

Devant ce discours sincère et touchant, l'émotion me submergea.

— Je te fais confiance à cent pour cent, et je crois en nous, murmurai-je, émue.

Nous nous sourîmes, un sourire tendre, complice, plein d'amour.

CHAPITRE 14

Les dix jours qui suivirent passèrent à une vitesse fulgurante. La décoration de l'appartement de Cliff avançait rapidement. La salle de séjour, comportant une partie salon, était déjà terminée et la première chambre, dans les tons beige et gris, prenait tournure.

Tous les après-midi, je me rendais à New York, arpentais les magasins d'ameublement puis terminais ma journée chez Cliff pour la livraison et l'installation du mobilier.

Le soir, je dînais et dormais chez Tyler, car Solen avait pris ses quartiers dans le logement au-dessus de notre boutique, boutique qu'elle aménageait d'ailleurs avec le bon goût qui la caractérisait. Je la rejoignais chaque matin afin de débriefer sur l'avancée de nos travaux respectifs.

Bruce Fleming, le conseiller juridique de mon père, avocat de son état, nous avait apporté son aide pour les démarches inhérentes à la création de notre société.

Je n'avais pas revu Cliff mais il m'avait téléphoné pour me féliciter de mon travail qu'il trouvait absolument remarquable.

Tyler n'avait toujours pas rompu ses fiançailles avec Sydney, cette dernière prolongeant son séjour en

Californie. Il devenait de plus en plus impatient, supportant difficilement de garder notre relation secrète, aussi avait-il décrété que, si elle n'était pas revenue d'ici une semaine, il renoncerait à l'attendre et lui annoncerait leur rupture par téléphone.

Je sortis de mon bain avec regret. Aujourd'hui était un grand jour. C'était ce soir que mon père affrontait Roy Clifford pour le débat final de quatre-vingt-dix minutes qui se déroulait à la Kean University à Union. Je m'enveloppai dans un peignoir en éponge et pris la direction de la cuisine où je retrouvai Solen en train de préparer un délicieux repas.

— Il est un peu tôt pour dîner, dis-je en levant le nez sur la pendule.

— Je veux que tu manges quelque chose avant de partir. Tu as deux heures de route et tu ne pourras rien avaler avant vingt-trois heures.

J'esquissai un sourire amusé pendant que Solen retournait l'omelette aux fines herbes dans la poêle.

— Bien maman.

Une minute plus tard, elle fit glisser l'omelette sur une assiette qu'elle déposa ensuite devant moi. L'odeur me mit l'eau à la bouche.

Bien qu'il ne fût que dix-huit heures, je dévorai comme si je n'avais pas mangé depuis deux jours. Je n'en laissai pas une miette. Après avoir bu un grand verre d'eau, je regagnai ma chambre pour m'habiller.

Cette soirée allait être un calvaire pour moi mais je ne pouvais m'y soustraire. Je devais être là, avec ma mère et ma sœur, pour soutenir mon père.

Je poussai un soupir à fendre l'âme en observant le tailleur-pantalon noir posé sur mon lit. Pour une fois, j'avais mis de côté mon aversion pour ce type de vêtement. J'enfilai une chemise blanche puis le pantalon et la veste avant de me planter devant le miroir pour me détailler d'un œil critique.

Je fis la grimace en me voyant affublée comme ces femmes d'affaires à l'allure austère. Pourtant, je devais bien le reconnaître, cela ne m'allait pas si mal. Le tailleur soulignait mes courbes et mettait en valeur mes longues jambes. Je déboutonnai les trois premiers boutons de la chemise pour faire moins strict et me rendis à la salle de bain où je me maquillai avec soin. Après avoir relevé mes cheveux en un chignon sophistiqué, tout en laissant volontairement quelques mèches de chaque côté de mon visage, je mis mes clous d'oreille en diamant, chaussai des bottes à talons hauts, me vaporisai généreusement de parfum et sortis de ma chambre.

— Ouah ! La classe ! s'exclama Solen en me contemplant d'un air admiratif.

Je lui décochai un sourire forcé.

— Je me passerais volontiers de cette soirée, dis-je d'un ton plaintif.

— Cesse de gémir, Callie ! J'imagine que le beau Tyler sera présent pour te tenir compagnie.

— Tyler sera là, mais pas pour me tenir compagnie. N'oublie pas que c'est son job d'épauler mon père ! Ils ont travaillé d'arrache-pied sur ce débat décisif pour les élections. De plus, nous n'avons pas encore officialisé notre... liaison.

— Tu crois que ton père va mal réagir ? demanda Solen.

— Honnêtement, je n'en sais rien, répondis-je en prenant mes clés de voiture. On verra bien. Et toi, que fais-tu ce soir ?

— Je vais chez mes parents. Nous allons regarder le débat à la télévision.

— Erwan aussi ?

Le regard de Solen brilla de malice.

— Mon frère reste à Newark. Il a rendez-vous avec une charmante brunette du nom d'Amy.

Accaparée par la création de notre société, mon travail dans l'appartement de Cliff et ma récente idylle avec Tyler, je n'avais pas revu ma sœur depuis pratiquement deux semaines. Néanmoins, je savais qu'elle et Erwan se fréquentaient assidûment.

— Je suis contente pour eux ! lançai-je en ouvrant la porte de l'appartement.

Nous échangeâmes un clin d'œil complice juste avant que je ne referme la porte.

Une fois assise au volant de ma voiture, j'envoyai un sms à Tyler afin de l'informer que je partais d'Atlantic City, comme il me l'avait demandé.

Deux heures quinze plus tard, je me garais à proximité du théâtre Wilkins sur le campus de la Kean University.

Dès ma sortie de voiture, je fus assaillie par une nuée de journalistes et de photographes. Des questions et des flashes fusèrent dans tous les sens. Agacée, je tentais de me frayer un chemin au milieu de ce tohu-bohu lorsque quelqu'un m'empoigna la taille. Tournant la tête, je découvris Tyler.

— Sors-moi de là, soufflai-je, soulagée.

Il m'adressa un sourire encourageant. Sa main posée sur ma hanche, nous nous faufilâmes avec agilité à travers la foule médiatique. Il ne nous fallut que quelques secondes pour atteindre le calme de la salle. Il me lâcha mais me guida vers les sièges réservés à la famille et aux membres du Cabinet de Jerry. Après avoir salué ma mère, ma sœur, Bruce, le gouverneur adjoint, ainsi que quelques conseillers de mon père, je m'installai sur le siège libre entre Bruce et Amy. Quant à Tyler, il était placé juste derrière moi.

Je balayai les lieux du regard et croisai des yeux qui me dévisageaient avec insistance. Bethany Clifford ! A côté d'elle, se trouvait le type que Tyler avait cogné, le dénommé Steve Clarkson. Je soutins son regard, fermement décidée à ne pas baisser les yeux devant cette pimbêche. Au bout de dix longues secondes, ce fut Bethany qui abdiqua la première, pour ma plus grande satisfaction.

Je reportai alors mon attention sur la scène. Les deux pupitres accueillant les candidats étaient encore vides mais les trois journalistes ainsi que le professeur de sciences politiques de la Kean University, choisis pour interroger les candidats, étaient déjà en place, de même que l'animateur, le journaliste Mike Shelton.

Soudain, Tyler se pencha vers moi.

— Tu es superbe dans cette tenue, murmura-t-il.

La caresse de son souffle chaud sur ma joue me fit frissonner.

— Tu me préfères habillée en tailleur BCBG ? demandai-je tout bas.

— Je t'ai déjà dit que ton style vestimentaire ne me posait aucun problème. Et puis, de toute façon, je te préfère sans rien… sans rien du tout.

Je frémis des pieds à la tête. Tyler avait décidément l'art et la manière de me plonger dans un émoi indescriptible. Une simple petite phrase chuchotée au creux de mon oreille et je n'avais qu'une seule envie, écarter les cuisses pour qu'il me prenne avec toute la fougue dont je le savais capable.

Je me raisonnai et me concentrai à nouveau sur l'estrade où les deux candidats faisaient leur apparition sous un tonnerre d'applaudissements. Le débat commença sans tarder.

Mon père, majestueux dans son costume gris, était parfaitement à l'aise. Grâce à son charisme impressionnant, à sa verve intarissable et à ses talents oratoires, il ne mit pas longtemps à prendre le dessus sur son adversaire, s'exprimant avec aisance, facilité et conviction, décochant innocemment quelques piques toujours bien placées, apportant de temps à autre des touches d'humour jusqu'à faire sourire les journalistes, ne se départant jamais de son calme, même quand Roy se montrait agressif.

Ce dernier, se sentant dominé, commençait d'ailleurs à montrer quelques signes d'énervement. Plus le débat avançait, plus il devenait fébrile, perdant le peu d'assurance qu'il affichait jusque-là. Tyler avait raison. Roy Clifford ne faisait pas le poids face à Jerry.

Un bras se posa sur le dossier de mon fauteuil et la bouche de Tyler se colla contre mon oreille.

— Prétexte une migraine pour éviter la petite réception prévue après le débat. Nous rentrerons directement chez moi.

— Tu n'assistes pas au lunch ?

— J'ai déjà informé Jerry que j'étais fatigué et que, par conséquent, je m'éclipserais dès la fin du débat.

— Ok pour la migraine.

— Oh, j'allais oublier, j'ai une surprise pour toi.

— Laquelle ? questionnai-je, curieuse et intriguée.

— Tu vas devoir patienter mon amour, murmura-t-il avant de reprendre sa place.

Mon cerveau se mit à réfléchir aussitôt. Quelle surprise ? Je n'eus pas le temps de m'éterniser sur le sujet car Amy me tira la manche.

— C'est quoi ces messes basses ? me demanda-t-elle.

— Je ne peux rien te dire, sinon je serai obligée de te tuer, plaisantai-je.

Amy sourit.

— Je suis sûre que vous complotez pour vous défiler avant la réception.

— Humm..., tu as trouvé parce que tu fais pareil sans doute. J'ai entendu parler d'un rendez-vous galant à Newark.

Les yeux d'Amy brillèrent de joie.

— C'est exact. Erwan et moi sortons officiellement ensemble depuis quelques jours.

— Je suis contente pour vous, déclarai-je, réellement ravie.

— Et toi ? Avec Tyler ? Quand avez-vous l'intention de l'annoncer ?

— Dès qu'il aura rompu ses fiançailles. Pour l'instant, Sydney est toujours à Los Angeles et ne semble guère pressée de revenir dans le New Jersey.

Amy haussa les épaules.

— Quelle importance ! Il n'a qu'à la larguer par sms ou par courrier. Elle est en train de s'amuser comme une folle avec ses copines à l'autre bout du pays. Tyler n'a pas à se conduire en gentlemen avec cette bonne femme, elle ne le mérite pas.

— Ce n'est pas pour elle qu'il agit ainsi, c'est uniquement par respect pour Cliff.

Amy soupira.

— Le pauvre ! Je dois admettre qu'il n'a vraiment pas de chance, une ex-femme déjantée qui ne cherche qu'à lui soutirer du fric, un fils stupide et vantard, une fille égoïste et méchante. L'arrivée d'une personne normale dans la famille devait être une bénédiction pour Cliff.

— Et une malédiction pour Tyler, rajoutai-je.

— Enfin, il est tiré d'affaire désormais.

Nous cessâmes notre bavardage avant de nous faire tirer les oreilles par notre mère, qui nous lançait de fréquents regards courroucés.

Dix minutes plus tard, le débat s'achevait. Cliff et Roy se serrèrent la main, une poignée de main brève et froide. Jerry arborait un grand sourire tandis que Roy, les lèvres pincées, accusait une mine d'enterrement. Tyler se leva.

— On y va ! me dit-il à voix basse.

J'acquiesçai puis allai informer ma mère qu'une migraine me tenaillait et que je n'assisterais pas à la réception, préférant rentrer directement à Atlantic City pour me coucher. Celia me proposa gentiment de dormir à Princeton afin d'éviter des kilomètres dans la nuit. Je déclinai son offre et rejoignit Tyler. Amy m'emboîta le pas.

Nous quittâmes le théâtre du campus tous les trois. A peine étions-nous sortis que nous croisâmes le chemin de Bethany Clifford, fumant une cigarette. Je soupirai tout fort en l'entendant interpeller Tyler.

— Salut Tyler ! Comment va ta charmante fiancée ? s'enquit-elle tout en me fixant d'un air supérieur.

Même si mes poings me démangeaient, je restai stoïque.

— Je ne saurais que trop te conseiller d'éviter de croiser ma route, faute de quoi je ferai ce qui s'impose, répondit-il d'une voix menaçante.

Bethany reporta son attention sur Tyler qu'elle gratifia d'un regard noir.

— Pfff..., souffla-t-elle avant de tourner les talons.

— Et arrête de fumer, ça jaunit les dents et ça brouille le teint ! cria Amy. Comment veux-tu garder un mec avec cette tête-là ?

Sans se retourner, Bethany nous adressa un doigt d'honneur.

— La ferme McBride !

Amy éclata de rire puis se dirigea vers sa voiture.

— Bonne soirée les tourtereaux, dit-elle en nous saluant de la main.

— Toi aussi. Passe le bonjour à Erwan.

— Je n'y manquerai pas.

Nous regagnâmes chacun notre véhicule. Je suivis Tyler jusqu'à Lawrenceville. Nous nous garâmes dans la cour de la grosse maison bourgeoise dans laquelle il habitait depuis une dizaine d'années. Les propriétaires, ayant des difficultés à honorer le crédit de leur maison, avaient transformé le deuxième étage en un petit appartement, avec une entrée indépendante, puis l'avaient vendu.

J'eus à peine le temps de m'extirper de ma voiture que Tyler m'empoigna la main et me fit grimper les escaliers à toute vitesse. Je crois que, à mon instar, il avait également une envie démesurée de faire l'amour. En effet, dès qu'il referma la porte de son appartement, il me plaqua contre le mur pour m'embrasser à perdre haleine, avec une voracité qui en disait long sur son état d'exaltation.

De mon côté, je ne pensais qu'à une chose, le sentir coulisser en moi à une cadence infernale. Aussi, je le débarrassai de sa veste et commençai à déboutonner sa chemise avec un acharnement proche de l'hystérie. Lui aussi s'activait frénétiquement sur mes boutons qui ne résistèrent que quelques secondes avant de s'éparpiller sur le sol.

Douze heures sans se voir, quatorze sans se toucher, et voilà où nous en étions réduits… à nous sauter dessus avec une bestialité sauvage.

— Callie, j'ai failli devenir fou ! Je n'ai pas pu écouter une seule parole du débat. Jerry aurait pu se retirer des élections, raconter les pires idioties ou se foutre à poil pour danser la samba que je n'en aurais rien eu à foutre. J'étais littéralement obsédé par toi, et tout ce que nous allions faire ensuite.

J'esquissai un sourire lascif.

— Ah…, alors quel est le programme ? susurrai-je d'une voix douce.

— Ca, répondit-il en me soulevant pour m'emmener jusqu'au séjour.

En une fraction de seconde, j'étais sur le bord de la table, le pantalon et le string sur les chevilles. Tyler baissa son pantalon et son slip avant de venir se coller entre mes jambes.

Guidés par nos instincts primitifs, animés par un désir aussi urgent que puissant, nous délaissâmes les préliminaires pour assouvir immédiatement ce besoin vital que nous avions l'un de l'autre.

Je voulais qu'il s'enfonce en moi, qu'il me possède avec cette passion féroce dont il savait faire preuve et qui me faisait perdre la tête.

Tyler accéda à mon vœu, me pénétrant d'un grand coup de reins. Sans attendre, il se mit à bouger à un rythme effréné. Tremblante d'excitation, je m'accrochai à ses cheveux pendant qu'il me martelait avec une ardeur implacable. Mes gémissements de plaisir se mêlaient à ses grognements sourds dans un concert de sons gutturaux et inarticulés. Lorsque ses poussées s'intensifièrent, je crus devenir folle. Excités à l'extrême, nous sombrâmes simultanément dans un orgasme salvateur, m'arrachant un cri étranglé.

Tyler, essoufflé, enfouit sa tête dans mon cou. Nous demeurâmes enlacés de longues minutes, pantelants, repus, emplis d'un bien-être incommensurable. Peu à peu, nous émergeâmes de notre torpeur bienfaitrice. Après un long baiser, nous nous dirigeâmes vers la salle de bain.

Je m'arrêtai au pied d'un immeuble cossu de six étages dont la façade élégante annonçait un intérieur chic et soigné. Je mis ma main en visière pour protéger mes yeux du soleil et levai la tête pour examiner les grandes baies vitrées du dernier étage, là où se trouvait le bureau de Nina Holden, avocate au sein du cabinet Zigman & Warfield. C'est là que je me rendais. J'avais bataillé ferme pour obtenir un rendez-vous en urgence.

Il y a deux jours, juste après le débat entre Roy et Jerry, Tyler m'avait remis le nom et les coordonnées de Nina Holden. Il s'agissait de la surprise qu'il avait évoquée. Fidèle à sa promesse, il s'était rendu à l'université de Princeton et avait rencontré son professeur de sciences politiques, Milton Brown, avec lequel il avait conservé des liens amicaux. Par chance, ce dernier se souvenait effectivement de Darrell McBride, étudiant timide, solitaire et mal dans sa peau. La seule personne qu'il fréquentait sur le campus était sa petite amie, une certaine Nina Holden, qui étudiait la sociologie, tout comme lui.

Tyler avait donc fait des recherches sur Nina. Après ses études à l'université de Princeton, elle avait intégré la faculté de droit de Harvard puis, son diplôme en poche, avait décroché un emploi au sein d'un cabinet d'avocats de Syracuse, dans l'Etat de New York.

Dès le lendemain, j'avais donc téléphoné chez Zigman & Warfield pour solliciter un entretien avec elle. Pour ce faire, j'avais emprunté le nom de famille de ma mère, craignant que celui de McBride ne me ferme la porte. A force de persévérance et de subterfuges, j'avais finalement obtenu un rendez-vous rapidement.

Je soupirai avant de reporter mon regard sur la porte d'entrée. Le ventre noué par l'anxiété, j'avançai à pas lents. Quatre heures de route pour arriver jusqu'ici, alors pas question de se dégonfler maintenant.

Je passai la porte tournante pour me retrouver dans un immense hall au sol en marbre brillant comme un miroir et aux murs lambrissés de boiseries. J'empruntai un ascenseur aussi luxueux que la décoration du hall.

Arrivée au dernier étage, je stoppai devant une porte en bois massif sur laquelle était accrochée une plaque dorée portant le nom du cabinet. Après avoir appuyé sur la sonnette, j'ouvris la porte et me retrouvai dans une petite pièce lumineuse au mobilier contemporain. Une femme d'une quarantaine d'années, assise derrière un ordinateur, m'adressa un sourire.

— Bonjour.

— Bonjour, répondis-je en avançant dans sa direction. J'ai rendez-vous à onze heures avec madame Holden.

La secrétaire tapota sur son ordinateur.

— Madame Callie Hadley ?

— Oui, approuvai-je.

La femme se leva.

— Suivez-moi, je vais vous conduire en salle d'attente. Madame Holden viendra vous chercher dès qu'elle sera disponible.

Elle ouvrit une porte et m'invita à entrer. Je m'installai dans un fauteuil club moderne. Pour patienter, je feuilletai un magazine people mais il m'était impossible de me concentrer sur quoi que ce soit. J'étais impatiente, stressée et nerveuse. Une foule de questions s'entassait dans mon esprit. Allais-je enfin en apprendre un peu plus sur Darrell ? Découvrirais-je des choses plaisantes ou dérangeantes à son sujet ? Comprendrais-je les propos accusateurs de ma mère ? Mais, le point le plus crucial, Nina Holden, acceptera-t-elle de me parler de Darrell ?

Soudain, la porte s'ouvrit sur une femme grande et mince, moulée dans un tailleur gris anthracite. Des cheveux bruns coupés à la garçonne, des yeux bleus, des sourcils parfaitement épilés, un maquillage sans fausse note, des ongles longs recouverts d'un vernis rouge vif, Nina Holden était l'image même de la femme sophistiquée et sûre d'elle. Dans mon pantalon en cuir et mon pull en maille ajourée, je faisais pâle figure.

— Madame Hadley ?

Je me levai précipitamment.

— Oui.

— Veuillez me suivre, je vous prie.

Je lui emboîtai le pas. Nous entrâmes dans un bureau spacieux et moderne.

— Asseyez-vous, dit Nina en me désignant un fauteuil en cuir blanc.

Je m'exécutai.

— Alors, je vous écoute. Ma secrétaire m'a dit que vous aviez un problème urgent à régler. De quoi s'agit-il ?

Je me trémoussai sur mon siège en repensant aux divers mensonges que j'avais racontés pour obtenir un rendez-vous aussi vite.

— En fait, je ne m'appelle pas vraiment Hadley. Je... mon nom est... Callie McBride, je suis la sœur de Darrell McBride, balbutiai-je en triturant nerveusement une mèche de mes cheveux.

Un silence ponctua ma déclaration. Durant quelques secondes, je gardai les yeux rivés sur mes cuisses puis les relevai pour observer l'avocate. Son visage ne reflétait aucune émotion, pas même de l'étonnement. Seul, son index tapotait le plateau en verre de son bureau.

— Ecoutez madame, notre entretien commence déjà très très mal. Rencontrer une avocate sous un faux nom n'est pas la meilleure des idées. Et si vous n'avez rien d'important à me dire, je préfère en rester là. J'ai de *vraies* affaires urgentes à régler.

Ces paroles me firent l'effet d'une douche froide. Son ton glacial ainsi que son air réprobateur me déplurent. N'ayant guère le choix, je fis contre mauvaise fortune bon cœur et tentai de me justifier.

— J'avais peur que vous refusiez de me recevoir si je divulguais ma véritable identité, aussi j'ai emprunté le nom de jeune fille de ma mère. Je n'ai effectivement rien d'important à vous dire mais vous, vous avez peut-être des choses à m'apprendre sur mon frère. Je sais que vous l'avez bien connu.

Nina se pinça les lèvres.

— Je suis avocate, pas assistante sociale. En conséquence, je vous invite à quitter mon bureau. Si vous avez des questions au sujet de votre frère, adressez-vous à quelqu'un d'autre.

— Qui ? m'exclamai-je en bondissant de mon fauteuil. Même ma propre famille refuse de répondre à mes interrogations, pourtant légitimes !

— Ce n'est pas mon problème, lâcha l'avocate en haussant les épaules. Sortez d'ici avant que j'appelle la sécurité.

Dépitée, je secouai la tête avant de tourner les talons. A son intonation ferme et définitive, je savais qu'il était vain d'insister.

— Désolée de vous avoir importunée, ce n'était pas le but. Je suis juste à la recherche de la vérité parce que je suis convaincue qu'on me cache des informations sur mon frère. Je pense même qu'il n'est pas mort d'une rupture d'anévrisme. Au revoir, madame Holden, dis-je en tournant la poignée de la porte.

— Une minute ! Quel est votre prénom déjà ?

Je me figeai.

— Callie.

— Tout bien considéré, j'ai peut-être des choses à vous dire, Callie. Oubliez l'avocate un instant, elle est trop rigide. Revenez vous asseoir avec une amie fidèle de votre frère.

Un soulagement immense se peignit sur mes traits et je fis demi-tour. En m'installant sur le fauteuil que je venais de quitter, j'adressai un sourire reconnaissant à Nina.

— Je persiste à croire que ce n'est pas mon rôle de vous parler de Darrell mais je crois aussi que vous devriez savoir la vérité.

Je hochai la tête, trop bouleversée pour prononcer un seul mot.

Nina resta silencieuse un long moment avant de se lancer :

— J'ai effectivement connu votre frère. Nous suivions les mêmes cours à l'université de Princeton. Je l'aidais, du mieux que je le pouvais, à trouver sa place au milieu de tous ces étudiants brillants et ambitieux. Mais Darrell était malheureux. Il se repliait sur lui-même, ne voulant qu'une seule chose, intégrer l'Ecole des Arts Visuels à New York pour étudier la photographie. Il en a parlé plusieurs fois à son père mais ce dernier refusait catégoriquement d'envisager cette option. En désespoir de cause, Darrell s'est soumis à la loi paternelle.

J'émis un rire dur.

— Ce n'est guère surprenant. Il n'y a que la politique ou le droit qui trouve grâce aux yeux de mon père. Ma sœur et moi avons dû batailler et ruser pour exercer le métier de notre choix.

— Darrell n'était apparemment pas aussi obstiné et volontaire que ses sœurs. J'ai bien tenté de le pousser à passer outre les ordres familiaux pour suivre la voie professionnelle qu'il s'était fixée au départ mais il voulait tellement que son père soit fier de lui qu'il a sacrifié beaucoup de choses auxquelles il tenait, déclara Nina d'une voix altérée.

Pour la première fois depuis que j'étais entrée dans ce bureau, je vis le visage de la trentenaire s'assombrir. Un éclair de tristesse traversa son regard. Etait-il possible que cette femme, la petite amie de Darrell, entrait dans la catégorie des choses qu'il avait sacrifiées ? Peut-être que Jerry n'était pas d'accord avec le choix amoureux de son fils ? Je décidai d'en savoir plus.

— A-t-il sacrifié aussi votre amour ? demandai-je avec hésitation.

Nina m'observa un court instant.

— Darrell et moi étions juste des amis, cela n'est jamais allé plus loin.

J'écarquillai les yeux de surprise.

— Ah bon, j'ai cru que vous...

Nina m'interrompit.

— C'était une ruse. Tout le monde nous croyait ensemble mais ce n'était pas la réalité. Je lui servais en quelque sorte de couverture.

Alors là, j'étais perdue. Pourquoi Darrell jouait-il une telle mascarade ? Je regardai l'avocate droit dans les yeux.

— Dans quel but simuler une fausse relation sentimentale ?

Nina soupira.

— Je voulais les aider et les protéger, Darrell et mon frère. A l'époque, l'homosexualité n'était pas aussi bien acceptée que de nos jours, sans compter que Jerry McBride, pur républicain, n'a pas toléré que l'un des membres de sa famille se fourvoie dans une situation qu'il jugeait immorale et contre-nature. Dès que votre père a appris leur relation, il a expressément exigé que Darrell rompe avec Kenneth mais votre frère n'a jamais pu lui obéir sur ce point.

Cette déclaration me fit un choc. Je restai assise sur mon siège, les yeux dans le vague, l'esprit en pleine confusion. Ainsi Darrell était homosexuel ! Pourquoi m'avait-on caché cette information capitale ? Pourquoi m'avait-on tenue à l'écart ?

— Je suis écœurée, articulai-je faiblement.

Nina me décocha un regard incendiaire.

— Etre gay n'est pas une maladie ou une tare ! s'insurgea-t-elle.

— Vous vous méprenez sur mes propos, rétorquai-je. Que Darrell soit homosexuel ne me dérange pas mais le fait que ma famille me l'ait dissimulé, par contre, si.

— Comme je vous l'ai déjà indiqué, ce n'était pas à moi de vous parler de votre frère mais il semblerait que vos parents préfèrent oublier un passé qui les dérange.

Nina avait raison. Au vu de leurs valeurs traditionalistes, Celia et Jerry étaient de fervents opposants au mariage homosexuel. Nul doute que si le mode de vie de Darrell avait été découvert, cela les aurait mis dans une position embarrassante et aurait également entaché la carrière politique de mon père.

— Et au sujet de sa mort, vous savez quelque chose ? m'enquis-je, la boule au ventre.

Nina secoua négativement la tête.

— Je ne sais rien sur le décès de Darrell, sauf que…

Elle laissa sa phrase en suspens.

— … sauf que quoi ? Continuez ! m'écriai-je, impatiente.

— J'ai questionné Kenneth mais il n'a rien voulu me dire. Néanmoins, je connais bien mon frère, je sens quand il y a un truc qu'il refuse de me révéler.

Même si j'en avais appris beaucoup aujourd'hui, cela ne me suffisait pas. Je devais aller jusqu'au bout et percer les secrets entourant la mort de Darrell.

— J'aimerais rencontrer votre frère, dis-je d'un ton résolu.

Nina ébaucha un infime sourire.

— Je m'en doutais un peu mais je ne sais pas si c'est une bonne idée. Kenneth a mis du temps à se remettre de la perte de Darrell. Voir sa sœur et reparler d'un passé douloureux ne feraient que rouvrir ses anciennes blessures.

— Moi aussi, j'ai des blessures à soigner et je n'y parviendrai que si je découvre enfin ce qui est réellement arrivé à mon frère.

Nina s'empara de son bloc-notes et d'un crayon.

— Kenneth habite à Wayne au 71 Cheyenne Way, près de Pines Lake. Vous ne le trouverez pas chez lui aujourd'hui car il rentre du Canada. Il est photographe de paysages.

— Photographe, relevai-je avec intérêt. La même passion que Darrell.

— Oui. Ils se sont rencontrés lors d'une exposition au Centre International de la Photographie. Kenneth y présentait quelques-unes de ses œuvres, précisa Nina en me tendant le papier contenant l'adresse de son frère.

Je le pris et me levai.

— Merci beaucoup. Vous m'avez été d'une aide précieuse.

— J'espère seulement que toute cette histoire ne fera pas à nouveau souffrir Kenneth, déclara Nina d'un ton peiné.

— Ce n'est pas mon intention. Je ne dirai rien qui puisse le blesser car quelque part vit en lui une partie d'un frère que je n'ai que trop peu connu.

Je me dirigeai vers la porte.

— Au revoir madame Holden.

— Nina, appelez-moi Nina. Nos relations n'ont rien de professionnelles.

— Au revoir Nina.

— Au revoir Callie. Si vous repassez dans le coin, faites-moi signe. Nous pourrons papoter autour d'un café.

Je refermai la porte en souriant. Finalement, cette journée s'était révélée fructueuse. J'en avais appris plus sur mon frère en l'espace de trente minutes qu'en quatorze années.

Je m'arrêtai dans un pub où je pris le temps de me restaurer avant de rentrer à Lawrenceville.

Quelques heures plus tard, confortablement blottie entre les bras de Tyler, je lui confiai tout ce que Nina m'avait révélé au sujet de mon frère. Tyler m'écouta sans m'interrompre avant d'abonder en mon sens sur l'homosexualité de Darrell, à savoir que mes parents avaient dû fort mal réagir à cette annonce et avait certainement mené la vie dure à leur fils. D'ailleurs, Tyler lui-même n'était pas favorable au mariage gay. Il était convaincu, tout comme Jerry et Celia, qu'une famille ne pouvait être composée que d'un homme et d'une femme. Jusqu'à présent, moi aussi j'étais plutôt de leur avis mais l'homosexualité de Darrell changeait la donne. Lorsqu'une situation vous touchait personnellement, les choses apparaissaient soudain sous un angle diamétralement différent.

J'informai Tyler que je comptais me rendre chez Kenneth dès le lendemain pour tirer toute cette affaire au clair.

Chapitre 15

En ce dix-huit octobre, une pluie fine tombait sans discontinuer. J'avais travaillé toute la matinée à New York dans l'appartement de Cliff avant de prendre la route pour Wayne afin d'y rencontrer Kenneth Holden. Je longeais lentement Cheyenne Way lorsque le GPS m'indiqua que j'étais arrivée à destination. Je tournai dans une allée pavée de briques puis arrêtai ma voiture devant une villa moderne de plain-pied cachée au milieu des arbres. Je descendis de mon véhicule puis courus jusqu'à la porte d'entrée, abritée par une marquise en fer forgé. Je sonnai.

La porte ne tarda pas à s'ouvrir sur un homme en jean et sweat-shirt avec des yeux aussi sombres que ses cheveux.

« *Il ne ressemble pas à sa sœur* », songeai-je en scrutant Kenneth avec attention.

— Kenneth Holden ? demandai-je pour obtenir confirmation.

L'homme me gratifia d'un grand sourire avant de hocher la tête avec dénégation.

— Non, mais je vous l'appelle. Entrez !

Il referma la porte avant de crier :

— Kenneth ! C'est pour toi !

Avant que je ne puisse le remercier, il avait déjà disparu. J'attendis, la gorge nouée, le cœur battant.

Soudain, un autre homme, vêtu d'un pantalon de survêtement gris clair et d'un tee-shirt blanc, déboula dans le hall. Il se posta devant moi et me dévisagea en fronçant les sourcils. Cette fois-ci, je reconnus Kenneth. Il était très séduisant, des épaules larges, un teint halé qui faisait ressortir ses yeux bleus, les mêmes que ceux de Nina, des cheveux blonds foncé et un visage aux traits réguliers.

— Nous avions rendez-vous ? s'enquit-il en m'examinant de la tête au pied.

D'un seul coup, je paniquai. J'avais presque espéré que sa sœur l'ait mis au courant de ma venue... ou qu'il me reconnaisse. Après tout, j'avais eu ma photo dans le journal il y a quelques semaines grâce à cette peste de Bethany.

— Euh..., pas exactement, bredouillai-je d'une voix tremblante. C'est... votre sœur qui m'a donné votre adresse.

— Nina ! s'exclama-t-il. Pour quelle raison ?

Je me dandinai d'un pied sur l'autre. Je ne savais pas pourquoi mais j'étais moins à l'aise devant lui que je ne l'étais face à sa sœur la veille. Peut-être qu'effectivement j'avais conscience que je le ferais souffrir en évoquant Darrell. Et puis, mon frère avait aimé cet homme, ce qui le rendait unique et sympathique à mes yeux.

Tandis que je me mordillais nerveusement la lèvre, Kenneth croisa les bras sur sa poitrine en m'observant avec amusement. Apparemment, mon embarras ne lui avait pas échappé et il trouvait ça drôle.

Je respirai profondément.

— Je suis la sœur de Darrell, annonçai-je d'un trait.

La lueur d'amusement dans son regard disparut instantanément. Il me fixa en silence pendant un instant qui me parut durer une éternité.

— Callie, murmura-t-il. J'aurais dû m'en douter. Tu…tu lui ressembles.

Je ne répondis rien, la gorge nouée. L'émotion que je lisais dans ses yeux me donnait déjà presque envie de pleurer. Je parvins néanmoins à contenir mes larmes.

— Viens, dit-il en me guidant vers le salon.

Kenneth désigna le canapé d'angle en cuir noir.

— Assieds-toi. Veux-tu boire quelque chose ? Thé, café, soda ?

— Un café, merci, répondis-je en m'asseyant.

— Je reviens tout de suite.

Il quitta la pièce. Je patientai en examinant le salon meublé avec un goût exquis, des meubles contemporains et design, un parquet en bois exotique, des murs ornés de superbes photographies de paysages témoignant des divers voyages de Kenneth, et le clou du spectacle, une majestueuse cheminée en pierre.

Soudain, des bruits de vaisselle et des voix attirèrent mon attention. Je me demandai ce que Kenneth pouvait bien raconter à son ami sur ma présence chez eux. Opterait-il pour la vérité ?

Quelques secondes plus tard, Kenneth apparut et déposa un plateau contenant deux cafés, du sucre, un petit pot de lait et une coupelle de biscuits secs sur la table basse.

— Les gâteaux proviennent de chez « Foodtown ». Je ne suis rentré que hier soir et Lance n'est pas un as de la cuisine, s'excusa Kenneth.

Je souris.

— Aucune importance ! Je ne suis pas non plus experte en la matière.

Il s'installa sur un fauteuil, face à moi.

Après avoir sucré copieusement son café, il me regarda droit dans les yeux.

— Quatorze années se sont écoulées depuis la disparition de ton frère, j'imagine que tu n'es pas là juste pour me dire bonjour.

Je croisai mes jambes en entortillant une mèche de cheveux autour de mon index.

— Je suis ici pour en apprendre un peu plus sur Darrell. Et si j'ai mis autant de temps pour venir te voir, c'est parce que je n'ai découvert ton existence que depuis hier. J'ai bien tenté de questionner mes parents mais tout ce qui concerne mon frère est un sujet tabou dans la famille.

— Comme c'est surprenant ! lâcha Kenneth, sarcastique.

Je plissai les yeux devant son intonation caustique.

— Je sais que toi et mon frère étiez ensemble et que votre relation n'était pas du goût de mon père.

Kenneth souffla sur son café avant d'en avaler une gorgée.

— Effectivement, approuva-t-il. Jerry nous a pourri la vie. Si tu me disais exactement ce que tu veux savoir ?

Je me trémoussai d'une fesse sur l'autre.

— C'est un peu… délicat.

Kenneth leva les yeux au plafond.

— Puisque tu es venue jusqu'ici, autant aller jusqu'au bout, non ?

Je hochai la tête.

— Est-ce que Darrell est décédé d'une rupture d'anévrisme ?

Un long silence plana dans la pièce.

— Pourquoi une telle question ? demanda Kenneth d'une voix mal assurée.

— Le peu d'éléments en ma possession ne corrobore pas cette version.

Kenneth ouvrit la bouche puis se ravisa.

— Mets-toi à ma place, j'ai besoin de savoir ! J'en assez de ces secrets, suppliai-je.

Kenneth soupira.

— J'aurais préféré ne pas évoquer ce sujet. J'aurais également préféré que tes parents te disent la vérité. Qu'ils dissimulent cette tragédie aux médias, je le comprends aisément car ce sont des charognards mais ils auraient au moins pu t'en informer. Les secrets de famille, ce n'est jamais bon et ça finit fatalement par vous exploser au visage un jour ou l'autre.

Le ton grave de Kenneth me fit frissonner. Qu'allait-il m'apprendre de si terrible ? Saisie d'appréhension, je ne fus plus si sûre de vouloir découvrir la vérité. Peut-être valait-il mieux ne rien savoir finalement ?

— Darrell n'est pas décédé d'une rupture d'anévrisme, il s'est suicidé.

Heureusement que j'étais assise car ma tête se mit à tourner, ma vue se brouilla, mes oreilles bourdonnèrent. Le choc de cette annonce me coupa même la respiration et je restai un moment hors de toute réalité.

Lorsque je repris mes esprits, Kenneth se trouvait à mes côtés, emprisonnant mes mains dans les siennes et m'observant avec inquiétude.

— Désolé de t'avoir annoncé ça de cette façon. J'aurais dû y mettre plus de tact.

— Il n'y avait pas trente-six mille façons de m'annoncer le suicide de mon frère. Peux-tu m'en dire plus ? Sais-tu comment il a mis fin à ses jours ?

— Je ne sais rien là-dessus. Les seuls détenteurs de cette information sont tes parents et, comme tu l'as dit précédemment, ils ne sont pas enclins à parler de Darrell.

J'écarquillai les yeux.

— Comment peux-tu être certain que ce soit bien un suicide alors ?

— Darrell m'a envoyé une lettre d'adieu. Lorsque je l'ai reçue, il était trop tard. Il avait déjà mis son projet à exécution. Je n'ai rien pu faire, si ce n'est lire et relire ce bout de papier qui m'a carrément anéanti.

— Tu l'as gardé ?

Kenneth acquiesça.

— Serais-tu d'accord pour me le montrer ? demandai-je d'une voix incertaine.

Il me lâcha les mains et se leva.

— Je vais le chercher même si, à mon avis, ce n'est pas la meilleure des idées.

— Pourquoi n'as-tu pas rétabli la vérité quand tu as découvert que mes parents avaient menti sur le décès de Darrell ?

Kenneth émit un rire bref.

— Pour ne pas salir sa mémoire. Si les journaux s'étaient emparés de cette affaire, toute ta famille aurait été traînée dans la boue, et la mienne aussi par la même occasion. Ces rapaces auraient fourré leur nez partout jusqu'à ce qu'ils découvrent des choses croustillantes ou, le cas échéant, les inventent. Je connais bien leurs pratiques écœurantes, ils n'ont aucun respect pour personne. Pour vendre leurs feuilles de choux, ils sont prêts à aller très loin. Je ne voulais pas de scandale médiatique. Darrell repose en paix, c'est mieux ainsi.

Sur ces paroles, il sortit de la pièce. Encore bouleversée, je me dirigeai vers la fenêtre et regardai, dans un état semi-léthargique, la pluie ruisseler sur les carreaux. Je demeurai immobile jusqu'à ce qu'un bruit retentisse derrière moi. Je me retournai pour me retrouver face à Kenneth, un papier à la main. Il me le tendit avec un sourire triste.

Sans un mot, je le dépliai et lus silencieusement la missive.

« Mon amour, cela fait plus d'un an maintenant que je suis confronté à un dilemme cruel et insupportable, choisir entre les deux hommes que j'aime le plus en ce monde. Si je vis à tes côtés, je perdrai définitivement mon père. Si je te quitte, ce sera l'enfer sur terre. Dans un cas comme dans l'autre, une partie de moi mourra et je ne serai jamais réellement heureux... J'en viendrai peut-être même à haïr celui que j'aurai « choisi » par obligation. J'ai bien peur que la seule solution soit de me retirer vers des contrées plus paisibles. Cela te libérera également du poids mort que je suis devenu ces derniers temps. Je cesserai

enfin d'empoisonner ton existence avec mes jérémiades et mes coups de blues récurrents. Oh ! Tu ne m'as jamais rien reproché mais je suis conscient que notre relation ne t'a pas épargné. Désormais, te voilà libre... Vis ! Vis, et sois heureux pour nous deux. C'est un ordre ! Je t'aime et t'aimerai toujours. Darrell. PS : je t'interdis formellement de culpabiliser. N'oublie pas que, de là-haut, je te surveille... Adieu. »

Lorsque j'eus terminé ma lecture, j'étais au bord des larmes. Je rendis la lettre à Kenneth d'une main tremblante.

— Merci, soufflai-je d'une voix éteinte.

Sans un mot, Kenneth prit la lettre et la posa sur la table basse.

— Je suis navrée, poursuivis-je, vraiment navrée pour tout ce que ma famille vous a fait endurer à Darrell et à toi. J'ai honte…

Des larmes se mirent à dévaler le long de mes joues, m'empêchant de lui dire tout ce que je ressentais. Kenneth m'attrapa le poignet et m'attira dans ses bras.

— Hey, hey, hey ! Tu n'y es pour rien. Tu n'as absolument aucune raison d'avoir honte ou de t'en vouloir.

Devant son ton fraternaliste, mes larmes redoublèrent. Kenneth me caressa les cheveux en me berçant tendrement, comme l'aurait fait un frère. Lorsque mes sanglots s'apaisèrent, il prit la parole.

— Darrell me parlait très souvent de sa petite sœur pour qui il éprouvait une profonde affection. Je peux t'assurer qu'il tenait énormément à toi.

— Alors pourquoi m'a-t-il abandonnée ? gémis-je avec désespoir.

— Moi aussi il m'a laissé Callie. C'était un choix, son choix, même si j'ai mis longtemps à l'accepter, déclara Kenneth.

— Son choix ! répétai-je d'un ton presque indigné. Aurait-il agi ainsi s'il n'avait pas été poussé par un père borné et tyrannique ? Si Darrell avait eu des parents plus tolérants, il serait encore en vie.

— Ne cherche pas un coupable. Je l'ai fait durant des années et ça m'a rendu encore plus malheureux. J'en voulais à tout le monde, à commencer par Jerry, puis ta mère, moi, et même Darrell pour avoir brisé notre vie. J'ai failli y laisser ma santé et ma raison.

— Comment peux-tu être aussi calme et compréhensif ? demandai-je en m'écartant légèrement de lui.

— La colère, le ressentiment, le chagrin et la douleur, j'ai éprouvé tout ça. J'ai mis six ans à me remettre de la perte de Darrell, à pouvoir penser à lui sans avoir envie de tout casser, à être capable de regarder une photo sans avoir envie de le rejoindre. Je ne l'oublierai jamais mais j'ai dû apprendre à vivre sans lui.

Je perçus la pointe de nostalgie dans sa voix. Je sus alors que je ne pouvais pas partir d'ici et le laisser derrière moi. C'était inconcevable ! Je voulais le revoir, je voulais mieux le connaître, je voulais tisser des liens étroits et solides avec lui.

— Je voudrais que tu fasses partie de ma famille, Kenneth.

Il tiqua, visiblement surpris par ma requête.

— Enfin, si tu es d'accord... bien sûr, rajoutai-je, ne sachant comment interpréter sa réaction.

Kenneth se passa une main dans les cheveux.

— C'est-à-dire que..., je, c'est vraiment gentil mais... je crois qu'entre ton père et moi, ça ne passera jamais. Notre passif est trop lourd.

Je posai ma main sur son épaule.

— Je me suis mal exprimée. Je parle uniquement de moi, mes parents ne font pas partie du lot.

— Alors c'est avec grand plaisir, lâcha-t-il avec un sourire soulagé. Si nous reprenions un café en bavardant. Je voudrais tout savoir de toi. Tes études ? Ton métier ?

Je levai les yeux au ciel.

— Mes études ! Vaste sujet de discorde entre mon père et moi mais je lui ai tenu tête.

Kenneth se frotta les mains.

— Cette histoire promet d'être passionnante.

Deux heures plus tard, je reprenais la route. Kenneth aurait préféré que je reste encore un peu au vu de la pluie torrentielle et des fréquentes bourrasques de vent. J'avais refusé tout en lui promettant d'être prudente.

Au fur et à mesure que je me rapprochais de Princeton, ma colère contre Jerry s'amplifiait et mon pied enfonçait l'accélérateur. Je déboulai comme une furie dans la cour. Je me garai juste derrière la voiture de Tyler. J'allais avoir une sérieuse discussion avec mon père.

Je pénétrai dans la maison silencieuse et me dirigeai directement vers le bureau. J'ouvris la porte à toute volée, faisant sursauter Jerry et Tyler, penchés sur des documents. Faisant fi de leurs regards abasourdis, je me plantai devant le bureau, les poings sur les hanches.

— Je sais tout ! criai-je, hors de moi.

— Callie, soupira Jerry. J'ai une tonne de boulot et pas de temps pour jouer aux devinettes.

Je me rapprochai, posai mes deux mains à plat sur le bureau et le regardai droit dans les yeux.

— Darrell n'est pas mort d'une rupture d'anévrisme. Il s'est suicidé ! Je viens d'avoir une conversation fort intéressante avec Kenneth. Tu te souviens de Kenneth ? grondai-je d'une voix sourde, essayant de dominer ma colère.

A ces mots, le visage de mon père prit une teinte blafarde. Il tenta d'articuler quelque chose mais un son, à peine audible, sortit de sa gorge. J'avais décidé de ne pas lui faire de cadeau, aussi j'éclatai d'un rire dur.

— J'espère que c'est la culpabilité qui t'étouffe !

— Callie..., murmura mon père, les yeux remplis de tristesse.

Il approcha sa main pour me toucher la joue mais je fis un bond en arrière.

— Maman avait raison, tu es responsable de sa mort ! Et elle aussi en te laissant faire et en se taisant ! J'ai lu la lettre d'adieu que Darrell a envoyée à Kenneth, comment as-tu pu *leur* faire ça ? Comment as-tu pu *nous* faire ça ?

Tandis que mon père restait immobile et taiseux, une fureur sans limite s'empara de moi. Je ne voulais plus de silence, de mensonges, de non-dits. Je tapai violemment sur le plateau du bureau.

— Réponds bordel !

Mon père tressaillit face à mon accès de violence.

— J'ai toujours été contre l'homosexualité, alors quand Darrell m'a annoncé qu'il était amoureux... d'un homme, j'ai..., je ne l'ai pas supporté... Je n'aurais jamais pensé que mon fils me ferait un coup pareil.

Je me tapai le front de la paume de ma main.

— Un coup pareil ! répétai-je en hurlant. Comme s'il l'avait fait exprès !

Jerry se leva de son fauteuil.

— Je suis désolé Callie. Je n'ai pas su gérer, j'étais anéanti, je me sentais trahi par la chair de ma chair.

Son plaidoyer pitoyable m'irrita davantage.

— Darrell ne t'a jamais trahi ! Arrête de toujours tout ramener à toi ! Puisqu'il n'y a que ta petite personne qui compte, il ne fallait pas faire d'enfants ! Sache que lorsque nous devenons parents, nos priorités changent, mais visiblement pas chez les McBride. Toi d'abord, le bonheur et les besoins de ta famille ensuite. Tu as tué ton fils, délaissé ta mère, tourné le dos à ta sœur et tu fais preuve d'une autorité dictatoriale avec ta femme et tes filles. Est-ce que tu t'en rends compte au moins ? Tu n'es qu'un monstre ! Un monstre égoïste et cruel !

Sentant mes larmes affluer, je fis brusquement demi-tour.

— Callie ! Attends ! cria Jerry.

— Je ne resterai pas dans cette maison une minute de plus ! tonnai-je en dévalant les escaliers.

J'entendis des pas derrière moi.

— Callie ! Je t'en conjure, reste ici, le temps est trop mauvais ! Tu n'es pas en état de prendre le volant !

— Rien à foutre !

Mon père s'adressa alors à Tyler.

— Fais quelque chose ! implora-t-il.

Je n'entendis plus leurs voix car je venais d'ouvrir la porte d'entrée. La pluie tambourinait avec force et le vent soufflait par bourrasques. Je courus jusqu'à ma voiture puis démarrai sur les chapeaux de roue. Avant de passer le portail, je jetai un œil dans mon rétroviseur intérieur et aperçus Tyler qui me faisait de grands signes depuis le perron. Je l'appellerai plus tard. Pour l'instant, j'avais juste besoin d'être seule pour apaiser ma colère.

Au bout de deux minutes, je regrettai de ne pas avoir écouté Jerry. La pluie fouettait le pare-brise avec acharnement, la voiture tanguait sous les rafales du vent, la visibilité était quasi nulle. Mes yeux humides ainsi que le tremblement nerveux de mes mains n'arrangeaient rien à la situation.

Je fus soulagée d'apercevoir un véhicule derrière moi. Quand ce dernier me fit des appels de phare, j'esquissai un sourire, comprenant qu'il s'agissait de Tyler. Je relâchai ma vigilance et abordai le virage suivant un peu trop vite. La voiture glissa sur la chaussée, mordit le bas-côté avant de heurter un arbre. L'airbag se déclencha, me plaquant contre le dossier du siège. Sonnée, je restai sans bouger jusqu'à ce que ma portière s'ouvre dans un grincement de tôle.

— Callie ! hurla la voix angoissée de Tyler.

Je tentai de remuer les lèvres. Impossible.

— Callie ! s'époumona à nouveau Tyler, de plus en plus paniqué.

— Je n'ai rien, parvins-je à répondre.

— Ca va aller, je vais te sortir de là, m'assura-t-il.

En effet, il ne lui fallut pas longtemps pour percer l'airbag et m'extirper délicatement de la voiture. Les jambes flageolantes, je me cramponnai à son cou. Tyler me serra tout contre lui, enfouissant sa bouche dans mes cheveux.

— Bon sang ! Ne me refais plus jamais ça Callie, plus jamais !

— Je suis désolée, dis-je en retrouvant avec bonheur la chaleur et le réconfort de ses bras.

Nous restâmes enlacés un moment, savourant nos retrouvailles. La pluie ruisselait sur nos visages, traversant nos vêtements. Soudain, Tyler me souleva du sol pour se diriger vers sa Chevrolet.

— Je peux marcher, protestai-je faiblement.

Il m'embrassa sur le front.

— Laisse-moi prendre soin de toi.

Il me déposa sur le siège avant.

— Je vais récupérer tes affaires, dit-il avant de refermer la portière.

Je bouclai ma ceinture et patientai, les yeux clos, encore assommée par tous ces derniers évènements. Quelques secondes plus tard, Tyler s'installa derrière le volant et me remit mon sac.

Il démarra puis fit demi-tour pour reprendre la direction de Princeton. Je jetai un dernier regard sur ma voiture, bonne pour la casse.

— Elle ne m'aura pas fait long feu, soupirai-je en me renfonçant dans le siège.

— Ce n'est qu'une voiture Callie. Les dégâts matériels n'ont strictement aucune importance.

Son téléphone sonna à cet instant précis. Tyler décrocha et conversa avec mon père, l'informant de mon accident, le rassurant sur mon état de santé et lui demandant de prévenir le docteur Carpenter.

— Je n'ai pas besoin d'un médecin, grognai-je sitôt qu'il eut raccroché.

— Je serai plus rassuré lorsque le docteur t'aura examinée.

— D'accord mais allons chez toi alors. Je... je ne veux pas voir... mon père.

Tyler ne fit aucun commentaire mais continua son chemin.

— As-tu entendu ce que j'ai dit ? finis-je par demander.

— Parfaitement, mais je ne te laisserai pas commettre la même erreur que moi. Tu dois parler avec Jerry.

Sa remarque suscita mon intérêt.

— Quelle erreur ?

— Quand ma mère s'est suicidée, j'ai tenu moi aussi mon père pour unique responsable. Je lui ai jeté un tas d'horreur au visage, j'ai refusé de le soutenir, je l'ai laissé seul avec sa souffrance. Il avait perdu la femme qu'il aimait et son fils unique le haïssait alors il a trouvé du réconfort dans la bouteille. Il est décédé avant que je puisse lui dire combien je regrettais. Oui, je regrettais mes paroles agressives, mon attitude ingrate et mon raisonnement absurde. Ma mère avait le choix, elle n'était pas forcée de quitter ce monde, elle pouvait tout simplement quitter son mari. Darrell aussi avait le choix. C'est lui, et lui seul, qui a décidé de mettre fin à ses jours. Je ne défends pas le comportement de Jerry mais ce dont je suis certain, c'est qu'il n'a jamais voulu la mort de son fils. Je donnerais tout pour revenir en arrière et m'expliquer avec mon père. Toi, tu as la possibilité de le faire, alors n'hésite pas.

J'écoutai Tyler sans l'interrompre. J'avais ressenti les regrets, la douleur, la tristesse dans sa voix.

— Tu parles comme Kenneth, dis-je à mi-voix.

— Alors c'est forcément un type bien, plaisanta Tyler.

— Il l'est, affirmai-je sérieusement. D'ailleurs, nous allons nous revoir souvent. Je veux qu'il fasse partie de ma vie. J'espère que cela ne te dérange pas ?

— Quelle drôle de question ! Pourquoi serais-je contre cette idée ?

— Il est gay.

— Je sais. Et… ?

— Ben…, tu es républicain et tu n'es pas spécialement…

Tyler me coupa la parole.

— Me prendrais-tu pour un gros con, Callie ?

Je ne pus m'empêcher de sourire à son intonation indignée et son langage inhabituel.

— Pas du tout.

— Bien, donc l'affaire est réglée, conclut-il en s'arrêtant devant la demeure de Jerry.

Il descendit, fit le tour de la voiture et me reprit dans ses bras. Tandis qu'il montait les marches, la porte s'ouvrit sur mon père. Il me dévisagea. Je l'évitai, me cachant le visage dans l'épaule de Tyler. La discussion, d'accord... mais pas ce soir. J'étais à bout de forces.

Tyler monta les escaliers puis me déposa dans ma chambre.

— Je dois ôter mes vêtements, dis-je en regardant mes habits complètement trempés.

Tyler acquiesça et sortit de la chambre. Après avoir choisi un long tee-shirt dans le dressing, je me rendis dans la salle de bain pour me déshabiller, m'essuyer et enfiler le vêtement.

Je venais à peine de me glisser sous les draps qu'un coup retentit contre ma porte.

— Entrez !

Le docteur Carpenter pénétra dans la pièce. Il m'ausculta longuement, ne constatant rien d'anormal. Il me prodigua néanmoins quelques conseils sur des symptômes éventuels à surveiller. Avant de partir, il alla chercher un verre d'eau à la salle de bain et sortit une boîte de médicament de sa mallette. Il me tendit le verre et un comprimé.

— Prenez ceci. C'est un sédatif.

— Je n'aime pas trop ces trucs, rétorquai-je en lançant un regard suspicieux sur le comprimé.

— Personne ne les aime mais ils ont toutefois leur utilité.

Epuisée, je lui obéis sans rechigner. Dès que le médecin quitta ma chambre, Tyler me rejoignit.

— Comment vas-tu ? demanda-t-il en s'asseyant sur le bord du lit.

— Je vais bien Tyler, tu peux quitter ce visage anxieux.

— Jerry attend dans le couloir. L'autorises-tu à entrer ?

— Pas ce soir, je suis trop fatiguée. Je le verrai demain matin.

Tyler n'insista pas. Il prit ma main dans la sienne. Pour me changer les idées, il engagea la conversation sur la décoration de l'appartement de Cliff. Au bout d'une dizaine de minutes, mes paupières s'alourdirent et je bâillai à m'en décrocher la mâchoire.

— Le docteur m'a filé un de ces cachets qui fait dormir, expliquai-je pour excuser ma soudaine apathie.

— Alors dors mon amour, dit Tyler en déposant un tendre baiser sur mes lèvres.

— Je t'aime, déclarai-je d'une voix déjà engourdie.

— Moi aussi, je t'aime, répondit Tyler en me couvant d'un regard adorateur.

D'un seul coup, je perçus un mouvement du côté de la porte. Avec stupeur, je distinguai mon père, debout dans l'encadrement. Il nous avait entendus, il savait. Je ne pouvais pas laisser Tyler se justifier tout seul, je devais à tout prix rester éveillée pour l'aider à affronter le redoutable Jerry. Je luttai tant que je pus pour garder les yeux ouverts mais je sombrai inexorablement dans le sommeil.

CHAPITRE 16

La caresse d'un rayon de soleil sur ma joue me tira de mon sommeil. Je soulevai péniblement une paupière pour regarder l'heure. Dix heures... Avec une grimace, je me redressai sur le lit.

— Ah, ben quand même ! s'exclama une voix féminine.

Je souris à ma sœur qui s'approchait.

— Comment vas-tu ? demanda-t-elle.

Je fis la moue.

— Un peu courbaturée, avouai-je.

Amy secoua la tête.

— Avais-tu réellement besoin de jouer les pilotes de course sous une pluie battante ?

— Je n'allais pas vite ! m'écriai-je en m'extirpant de mon lit. Ma voiture a glissé dans un virage.

— Tu fais quoi là ?

— Je me lève. Je ne compte pas passer la journée au lit pour un petit accident de rien du tout.

— Tu devrais quand même te reposer. Antonia m'a demandé de la prévenir quand tu serais réveillée afin qu'elle t'apporte ton petit déjeuner.

— Je ne suis pas blessée donc je vais prendre mon petit déjeuner à la cuisine.

Tout à coup, je repensai à la veille. Juste avant de m'endormir comme une masse, mon père avait surpris mes échanges amoureux avec Tyler.

— Où est Tyler ?

— Il est allé chercher Sydney à l'aéroport. Il doit avoir une discussion sérieuse avec elle avant de rencontrer Cliff.

Ah oui… Tyler m'avait effectivement informée du retour de Sydney mais, avec tous les récents évènements, cela m'était sorti de l'esprit.

— J'ose espérer que papa ne l'a pas renvoyé.

Amy roula des yeux ronds comme des soucoupes.

— Pour quelle raison aurait-il fait ça ?

— Il sait, pour Tyler et moi. Il nous a vus échanger un baiser hier soir.

— Tant mieux ! Vous n'allez pas vous cacher éternellement, répondit Amy en haussant les épaules.

J'étais loin de partager son optimisme mais je me tus. J'entrai dans le dressing pour choisir des habits puis gagnai la salle de bain. Après une douche revigorante, j'enfilai un jean et un pull, attachai mes cheveux en queue-de-cheval et rejoignis Amy, affalée de tout son long sur mon lit.

— J'ai prévenu Antonia, m'informa-t-elle en désignant de la tête le plateau posé sur la table basse.

Il me semblait pourtant avoir été explicite en stipulant que je prendrais mon petit déjeuner à la cuisine… Renonçant à discuter, je m'attablai. Amy s'installa face à moi et nous mangeâmes tout en évoquant son audition du lendemain.

Un coup contre la porte nous interrompit. Je n'eus pas le temps de répondre que mon père pénétrait déjà dans la pièce.

— Comment vas-tu ?

Contrairement à la veille, je ne fuis pas son regard.

— Physiquement, ça va...

Je laissai volontairement ma phrase en suspens. Il comprit parfaitement le message sous-jacent « *moralement, c'est une autre histoire* ».

Je remarquai que Jerry n'était pas aussi confiant qu'à l'accoutumée. Il avait d'ailleurs tout de l'homme qui venait de passer une nuit blanche, les traits tirés, le teint cireux et des yeux reflétant la fatigue et la tristesse. Comme il restait debout, immobile, je lui fis signe de s'asseoir. Il prit place sur la chauffeuse. Je me tournai alors vers ma sœur.

— Amy, peux-tu nous laisser un moment ?

Elle me gratifia de son regard sceptique qui signifiait « *es-tu certaine ?* ». Je lui adressai un sourire rassurant. Amy se leva et quitta la chambre. Un silence gêné, lourd de tension, s'instaura.

Je fus la première à le rompre.

— Je t'écoute.

Jerry se racla la gorge.

— Tu as raison. C'est à cause de moi et de mes principes étriqués que Darrell n'est plus parmi nous aujourd'hui. J'aime mes enfants et j'ai toujours voulu ce qu'il y avait de mieux pour eux, sans songer un seul instant à leurs propres envies. En ce qui concernait Darrell, j'avais d'ambitieux projets. Je le destinais à une carrière brillante, homme politique, avocat ou même chirurgien. Quand il m'a déclaré qu'il voulait devenir photographe, je lui ai ri au nez en lui disant que ce n'était pas comme ça que je serais fier de lui. Il s'est résigné et a entamé des études de sociologie à l'université. Quelques mois plus tard, il m'a annoncé qu'il était... homosexuel et qu'il avait rencontré un jeune homme dont il était fou amoureux. J'ai très mal réagi. Dans le but de ruiner cette relation que j'estimais humiliante et malsaine, j'ai eu recours aux menaces, au chantage et à toutes sortes de subterfuges mais je ne suis jamais parvenu à mes fins. J'aurais pu, et j'aurais dû, abdiquer et les laisser tranquille, surtout en voyant que Darrell devenait de plus en plus malheureux et déprimé. Hélas, je n'en ai rien fait et mon fils a fini par se pendre... à la poutre... de sa chambre...

Sa voix n'était plus qu'un murmure quand il prononça ses derniers mots. Quant à moi, j'étais totalement bouleversée. Bouleversée par la façon dont mon frère avait quitté notre monde mais aussi par la profonde tristesse que je ressentais dans les propos de mon père. Jerry déglutit plusieurs fois en tirant un morceau de papier de la poche de son pantalon.

— C'est la lettre que Darrell m'a laissée. Elle était posée sur son oreiller. Si tu veux la lire.

Sans réfléchir une seule seconde, je m'en emparai.

« *Papa, pardonne-moi de ne pas avoir été le fils dont tu rêvais. J'aurais aimé être à la hauteur de tes espérances et de tes ambitions mais chaque fois que j'ai essayé, cela s'est soldé par un échec. Je ne peux pas quitter Kenneth pour te satisfaire tout comme je suis également incapable de te tourner le dos pour vivre pleinement mon amour avec lui. Je suis beaucoup trop faible pour trouver ma place en ce monde. J'ai donc choisi une autre voie, celle de la paix éternelle. Je t'interdis formellement de culpabiliser, ce n'est pas de ta faute. Tu as tes convictions et elles sont toutes aussi honorables que les miennes. Elles sont juste différentes, opposées même... Je me permets de te demander une ultime faveur. Invente une excuse au sujet de ma mort, une rupture d'anévrisme par exemple. Ainsi, les requins de la presse ne seront pas tentés de fouiner pour en savoir plus. Je ne veux pas que notre famille, ou celle de Kenneth, soit dénigrée ou salie. Prends soin de maman, Amy et Callie. Vous me manquerez tous. Adieu, Darrell ».*

Je restai coite, les yeux fixés sur ce bout de papier. J'avais accusé mon père d'avoir tué son fils, je l'avais condamné d'office tandis que Darrell, le principal concerné, lui donnait l'ordre de ne pas culpabiliser.

J'eus soudain affreusement honte de mon comportement, d'autant plus que le mensonge sur le motif de son décès était le souhait de Darrell, lui-même, et non pas l'œuvre de mon père pour préserver sa réputation, comme je l'avais cru au premier abord.

— Je te présente toutes mes excuses pour t'avoir balancé tous ces propos injustes. Je n'avais rien compris, dis-je en lui rendant la lettre. Malgré mes vingt-deux ans, tu peux encore me mettre une bonne paire de claques, je le mérite amplement.

— Ne dis pas de sottises. Ta mère et moi aurions dû tout te raconter depuis longtemps mais parler de Darrell était tellement difficile que nous avons retardé l'échéance le plus possible jusqu'à ne plus vouloir le faire. Quand Celia a découvert son corps, elle a été profondément choquée. Pour son bien, il a fallu que j'enlève rapidement toutes les photos de Darrell, que je me débarrasse de ses affaires et que je transforme sa chambre parce que chaque fois qu'elle y entrait, elle s'effondrait littéralement. Ensuite, plus rien n'a été comme avant.

— Maman te tient responsable de la mort de Darrell, c'est pour ça que votre couple est parti à la dérive ?

Jerry inspira profondément.

— Celia s'en veut de ne pas avoir protégé son fils et n'arrive pas à se le pardonner. Quant à notre situation conjugale désastreuse, je suis le seul à blâmer. Après le décès de Darrell, je me suis éloigné de tout le monde, de ma femme, qui avait pourtant besoin de moi plus que jamais, de mes filles et de ma mère. La souffrance est parfois mauvaise conseillère. En me réfugiant dans le travail, j'oubliais tout, même que j'avais une famille. C'était une réaction stupide mais, une fois de plus, je n'ai pas su assumer.

— Malgré tout, vous vous êtes accrochés puisque vous n'avez pas divorcé.

— J'aime toujours ma femme mais si Celia avait voulu divorcer, je ne l'aurais pas empêchée. Je n'ai pas été un bon mari, ni un bon père, ni un bon fils d'ailleurs. Tu n'as pas tort, j'ai tourné le dos à ma mère et à ma sœur. Désormais, il est temps que je répare mes erreurs. Après les élections, je compte me rendre à Drummore sur la tombe de Donella. J'en profiterai pour passer du temps avec Moyra.

Tout à coup, quelqu'un toussa. Nous tournâmes la tête d'un même élan. Ma mère, appuyée contre le chambranle de la porte, nous observait silencieusement. Depuis combien de temps était-elle là ? Avait-elle tout entendu ? Je parierais que oui au vu de ses yeux brillants et de sa mine émue.

Elle s'avança lentement vers nous.

— Si tu n'y vois pas d'inconvénient, j'aimerais aller en Ecosse avec toi, dit-elle à mon père. J'aime beaucoup cet endroit et j'ai très envie de revoir Moyra.

Jerry, soufflé par sa proposition, resta bouche-bée de longues secondes.

— Enfin, si tu acceptes ma présence, enchaîna Celia en constatant son mutisme.

Mon père se reprit.

— Je serais ravi que tu m'accompagnes.

Un léger sourire se dessina sur les lèvres de ma mère. Elle continua à avancer dans ma direction puis s'assit à mes côtés. Sans une parole, elle me serra dans ses bras. Je restai stupéfaite, les bras ballants, devant cet élan de tendresse inhabituel.

— Nous avons fait n'importe quoi, souffla-t-elle d'une voix nouée par l'émotion.

Je levai les yeux sur elle et vis qu'elle fixait mon père d'un regard embué.

— Nous n'aurions pas dû nous replier sur nous-même et nous enfermer dans un silence hostile qui nous a détruits à petit feu, continua-t-elle d'un ton affligé. La perte d'un enfant est une épreuve terrible à surmonter, d'autant plus quand on en est responsable mais nous n'avons pas fait le moindre effort pour reprendre le dessus et sauver notre famille. Nous avions pourtant deux filles, deux filles adorables qui avaient besoin de nous et nous les avons lâchement abandonnées. Finalement, nous sommes de bien piètres parents... Nous aurions dû être là pour vous, nous aurions dû vous entourer de notre amour, nous aurions dû vous révéler la vérité sur le décès de Darrell dès qu'Amy et toi avez été en âge de savoir. Au lieu de ça, nous nous sommes murés dans notre chagrin, rongés par les regrets et la culpabilité. Nous avons laissé perdurer une situation qui nous a entraînés inexorablement dans une spirale destructrice.

Scotchée par le discours de ma mère, je demeurai silencieuse. Il était rare que Celia se confie et parle autant.

Sans desserrer les lèvres, je mis ma main dans la sienne et l'autre dans celle de mon père.

— Il est temps de ressouder nos liens, pour notre avenir, pour notre famille, pour Darrell, dis-je, touchée par leur détresse et leur chagrin respectifs.

Nous nous regardâmes tous les trois avec une tendresse infinie. Pas besoin de paroles pour savoir que quelque chose venait de changer dans nos relations. Tyler avait raison. Cette discussion avec mes parents avait vraiment été bénéfique.

— Il est même plus que temps, répondit mon père d'une voix tremblante. Quel dommage que Darrell ne soit plus là ! J'aurais réellement aimé lui faire part de ma repentance et lui présenter mes excuses pour mon comportement inadmissible.

— Peut-être pourrais-tu en présenter à quelqu'un d'autre ? suggérai-je prudemment. Ce serait déjà un pas vers l'univers de Darrell.

— A Kenneth, énonça gravement Jerry.

Je hochai affirmativement la tête.

— Il a beaucoup souffert, sans doute encore plus que Darrell.

— Je m'en doute. J'irai voir Kenneth, même si je sais d'avance qu'il ne pourra pas me pardonner. Ce qui est parfaitement normal puisque je ne me pardonne pas moi-même, alors comment le pourrait-il ? Toujours est-il que cela me fera du bien de lui parler.

— Merci.

— Nous allons te laisser te reposer, dit ma mère en se levant.

— Je n'ai aucun besoin de repos, j'ai dormi comme une masse avec ce foutu somnifère, grommelai-je.

Celia m'adressa un sourire affectueux avant de se diriger vers la porte en compagnie de mon père. Cependant, avant qu'ils ne sortent, j'avais encore une question à poser.

— Papa ! Es-tu fâché contre Tyler ?

Jerry, la main sur la poignée de la porte, se retourna pour me dévisager d'un air perplexe. Il revint vers moi.

— Je ne vois pas pour quelle raison je serais en colère. J'aime Tyler comme un fils. Il est sérieux, intelligent, courageux, honnête et plus ouvert d'esprit que ton vieux père. De plus, après avoir longuement discuté avec lui hier soir, je n'ai absolument aucun doute sur l'amour qu'il te porte.

— Je craignais que tu sois furieux et que tu ne le renvoies, lâchai-je d'une voix quelque peu préoccupée.

— Je ne l'ai pas renvoyé, mais Tyler m'a remis sa démission. Il quittera ses fonctions juste après les élections.

Un hoquet de surprise m'échappa.

— Je n'en savais rien ! Je suis sincèrement désolée pour toi, il était un élément important au sein de ton équipe. Maintenant, pour être honnête, je ne te cache pas que plus il s'éloignera du monde politique, plus je serai heureuse.

Un large sourire éclaira le visage de mon père.

— Je le sais Callie. Tyler aussi le sait. Néanmoins, s'il venait à rester dans la politique, ce dont je doute, sa priorité sera toujours le bonheur et le bien-être de sa famille. En ayant fait les frais avec ses parents, il ne laissera jamais son métier entraver sa vie personnelle. Tu peux avoir confiance en lui.

— J'ai confiance.

— Tant mieux. Je suis certain que vous serez heureux ensemble et que vous me donnerez de beaux petits-enfants ! lança Jerry en m'adressant un clin d'œil.

Mes lèvres se retroussèrent en un sourire mutin.

— Inutile de t'emballer ! On va attendre un peu pour les enfants.

Après un regard complice, mon père tourna les talons pour rejoindre sa femme puis ils quittèrent la pièce.

Je me dirigeais vers la fenêtre lorsque mon téléphone sonna. C'était Solen qui, ayant appris mon accident de voiture par Erwan, venait aux nouvelles. Nous discutâmes un long moment. Je lui racontai mon entretien avec Kenneth, mon comportement ignoble avec mon père puis nos explications familiales du matin. Entre chaque phrase, je la rassurai sur mon état de santé, subissant régulièrement ses foudres pour avoir pris le volant dans mon état et avec un temps exécrable.

Je venais tout juste de raccrocher quand on frappa à ma porte. D'un bond, qui m'arracha une plainte sourde à cause de mes muscles encore endoloris, j'allai ouvrir. Tyler, dans un jean et un pull écru en laine, se tenait dans l'encadrement de la porte, un grand sourire aux lèvres.

Je poussai un petit cri lorsque j'aperçus la griffure qui barrait sa joue droite.

— Apparemment, ça ne s'est pas très bien passé, déclarai-je en refermant la porte derrière lui.

Tyler haussa les épaules avant de s'incliner pour m'embrasser avec passion. Comme d'habitude, je répondis à son baiser avec une fougue comparable à la sienne. Dès que Tyler posait ses lèvres sur les miennes, mon corps s'embrasait comme un feu de paille et j'oubliais tout. Plus rien n'existait, hormis lui et moi.

— Comment te sens-tu ? demanda-t-il en reculant d'un pas pour me dévisager avec insistance.

Décelant des traces d'inquiétude sur son visage, je m'empressai de le rassurer.

— Je vais merveilleusement bien. Et toi ?

Il sourit. Bon sang ! Il fallait qu'il arrête de m'adresser ce sourire empreint d'un érotisme brûlant sinon il allait finir dans mon lit sans sommation.

— Je suis soulagé, heureux et très amoureux.

Si j'avais encore eu des doutes sur l'amour que Tyler éprouvait pour moi, ils auraient définitivement disparu devant le regard énamouré qu'il dardait sur moi en cet instant.

Je me rapprochai de lui.

— Qu'est-t-il arrivé exactement ? questionnai-je en caressant la griffure de mon index.

— Je me suis fait agressé par une harpie, s'esclaffa Tyler.

Malgré moi, je fus saisie d'un frisson de culpabilité. Même si je n'aimais pas Sydney, je la plaignais. Je connaissais l'épreuve qu'elle était en train de traverser. Je me souvenais de la douleur qui était la mienne lorsque Tyler me rejetait.

— Tu ne devrais pas te moquer d'elle. Elle est malheureuse.

— Garde ta compassion Callie. Sydney ne souffre pas, elle est tout simplement vexée que j'aie osé la quitter. La grande Sydney Carlisle n'aime personne, à part elle-même.

Devant la véracité de ses propos, le peu d'empathie que je ressentais s'évanouit instantanément.

— Et Cliff ? m'enquis-je avec une certaine appréhension. Quelle a été sa réaction ?

Tyler esquissa une moue amusée.

— Il était au courant.

— Au courant ! Pour nous ? m'exclamai-je, étonnée.

— Cliff a deviné ce que nous ressentions l'un pour l'autre dès qu'il nous a vus ensemble lors de la soirée de fiançailles. Sa présomption s'est encore renforcée lorsque nous nous sommes rendus à New York dans son appartement. Il était persuadé que je n'épouserais pas sa fille.

— Et… il ne t'en veut pas ?

— Cliff préfère me savoir heureux avec toi plutôt que malheureux avec Sydney.

— Eh bien, cet homme est drôlement compréhensif.

— Il est juste réaliste et lucide. Avoir vécu vingt ans avec une femme égoïste, froide et cupide lui permet de ne pas se faire trop d'illusions sur le caractère et les intentions de sa propre fille. Sydney aura vraisemblablement la même vie que sa mère, jalonnée de scandales, de liaisons tapageuses et de divorces.

Je levai les yeux au ciel. Je ne comprendrais jamais ces femmes uniquement intéressées par leur apparence physique et le compte en banque de leurs amants.

— J'ai eu une longue conversation avec mon père et ma mère, ce matin. Nous avons enfin crevé l'abcès et parlé avec franchise. Tu avais raison, cela nous a rapprochés et a permis d'éclaircir bon nombre de mystères.

— J'ai toujours raison, dit Tyler en arborant un air faussement supérieur.

Je lui assenai une tape sur le bras.

— Quelle arrogance ! Quitte immédiatement cette expression prétentieuse ou je te jette dans mon lit, t'arrache tes habits et joue avec ton corps des heures durant.

Tyler rit.

— C'est un programme diablement alléchant... un peu risqué toutefois. Je suis dans la maison de mon employeur.

— Mon père ne te considère pas comme un simple salarié, affirmai-je sans détour.

— Je sais. Ce n'est toutefois pas une raison suffisante pour que Jerry ou Celia nous surprenne en plein milieu de nos ébats. L'autre fois, j'étais déjà affreusement gêné quand Amy est entrée comme une tornade dans ta chambre alors que nous étions encore habillés, aussi je préfère attendre d'être seul avec toi pour mettre en pratique toutes les idées dépravées qui me trottent dans la tête, et dans la tienne aussi apparemment.

A ces mots prononcés avec une sensualité troublante et sous son regard enflammé, je frémis d'excitation. Je décidai de dévier sur un autre sujet avant que mon self-contrôle ne me déserte totalement et que je me rue sur lui, poussée par mon instinct bestial.

— Il paraît que tu as démissionné.

— C'est exact. Néanmoins, je reste auprès de Jerry jusqu'aux élections.

— Suis-je responsable de ton départ ?

— En quelque sorte, admit-il. Cela fait des années que je bosse d'arrache-pied et cette situation me convenait parfaitement. Maintenant, j'aspire à d'autres choses, je veux passer du temps avec la femme que j'aime, partir en vacances, acheter une maison au bord de l'océan, profiter des plaisirs de la vie et fonder une famille, ma famille.

Je frissonnai de plaisir. Aujourd'hui c'était moi, et non plus Sydney, que je voyais sur une terrasse ensoleillée face à la mer, en compagnie de Tyler et de nos enfants.

— Que comptes-tu faire ensuite ?

— Cliff m'a proposé le poste de Directeur Général au sein de son entreprise « Solara Corporation ». Tu en as peut-être déjà entendu parler ?

Je réfléchis un bref instant avant de secouer la tête.

— Non. Où se trouve-t-elle ?

— Son siège social se situe à Corbin City. C'est une firme internationale qui fabrique des composants reprogrammables. Elle fournit des solutions logiques personnalisées à des industries du monde entier. Ses produits sont utilisés dans de nombreux secteurs tels que l'automobile, l'informatique, le médical, le militaire... Enfin, elle est cotée en bourse depuis cinq ans.

— Tu as accepté le poste ?

— Pas encore. Je souhaitais en parler avec toi auparavant. Qu'en penses-tu ?

J'enroulai mes bras autour de mon cou.

— Ma foi, c'est une excellente opportunité, à condition que tu en aies réellement envie.

— Le travail a l'air intéressant et Cliff est un patron plutôt souple, quoique perfectionniste et exigeant. Mais ce dont j'ai vraiment envie, c'est de vivre avec toi, de m'endormir chaque soir en te tenant dans mes bras, de me réveiller chaque matin à tes côtés, de te chérir tout au long de notre vie.

Une fois de plus, son discours me bouleversa. Je le réduisis au silence en m'emparant de ses lèvres.

— Je t'aime Tyler. Je respecterai ton choix professionnel quel qu'il soit, même si tu décides de rester dans la politique.

Ce fut lui qui captura ma bouche. Notre baiser, d'abord doux, se transforma rapidement en un ouragan déchaîné. Tyler me plaqua contre le mur, écrasant son corps musclé contre le mien. Je lâchai un gémissement avant de passer mes mains sous son pull. Sa peau chaude et ferme, sa langue dans ma bouche, son corps collé au mien, me mirent dans un état d'excitation intense.

Soudain, Tyler se recula en jurant.

— Allons nous promener dans le parc, sinon je ne réponds plus de moi, lâcha-t-il en désignant mon lit avec un soupir immense.

Je lui adressai un sourire radieux. J'adorais ce pouvoir que j'avais sur lui et qu'il avait sur moi.

Nous sortîmes en nous tenant par la main. Nous traversâmes le parc en bavardant allégrement. Tyler me raconta en détails ses déboires avec Sydney et son entretien avec Cliff tandis que moi, je lui contai le contenu des lettres de Darrell ainsi que ma discussion avec mes parents.

Nous nous dirigeâmes lentement vers l'étang tout en continuant à deviser.

— Si tu savais le nombre de fois où j'ai rêvé à tes baisers, assise sur ce banc, murmurai-je.

— Je vais me faire le plaisir de transformer ton rêve en réalité, répondit Tyler.

Après nous être placés à cheval sur le banc en pierre, face à face, Tyler m'attira à lui. Je posai mes cuisses sur les siennes. Les yeux dans les yeux, il approcha son visage.

— Je t'aime Callie, souffla-t-il avant de me gratifier d'un baiser scellant à jamais notre vie, notre bonheur, notre amour respectif.

The Times of Trenton

Un républicain dans un Etat démocrate
L'écrasante victoire de Jerry McBride
Par Judith Buchanan & Mitch Randall

Le New Jersey vote plutôt démocrate. Ce qui n'a pas empêché le gouverneur républicain, Jerry McBride, d'être aisément réélu, le 05 novembre 2013, avec 60 % des voix face au démocrate Roy Clifford (38 %).

Après sa victoire, Jerry McBride a chaleureusement remercié ses supporters. « *Vous avez fait de moi l'homme le plus heureux du monde* » a-t-il déclaré, entouré de sa femme, de leurs deux filles et de leurs fiancés respectifs, dont l'un n'est autre que Tyler Braxton, fils de l'éminent politicien Farlow Braxton. « *Je n'ai pas brigué un second mandat pour faire des petites choses mais pour finir le travail* », a-t-il rajouté.

94 % des républicains, 64 % des indépendants et même 30 % des démocrates de son Etat avaient confié vouloir voter pour cette forte personnalité. Ce qui séduit chez Jerry McBride, c'est son énergie, son charisme, sa capacité à rassembler et son franc-parler décapant.

Même le scandale du pont Georges Washington n'a pas réussi à ternir son image et à réduire l'avance considérable qu'il avait sur Roy Clifford.

La population du New Jersey a renouvelé sa confiance à l'homme qui, après le passage de l'ouragan Sandy en 2010, a géré la situation d'une façon efficace et fortement appréciée. En effet, Jerry McBride s'était rendu sur les côtes ravagées de son Etat pour rencontrer les sinistrés, en compagnie de Barack Obama.

Désormais, nul ne peut contester que Jerry McBride est l'étoile montante du parti républicain et que sa notoriété et son pragmatisme redorent le blason de ce parti, durement éprouvé par le récent conflit budgétaire.

Voici quelques phrases tirées du discours du gouverneur McBride, juste après sa victoire :

« Vous pouvez être d'accord avec moi, vous pouvez être en désaccord avec moi, mais je ne cesserai jamais d'aimer le New Jersey et tous ses habitants, sans exception aucune. »

« Je remercie ma famille, toute mon équipe qui a mené une campagne sans faille, mon cabinet et mes proches collaborateurs qui ont travaillé sans relâche à mes côtés ainsi que le gouverneur adjoint, William Kinney. J'ai aussi une pensée émue pour mes parents et mon fils, Darrell, qui ne sont plus là et à qui je dédie cette victoire. »

« Les habitants du New Jersey m'ont donné beaucoup plus que ce que je ne pouvais espérer. Ils m'ont donné de l'espoir, ils m'ont donné la foi, ils m'ont donné leur confiance. Et c'est avec cet espoir, cet optimisme, cette foi et cette confiance que nous affronterons les quatre prochaines années. »

EPILOGUE

Huit ans plus tard

J'eus à peine le temps de pousser la porte de l'agence que mon fils se jeta dans mes jambes.

— Maman, maman !

Je le pris dans mes bras et lui souris tendrement.

— Salut mon cœur. Tu as été sage avec Solen ?

Cette dernière vint immédiatement nous rejoindre.

— Comme toujours, répondit-elle en ébouriffant les cheveux de Liam.

J'embrassai mon fils avant de le déposer sur le sol. Liam Darrell Braxton était un petit garçon de trois ans avec les mêmes yeux verts que son papa et des cheveux aussi noirs que sa maman. Il retourna à ses feuilles et ses crayons.

— Alors, comment ça va ? demanda Solen.

Je caressai mon ventre qui s'arrondissait de mois en mois.

— Parfaitement bien. La grossesse se déroule normalement, dis-je en sortant les photos de l'échographie de mon sac.

— Tu en as informé Tyler ? répliqua Solen en m'arrachant carrément les clichés des mains.

Je soupirai.

— Comment faire autrement ? Il ne cesse de me harceler au téléphone pour savoir si tout va bien.

Tyler avait été déçu. Au dernier moment, un imprévu professionnel l'avait obligé à se rendre urgemment à New York, l'empêchant de m'accompagner chez le gynécologue. C'était la première fois que j'y allais seule. Auparavant, pour ma première grossesse, comme pour la seconde, mon mari était à mes côtés pour chacune des visites. Tyler avait également assisté à la naissance de Liam.

— C'est parce qu'il t'aime. Dis-moi, connais-tu le sexe ? s'enquit Solen en plissant les yeux sur l'image comme si elle essayait d'y trouver sa réponse.

Depuis que je lui avais demandé, et qu'elle avait accepté, d'être la marraine de mon deuxième enfant, Solen était littéralement surexcitée et suivait ma grossesse de très près. J'avais donc deux personnes en permanence sur le dos, Tyler et elle, sans compter ma mère et ma sœur qui appelait tous les jours pour prendre de mes nouvelles.

Liam interrompit notre discussion en tirant sur mon pull.

— Maman ! Quand y vient Kenny ?

Je consultai ma montre tout en remarquant avec amusement que Solen trépignait d'impatience.

— Il va bientôt arriver chéri.

Kenneth Holden faisait désormais partie intégrante de notre famille. Il était même le parrain de Liam.

Ce week-end, Tyler avait décidé de me faire une surprise et nous partions pour une destination dont je ne savais absolument rien. Kenneth avait accepté avec joie de garder son filleul durant ces trois jours. Liam adorait Kenneth qui le couvrait de cadeaux en tous genres.

Dès que Liam repartit à ses coloriages, nous reprîmes notre conversation.

— Tyler préfère la surprise, énonçai-je calmement.

Solen roula des yeux.

— Je ne suis pas Tyler ! En plus, je suis sûre que tu sais.

— C'est vrai, répondis-je avec un grand sourire. Mais si je te le dis, tu le répéteras à Erwan qui en informera Amy qui s'empressera de le rapporter à ma mère et tout le monde finira par être au courant.

— Callie ! protesta Solen. Tu ne comptes pas me faire languir encore quatre mois !

J'esquissai une moue sceptique avant d'éclater de rire devant la mine mi-déconfite, mi-atterrée de mon amie.

— D'accord, tu as gagné, dis-je en prenant pitié de son désarroi.

Solen m'adressa un sourire éclatant. Je m'apprêtais à lui révéler l'information qu'elle convoitait tant quand mon téléphone sonna.

— Ma mère, indiquai-je avec un air navré.

Je pris l'appel tandis que Solen levait les bras au ciel en guise de désespoir.

— Allo maman.

— Bonjour ma chérie. Alors, comment s'est passée cette visite ? Est-ce que tout va bien ?

— Tout va très bien. Les analyses sont bonnes. Je suis en pleine santé, et le bébé aussi. Aucune raison de s'inquiéter.

— Est-ce une fille ? demanda Celia, une once d'espoir dans la voix.

Ma mère souhaitait ardemment une petite-fille car elle avait déjà trois petits-fils. En effet, Amy et Erwan étaient les heureux parents de jumeaux de six ans, Anton et Gavin.

Je n'eus pas le cœur à garder pour moi cette nouvelle qui la ravirait.

— Oui maman, c'est une fille. Le docteur Renner est formel.

L'explosion de joie qui retentit à l'autre bout du fil me perfora les tympans. Je décalai le portable de mon oreille pendant que Solen, qui n'avait pas perdu une miette de la conversation, sautillait sur place en levant les pouces en signe de victoire. J'attendis patiemment que le calme revienne. Après quoi, je repris ma discussion avec Celia qui projetait d'ores et déjà d'aller arpenter les boutiques dès le lendemain pour habiller sa future petite-fille.

Notre discussion fut interrompue par l'arrivée de Kenneth et les cris de Liam qui lui sauta directement dans les bras. Je raccrochai et m'avançai vers eux.

— T'as un cadeau ? réclama mon fils.

— Liam ! lançai-je d'un ton réprobateur.

Kenneth me décocha un sourire faussement contrit avant de reporter son attention sur son filleul, toujours pelotonné dans ses bras.

— J'ai effectivement un cadeau pour toi mais il est à la maison.

Liam battit des mains.

— On y va !

— Bientôt bonhomme, dit Kenneth en le reposant. Laisse-moi au moins parler un instant avec ta maman.

— En attendant, file ranger tes crayons et tes dessins, ordonnai-je.

Liam s'exécuta sans rechigner, pressé de partir chez Kenneth pour y découvrir son cadeau.

— Tu le gâtes trop.

— Ca me fait plaisir. Toi et ta famille, vous avez donné un nouveau souffle à ma vie.

Kenneth fixa mon ventre avant de rajouter :

— Comment se porte bébé Braxton ?

— Comme un charme. Qu'as-tu prévu pour ce week-end ?

— Eh bien, demain nous allons au zoo de Cape May et dimanche nous nous rendons au parc d'attraction « Six Flags » à Jackson avec Amy, Erwan et les enfants. Lundi, si le temps s'y prête, c'est pique-nique et jeux au bord de l'eau.

— Quel programme réjouissant !

— Tu n'auras pas non plus le temps de t'ennuyer !

Je fronçai les sourcils.

— Tu sais où Tyler m'emmène ?

— Evidemment ! Et inutile de m'interroger, je resterai aussi muet qu'une carpe.

Je lui assenai mon regard le plus furibond mais cela ne contribua qu'à le faire rire.

— Comment vont Jerry et Celia ? demanda Kenneth en reprenant son sérieux.

— En forme et plus que ravis de devenir encore une fois grands-parents.

Depuis que la vérité sur la mort de Darrell avait éclaté et que chacun avait fait son mea-culpa, le couple que formaient mes parents avait retrouvé l'harmonie et l'équilibre. Les sourires, les visages épanouis et les regards complices n'étaient plus feints et destinés à bluffer les médias comme autrefois.

Les photos de mon frère avaient également réapparu et il était maintenant possible d'évoquer Darrell sans que cela ne jette un froid dans la discussion. Jerry avait également retrouvé sa sœur, Moyra. Cette dernière venait tous les ans passer les fêtes de fin d'année avec nous, de Thanksgiving jusqu'au nouvel an. Quant à Jerry et Celia, ils se rendaient chaque été en Ecosse, la durée du séjour variant suivant l'agenda politique de mon père. Après ses deux mandats consécutifs en qualité de gouverneur, Jerry était désormais Sénateur du New Jersey depuis quatre ans. Son mandat se terminait dans deux ans et il était fermement décidé à se représenter.

Liam, ayant terminé de ranger ses affaires, revint vers nous. Après un gros câlin, mon fils partit avec Kenneth. Je me tournai vers Solen.

— Et toi, que fais-tu ce week-end ?

Elle fit une grimace.

— Demain, je vais à Cape May chez mes parents, et dimanche, je pense rester sous ma couette à me goinfrer de chocolat et de gâteaux.

Aïe ! Face à son ton morne et à son programme qui avait tout du remède féminin post-rupture, je devinai que Solen venait de rompre avec son dernier petit ami en date. Je me risquai à poser la question qui fâche :

— Que s'est-il passé avec Norman ?

Solen haussa les épaules avec fatalisme.

— Mon envie de m'installer avec lui et de fonder une famille l'a fait fuir. Il prétend qu'il est trop jeune pour se fixer maintenant, qu'il veut encore profiter de la vie et patati, et patata. Le discours masculin classique, quoi !

— Trop jeune ! m'exclamai-je, abasourdie. Il a trente-cinq ans !

Solen secoua la tête d'un air désabusé.

— Que veux-tu que je te dise ?

Devant sa mine dépitée, je l'enlaçai tendrement.

— Je suis désolée Solen. Tu finiras par trouver un homme stable, gentil et aimant, tu ne dois pas désespérer.

— Quand ? Lorsque j'aurai soixante ans, que je serai décrépie et que j'aurai les ovaires totalement desséchés ! Moi, je crois surtout que je vais éviter les hommes comme la peste et qu'une insémination artificielle va être la meilleure solution pour concevoir enfin un enfant.

Je reculai d'un pas.

— Ne dis pas n'importe quoi ! Pour l'instant, tu es en colère...

— Je ne suis pas en colère, bougonna-t-elle, seulement déçue. Déçue par tous ces crétins qui te promettent monts et merveilles et qui se dégonflent comme des ballons de baudruche dès que tu leur demandes de tenir leurs engagements. D'abord ce bellâtre de Tony qui n'a cessé de me mentir et de me cocufier, ensuite cet idiot de Hank qui vivait une liaison fusionnelle avec sa mère et qui exigeait que j'en sois la copie conforme. Enfin, la cerise sur le gâteau avec cet abruti de Norman qui prend la poudre d'escampette parce que je lui ai proposé de passer à la vitesse supérieure après plus d'un an et demi de relation.

Je devais admettre que, côté cœur, Solen avait effectivement eu moins de chance que son frère. Erwan et Amy étaient mariés depuis sept ans et filaient toujours le parfait amour. Ils habitaient à Montville dans une jolie demeure qu'ils avaient achetée peu de temps après leur union. Amy jouait occasionnellement dans une pièce ou une comédie musicale mais, la plupart du temps, elle s'occupait de ses enfants, de son jardin et du club de théâtre qu'elle avait créé pour les enfants défavorisés. Quant à Erwan, il avait ouvert son propre atelier de lutherie dans la ville de Paterson, située à environ vingt-cinq kilomètres de leur domicile.

Je me rapprochai de Solen.

— Tu ne devrais pas rester seule sous ta couette dimanche. Va à Jackson avec Kenneth, Lance, Amy et Erwan, cela te changera les idées.

Solen soupira.

— Il arrive parfois que le bonheur des autres me fasse déprimer.

J'ébauchai un sourire triste.

— Je comprends mais je suis certaine que, tôt ou tard, tu trouveras la personne idéale. Ce n'est qu'une question de temps.

— Qu'elle se magne alors ! Je ne suis pas éternelle ! En tout cas, je te préviens que si dans cinq ans, je suis toujours dans la même situation, je n'hésiterai pas à avoir mon bébé toute seule ! Après tout, de nos jours, nous n'avons aucun besoin de ces chiffes molles pour être mère !

Son ton revanchard m'arracha un sourire.

— On en reparlera dans cinq ans. En attendant, si tu ne te sens pas bien et que tu as besoin de t'épancher, appelle-moi. Je serai joignable.

— Tu rêves Callie si tu crois un seul instant que je vais te déranger à cause de mes histoires d'amour malheureuses !

— Tu es mon amie ! Je serai toujours là pour toi. Il ne saurait en être autrement.

— C'est justement parce que nous sommes des amies que je ne gâcherai pas ton week-end romantique avec mes jérémiades, insista Solen.

— Tête de mule ! grondai-je en regardant l'écran de mon téléphone sur lequel un message de Tyler venait de s'afficher, « *je serai à la maison dans une heure. Tu me manques, bisous.* »

— Tête de bretonne, je préfère, mentionna Solen avec fierté.

Nous ne pûmes nous empêcher d'éclater de rire.

— Je file. Tyler devrait être à la maison d'ici une heure et il faut encore que je prépare ma valise. Prends soin de toi et va à Jackson avec les autres, c'est un ordre.

— Je verrai ce que je peux faire, rétorqua Solen d'une voix dubitative.

— C'est tout vu ! Je vais téléphoner à ton frère pour lui demander de passer te chercher.

Solen mit les poings sur les hanches en feignant une indignation exagérée.

— Tu n'oserais pas ?

Je lui décochai un sourire resplendissant.

— On parie ?

— Oh que non ! Quand tu arbores cette mine béate, je sais d'avance que tu mettras ta menace à exécution, grogna Solen.

Je lui plantai un baiser sur la joue.

— Tu verras, ce sera une journée plus agréable que d'ingurgiter une tonne de cochonneries au fond de ton lit.

— Tu es un tyran, Callie Braxton, ronchonna Solen sur un ton qui démentait ses propos.

Avant d'ouvrir la porte, je me retournai une dernière fois.

— A mardi. Si jamais tu as le moindre souci pour le mobilier concernant le magasin de madame Barton, tu me contactes. Et si le casino « Tropicana » appelle, tu leur...

Solen soupira de désespoir.

— C'est pas vrai ! Dehors ! Vite avant que je te botte les fesses !

Je quittai l'agence en riant.

Le soleil déclinait à l'horizon lorsque je montai dans ma voiture pour prendre la direction de Margate City. Durant trois ans, nous avions habité dans l'appartement de Tyler à Lawrenceville tout en parcourant les annonces immobilières à la recherche de notre futur nid d'amour. Nous l'avions découvert à Margate City, à vingt minutes de route d'Atlantic City. Tout comme moi, Tyler était immédiatement tombé sous le charme de cette superbe villa de style méditerranéen avec ses majestueuses colonnes, ses formes arrondies, ses nombreuses fenêtres et son immense piscine. Située au bord d'un bras de mer, la maison bénéficiait d'un ponton privé et nous avions rapidement acquis un bateau nous permettant de faire de longues promenades sur l'océan.

Arrivée chez moi, je choisis quelques vêtements de mi-saison que je jetai dans une valise puis j'attendis Tyler en visionnant une série télévisée. Je m'assoupissais au moment où la porte d'entrée claqua. Tyler débloula dans le salon tel une tornade et m'embrassa comme s'il ne m'avait pas vue depuis des semaines.

— Comment vont mes amours ? demanda-t-il en posant ses deux mains sur mon ventre.

Je souris tant cette question revenait en boucle au cours d'une seule et même journée. Mon mari était adorable, prévenant et terriblement soucieux de mon bien-être.

— Nous sommes tous les deux en excellente santé. Bébé pousse et moi, je grossis, murmurai-je en me blottissant au creux de ses bras.

Tyler me caressa les cheveux.

— Tu es toujours aussi belle, mon ange.

Je levai les yeux pour contempler cet homme qui faisait de moi la femme la plus heureuse du monde depuis huit années. Notre amour était toujours aussi puissant, aussi pur, aussi ardent qu'au début de notre relation. Le temps ne l'avait ni diminué, ni altéré.

— Je vais prendre une douche et nous pourrons y aller, déclara-t-il.

— Aller où ? questionnai-je en plissant les yeux.

Tyler ébaucha un sourire désarmant.

— A Woodbine.

Je faillis m'étouffer. Woodbine, New Jersey ! A quarante kilomètres d'ici ! Qu'allait-on faire durant trois jours dans cette petite ville ! Tyler se fichait de moi...

— Tu plaisantes, j'espère !

Au vu de son hilarité, je compris qu'effectivement il me taquinait.

— Nous allons à l'aéroport municipal de Woodbine. Cliff nous prête son jet privé.

Tyler dirigeait toujours « Solara Corporation », l'entreprise de Cliff Carlisle. Il appréciait beaucoup son emploi qui lui permettait de concilier avec une certaine facilité sa vie professionnelle et sa vie familiale.

Cliff était devenu un ami proche et était systématiquement invité lors de nos repas familiaux. Quelques semaines après la rupture de ses fiançailles, sa fille était repartie définitivement à Los Angeles, suivi de près par son fils, Andy. D'ailleurs, Sydney en était actuellement à son deuxième divorce, un divorce tapageur qui alimentait la presse à scandale puisque son futur ex-mari n'était autre que le batteur d'un groupe de rock très en vogue.

— Et vers quelle destination paradisiaque va nous conduire ce jet ?

— C'est une surprise ! lança Tyler avant de s'élancer dans l'escalier.

Découragée, je me servis un verre de jus d'orange et ouvris la porte coulissante de la baie vitrée. Je me dirigeai lentement en direction du ponton. La nuit était douce, les étoiles commençaient à briller dans le ciel d'encre et la surface de l'eau était légèrement frémissante.

Tout en continuant à me creuser les méninges sur le lieu de notre week-end en amoureux, je m'assis en tailleur et sirotai mon jus d'orange. Je ne sortis de ma rêverie que lorsque j'entendis des pas. Tyler avait troqué son costume contre un jean et un polo.

Il s'accroupit derrière moi puis posa ses mains sur mes épaules.

— Tu es prête, chuchota-t-il au creux de mon oreille.

— Oui mais honnêtement, je n'ai besoin d'aller nulle part, je me sens tellement bien ici.

— Moi aussi, je suis bien ici mais un peu de changement, c'est pas mal non plus.

Aussitôt mon cerveau se remit en marche.

— S'il te plaît, dis-moi où nous partons ? suppliai-je de ma voix la plus câline possible.

Tyler me tendit la main pour m'aider à me relever. Il plongea son regard tout au fond du mien.

— A Venise, une semaine, juste toi et moi.

Je ne retins que la durée qui n'était pas celle indiquée au départ.

— Une semaine ! m'exclamai-je d'un air alarmé, mais c'est impossible Tyler !

Depuis la réalisation du complexe hôtelier de Cliff à Cape May, l'agence était sollicitée de toutes parts et plusieurs chantiers étaient déjà prévus pour les mois à venir. Outre le magasin de prêt-à-porter de madame Barton à terminer, nous devions restaurer le casino « Tropicana » d'Atlantic City et nous occuper de la décoration d'un bar à cocktail qui s'implantait à Beach

Haven. De plus, une star de cinéma venant d'acquérir un appartement à New York souhaitait me rencontrer jeudi prochain.

— Et pourquoi ? demanda Tyler.

— Ben, le travail. J'ai une foule de choses à ...

Tyler coupa court à mes protestations d'un baiser.

— Solen est là.

— J'ai rendez-vous avec Cameron Diaz jeudi.

Mon mari soupira.

— Solen est toujours là.

— Et Liam, qui va s'en occuper ?

— Kenneth est enchanté de passer une semaine entière avec son filleul.

— Mais...

Il posa son index sur ma bouche.

— Pas de « mais », de « je ne peux pas », de « j'ai trop de travail ». Nous partons à Venise tous les deux, point final. Et puisque tu m'as plus ou moins obligé à te révéler ma surprise, c'est maintenant à ton tour de me dévoiler quelque chose.

Je le fixai sans comprendre.

— Je suppose que tu connais le sexe de notre bébé, précisa-t-il.

— C'est exact mais tu ne voulais pas le savoir.

— Je t'en prie Callie. Qui as-tu déjà mis au courant ? Solen ?

Je hochai affirmativement la tête.

— Et ma mère, rajoutai-je, penaude.

Tyler rit.

— A mon humble avis, Celia a déjà dû ameuter tout le monde.

— C'est une fille, annonçai-je, émue.

— Une fille, répéta Tyler en nouant ses doigts aux miens.

Heureux et fiers, nous échangeâmes un long baiser avant de repartir vers la villa, main dans la main.

— Reste à lui trouver un prénom, dit soudain Tyler.

— Nous avons encore quatre mois devant nous.

Sans tenir compte de ma remarque, il enchaîna :

— J'aime bien Madison.

Je fis la grimace.

— Madison Braxton, un peu lourd.

— Tu as raison. Que penses-tu de Naomi ?

Je réfléchis un instant.

— C'est joli.

En fait, il y avait un prénom qui me trottait dans la tête. Je l'avais entendu une fois sur les Champs Elysées à Paris et j'avais carrément flashé.

— Et Ilona ? demandai-je d'un ton hésitant.

— Ilona, Ilona Braxton, ça me plaît.

— Disons plutôt Ilona Cyndi Braxton.

Tyler s'arrêta brusquement et me regarda les yeux écarquillés. Cyndi était le prénom de sa défunte mère. Et puisque nous avions rendu hommage à Darrell, quoi de plus normal de faire pareil avec Cyndi !

— Je t'aime Callie, déclara-t-il d'une voix rauque avant de s'emparer de mes lèvres.

Moi aussi, je l'aimais et je n'échangerais ma place pour rien au monde. J'exerçais le métier que je voulais, j'avais épousé l'homme dont j'étais folle amoureuse, je fondais la famille soudée dont j'avais toujours rêvé et un lien solide et durable s'était tissé avec mes parents. La vie était belle, plus belle encore que je ne l'avais imaginée…

410

Printed in Germany
by Amazon Distribution
GmbH, Leipzig